Der Fluch des Schlangenmenschen

Foe Rodens

D1618737

neobooks

Impressum

Texte:	© Foe Rodens
Umschlag:	Zeichnung & Neuseeland-Foto:
	© Foe Rodens
	Terracotta-Hintergrund:
	© one AND only/Shutterstock.com
Bilder innen:	© Foe Rodens
Verlag:	Foe Rodens
	Kleinburgwedeler Str. 20
	30938 Burgwedel
	Foedhrass@gmx.de
Druck:	epubli, ein Service der neopubli GmbH, Berlin
	Printed in Germany 2017

Inhalt

Prolog

„Zieht euch zurück! Lauft! Lauft!"

Die Stimme der Frau drang durch die Straßen, verhallte zwischen brennenden Häusern, den Schreien der Bewohner und dem Klirren der Schwerter. Sie stieß ins Horn. Der helle Ton trug ihren Befehl weiter.

„Iliusa!"

Der Befehlshaber des Heeres humpelte heran, mit blutigem Schwert, rote Flecken auf dem hellen Hemd. Er hatte keine Zeit gehabt, seine Rüstung anzuziehen.

„Mein Vater?", fragte Iliusa. Der Befehlshaber schüttelte den Kopf.

Sie biss sich auf die Lippen und kniff die Augen zusammen. Schmerz huschte über ihr Gesicht und verschwand wieder. Grimmig sah sie ihn an. „Zieht Euch zurück, Demeon. Die Stadt ist verloren. Sammelt unser Volk in Khelenest und helft meinem Bruder, zu vergelten, was heute geschehen ist."

Erneut stieß sie ins Horn. Sie beobachtete, wie sich Männer, Frauen und Kinder gen Süden wandten, vor den todbringenden Waffen der Eroberer flüchteten. Reiter preschten durch die breiten Gassen, wo sie die Verteidigungslinien durchbrochen hatten, verfolgten die Bewohner. Rücksichtslos warfen sie Speere, schossen sie Pfeile in die Rücken der Fliehenden. Hier stürzte Cythios, der seinen alten Vater und seinen Sohn aus der Stadt zu führen versuchte, dort Laome, als ihr letzter Pfeil sein Ziel getroffen hatte; dort starben zwei Krieger, von Staub und Blut bis zur Unkenntlichkeit bedeckt, Arm in Arm.

Grimmig hob Iliusa den Schild an ihrem Arm, fasste ihr Schwert fester. „Ich bitte Euch, Iliusa, rettet Euch! Lasst *mich* sie aufhalten, solange ich kann", bat der Befehlshaber.

Iliusa schüttelte den Kopf. „Das hier ist *meine* Stadt", erwiderte sie energisch. „*Mein* Volk. Ich lasse es nicht im Stich! Aber", fügte sie dann mit sanfter, trauriger Stimme hinzu, „ich wäre geehrt, Euch an meiner Seite zu haben."

Demeon nickte. Der Feind kam heran. Es war keine Zeit, zu diskutieren. Nicht mit der Königin, die sie nun war. „So sei es." Er wies mit dem Kopf auf das Ende der breiten Straße, das Haupttor, durch das die Bewohner flüchteten, wenn sie es erreichten. „Dort sollten wir stehen", sagte er.

Dort standen sie schließlich hinter den zerborstenen Torflügeln, geschützt hinter den schweren Angeln. Kein Pfeil traf sie. Lanze um Lanze wehrten sie ab, Feind um Feind erschlugen sie, bis Demeon fiel. Da trat Iliusa hervor, die Königin, und die Körper der Feinde häuften sich vor ihr, bis sie umringt wurde von Vielen und ein Netz über sie geworfen wurde. So überwanden sie sie, und von vielen Speeren durchbohrt starb die Königin.

Nie vergessen wurden die Toten der Ersten Schlacht und auch die nicht, die bei der Rückeroberung fielen. Und selbst, als Frieden geschlossen wurde, gärten Zorn und Misstrauen in den Herzen.

Die Wächter von Thalas

„Ungewiss ist, wer es tat: Von links schwirrte ein Wurfspieß heran und durchbohrte dich, Kyllaros, unterhalb des Halses, wo die Brust beginnt; das Herz, nur wenig verwundet, erkaltete wie der ganze Körper, als man den Speer herauszog.

Unmittelbar fing Hylonome seinen sterbenden Körper auf, presste ihre Finger auf die Wunde, um sein Leben zu bewahren, legte ihre Lippen auf seine, suchte seinen entfliehenden Geist zurückzuhalten.

Doch als sie sah, dass er gestorben war, da stürzte sie sich mit Worten, die der Tumult nicht zu meinen Ohren dringen ließ, auf den Speer, der ihren Kyllaros durchbohrt hatte, und starb, den Gatten in ihren Armen. (Ovid, Met. 12,419-228)"

Temi legte die Karten beiseite, auf denen sie ihr Referat vorbereitet hatte. „Das Fremde in der griechischen und römischen Mythologie", ein spannenderes Thema hätte sie sich kaum sichern können. Schon als Kind hatte die Götterwelt der alten Ägypter sie fasziniert, später dann vor allem auch die griechische Mythologie. Ihr Lieblingsthema: mythische Kreaturen. Eine frühe Form von Fantasy, ihrem Lieblingsgenre. Natürlich versuchte sie, es in ihr Studium zu integrieren, wo sie nur konnte. Beim Seminarthema „Der gerechte Krieg?!" war es möglich. Der Blick der Griechen und Römer auf das Fremde – das, was unter Umständen legitim bekriegt werden durfte – spiegelte sich schon in einigen Sagen wider. Die Gigantomachie, die Amazonomachie, die Kentauromachie: die Schlachten gegen Giganten, Amazonen, Kentauren – alles Fremde, Nicht-Griechen. Stets waren die Griechen im Recht, die Fremden wurden oft negativ dargestellt, als Barbaren. Immer siegten die Griechen. Natürlich auch in der Literatur, wie in Ovids

„Metamorphosen". Mit Ovids Versen über die Kentauren Kyllaros und Hylonome wollte Temi das Referat beenden: Sie zeigten die beiden Griechen-Feinde, die sonst als unzivilisiert und wild dargestellt wurden, erstaunlich menschlich. Die Verse berührten sie. Vielleicht ja auch ihre Kommilitonen.

Temi klappte vorsichtig das Mythologie-Buch zu, das vor ihr auf dem Tisch lag. Dennoch schlug ihr eine Staubwolke entgegen und sie kniff die Augen zusammen. Ihre Nase fing sofort an zu kitzeln – verdammte Stauballergie! Sie hätte damit rechnen müssen, immerhin hatte sie den Wälzer seit Ewigkeiten nicht mehr in der Hand gehabt. Sie fürchtete, dass er auseinanderfallen könnte. Das Buch war schließlich schon mehr als 120 Jahre alt und in dieser Zeit auch oft genug gelesen worden.

Behutsam strich sie über den Buchrücken und der Staub blieb an ihren Fingerkuppen hängen. Temi verzog das Gesicht, während sie aufstand. Das Kitzeln würde sie überleben, aber sie wollte nicht, dass sich der Staub auf ihr neues Notebook legte.

Mit wenigen Schritten war sie im Bad, befeuchtete einen Lappen, drückte ihn gut aus und tupfte dann ganz vorsichtig über den brüchigen Ledereinband. Knapp 70 Euro hatte sie dieses antiquarische Buch über Mythen des Alten Griechenlands gekostet, aber es war jeden Cent wert. Die abgebildeten Kupferstiche verschiedener Mischwesen waren wunderschön: die clevere Sphinx mit ihrem sehnigen Löwenkörper, ihren Flügeln und dem Kopf einer Frau. Skylla, deren Unterleib aus sechs geifernden Hunden bestand. Weniger gefährliche Meeresbewohner, die Hippokampen, Pferde mit mächtigen Schwanzflossen ...

In Gedanken versunken strich Temi über den glatten schwarzen Buchrücken. Plötzlich ließ sie den Lappen sinken und runzelte die Stirn. Durch den Stoff hindurch hatte sie eine „Beule" ertastet. Die Erhebung war ihr neu, und das war merkwürdig: Sie kannte das Buch in- und auswendig und der makellos glatte Einband war einer der Gründe, die den Preis in die Höhe getrieben hatten – vom Alter des Werks mal abgesehen.

Hatte das Buch etwa *im* Regal einen Kratzer bekommen? Oder hatte Nemesis es geschafft, ihre Krallen ausgerechnet an diesem Band zu wetzen? Aber es stand auf dem obersten Regalbrett, auf dem kein Platz war, nicht einmal für eine Katze. Temis Blick verfinsterte sich, während sie sich nach der kleinen rotgetigerten Katze umsah, die sich gewöhnlich in solchen Situationen nie blicken ließ. So war auch jetzt nichts von ihr zu sehen. Reichte das als Beweis ihrer Schuld? Andererseits: Hinterließen Katzenkrallen nicht normalerweise Furchen statt Erhebungen? Im Zweifel für die Angeklagte?

Temi drehte das Buch um, um die Stelle genauer zu betrachten. Tatsächlich war dort etwas reliefartig hervorgehoben, doch so winzig, dass sie es beim Licht ihrer normalen Zimmerlampe beim besten Willen nicht erkennen konnte. Das Schwarz verschluckte alles. So kam sie nicht weiter.

Suchend sah sie sich um. Irgendwo musste sie eine Lupe haben. Nur wo? Wie immer herrschte Chaos auf ihrem Schreibtisch und dem Boden. Sie schüttelte den Kopf. Dabei fiel ihr Blick auf die Uhr. 20:00 Uhr. Heute war Samstag, ihr Kühlschrank leer, sie hatte Hunger – und wenn sie morgen etwas essen wollte, sollte sie vielleicht noch schnell einkaufen.

Temi stand auf, zog ihre Schreibtischschublade auf, um das Buch dort katzensicher zu verstauen – die Schublade, in der obenauf die Lupe lag.

Die Neugier siegte über ihren knurrenden Magen. So viel Zeit musste sein. Sie drehte ihre Schreibtischlampe zum Buch und hielt die Lupe über den Buchrücken. Verblüfft kniff sie die Augen zusammen und starrte noch eine Minute länger durch die Lupe. Das Relief zeigte einen Mann mit Pferdekörper, einen Kentauren! Wieso hatte sie das nicht gesehen, als sie das Buch gekauft und immer wieder in ihm gelesen hatte?

Temi starrte das Buch eine Zeit lang an, dann knurrte ihr Magen so laut, dass es wahrscheinlich noch ihre Nachbarn hörten. Sie packte das Buch weg, schnappte sich Portemonnaie, Tasche und ihren Haustürschlüssel. Dann stürmte sie aus der Tür, schloss hastig hinter sich ab und rannte zum Supermarkt.

Nemesis begrüßte sie nicht wie gewohnt maunzend, als Temi nach Hause kam. Das Kätzchen stand vor der Tür und starrte ihr vorwurfsvoll entgegen. Warum eigentlich? Sie hatte die Katzenklappe tagsüber immer geöffnet, damit Nemi nach ihren Streifzügen durch das Haus wieder ins Appartement konnte. Sie war auch sicher, dass sie Nemesis Futter hingestellt hatte. Aber vielleicht mochte die kleine Diva heute kein Huhn, sondern lieber Pute.

Temis Mundwinkel zuckten nach oben und Nemesis drehte ihr die Kehrseite zu. Ganz offensichtlich spielte sie die Beleidigte. Mal sehen, wie lange ihr Fellmonster schmollen würde – eine Minute, bis es anderes Futter gab? Belustigt verstaute Temi die Tüte mit den Brötchen in ihrer Tasche und schloss die Wohnungstür auf. Das Kätzchen stolzierte beleidigt hinein – mit Katzenbuckel, aufgeplustertem Fell und einem wie statisch aufgeladenen Schwanz. „Och Nemi ...“, rief Temi ihr hinterher, aber die Katze war längst verschwunden. Vermutlich hatte sie sich sofort unter das Sofa oder den Schrank verzogen und strafte Temi nun bis zum ersten Anzeichen des Abendbrots mit Missachtung.

„Ist dir eine Laus über die Leber gelaufen?“, fragte Temi. Natürlich antwortete die Katze ihr nicht – trotzdem redete sie ständig mit dem Tierchen; es war ihr egal, wenn ihre Nachbarn sie für verrückt hielten. Die alte Dame in der Wohnung neben ihr sprach sogar mit ihren Pflanzen; da war eine Katze doch wesentlich gesprächiger.

Temi warf ihren Rucksack und den Schlüssel aufs Bett und zog ihre Schuhe und Strümpfe aus. Sie lief am liebsten barfuß und in ihrer Wohnung sowieso.

Als sie sich zum Schreibtisch umdrehte, erstarrte sie. Das Buch lag aufgeschlagen auf der Holzplatte – so hatte *sie* es nicht liegen lassen. Garantiert nicht! Denn mit einer kleinen frechen Katze im Haus war der Schreibtisch sicher kein Ort, an dem sie ein wertvolles Buch gefahrlos aufbewahren konnte. Und aufgeschlagen schon gar nicht. Nemesis hätte bequem ihre Krallen und Zähne an den Seiten austesten können. Auch wenn sie eben eilig aufgebrochen war: *So* leichtsinnig und vergesslich war sie nicht.

Ein Geräusch ließ sie zusammenzucken. Nemesis sprang mit einem beherzten Sprung vor ihr auf den Schreibtisch. Ihr Fell stand immer noch zu Berge und sie fauchte so bedrohlich, wie ein Katzenkind es nur konnte. Aber sie fauchte nicht sie an! Temi fuhr herum und ihr Herz setzte einen Schlag aus, nur um dann umso heftiger loszurasen: Sie war nicht alleine im Zimmer!

Temi schrie auf. Sie wusste nicht, wovor sie mehr erschrak! Dass ein Einbrecher direkt vor ihr stand oder wie er aussah: Der Mann hatte lange dunkle Haare, ein Schwert in der Hand – und den Unterleib einer riesigen Schlange?! Temi starrte dieses Wesen fassungslos an. Sie musste träumen! Der Eindringling holte mit dem Schwert aus – und zuckte zurück, als Nemesis erneut fauchte. Ohne nachzudenken griff Temi nach der Schere, die hinter ihr auf dem Schreibtisch lag, aber sie war außer Reichweite. Dafür ertastete Temi das Buch. Entschlossen packte sie zu, um es dem Angreifer ins Gesicht zu schleudern.

Im nächsten Moment schrie sie vor Schmerz auf. Ihre Hand brannte so heftig, dass es ihr Tränen in die Augen trieb und dass sie sogar dem Schlangenmenschen den Rücken zudrehte: Sie fuhr herum, nach Atem ringend. Es fühlte sich nicht nur so an, als stünden ihre Finger in Flammen. Das Buch brannte wirklich! Schwarzes Feuer loderte an den Seiten auf und versengte ihre Haut – doch ebenso plötzlich, wie er gekommen war, war der Schmerz weg. Es ziepte nur noch, als ob Funken einer Wunderkerze gegen ihre Hand prasselten. Fassungslos blinzelte Temi die Tränen weg und ließ den Einband los. Das Ziepen breitete sich über ihren Arm aus. Die schwarzen Flammen spielten an ihrem Ärmel, ohne ihn zu verbrennen, und züngelten dann plötzlich an ihrer Schulter hoch. Erstarrt sah Temi zu, ohne die Flammen auszuschlagen. War das eine Sinnestäuschung? Was passierte hier?

Ein zorniger Schrei holte sie in die Realität zurück. Die Realität?

Etwas Orangebraunes flog an ihr vorbei: Nemesis sprang mit einem beinah furchteinflößenden Grollen, das eher nach einem Löwen klang als nach einem Kätzchen, den Schlangenmenschen an. Der stolperte mit hasserfülltem Blick zwei, drei Schritte zurück, als ob er den Zusammenstoß mit dem Katzenkind fürchtete – panisch fürchtete! Sein Blick flog zwischen Temi und Nemesis hin und her. Erneut schrie er auf, als die schwarzen Flammen Temis Körper komplett umhüllten. Die Wut in seinen Augen war nicht zu übersehen, war in seinem Schrei nicht zu überhören. Ein kalter Schauer schoss durch Temis Glieder. Dann wurde alles um sie herum schwarz.

Plötzlich drehte sich alles um sie und sie kniff die Augen zusammen. Ihr war so schwindelig, dass sie nicht mehr wusste, wo oben und wo unten war. Im nächsten Moment merkte sie, dass sie fiel. Es gab keinen Boden mehr unter ihren Füßen. Sie fiel in ein tiefes schwarzes Loch. Beinah lautlos stöhnte sie. Sie hatte heute – bis auf ein Brötchen auf dem Rückweg vom Einkaufen – noch nichts gegessen, aber normalerweise reagierte ihr Körper nicht so! Hatte sie sich den Magen verdorben?! Alkohol hatte sie nicht getrunken und natürlich auch keine Drogen genommen – aber anders ließ sich dieses „Erlebnis" wohl kaum erklären. Das hier war nicht real.

Temi blinzelte. Zwischen den Wimpern bemerkte sie, dass etwas Helles von unten – oder oben? – auf sie zuraste. Sofort kniff sie die Augen wieder fester zusammen. Sie hielt den Atem an und zog die Beine an, um sich abrollen zu können. Aber die Momente verstrichen, ohne dass sie auf dem Boden aufschlug oder mit dieser weißen Wand zusammenstieß, auf die sie zuschoss.

Ihre Muskeln waren so verkrampft, dass sie schmerzten, doch sie registrierte es kaum. Schlimmer war die Ungewissheit: Sie wartete nur, wartete und wartete – vergeblich. Gottseidank! Als sie nach einer halben Ewigkeit ihre Muskeln ein wenig entspannte, stellte sie fest, dass sie nicht länger ins Bodenlose fiel. Verunsichert blinzelte sie mit einem Auge und schloss es sofort wieder. Etwas hatte ihr ins Auge gepiekst. Das gleiche Etwas kitzelte sie nun auch an der Nase und im Mundwinkel. Es fühlte sich an wie Grashalme.

Moment! Sie lag? Auf Gras?!

Temi riss die Augen auf. Es war nicht mehr dunkel. Vielmehr blendete die Sonne so sehr, dass ihre Augen heftig zu tränen anfingen. Ihre Hand zuckte nach oben, um die hellen Strahlen abzuschirmen. Wo war sie?

War das nicht eindeutig? In einem Traum! In einem beängstigend realistischen Traum. Ihr Herz hämmerte so schmerzhaft gegen den Brustkorb, als hätte sie einen Sprint hinter sich. Mit bebenden Atemzügen schnappte sie nach Luft, während sie ihre Tränen wegblinzelte. Allmählich gewöhnten sich ihre Augen an das gleißende Licht und sie konnte ihre Umgebung genauer betrachten: Sie lag auf einer Wiese, die sich scheinbar unendlich weit in alle Richtungen erstreckte. Sträucher und Büsche unterbrachen hier und dort die Sicht. In der Ferne ragten auf einem Hügel Bäume in die Höhe.

Wo war sie? Die Sonne brannte und der Boden war trocken und hart; dennoch war alles grün: Gräser, Blätter, es duftete nach Frühling, nach Lavendel und Thymian, wie im Garten ihrer Eltern – und nach Wasser. Aber ihre Ohren nahmen fremde Geräusche wahr, die nicht zu dieser idyllischen Traumlandschaft passen wollten.

Temi stützte sich mit den Händen ab und richtete sich auf. Was war das? Vermutlich irgendein Geräusch draußen, das ihr Unterbewusstsein im Traum verarbeitete. Einmal hatte in einem Traum ein erträumter Kühlschrank gepiepst. Im Nachhinein hatte sich das als Weckerklingeln erwiesen. Aber noch nie war ihr im Traum so bewusst gewesen, dass sie träumte.

Nun, wenigstens war *das* kein Alptraum mehr, im Gegensatz zu diesem Wesen in ihrer Wohnung. Schnell blickte sich Temi um, doch der Schlangenmensch war nirgends zu sehen. Und auch keine schwarzen Flammen. Sie seufzte erleichtert auf. Auch wenn der Traum offenbar noch nicht zu Ende war, folgte nun wohl ein ruhigerer Teil. Entspannt lehnte sie sich nach hinten und ließ sich von der heißen Frühlingssonne wärmen, doch sie fuhr sofort wieder hoch. Die Erde unter ihr vibrierte. Was war nun los? Ein Erdbeben?

„Vielleicht stampft auch gerade ein Riese auf mich zu", murmelte sie sarkastisch. Wer wusste schon, welchen Streich ihr ihre Phantasie jetzt spielte. Nein, für einen Riesen war das Stampfen definitiv zu rhythmisch – außerdem würde sie den ja wohl schon von Weitem kommen sehen. Es klang eher wie eine Herde von Pferden, die mit hoher Geschwindigkeit über die Wiese galoppierten. Das zumindest würde einem Traum nahe kommen, der so schön war, wie die Landschaft es versprach.

In der Ferne glaubte Temi einen Schatten zu sehen, der einem Pferdeleib glich. Doch die Sonne blendete sie und schnell tanzten dutzende Punkte in allen möglichen Farben und Formen vor ihren Augen. Das änderte sich auch nicht, als sie die Lider zusammenkniff. Ihre Augen tränten schon wieder.

Nein, *so* konnte sie nicht feststellen, ob es wirklich Pferde waren oder doch nur ein Rudel von Rehen, die gerade in der Nähe ästen. Das Zittern hatte aufgehört. Dabei verdiente sie in einem so schönen Traum auch eine ganze Herde von Pferden.

Wenn sie ganz fest daran dachte, passierte es vielleicht wirklich.

Doch kein Gedanke holte das Hufgetrappel zurück.

Davon träumte sie schon lange. Auf einem Pferd durch eine idyllische Landschaft zu reiten. Sie wünschte sich sehnlichst ein Pferd – einen kräftigen kleinen Isländer vielleicht, oder ein anderes, sie war da nicht wählerisch. Aber das konnte sie sich als „arme" Studentin nicht leisten.

Nun, sie war nicht wirklich arm, aber eben auch nicht reich. Sie hatte ihr günstiges Zimmer im Studentenwohnheim aufgegeben und zahlte für ein paar Freiheiten gerne mehr: für mehr Platz für Bücher, ihre ägyptischen Götterstatuen und vor allem für Nemesis. *Für sie* gab sie doch gerne Geld aus. Um keinen Preis würde sie das rotfellige Kätzchen mit den strahlend blauen Augen wieder hergeben. Auch wenn es ihr schon mehr als einmal den Schlaf geraubt hatte, weil es, quicklebendig wie es war, Nacht und Tag verwechselte oder sich noch nicht daran gewöhnt hatte, dass es mittags mehr Aufmerksamkeit bekam als um 3 Uhr nachts. Doch ein Blick reichte und Temi konnte Nemi nicht mehr böse sein.

Temi hörte ein bestätigendes Miauen. Gleich würde sie aufwachen, weil ihre gefräßige Katze an ihren Haaren oder gar ihren Fingern rumkaute.

Als etwas sie am Ellenbogen berührte, drehte sie den Kopf – und starrte die kleine schwarze Katze, die an ihrem Armgelenk knabberte, mit weit aufgerissenen Augen an. Diesen Traum musste sie sich merken. Oft setzte sie ihre Träume in Geschichten um – und dieser Traum wurde immer besser!

Die Katze fauchte missmutig, weil Temi ihr nicht ihre ganze Aufmerksamkeit schenkte. Und obwohl sie ein bisschen kleiner war als Nemesis, klang das Fauchen im Gegensatz zu Nemis Piepsen richtig beängstigend. Temi hatte sich schon mehr als einmal gefragt, ob sie mit Nemesis nicht eine verkappte Maus gekauft hatte. Ihr Grollen beim Auftauchen des Schlangenmenschen hatte Temi sehr überrascht.

Temi ging in die Hocke, die Katze strich um ihre Beine herum und schnurrte laut. „Wie eine Motorsäge!", dachte Temi und schmunzelte. Sie strich der kleinen Katze über den Kopf und zum Dank biss die ihr in den Finger. Zwar spielerisch, aber es bildeten sich zwei, drei winzige Blutströpfchen auf ihrer Haut. Es tat weh, und trotzdem wachte sie nicht auf. War es etwa doch kein Traum, sondern Wirklichkeit? Dafür, dass sie tief und fest schlief, konnte sie jedenfalls erstaunlich klar denken. Unschlüssig sah Temi die Katze an, auf der Suche nach einer Antwort, doch das Tierchen maunzte nur.

Irgendwo zwitscherten Vögel, sonst war es so still, dass sie das leise Geräusch des Windes im Gras hören konnte. Und es zischte. Besorgt sah sich Temi um. Es klang wie eine Schlange. Eine Schlange!!

Erschrocken sprang sie auf, als sich direkt neben ihr etwas im Gras wand. Sie fürchtete sich zwar nicht vor Schlangen, kannte sich aber auch nicht damit aus. Sie hatte also keine Ahnung, ob das Reptil giftig war oder nicht. Am eigenen Leib wollte sie das jedenfalls nicht erfahren. Da hielt sie lieber Abstand.

Die Katze jedoch kannte keine Angst. Sie fauchte und stellte alle Haare auf wie ein Igel seine Stacheln. Mit ihrem Buckel wirkte sie doppelt so groß wie zuvor. Temi war eigentlich sicher, dass Schlangen Katzen nicht fürchteten und dass das Reptil ihr gleich eine Lektion erteilen würde. Doch der Schlange war dieses wildgewordene Pelzknäuel offenbar nicht geheuer. Als das Kätzchen mit einem sehenswerten Sprung auf die Schlange zusprang, suchte diese so hastig das Weite, wie sie es ohne Beine eben konnte. Die kleine Katze jagte der Jägerin mit wilden Sprüngen hinterher, bis diese in einem Erdloch verschwand.

Temi erinnerte sich wieder an den Schlangenmenschen in ihrer Wohnung – und an seine Angst vor Nemesis. Vielleicht hatte er Nemesis ausgesperrt, um in Ruhe ihre Wohnung zu durchsuchen! Ihr Herz fing an zu rasen, als stünde das Wesen ihr gegenüber. Gedanken schossen wild durch ihren Kopf: Wenn es kein Traum war: Wo war sie? Was zum Teufel war dieses Mischwesen?

Sie hatte einen Verdacht – aber den „Verdächtigen" gab es eigentlich nicht. In der griechischen Mythologie gab es eine Gestalt, die aussah wie der Schlangenmensch in ihrer Wohnung: Kekrops, ein mythischer König Athens, hatte der Sage nach einen Schlangenleib und menschlichen Oberkörper. Sie erinnerte sich noch genau an die lustige Beschreibung „Mensch mit Schlangenfuß" in einem ihrer Mythologiebücher. Manchmal hatte sie sich eine Schlange mit Füßen vorgestellt, obwohl natürlich klar war, was der Autor damit meinte: Der König hatte keine Beine, sondern einen Schlangenleib. Doch das waren Mythen. Eigentlich.

Allerdings war was momentan ihr einziger Anhaltspunkt. War sie im antiken Griechenland? In welcher Zeit genau? Hatten diese sagenhaften Wesen wirklich gelebt? Für die Menschen heute waren diese Mischwesen nichts weiter als Erfindungen kreativer Köpfe. Schon in der Antike glaubten die meisten nicht, dass es diese bizarren Kreaturen tatsächlich gab.

Oder gab es sie doch? Temi lief es, obwohl es warm war, eiskalt den Rücken herunter. Nein, es waren sicher nur die Traumgespinste ihres zugegeben äußerst einfallsreichen Gehirns. Sie hatte einfach zu viel Phantasie.

Entschlossen stand sie auf. Spätestens wenn sie in einem Traum etwas Wunderbares erlebte, wachte sie zu ihrem Leidwesen meist auf. Oder wenn sie in einem Alptraum starb. Allerdings mochte sie dieses Risiko nicht eingehen, solange sie sich nicht sicher war, ob sie tatsächlich träumte.

Die Katze starrte zu ihr hoch, ihr Blick schien durchdringend und finster – aber wer konnte diesem putzigen lautlosen Maunzen widerstehen? Temi lächelte verliebt, als sie das Tierchen hochhob. „Danke dir!", sagte sie. „Dafür, dass du die Schlange vertrieben hast." Sie gab ihm einen Kuss zwischen die Ohren und hob es dann etwas höher. „So, du bist also keine kleine Furie, sondern ein kleiner Strolch", murmelte sie. Der Kater schnurrte ihr ins Gesicht und rieb sein Köpfchen an ihrer Stirn. „Ich nenne dich Thanatos!", entschied Temi. Thanatos war der griechische Gott des Todes, Sohn der Nacht und Bruder von Nemesis. Das schwarze Fell und der böse Blick passten zu diesem Gott; er war ein Geschöpf der Nacht – wie die Träume, die ja auch meist nachts kamen. Zu schade, dass sie ihn nur erträumte. Sie würde ihn vermissen, wenn sie aufwachte. Aber sie würde ihn auf jeden Fall in einer Geschichte unterbringen.

Thanatos kuschelte sich in ihren Arm. Nemesis hätte wohl schon längst zappelnd das Weite gesucht. Aber vielleicht hatte das Kätzchen hier schon zu lange mit niemandem mehr geschmust.

Langsam schlenderte Temi durch das hohe Gras in die Richtung, in der sie eben den Schatten eines Pferdes gesehen hatte. Hoffentlich begegnete sie keiner Schlange mehr. Sie richtete den Blick fest auf die Erde, um jede verdächtige Bewegung rechtzeitig zu bemerken. Doch tatsächlich schien das Tier alleine gewesen zu sein. Vielleicht suchten auch alle Schlangen vor Thanatos das Weite, der zufrieden in ihren Armen schnurrte.

Die Sonne brannte in Temis Gesicht und sie kniff die Augen zusammen. Wo auch immer sie war, es war noch lange nicht Abend wie zu Hause in Trier. Ein paar Vögel zwitscherten und der Kater maunzte ab und zu, sonst war es still. Sie war allein.

Aber die Hügel lagen näher, als sie gedacht hatte. Zügig marschierte sie durch das Gras und nach einer Weile erreichte sie eine Anhöhe. Neugierig spähte sie über die Landschaft, die sich jetzt vor ihr ausbreitete – und hielt den Atem an. Nicht weit entfernt befand sich ein Feldlager mit großen grauweißen Zelten und einer Palisadenmauer. Flaggen flatterten um die Zelte herum im Wind. Es gab nur zwei Ein- bzw. Ausgänge. Menschen waren nicht zu sehen. War das Lager verlassen?

Temi duckte sich unwillkürlich hinter einem Busch. Sie wusste nichts über die Menschen, die hier lebten, über ihre Kultur, den Stamm, die Volksgruppe? Waren es Athener, Lakedaimonier, Korinther? Überhaupt Griechen? Aus der Entfernung konnte sie nicht erkennen, ob es auf den Flaggen irgendwelche Symbole gab. Und selbst wenn, würde ihr das nicht unbedingt helfen, das Volk zu identifizieren. Außer es war ein Lambda, das griechische L, das für die

Lakedaimonier, also die Spartaner, stand. Aber auch dann wusste sie sicher nicht genug über die Epoche oder gar das Jahr, in dem sie sich gerade befand, um sich irgendwie zurechtzufinden.

Temi zögerte: Wenn sie sich dem Lager weiter näherte, würden die Bewohner sie entdecken. „Und wie soll ich mich verständigen?", murmelte sie unentschlossen. Sie hatte zwar Altgriechisch gelernt, doch die verschiedenen Dialekte würde sie vermutlich nicht einmal erkennen, geschweige denn verstehen. Außerdem war es gerade einmal der Grundwortschatz *einer* bestimmten Epoche, den sie in den ersten beiden Semestern ihres Studiums gepaukt hatte – und das meiste davon hatte sie mittlerweile leider wieder vergessen. Und was, wenn es keine Griechen waren, die hier lebten, sondern Perser oder Keltiberer? Sollte sie es riskieren?

„Mir bleibt wohl nichts anderes übrig, wenn ich rausfinden will, wo ich bin, oder?", fragte sie Thanatos um Rat. Der Kater blieb stumm.

Temi schluckte den Kloß in ihrem Hals herunter. Nur Mut! Sie straffte ihre Schultern, als sie den Hang hinunter auf das Lager zuging.

Nach ein paar Schritten sprang Thanatos plötzlich von ihrem Arm und raste davon, als würde sein Leben davon abhängen. Dabei hatten Katzen doch bekanntlich sieben – und sie selbst nur eines. Sollte sie auch besser weglaufen??

Da war es wieder: das Donnern der Pferdehufe! Es kam nun auf sie zu, das spürte sie deutlich. Dann hörte sie sie. Rufe, die sie nicht verstand. Sie waren irgendwo hinter ihr. Temi fuhr herum, keinen Moment zu früh. Auf der Hügelkuppe tauchten Reiter auf. Nein, es waren keine Reiter.

Sie riss die Augen auf, ihr Herz hämmerte wie wild. Unmöglich! Es waren keine Menschen, die auf Pferden saßen. Es waren Pferdemenschen. Mischwesen. Kentauren! Mit offenem Mund starrte sie die Wesen an. Es mussten mindestens fünfzig sein, dennoch hatte sie sie gerade erst gehört. Sie waren so leichtfüßig und lautlos gelaufen, trotz ihrer mächtigen Hufen!

Es war, als ginge ein Traum in Erfüllung. Doch Temi ahnte, dass es keiner war. Sie starrte die Kentauren an, um den Anblick in ihrem Gedächtnis einzubrennen. Die Pferdemenschen rasten auf sie zu. Die massigen Pferdeleiber stampften mit ihren kräftigen Beinen auf den Boden. Eine perfekte Komposition aus Stärke und Kraft, Schnelligkeit und Wendigkeit, Größe und Behändigkeit. Temi schossen Tränen in die Augen, so beeindruckt und begeistert war sie. Aber da war noch ein anderes Gefühl: Angst.

Der Fürst und der Krieger

Die Kentauren im Zentrum der Gruppe verlangsamten ihr Tempo, die an den Seiten wurden schneller und bildeten so einen Halbkreis um sie herum, alles ohne Befehl. Alle wussten, was sie zu tun hatten; alles geschah schweigend, konzentriert und doch mühelos.

Jetzt konnte Temi es nicht mehr übersehen: Die Kentauren waren ihr ganz offensichtlich nicht freundlich gesinnt. Sie hatten ihre Schwerter gezogen, einige richteten Pfeile oder Lanzen auf sie. Ihre Gesichter erschienen ihr wie hasserfüllte Grimassen.

Nicht zum ersten Mal an diesem Tage setzte Temis Herz einen Schlag aus. Ihr wurde abwechselnd heiß und kalt. Das Shirt klebte an ihrer Haut, sie zitterte und auf ihren Handflächen bildeten sich kleine Seen von Angstschweiß. Sie schloss für eine Sekunde die Augen; als sie sie wieder öffnete, hatten die Pferdemenschen den Kreis um sie geschlossen. „Als ob das nötig wäre!", dachte Temi bitter. Sie hätte zu Fuß ohnehin nicht entkommen können, vermutlich nicht mal zu Pferd. Jetzt konnte sie wirklich nur noch hoffen, dass das Ganze ein Traum war.

„Bist du hier, um uns auszuspionieren, Mensch?!", blaffte einer der Männer sie an. Es war wohl eine rhetorische Frage, denn er ließ ihr gar keine Zeit, zu antworten. „Was sollst du rausfinden? Die Zahl unserer Krieger? Wo wir unsere Lager haben?"

Zu ihrem eigenen Erstaunen verstand Temi, was er sagte. Doch wie er „Mensch" ausgesprochen hatte, so verächtlich und zornig, das verhieß nichts Gutes!

Trotzdem traf sein Schlag sie unerwartet. Er schmetterte seinen Handrücken in ihr Gesicht und die Wucht des Schlages ließ sie gegen den nächsten Pferdekörper zurücktaumeln. Sie schnappte nach Luft und sah einen Moment sogar Sternchen – doch ein fester Griff um ihren Nacken holte sie sofort wieder in die Gegenwart zurück. Der Kentaur hinter ihr packte sie unsanft am Hals. Seine Finger waren wie eine Schraubzwinge und sie fürchtete schon, dass er mit ihr kurzen Prozess machen und ihr das Genick brechen würde. Als das nicht geschah, wagte sie es, die Hand zu heben und sich die brennende Wange zu halten.

„Tharlon hat dich was gefragt!", knurrte der Kentaur hinter ihr. „Antworte!"

„Ich ... ich will nicht spionieren!", stammelte Temi. Sie ahnte, dass niemand ihr glauben würde.

„Was machst du dann hier vor unserem Lager?!", donnerte Tharlon. Er warf ungeduldig den Kopf zurück. Seine langen, dunkelbraunen Haare waren auf der Mitte seines Kopfes wie ein Helmbusch hochgebunden und flogen wie ein Pferdeschwanz hin und her. Alle anderen trugen Helme: Manche hatten nicht mehr als einfache Kappen aus Leder auf, andere eiserne Helme mit Zacken oder Flügeln. Viele hatten Hirsch- oder andere Geweihe daran befestigt. Diese martialisch anmutende Mischung ließ diesen Trupp noch viel wilder und gefährlicher wirken. Temi schluckte.

„Ich wusste nicht ...", setzte sie an, doch Tharlon unterbrach sie: „Lüg nicht! Jeder Bewohner dieses Landes weiß, dass Thalas uns gehört. Wenn ihr Menschen anfangt, unsere Lager zu beobachten, dann kann das nur eines bedeuten. Ihr wollt uns wieder vertreiben! Doch du wirst *das* nicht mehr erleben!" Die letzten Worte spie er ihr regelrecht ins Gesicht.

Temi zuckte bei fast jedem Wort zusammen. Er war verdammt wütend und voller Hass. Ihr Herz rutschte ihr bis in die Hose, und sie spürte, wie alle Farbe aus ihrem Gesicht wich. Hatte sie irgendeine Chance, sich zu verteidigen?

Einige Kentauren stampften mit den Hufen auf den Boden, wie Stiere vor einem Angriff. Wie viel Zeit blieb ihr noch? Was konnte sie tun? „Ich habe nicht ... ich wusste nicht ... ich bin nicht von hier!", brachte sie hervor, aber die Kentauren schienen sie nicht mal zu hören. Was sollte sie sonst sagen? Sie hatte keinerlei Ahnung, wieso sie eine Spionin sein sollte. Offenbar hassten sich Menschen und Kentauren, doch sie hatte sich nicht gerade unauffällig verhalten, wie es ein Spion wohl getan hätte. Aber das war den Kentauren anscheinend egal.

Schnaubend wie ein Pferd bäumte sich der Rossmensch auf seine Hinterbeine. Temi hielt den Atem an. Ein imposanter Anblick! Die Kentauren waren ohnehin viel größer als sie, aber nun überragte Tharlon sie um mehr als das Doppelte. Dass er sie nicht mit den Hufen zermalmte, verdankte sie wohl dem Kentauren, vor dessen breiter Pferdebrust sie noch immer stand. Dabei war sie sich sicher, dass diese Wesen ihre Gegner mit wuchtigen Tritten außer Gefecht setzen konnten, ohne ihre Artgenossen auch nur zu berühren. Selbst wenn sie so dicht gedrängt standen wie hier.

Mit einem wütenden Schrei hob der Kentaur sein Schwert.

„Halt!!" Eine schneidende Stimme gebot ihm Einhalt.

Der Befehl fuhr Temi eisig durch Mark und Bein. Den Kentauren ging es ähnlich: Tharlon erstarrte in der Bewegung. Er tänzelte noch einen Moment auf seinen Hinterläufen, dann setzte er mit einem wuchtigen Stampfen die Vorderläufe wieder vor ihr auf den Boden. Temi wagte kaum aufzusehen und hielt angespannt den Atem an. Als sie schließlich doch den Blick hob, sah sie ihn auf der Kuppe des Hügels.

Schon aus der Ferne wirkte dieser Pferdemensch furchteinflößender als alle anderen, die um sie herumtänzelten, sichtlich in Aufregung versetzt. So stolz die Krieger wirkten und waren – er war majestätischer als sie und war sich dessen auch bewusst. Er strahlte ein Selbstbewusstsein und eine Autorität aus, die man fast greifen konnte.

Seine Schultern waren straff gespannt, die Muskeln tanzten an seinen nackten Armen und am Oberkörper. Pechschwarzes Haar fiel über die blassen Schultern und wehte wild im Wind. Die Beine mit dem dunkelbraunen Fell waren ebenfalls von steinharten Muskeln bepackt. Düstere Schatten huschten über sein Gesicht. Er schritt auf sie zu, zielstrebig, aber ohne jede Eile.

Tharlon senkte widerwillig, aber gehorsam die eiserne Klinge und neigte respektvoll den Kopf vor dem nahenden Artgenossen. Hatte sie bisher *ihn* für den Anführer gehalten, so gab es jetzt keinen Zweifel: Der Neue war der Befehlshaber.

Nervös wichen die Kentauren vor ihm zurück, als er langsam in den Kreis trat. Es entging Temi nicht, dass die Kämpfer regelrecht erschrocken über sein Auftauchen waren.

Sie hörte ihr Gemurmel, ohne es zu verstehen, bis Tharlon es mit einem strengem Blick unterband.

Nun stand der Schwarzhaarige vor ihr. Wortlos blickte er einige Sekunden, die ihr ewig lang vorkamen, auf sie hinunter. Die Kälte in seinem Blick ängstigte sie beinah noch mehr als der pure Hass in den Gesichtern der anderen.

„Wie ist das möglich?", fragte Tharlon verblüfft. Die Kentauren schienen Temi völlig vergessen zu haben. Alle Blicke ruhten nur auf dem Neuankömmling, als wäre er von den Toten auferstanden. Dabei sah er so aus, als könnte er den Tod persönlich dazu bringen, von seinem Opfer abzulassen.

Und nun starrte er *sie* an, musterte Temi, als könnte er ihre Gedanken lesen.

„Sie haben Euch gefangen genommen. Man entkommt nicht einfach aus ihren Kerkern", fuhr Tharlon mit erstickter Stimme fort.

„Noch sind es auch *unsere* Kerker und *unsere* Leute halfen, sie zu bauen!", antwortete der Schwarzhaarige kühl, ohne Temi aus den Augen zu lassen. „Ich habe Anhänger in der Stadt, die mich unterstützen. Vergesst das nicht."

Temi wagte es nicht, ihren Blick von ihm zu lösen – hoffte aber inständig, dass er sich dadurch nicht herausgefordert fühlte. Wenn die Sagen stimmten, waren Kentauren streitlustige Gesellen, äußerst aggressiv und heißblütig. Bisher sprach alles dafür. Und ausgerechnet sie musste ihnen begegnen.

„Sie stammt nicht von hier", wechselte der schwarzhaarige Pferdemensch plötzlich das Thema. Alle Blicke wanderten zu ihr. Temi schluckte. Die Kentauren starrten sie unverhohlen an, bis ihr Anführer sie laut anherrschte. „Seht sie euch doch an. Habt ihr schon mal derartige Kleidung gesehen? Ein solches Band um ihren Arm?" Temis Blick fiel auf ihre Armbanduhr, die stehengeblieben war. „Oder so rote Haare an einem Menschen und so kurze Haare an einer Frau?", fuhr der Kentaur fort. „Sie ist nicht wie die anderen."

„Alles nur Tarnung!", brauste Tharlon auf. Doch mit einer scharfen Handbewegung schnitt der andere ihm das Wort ab. „Helle Haut, rote Haare. Sie müsste eine Sagengestalt aus dem hohen Norden sein, wenn sie aus dieser Welt wäre."

„Verzeiht, Xanthyos!" Tharlon senkte den Kopf.

Xanthyos. Temis Magen zog sich schmerzhaft zusammen. Schon der Name klang bedrohlich. Zu viele dunkle Vokale und Konsonanten in diesem Wort. A und O, X, T, S. Fast die gleichen wie bei Thanatos, dem Gott des Todes, nach dem sie eben gerade den kleinen Kater benannt hatte. Doch der war im Gegensatz zu ihr schlau genug gewesen, sich zu verkrümeln, als es gefährlich wurde ... bevor es tödlich wurde. Die Ähnlichkeit der Namen machte Temi nun nicht gerade Mut.

Xanthyos' Stimme riss sie aus ihren Gedanken. „Ich werde sie zu Aireion bringen."

„Was?!" Tharlon sah mit einem Ruck auf. Nicht nur er war entsetzt. Auch die anderen Kentauren scharrten mit ihren Hufen den Boden auf und tänzelten unruhig.

„Tut das nicht!" – „Er wird Euch wieder gefangen nehmen, Majestät." – „Er wird Euch nicht noch einmal entkommen lassen!"

Majestät? Kerker? Wie passte das zusammen?

Aber sie wagte nicht nachzufragen. Sie wollte die Aufmerksamkeit der Kentauren nicht unnötig auf sich ziehen. Und ganz sicher war sie nicht in der Position, Fragen zu stellen.

„Das ist mir bewusst." Harsch unterband Xanthyos jegliche Diskussion. Respektvoll schwiegen die anderen Pferdemenschen, aber die Blicke, die sie einander zuwarfen, wirkten verstört und ungläubig. Sie verstanden seine Entscheidung nicht und waren nicht damit einverstanden.

„Warum ist ihr Leben so wichtig?", wagte Tharlon zu fragen. Er scharrte mit den Hufen und senkte ehrerbietig den Kopf, als Xanthyos ihn mit zusammengekniffenen Augen ansah. Er hatte wohl nicht das Recht, die Entscheidung seines Anführers infrage zu stellen.

„Woher kommst du?", fragte Xanthyos kühl. Er fragte *sie*.

„Aus ... aus Trier", brachte sie mit krächzender Stimme hervor.

„Wo ist das?", fragte er, wie aus der Pistole geschossen – so schnell, dass sie sicher war, dass er das auch gefragt hätte, wenn sie Berlin, Honolulu oder Wellington gesagt hätte: Der Name spielte keine Rolle.

„Nicht ... hier. Ich glaube, nicht in diesem Land ... in dieser Welt."

„Eine Außenweltlerin also", schloss Xanthyos. Es war keine Frage, sondern eine Feststellung und sie war nicht an sie gerichtet, sondern an seine Krieger. Er sah seine Leute herausfordernd an und niemand widersprach. Einer nach dem anderen senkte leicht den Kopf, signalisierte seinem König oder Fürst, oder was auch immer Xanthyos war, seine Unterstützung.

„Steig auf meinen Rücken!"

Was?! Temi traute kaum ihren Ohren. Eben noch sollte sie getötet werden, jetzt durfte sie gar auf einem Kentauren reiten? Die anderen Pferdemenschen starrten Temi finster an. „Majestät, wenn Ihr es wünscht, werde ich sie für Euch tragen", bot sich Tharlon an. Seiner Stimme war deutlich anzuhören, wie viel Überwindung ihn diese Worte kosteten. Doch Xanthyos schüttelte den Kopf. „Ich gehe alleine."

„Das könnt Ihr nicht!" Entsetzt sahen die Krieger ihn an.

„Schweigt! Es bringt niemandem etwas, wenn meine Befehlshaber mit mir gefangen genommen werden." Xanthyos' Stimme duldete keinerlei Widerspruch. Er knickte mit seinen Vorderläufen ein, damit Temi leichter auf seinen Rücken klettern konnte. Sie zögerte. Ihre Knie zitterten. Sie musste wohl gehorchen, aber durfte sie wirklich ...? Sie machte ein paar Schritte nach vorne, bis sie nur ein paar Zentimeter von Xanthyos' massigem Pferdeleib trennten. Ihr Herz klopfte wie wild, als sie den Pferdekörper berührte. Verärgern wollte sie ihn auf keinen Fall! So vorsichtig wie möglich hielt sie sich an der Mähne fest, die aus dem Pferderücken wuchs und dann in feinere kurze schwarze Haare am menschlichen Teil des Körpers überging.

„Lasst den Feind die feindlichen Handlungen beginnen, bevor ihr zuschlagt. Und wartet auf meine Rückkehr!"

Mit diesen Worten trabte er erhobenen Hauptes los. Temi fiel fast von seinem Rücken, weil sie es nicht wagte, ihre Beine so fest gegen seinen Körper zu pressen, wie sie es beim Reiten tun musste. Zu fest an seiner Mähne reißen wollte sie auch nicht. Er konnte ihr Zögern wohl spüren. „Halt dich richtig fest!", befahl er ihr. Ihre Hände zitterten, aber sie gehorchte und drückte ihre Schenkel so fest an seinen Körper, wie sie nur konnte.

Kaum merkte er das, wechselte er aus dem Trab, kanterte ein paar Sätze lang und verfiel dann in einen regelmäßigen Galopp. Trotz ihrer Anspannung atmete Temi auf. Beim Reiten hatte sie beim Trab immer mehr Probleme als bei der schnelleren Gangart. Und der Kentaur rannte so leichtfüßig über die Wiese, dass sie zu fliegen meinte. Er hielt genau auf das befestigte Lager zu und Temi erwartete schon, dass ihnen aus den Zelten Wachen entgegenkommen und sie gefangen nehmen würden. Doch es war weit und breit niemand zu sehen. Xanthyos wurde auch nicht langsamer. Er rannte weiter durch die leeren Gassen und schoss nach wenigen Sekunden durch das offene Holztor auf der anderen Seite des Lagers hinaus. Als er eine leichte Kurve lief, wagte Temi es, einen Blick zurückzuwerfen. Die anderen Kentauren waren, wie Xanthyos befohlen hatte, tatsächlich zurückgeblieben. Sie verfolgten sie von der Anhöhe aus mit Blicken.

Unvermittelt neigte Xanthyos im vollen Lauf den Kopf zur Seite und blickte sie aus den Augenwinkeln an. „Wie heißt du?", fragte er und sprang über einen kleinen Graben, ohne auf den Boden zu sehen. Er schien die Gegend in- und auswendig zu kennen.

Seine Stimme klang barsch, sein Blick hingegen verriet zu Temis Verwunderung eher Neugier und Interesse. Das war ein gutes Zeichen, entschied sie.

„Temi", antwortete sie schnell.

„Wie bist du hier hergekommen?"

„Ich weiß es nicht. Einen Moment war ich in meinem Zimmer in Trier, den nächsten hier. Also dort hinten", korrigierte sie sich stotternd. „Aber ich weiß nicht mal, wo *hier* ist. Oder wie es passiert ist." Sie hoffte, dass er ihr das glaubte. „Eure Majestät!", ergänzte sie. Die Krieger hatten ihn so genannt; dann war es vermutlich klüger, das auch zu tun.

Xanthyos runzelte die Stirn, während er weiter geradeaus über die Ebene galoppierte. „Ich glaube dir, dass du nicht weißt, wo *hier* ist. Ich habe noch nie etwas von einer Menschenstadt namens ... Trier gehört. Und kein Mensch unserer Welt würde mich freiwillig Majestät nennen, nicht einmal, um sein Leben zu retten."

Temi zuckte mit den Schultern. „Aber wenn Ihr König seid ..." Sie verstummte. Menschen und Kentauren hatten hier wohl kaum einen gemeinsamen König. Die Kentauren hassten die Menschen. *„Ehre, wem Ehre gebührt*, heißt es da, wo ich herkomme", erklärte sie und wagte ein kleines Lächeln. Xanthyos presste die Lippen zu einem schmalen Strich zusammen. Er blickte wieder nach vorne, sodass Temi sein Gesicht nicht mehr sehen konnte, und stoppte dann so plötzlich, dass Temi bei einem Pferd wohl vornüber geflogen wäre. So aber prallte sie gegen seinen menschlichen Oberkörper.

Sie wollte sich entschuldigen, aber Xanthyos kam ihr zuvor. „Verzeih!", sagte er. „Ich bin es nicht gewohnt, jemanden auf meinem Rücken zu tragen." Temi versuchte, ihre Gedanken zu ordnen. Das Ganze wurde immer verworrener. Der König bat sie um Verzeihung, obwohl Menschen und Kentauren verfeindet waren. Wie sollte sie das verstehen?

Xanthyos drehte sich wieder zu ihr um. „In deiner Welt sind Kentauren und Menschen nicht verfeindet?", fragte er ungläubig. Temi öffnete und schloss den Mund sofort wieder. Wie sollte sie ihm erklären ...? Gab es irgendeinen sanften Weg? Kaum – zumindest fiel ihr auf die Schnelle nichts ein und er wartete auf ihre Antwort.

„Bei uns ... gibt es keine Kentauren", murmelte sie, halb in der Hoffnung, dass er sie nicht hörte und nicht nachfragen würde. Aber das war natürlich ein frommer Wunsch. Er hatte sie gehört – und verstanden.

Seine Augen weiteten sich. Dann wandte er sich erneut ab und ging ohne ein Wort wieder los. Er ging die nächsten Meter, langsam, wohl in Gedanken versunken, ehe er wieder antrabte. „Außenwelt ... vielleicht sollte man es Fremdwelt nennen", sagte er, mehr zu sich selbst als zu ihr. „Ich hätte es wissen müssen."

Temi schwieg. Woher hätte er es wissen müssen? Wieso nahm er so einfach hin, dass es in ihrer Welt keine Kentauren gab? Seine Artgenossen hatten ihr noch nicht mal geglaubt, dass sie überhaupt aus einer anderen Welt stammte. Auch die meisten Menschen in ihrer Welt hätten sie für verrückt erklärt, wenn sie behauptet hätte, aus einer anderen Welt zu stammen. Doch Xanthyos schien das alles nicht wirklich zu überraschen.

Er hielt erneut an. „Steig bitte ab. Ich möchte dein Gesicht sehen", forderte er sie auf. Temi glitt gehorsam von seinem Rücken.

„Du bist nicht die Erste, die vollkommen anders gekleidet ist als die Menschen hier." Sie starrte ihn an. Meinte er etwa ... „Es waren schon andere Außenweltler hier?"

Xanthyos nickte und Temis Herz schlug schneller vor Aufregung. „Viele?", fragte sie vorsichtig; diesmal schüttelte Xanthyos sofort den Kopf. „Eine Hand voll vielleicht. Doch keiner war so nahe an unserem Lager." Er verzog keine Miene, als er fortfuhr; er beobachtete sie nur genau. „Leider hat keiner von ihnen lange genug überlebt. Sie sind zwischen die Fronten geraten und entweder von uns oder den Menschen getötet worden. Aber wir sind nicht einmal ganz sicher, ob sie wirklich aus der Außenwelt stammten."

Temi spürte, wie die Farbe aus ihrem Gesicht wich. Auch sie war ja nur knapp dem Tod entronnen. Xanthyos bemerkte ihre Angst.

„Sobald du in der Stadt bist, bist du außer Gefahr", beruhigte er sie. „Ihr wollt mich in die Stadt der Menschen bringen? Ihr solltet Euch nicht in Gefahr bringen. Setzt mich doch lieber in der Nähe der Stadt ab, dann könnt ihr ungefährdet wieder verschwinden!", sprudelte es aus ihr heraus. Sie hatte zwar im ersten Moment furchtbare Angst vor dem Kentauren gehabt, aber er schien doch freundlich zu sein, und sie wollte nicht, dass ihm etwas zustieß.

Xanthyos lachte auf. Das Lachen machte ihn noch sympathischer. Sein langes schwarzes Haar hüpfte und sprang umher, an seinem Mund bildeten sich kaum sichtbare Lachgrübchen. Seine Augen funkelten in der Sonne moosgrün wie Smaragde.

„Nein, nach Šadurru zu gehen, wäre Selbstmord und ich bin noch nicht bereit, zu sterben. Ich werde dich zu *Fürst* Aireion bringen, dem Herrscher unseres Volkes." Die Verachtung, mit der Xanthyos das Wort „Fürst" aussprach, war nicht zu überhören. Es klang aus seinem Mund wie ein Schimpfwort. Das Lächeln war verschwunden, jetzt funkelten seine Augen vor Wut. „Er und seine Anhänger sind schwach und feige. Sie sind Menschenfreunde. Sie sehen nicht, dass uns nur noch der Krieg Frieden bringen kann."

„Aber wieso ...", fragte Temi.

„Ich bin sicher, der Fürst wird dir alles erklären; er wird sich freuen, dich zu sehen", unterbrach Xanthyos sie unwirsch. Temi schluckte. Es war wohl klüger, jetzt den Mund halten. Sie hatte offenbar einen wunden Punkt berührt und es war besser, den Kentauren nicht weiter reizen. Sonst überlegte er es sich vielleicht anders und hielt sie doch für einen Menschen aus seiner Welt. Das wollte sie nicht riskieren.

„Komm, steig auf", befahl er ihr, aber mit eher sanfter als herrischer Stimme. „Je schneller wir da sind, desto weniger kann passieren." Er hatte sich wieder im Griff.

Kaum saß sie auf seinem Rücken, startete Xanthyos und nach wenigen Sprüngen Anlauf flogen sie regelrecht über die Wiese. Das Gras musste Xanthyos bis zu den Knien, an mancher Stelle fast bis zum Bauch reichen, doch mit kräftigen Sprüngen katapultierte er sich über das Dickicht hinweg. Wenn es ihn behinderte, merkte Temi nichts davon. Von hier oben wirkte die Wiese wie ein wogendes grünes Meer, nicht einmal durchsetzt von Blumen oder kleinen Büschen. Doch Xanthyos hielt nun auf einen Wald zu. Die sanften Hügel hatten sie längst hinter sich gelassen und Temi konnte nicht erkennen, wie groß der Wald war oder was dahinter lag. Selbst im gleißenden Sonnenlicht wirkte er dunkel und bedrohlich. Zumindest bis sie näherkamen. In einer Geschwindigkeit, die Temi den Atem stocken ließ, schossen sie auf die Bäume zu und erst ein paar Sekunden, bevor sie die erste Baumreihe passierten, bemerkte sie einen schmalen Pfad im Wald – der aus der Nähe doch lichter wirkte. Xanthyos preschte mit unverminderter Geschwindigkeit auf den engen, von Moosen und Efeuranken überwucherten Waldweg. Vögel flogen schimpfend auf, wie die Amseln, die sich gestört fühlten, wenn man „ihren" Garten betrat, ihren Garten zu Hause in Deutschland.

Der Weg wurde offenbar nicht oft benutzt. An einigen Stellen war er zugewachsen und mehrmals duckte sich Xanthyos in letzter Sekunde vor tief herabhängenden Zweigen. Den einen oder anderen bekam Temi dann ab, obwohl der Kentaur fürsorglich den Arm hob und die Zweige aus dem Weg schlug.

„Duck dich!", rief er ihr zu, als wieder einmal ein kleiner Ast in ihr Gesicht peitschte. Das war leichter gesagt als getan. Es war ohnehin schwierig genug, auf dem hohen Pferderücken das Gleichgewicht zu halten. Ducken konnte sie sich nur, indem sie näher an Xanthyos heranrückte. Sie zögerte kurz, aber als ihr der nächste Zweig an den Hals schlug, schmiegte sich Temi scheu an seinen Körper und schlang ihre Arme um seinen Oberkörper. Sie spürte, wie Xanthyos seine Muskeln kurz anspannte. Seine Sprünge wurden stockender, staccatohafter, als kämpfte er mit sich selbst, ob er diese ungewohnte Berührung zulassen oder sie abschütteln sollte. Doch bald entspannte sich der Kentaur und seine Sprünge wurden wieder länger und rhythmischer.

Der Wald schien kein Ende zu nehmen; Nadel- und Laubbäume wechselten sich ab; hier sprang Xanthyos unvermittelt über einen Bach, dort wurde er langsamer, weil er sich einen Pfad durch ein Dickicht aus Schlingpflanzen und Brennnesseln bahnen musste. Dabei blieb die Landschaft flach; Temi bemerkte keine wesentlichen Anstiege oder Punkte, von denen sie die Umgebung hätte überblicken können. Etwas Gutes hatte der mühsame Ritt durch das Unterholz aber: Die sengende Sonne schimmerte nur hin und wieder durch das dichte Blätterdach. Es musste definitiv Sommer sein, oder sie befand sich in einem Land, in dem schon im Frühling die Temperaturen so hoch waren wie im deutschen Sommer. Vielleicht waren sie in Thessalien, den griechischen Sagen zufolge dem Heimatland der Kentauren.

Temi verlor jedes Zeitgefühl und ihre Armbanduhr funktionierte in dieser Welt nicht. Irgendwann, Temi schätzte nach einer Stunde oder vielleicht anderthalb, lichtete sich urplötzlich der Wald. Ein paar Hügel und eine Wiese mit hohen Gräsern breiteten sich vor ihnen aus. Und dort, nicht weit von ihnen entfernt, ragte eine steinerne Stadtmauer in die Höhe, nur überragt von einer Veste in der Stadt.

Xanthyos hielt abrupt an und erlaubte ihr, die Szenerie zu erfassen. Kleine Gestalten sprangen im Schatten der Mauer umher und jagten einander nach, über die sonnengeflutete

Wiese bis zu einem einsamen Baum auf halbem Weg zwischen Mauer und Waldrand, und zurück. Temi sog hörbar Luft ein: Es waren Kinder – spielende Kentaurenkinder! Sie hatte sich noch nie Kentaurenkinder vorgestellt. Ihr Herz zerschmolz bei dem Anblick. Doch sie hatte keine Zeit, diesen Wesen mit den langen staksigen Beinen zuzusehen, denn ein klarer Trompetenton erscholl aus der Stadt. Die Soldaten auf den Stadtmauern waren auf sie aufmerksam geworden. Die Kentaurenkinder erstarrten in ihren Bewegungen, mit weit gespreizten Beinen, wie Fohlen, die sich verjagt hatten. Sie warfen wild den Kopf in alle Richtungen, um die Gefahr ausfindig zu machen, vor der die Trompete gewarnt hatte. Aus dem offenen Tor schossen mehrere Krieger heraus und galoppierten auf Xanthyos zu. Sie trugen keine massigen Eisenrüstungen, sondern Lederharnische und Helme mit wild flatternden Helmbüschen aus Pferdehaar – oder vielleicht ihrem eigenen Haar. Ein Ruck ging durch Xanthyos' Körper, als er aus dem Stand losgaloppierte. Eins der Kinder zeigte auf sie und mit einem Aufschrei stoben plötzlich alle auseinander und in Richtung Stadttor.

Temi richtete ihre Aufmerksamkeit jetzt ganz auf die acht Krieger, die ihre Schwerter gezogen hatten und fast gleichzeitig mit ihnen den einsamen Baum erreichen würden. Als hätte er ihre Gedanken erraten, wurde Xanthyos langsamer.

„Xanthyos!", stieß eine der Wachen hervor, als sie Temi und den Schwarzhaarigen erreichten und ein, zwei Meter von ihnen entfernt zum Halt kamen.

„Das bin ich", gab Xanthyos überheblich zurück. Er legte eine Hand auf Temis Arm – eine Geste, die den anderen Pferdemenschen nicht verborgen blieb. Das Gesicht des Kommandanten der Stadtwache verhärtete sich noch mehr.

Temi ahnte wieso: Wenn sie in der Stadt in Sicherheit sein sollte, wie er behauptet hatte, dann erzwang Xanthyos sich freien Eintritt in die Stadt, indem er sie „in der Hand" hatte. Aber seltsamerweise störte es sie nicht einmal, dass er sie als Pfand benutzte. Der schwarzhaarige Kentaur war ihr auf seltsame Art sympathisch, obwohl seine Krieger Menschen hassten. Wieso die Stadtwachen ihn gefangen nehmen wollten, verstand sie immer noch nicht. Sie musste sich jetzt einfach darauf verlassen, dass die „Menschenfreunde", wie Xanthyos sie genannt hatte, Temi nicht in Gefahr bringen wollten – und deshalb Xanthyos nicht zu nah kamen.

Sie ergriff seine Hand, die auf ihrem Arm lag, und hielt sie fest. Sichtlich verblüfft drehte er sich um. Temis Mundwinkel zuckten leicht nach oben. Damit hatte er wohl nicht gerechnet.

Der Befehlshaber schnaubte verärgert, drehte sich mit einer ungestümen Bewegung um und setzte sich an die Spitze der kleinen Gruppe. „Folgt mir. Fürst Aireion wird euch sprechen wollen." Xanthyos nickte kurz und im Trab näherten sie sich der Stadt und gingen dann kurz vor dem Tor ins Schritttempo über. Temi entging es nicht, dass die Wachen Xanthyos in die Mitte genommen und ihre geraden und gekurvten Schwerter noch nicht weggesteckt hatten. Auf der Stadtmauer standen mehrere Kentauren mit Bogen und locker aufgelegten Pfeilen, bereit, auf sie zu zielen. Im Torbogen standen zwei weitere Pferdemenschen mit Lanzen, die die Sarissen der makedonischen Infanterie wie Besenstiele aussehen ließen: Sie hatten gebogene Spitzen und auf der Innenseite kleine Zacken, die wie Widerhaken wirken würden, wenn die Lanze ihr Ziel traf.

In sicherem Abstand zum Tor, außerhalb der Mauer, standen immer noch einige Kinder. Sie wichen ängstlich zurück, als Temi in ihre Richtung sah. Ein Mädchen und ein Junge starrten sie neugierig an – oder eher Xanthyos?

Eskortiert von den Wachen schritt der würdevoll mit erhobenem Kopf durch das Stadttor. In der Stadt hatte sich ihre Ankunft schon herumgesprochen: Am Straßenrand versammelten sich Männer, Frauen und Kinder und musterten sie unverhohlen. Nervös drückte Temi Xanthyos' Hand fester. Sie hasste es, angestarrt zu werden. Dass es Kentauren waren, zwischen denen sie auffiel wie ein bunter Hund, machte es nicht besser. Es behagte ihr nicht, ihnen hilflos ausgeliefert zu sein. Allerdings schauten diese Pferdemenschen sie nicht so voller Hass an, wie Xanthyos' Krieger, sondern neugierig, wie ein exotisches Tier, das sie noch nie zuvor gesehen hatten.

„Dir wird nichts geschehen!", flüsterte Xanthyos ihr zu. Temi wollte ihm nur zu gerne glauben. Doch ihre Angst ließ nur langsam nach. Schritt für Schritt näherten sie sich der Veste. Es war erstaunlich! Wie konnten Halbmenschen mit einem tierischen Unterleib derartig hohe Gebäude errichten? Schließlich waren sie weder in der Lage zu klettern noch auf Mauern zu balancieren. Die Stadtmauer war freilich breit genug, dass zwei Kentauren hintereinander stehen konnten, aber wie hatten sie sie gebaut?

Temi nahm sich vor, Xanthyos später danach zu fragen, wenn sie die Gelegenheit haben würde. Wenn!

Die Häuser, an denen sie vorbeitrabten, waren braun, aus gebrannten Ziegeln oder Stein. Nur hier und dort waren Gebäude weiß getüncht, die meisten waren einfach und schmucklos. Die Mauer der Veste war dagegen ganz aus weißem Stein, der an manchen Stellen schwarz angekohlt und von Wind und Wetter abgerieben und grauer war.

Das schwere eisenbeschlagene Tor der Veste öffnete sich knarrend. Die Sonne schien hinter der Stadt, als sie die Veste betraten. Doch als sich das Tor hinter ihnen schloss, wurden die Strahlen ausgesperrt. Im dämmerigen Licht erkannte Temi zunächst nichts, schnell aber gewöhnten sich ihre Augen an die Dunkelheit. Hier lagen weitere Wohnhäuser, geräumiger als die in der Stadt. Und nicht zu übersehen war der Palast, das größte und prachtvollste Gebäude im Zentrum der Veste. Exakte, stilvoll gearbeitete Reliefs und Malereien zierten seine Wände.

Mit offenem Mund ließ Temi ihren Blick über die Wände gleiten, die von tanzendem Fackellicht nur spärlich erhellt wurden. Hier jagten Kentauren und reitende Menschen mehreren Stieren hinterher. Dort wölbte sich ein gekrönter Kentaur in edler Rüstung aus dem Stein hervor. An einer anderen Wand kämpften zwei Pferdemenschen mit Schwert und Stab gegeneinander – ob aus Spaß oder erbittertem Hass konnte Temi ihren Gesichtern nicht entnehmen. Eins war klar: Die Kentauren waren ganz anders, als sie in den griechischen Sagen beschrieben wurden.

Die Wache neben ihr schien ihre Überraschung deutlich in ihrem Gesicht abzulesen. „Wir sind nicht so unzivilisiert wie die Menschen behaupten. Wir sind nicht von den Musen verlassen. Wir lieben die Kunst und schmücken unsere Wohnhäuser innen aus. Der äußere Schein trügt."

Staunend schüttelte sie den Kopf. Und da hieß es in den Sagen, Kentauren wären grausame und rohe Burschen! Abgesehen von der ersten – ziemlich furchteinflößenden – Begegnung mit Xanthyos' Kriegern machte sie ganz andere Erfahrungen. Allerdings hatte Xanthyos sie auch nur aus dem einen Grund verschont, dass sie aus einer anderen Welt stammte. Auf die Menschen hier wirkten die Kentauren wahrscheinlich wirklich bedrohlich, wenn die Pferdemenschen ihnen so begegneten wie Temi zuerst. Außerdem wurde in jedem Konflikt, in jedem Krieg, der Feind als schlecht, unzivilisiert, böse dargestellt. Sich selbst konnte man dann besser als Opfer oder Inbegriff der Tugend inszenieren. Als Unschuldige, denen von einem barbarischen Feind ein Konflikt aufgezwungen wurde. Ein Konflikt, der eine gewaltsame Reaktion rechtfertigte. Ein gerechter Krieg.

Und am Ende setzte sich die Sicht des Siegers durch. In ihrer Welt gab es keine Kentauren. Gab es keine Kentauren *mehr*? Die menschliche Sicht hatte sich ganz offensichtlich durchgesetzt.

„Das ist wunderschön!", stieß sie hervor, als die Wache neben ihr sie neugierig ansah: Er wartete auf ihre Meinung. Sie meinte es ernst. „Etwas Vergleichbares habe ich noch nicht gesehen. Ich wünschte, ich könnte so malen", seufzte sie leise. Der Kentaur lächelte geschmeichelt.

Kentauren waren schon lange ihr Lieblingsmotiv beim Malen, doch obgleich sie viel übte, hatte sie noch immer Probleme mit den Proportionen des Pferdekörpers und der Beine. Sie musste nachher unbedingt noch mal wiederkommen und sich das genauer ansehen!

Der Befehlshaber, der hinter Xanthyos schritt, lachte auf. „Das ist dir wohl noch nie passiert, dass ein Mensch deine Werke würdigt, oder Kehvu? Es wird dir niemand glauben!" Temi musterte den blonden Kentauren neben ihr verblüfft. Hatte dieser Krieger die Malereien und Skulpturen geschaffen?

Sie wollte gerade nachfragen, als sie das Ende des Ganges erreichten – und damit den Thronsaal. Eigentlich war es kein richtiger Saal, eher eine Art Innenhof, von Säulengängen umgeben. Und natürlich gab es auch keinen Thron – wie sollte ein Kentaur sich auch auf einen Stuhl setzen! Aber die weiße steinerne Tafel und die prächtigen Banner an der Seite – blau mit silbernen Rändern und einem stilisierten galoppierenden Kentauren in der Mitte – erinnerte Temi an einen Thronsaal.

„Achtung! Fürst Aireion!", verkündete eine Wache an der gegenüberliegenden Tür, bevor sie sich weiter umsehen konnte. Die Wachen hielten an und glaubten wohl, dass Xanthyos ebenfalls stoppen würde. Doch der stolze Krieger ging einfach weiter, bis schließlich zwei der Kentauren ihre Lanzen vor ihm kreuzten. Alle außer Xanthyos knickten mit ihren Vorderläufen leicht ein und beugten ihren Oberkörper nach vorne. Der Schwarzhaarige dagegen senkte nicht einmal den Kopf, richtete seinen Blick stattdessen starr, fast ein wenig arrogant auf die Tür.

Der Kentaur, der eintrat, wirkte ebenso stolz wie Xanthyos – das erkannte Temi sofort. Sein Blick lag unbewegt und streng auf seinem Gegenspieler. Xanthyos erwiderte den Blick, ohne mit der Wimper zu zucken. Wer wohl als Sieger aus diesem stummen Duell hervorgehen würde? Temi hielt den Atem an, die Wachen warteten angespannt auf ein Zeichen des Fürsten. Niemand sagte ein Wort.

Temi nutzte die Sekunden der Stille, in denen man eine Feder auf dem Boden hätte aufschlagen hören können, um den Fürsten möglichst unauffällig zu mustern. Seine Statur war der Xanthyos' sehr ähnlich, doch anders als sein Gegenüber hatte er nicht pechschwarze, sondern schneeweiße, nein, silberne Haare. Sein Alter konnte Temi unmöglich einschätzen; graue oder silberne Haare waren normalerweise eher ein Zeichen des Alters, aber sein Gesicht war faltenlos und seine Hände, die locker an seinen Seiten herunterhingen, waren ebenso jung wie die von Xanthyos. Temi hatte keine Ahnung, wie alt

Kentauren überhaupt werden konnten. In der griechischen Sagenwelt war der weise Cheiron unsterblich gewesen, bis er eine tödliche Wunde erlitten hatte und an den Sternenhimmel versetzt worden war, um sein Leiden zu beenden. Das Leben aller anderen berühmt-berüchtigten Kentauren war in Schlachten oder Zweikämpfen gewaltsam beendet worden.

Das stille Duell der beiden endete in diesem Moment – ohne Sieger. Beide Männer sahen gleichzeitig zur Seite, als ob sie es vorher verabredet hätten. Da lösten sich auch die Wachen aus ihrer Starre. Der Befehlshaber der Stadtwache stampfte an Xanthyos vorbei. Seine Augen funkelten vor Wut, doch er hatte sich vor seinem Fürsten unter Kontrolle. Ehrerbietig neigte er nochmals den Kopf vor Aireion.

„Wir haben ihn am Waldrand aufgegriffen. Er war alleine, nur das Menschenmädchen war bei ihm. Er ...", kurz drehte er sich zu Temi um „... hielt sie fest. Deshalb konnten wir ihn noch nicht verhaften, ohne sie zu gefährden."

„Er hat mir nichts getan, ich wollte nicht, dass ihm etwas geschieht!", platzte es aus Temi heraus, und fügte schnell ein leises „mein Fürst" hinzu. Wachen und Fürst sahen sie überrascht an. Zu ihrer Erleichterung war der Silberhaarige aber nicht wütend darüber, dass sie sich so respektlos einmischte. Aireion musterte sie neugierig.

„So, das wolltest du also nicht.", wiederholte er ihre Worte nachdenklich. Vorsichtig nickte sie.

„Du wirst verstehen, dass wir deinem Wunsch nicht nachkommen können. Zwischen unserer Art und der deinen herrschen gewisse Spannungen." Er ließ sie nicht antworten. „Und Xanthyos ist ein Kriegstreiber. Wir können ihn nicht ziehen lassen."

Bevor sie etwas erwidern konnte, mischte sich Xanthyos mit barscher Stimme ein. „Kriegstreiber ... Die Menschen verhalten sich seit Jahren uns gegenüber feindselig, in den letzten Monaten wurde es immer schlimmer. Du bist blind, *Fürst*, wenn du immer noch auf Einigung hoffst. Doch das Schlimmste ist, dass du mit dieser naiven Hoffnung das Volk blendest und in trügerischer Sicherheit wiegst!", fuhr er den Herrscher an und um seine Worte zu unterstreichen, stampfte er mehrmals mit den Hufen auf den Boden.

Aireion ignorierte den Ausbruch vollkommen: „Wieso hast du das Mädchen gerettet, Xanthyos?", fragte er laut. Ein paar Sekunden lang schwieg Xanthyos, wütend darüber, dass sein Vorwurf übergangen wurde. Seine Nasenflügel zitterten, als schnaubte er lautlos, und seine Kiefer mahlten aufeinander, ehe er leicht nickte. „Sie stammt nicht von hier", antwortete er kühl. „Sie ist unschuldig."

Er atmete tief durch und drehte sich zu ihr um. „Steig ab!", wies er sie an. Temi gehorchte sofort. Sie rutschte von seinem Rücken. Kehvu, der blonde Künstler, zog sie auf der Stelle von ihm weg. Die anderen Wachen richteten wie auf Befehl ihre Schwerter auf Xanthyos. Der rührte keinen Muskel.

Vor Angst biss sich Temi auf die Lippen. Wollten sie Xanthyos etwa hier und jetzt umbringen? Würde er sich einfach so niederstechen lassen?

„Bringt ihn in den Kerker!", befahl Aireion, bevor sie etwas Unüberlegtes tun konnte. „Los!", befahl der Kommandeur der Stadtwache, aber Xanythos blieb stur stehen. Temi schwankte zwischen Bewunderung und Unverständnis über das Verhalten des schwarzhaarigen Kentauren. Nun nahm einer der Wachen eine Lanze, die wie zur Dekoration an der Wand neben ihm gestanden hatte. Doch er setzte nicht die furchterregende Spitze gegen Xanthyos ein, sondern stieß ihm den vier Meter langen Holzschaft in den Rücken. Der Schwarzhaarige blieb stehen. Am liebsten hätte Temi ihn selber angetrieben. Er wollte den König und seine Wachen provozieren, aber zu welchem Preis?

„Xanthyos", sagte Aireion – fast sanft. „Zwing die Wachen nicht dazu, dich zu fesseln." Er hob eine Hand und ein Kentaur mit grauem Fell und hellbraunen Haaren betrat den Thronsaal – mit zwei Fesseln in der Hand, die wie Handschellen wirkten, nur mit einer deutlich längeren Eisenkette dazwischen. Sie waren zu breit für die Handgelenke, also mussten sie für die empfindlichen Beine sein. Eine Erniedrigung für einen sprungkräftigen Kentauren wie Xanthyos?

„So lange du nicht einsichtig bist, gibt es nur einen Weg für dich hier hinaus. Der in den Kerker." Ein Funken Hoffnung glimmte in seinen Augen, doch als er Xanthyos' kühlem Blick begegnete, wich die Hoffnung der Enttäuschung.

Ob die Worte des Fürsten Ausschlag gaben oder der Kentaur mit den Fesseln, der näher kam: Xanthyos ließ sich erhobenen Hauptes mit einem letzten flüchtigen Blick auf Temi aus dem Thronsaal abführen. Als er nicht mehr zu sehen war, drehte sie sich um, um den Fürsten zu bitten, noch einmal über seine Entscheidung nachzudenken – doch Aireion stand auf einmal direkt vor ihr. Erschrocken wich sie zurück.

„Bevor du über die Ungerechtigkeit klagst, solltest du wissen, was geschehen ist", kam der Kentaur mit den silbernen Haaren ihr zuvor. „Doch verrate mir erst, wie du heißt und wie du hierhergelangt bist." Aireion hatte seine Stirn nachdenklich in Falten gelegt. Jetzt erst bemerkte Temi seine ungewöhnlichen Augen: Aus der goldenen Iris stach die schwarze Pupille unheimlich hervor. Doch sie empfand keine Angst. Ihr Herz klopfte nur hastig: Wie oft wurde man schon von einem Fürsten etwas gefragt? Unwillkürlich musste sie schmunzeln. Sie war in einer Welt mit *Kentauren* und sie hielt einen Wortwechsel mit einem Herrscher für etwas Besonderes?

„Temi Rothe", antwortete sie. „Ich weiß eigentlich nicht, was genau geschehen ist." Stockend erzählte sie Aireion, dass sie ein Buch über Mischwesen berührt hatte und dann lange gefallen und schließlich auf einer Wiese gelandet war.

Seine Ohren zuckten, als sie das Buch erwähnte, doch er sagte kein Wort, bis sie fertig war. „Xanthyos hat dich vor seinen eigenen Leuten gerettet. Ich verstehe, dass du, ein Mensch, der nie hier unter den Menschen gelebt hat, dankbar bist und dich zur Loyalität ihm gegenüber verpflichtet fühlst." Sie wollte protestieren, dass sie sich zu gar nichts *verpflichtet fühlte*, doch er fuhr schon fort: „Aber er ist eine zu große Bedrohung für unser Volk."

Ungläubig kniff sie die Augen zusammen sie. Warum bedrohte Xanthyos sein eigenes Volk? Sein Hass richtete sich doch gegen die Menschen. „Erklärt es mir, bitte!", bat sie ihn. Erneut nickte der König. „Ich will es versuchen." Er hielt kurz inne. Sein Blick glitt über die Reliefs und Wandmalereien an den Wänden des Thronsaals, ehe er anfing, zu sprechen: „Vor Jahrhunderten leben Kentauren und Menschen gemeinsam in diesen Landen. Die Menschen wohnten in den Städten; wir errichteten nur eine einzige befestigte Stadt, diese hier. Thaelessa. Denn der Großteil unseres Volkes zog es vor, in Freiheit zu leben. Unter Blättern statt unter steinernen Dächern, in der Natur statt zwischen Mauern. Wir ernährten uns von Quellwasser und frisch gejagtem Wild, anstatt Brunnen zu bauen oder Fleisch zu trocknen und zu lagern.

Deshalb glaubten die Menschen, wir seien unzivilisiert. Es war uns gleichgültig. Wir hatten wenig miteinander zu tun. Die Menschen sammelten für sich und die Ihren Reichtümer an. Es störte uns nicht. Sollten sie doch auf ihrem Land bleiben und Hab und Gut anhäufen. Uns war die Freiheit wichtiger."

Temi nickte. Das klang eher nach friedlicher Koexistenz. Nicht nach Freundschaft, doch auch nicht nach so unbändigem Hass, wie sie ihn in den Augen von Xanthyos' Kriegern gesehen hatte.

„Das erste Mal eskalierte die Situation, als die Menschen begonnen hatten, den Boden seiner Schätze zu berauben. Denn sie fanden einen Stein, dessen Farbe meiner Augenfarbe ähnlich war. Sie wollten ihn um jeden Preis besitzen und jagten ihm nach. Wir überließen ihnen die Ziersteine, die wir vom Boden aufgehoben hatten. Wir empfanden auch den schlichten grauen Stein als schön, vielleicht sogar als ansehnlicher als diesen goldenen."

Innerlich seufzte Temi auf. Die Menschen hatten Blut geleckt bzw. Gold gesehen. Sie ahnte, was nun kam: Sie waren gieriger nach diesem Edelmetall geworden. „Das ist bei uns auch so ...", sagte sie. „Den meisten Menschen geht es ums Geld. Ums Gold", korrigierte sie sich; wahrscheinlich wussten die Kentauren nicht, was Geld war.

Aireion runzelte die Stirn. Vielleicht hatte er gedacht, ihre Welt wäre vollkommen anders. Dann nickte er leicht und fuhr fort:

„Doch irgendwann reichte ihnen nicht mehr, was sie bei sich fanden. Ohne Vorwarnung sandten sie ein Heer in unser Land und drangen in unsere Stadt ein. Wir versuchten, uns zu wehren, aber die Menschen hatten uns überrascht. Sie töteten unseren König und die Erbin seiner Krone. Unsere Vorfahren mussten fliehen, doch sie sammelten sich. Ein paar Tage später eroberten sie die Stadt zurück. Viele starben damals. Kentauren wie Menschen." Aireion schüttelte, sichtlich aufgewühlt, den Kopf.

„Nach dieser Schlacht waren beide Völker so entsetzt über die eigenen Verluste, dass sie einen Friedensvertrag schlossen. Diejenigen, die weiteres Töten verhindern wollten, waren lange in der Überzahl. Die Menschen hörten auf, in unserem Land nach Reichtümern zu suchen, und wir hielten uns von den Grenzen der Menschen fern. Aber unsere Beziehungen waren nicht mehr die besten. Dann gab es eine Zeit, 50 Jahre später, auf die wir hier in Thaelessa nicht stolz sind. Es kam ein König an die Macht, der mit silberner Zunge viele in eine Richtung trieb, die sie sonst nicht eingeschlagen hätten. Ilokhas marschierte gegen den Stamm der Heqassa, dessen Land am nächsten an unserem liegt. Es war Glück, müssen wir heute eingestehen, dass er in dieser ersten Schlacht fiel. Doch mit ihm leider auch ein Großteil der Jugend unseres Volkes, die seiner Silberzunge blind gefolgt waren. Die Heqassa suchten Vergeltung und erlitten fast ebenso große Verluste. Danach wurde der Friedensvertrag erneuert. Das Misstrauen war seitdem zwar groß, aber es passierte nie etwas und 500 Jahre später hielt der Friede immer noch. Es war eine gute Zeit und sie reichte bis meine Kindheit. Mein Vater half dem König der Menschen in einer schwierigen Situation, als Šadurru, die Stadt der Heqassa, von einem anderen Menschenstamm belagert wurde. Sie bekräftigten danach den Frieden, indem sie ihre ältesten Söhne als Versicherung in die Hauptstadt des anderen Volkes schickten. Doch dann gab es bei den Kentauren und bei den Menschen unerklärliche Tode, und in beiden Städten begann es bei den Bewohnern zu brodeln. Wenn sie nicht den fremden Königs- bzw. Fürstensohn selbst des Mordes verdächtigten, sahen sie in dessen Anwesenheit ein schlechtes Omen."

Temi atmete hörbar aus. Das konnte ja nicht gutgehen. Irgendetwas musste passiert sein, das die Beziehungen ernstlich gefährdet hatte.

„Mein Vater hatte meinen älteren Bruder, Tisanthos, zu den Menschen gesandt. Der Menschenkönig hatte ihn mit aller nötigen Achtung aufgenommen. Doch konnte er ihn nicht schützen. Sie erschlugen ihn wie ein Tier, als er eines Nachts durch die Gassen wanderte, wie er es gerne tat. Der König trauerte um ihn. Mein Vater sandte den Sohn des Menschenkönigs heimlich zurück. Sonst wäre er ganz sicher aus Rache getötet worden – und er ist der einzige Erbe des Königs.

Mein Vater allerdings starb aus Gram über den Tod seines Ältesten. Ich übernahm mit 17 Jahren die Herrschaft in Thalas. Der Menschenherrscher bat mich, den Friedensvertrag zu bestätigen und ich tat es. Ich war mit seinem Sohn Imalkuš aufgewachsen. Ihn traf keine Schuld."

Aireion sah Temi plötzlich an. Hatte der Fürst eben noch in Gedanken verweilt, war sein gerade noch abwesender Blick nun wieder äußerst klar.

„Den Friedensvertrag gibt es immer noch. Doch er ist in Gefahr. Der König war schon betagt, als mein Bruder zu ihm kam. Es gibt Gerüchte, dass er an einer Seuche erkrankt ist, die die Stadt heimgesucht hat. Selbst wenn das nicht wahr ist, muss er das Ende seiner Tage bald erreicht haben. Wie Imalkuš uns gegenüber eingestellt ist, wissen wir nicht. Nach seiner Rückkehr hatten wir keinen Kontakt mehr, und das ist nun 14 Jahre her. Wir haben ein paar Jahre unserer Kindheit miteinander verbracht, aber ob er sich an unsere Freundschaft erinnert oder ob er zu unserem Feind geworden ist ...?" Aireion zuckte resigniert mit den Schultern. „In so vielen

Jahren kann sich vieles ändern." Dann verfiel er in Schweigen.

Temi fasste Mut: „Und wieso ist dann *Xanthyos* eine Bedrohung?", fragte sie erneut.

„Er ist der Anführer der Gruppe unseres Volkes, die den Krieg für nötig hält oder aus persönlichen Gründen will. Er verwand den Tod des Prinzen nie und konnte nicht akzeptieren, dass es keine Rache gab. Seine Anhänger werden immer zahlreicher und er hat leider in einer Sache Recht: Es gibt immer mehr Übergriffe – von beiden Seiten – und jedes Haar, das gekrümmt wird, schürt den Hass zwischen unseren Völkern. Schon damals gab es auch unter den Beratern des Menschenkönigs solche, die uns feindlich gesinnt waren. Sie dürften dort ähnlichen Zuspruch erhalten wie Xanthyos hier. Es ist eine Spirale, aus der wir noch keinen Weg hinaus gefunden haben."

„Xanthyors *möchte* also Krieg?", fragte Temi. Sie hatte es eigentlich die ganze Zeit geahnt.

„Er möchte Rache. Er hält es für gerecht. Und die Schwierigkeiten an der Grenze bestärken ihn nur. Nur eine Prophezeiung hielt ihn bisher davon ab, den Krieg gegen die Menschen zu beginnen. Die Prophezeiung ist der Grund, warum er dich vor seinen Kriegern gerettet hat. Sie tauchte irgendwann während des ersten Krieges zwischen unseren Völkern auf; wer sie äußerte und wie sie sich verbreitete, können wir heute nicht mehr nachvollziehen, aber ihr Sinn ist seitdem in unseren Archiven niedergeschrieben. Ein Mensch, der die Vergeltung nährt und den Tod gezähmt hat, ohne sein finsteres Antlitz zu sehen, ein Mensch, der Kentauren liebt und doch ihr Herz in Stücke reißt, wird Gerechtigkeit bringen und dauerhaften Frieden. Den Menschen hier traut er es nicht zu. Die Fremden aber, die in den vergangenen Jahren immer wieder in unsere Welt geraten sind, versucht er zu finden und zu retten. Bislang vergeblich. Einige von ihnen starben, ob es noch mehr gab und ob sie wieder in ihre Welt zurückkehrten, weiß niemand. Ich halte es aber für wahrscheinlich, dass sie alle von kriegslüsternen Menschen oder aber von Kentauren getötet worden sind."

Temi versuchte zu begreifen, was Aireion gerade gesagt hatte und musste fast lachen. Das waren Forderungen, die sie nicht erfüllen konnte. „Den Tod gezähmt?", wiederholte sie. „Ich glaube, da ist Xanthyos an die Falsche geraten. Ich kann genauso sterben wie alle anderen Menschen." Sie schüttelte den Kopf. „Ich wünsche mir trotzdem, dass er wieder freigelassen wird.", fügte sie dann leise hinzu.

Der Kentaur drehte sich so abrupt weg, dass seine langen Haare durch die Luft flogen. *Das war dumm!* schoss es Temi durch den Kopf.

„Du weißt nicht, was du verlangst. Xanthyos ist unberechenbar. Er wird den Frieden und unser Volk durch sein Verhalten gefährden."

„Er ist nicht so unvernünftig und kriegslustig!", behauptete Temi kühn. „Er hätte mich wohl kaum gerettet, wenn er nicht noch Hoffnung auf eine gerechte Lösung hätte."

Aireion sah nachdenklich auf sie hinab. „Du, Menschenmädchen, meinst ihn so gut zu kennen, ja?"

Seine Stimme klang sanft, aber Temi zog ihren Kopf ein, als hätte er sie barsch angefahren. „Nein ... natürlich nicht", gab sie kleinlaut zu und klammerte sich dann an einen Strohhalm: „Aber Ihr? Ihr hofft doch selbst, dass er nur Gerechtigkeit will und einen Krieg zu vermeiden versucht. Ihr kennt ihn doch gut."

Kaum hatte sie zu Ende gesprochen, senkte sie den Blick. War sie wahnsinnig? Solche Forderungen zu stellen ... wie konnte sie es wagen? Sie kannte Xanthyos wie lange? Seit drei

Stunden? Viele Worte hatten sie nicht gewechselt und über sich hatte er gar nichts preisgegeben. Und da maßte sie sich an, Aireion zu sagen, wie Xanthyos dachte?

Das Klappern der Hufen auf dem Steinboden ließ sie aufhorchen und aufsehen. Aireion ging weg. Hilflos sah sie dem Kentauren hinterher. Alles sprach dafür, dass Xanthyos die Menschen hasste und einen Krieg in Kauf nahm. Dennoch, ihr Gefühl sagte ihr, dass er unbedingt frei sein musste.

Als Aireion die Tür erreichte, blieb er nocheinmal stehen. Temi sah nur seinen Rücken, seinen ständig hin und her zuckenden Pferdeschwanz. Angespannt wartete sie auf seine Antwort: „Ja, ich kenne ihn gut." Seine Stimme war leise, aber dennoch klar verständlich. „Er ist mein Bruder."

Frieden in Thaelessa

Temi starrte noch lange die Tür an, durch die er verschwunden war. Eigentlich hätte sie es sich denken können. Das war der Grund, warum die anderen Xanthyos mit „Majestät" anredeten – natürlich hätte er auch ein Anwärter auf den Thron, ein Konkurrent sein können. Doch hätte ein erbitterter Rivale Aireion so respektlos ansprechen können, ohne dafür bestraft zu werden?

Und es erklärte auch, warum ihn der Tod des Fürstensohnes so getroffen hatte: Es war schließlich auch sein Bruder gewesen.

Und Aireion? Wie schwer musste es für ihn sein, dass sein eigener Bruder ihn so verachtete und für unfähig hielt? Dass er seinen Bruder in den Kerker werfen musste, um den Frieden zu bewahren, da der grimmige Rebell in Freiheit zu gefährlich war?

Temi schluckte. Der Fürst war verschwunden, ohne ihre Antwort abzuwarten, und hatte sie ihren Gedanken überlassen. Sie stand alleine im Innenhof, doch sie hatte das Gefühl, dass sie beobachtet wurde, auch wenn sie niemanden sah. Sie würde in Aireions Position nichts anderes befehlen.

Was also sollte sie nun tun? Aireion zu folgen kam nicht in Frage; er hatte sie quasi entlassen und sie hatte keine Ahnung, wo sie landen würde, wenn sie eine der Türen an den Seiten des Thronsaals öffnete.

Suchend sah sich Temi um. Erst jetzt bemerkte sie Malereien an einigen der Säulen. Neugierig trat sie näher. Das war unglaublich. In Italien hatte sie Wandbilder mit unheimlich zarten Pinselstrichen gesehen, realistisch und schön, wie die Naturszene in der Villa di Livia, und eindrucksvolle Mosaike wie das Alexandermosaik im Haus des Faun. Aber die Malerei hier war atemberaubend. Und das konnte Kehvu nicht alles alleine gemalt haben; es musste noch mehr begnadete Künstler geben.

Vorsichtig berührte sie das Bild des dunkelhaarigen jungen Kentauren in silber glänzender Rüstung. War das Xanthyos, als er noch im Palast lebte und hier mit Aireion um die Wette lief? Er auf der einen Seite der Säule, sein Bruder auf der anderen, das Ziel direkt vor ihr als Betrachter. Das Ganze wirkte durch feine Relieferhebungen räumlich. Ihr lief ein Schauer über den Rücken. Die Zeiten hatten sich geändert. Aber sie wünschte sich, die beiden wieder zusammenzubringen. Xanthyos hatte ihr das Leben gerettet. Schuldete sie ihm da nicht ihre Hilfe?

Und was war mit der Prophezeiung? Sie liebte Kentauren, wie die Prophezeiung es verlangte, aber ihr Herz in Stücke zu reißen? Einen Kentauren töten? Das würde sie nicht! Und den Tod zu zähmen? Hieß das, *nicht* zu sterben? Das konnte kein Mensch! Bedeutete das also, dass niemand helfen, niemand den Krieg verhindern konnte? Die Vergeltung nähren ... das klang eher so, als sollte sie das Feuer schüren als den Konflikt zu verhindern.

Plötzlich fühlte sie sich müde und mutlos und ließ ihre Schultern sinken.

Aber wer sagte, dass der Orakelspruch stimmte? Vielleicht war er auch im Laufe der Überlieferung immer weiter verändert worden. Sollte sie unabhängig davon versuchen, zu helfen? Aber wie? Sie kannte niemanden hier und viel hinderlicher: Niemand kannte sie. Warum sollte da irgendjemand auf sie hören? Andererseits: Sie liebte Kentauren. Und *sie* war hierhergeraten. Nicht irgendjemand, der nicht einmal wusste, was Kentauren waren, oder der sich nicht für griechische Mythen interessierte, oder dessen Lieblingsgestalten Greife waren, oder der Minotaurus. Nein, sie. Die für Kentauren schwärmte. Das war schon ein ziemlich großer Zufall.

Was konnte und sollte sie tun? Sollte sie Aireion ihre Hilfe anbieten? Konnte sie vielleicht – von Mensch zu Mensch – leichter mit dem Thronfolger der Menschen sprechen? Ihn an die Zeit erinnern, als er mit Aireion aufgewachsen war? Oder sollte sie einfach in Thaelessa warten, bis sie irgendwann wieder nach Hause kam?

Was, wenn es keinen Rückweg gab? Die anderen Menschen, die aus ihrer Welt hierhergelangt waren, waren vielleicht gestorben – war helfen der einzige Weg, um zu entkommen? Temis Puls schoss in die Höhe und ihr Atem wurde immer schneller. Sie schlang ihre Hände ineinander und presste Fingernägel in ihre Haut. *Beruhig dich!*, versuchte sie, sich wieder unter Kontrolle zu bringen. *Du weißt nicht mal, wo du bist! Vielleicht kennen die Kentauren den Weg ja auch! Vielleicht kennen ihn die Menschen in Šadurru. Vielleicht haben die Außenweltler es einfach nicht geschafft. Oder sie haben einen einfachen Weg zurück gefunden, bevor sie den Kentauren überhaupt begegnet sind!*

Langsam ließ das Zittern ihrer Hände nach und sie nahm sich vor, diese Fragen gleich als Erstes zu klären, sobald sie einen Kentauren sah.

Das Geräusch klappernder Hufen ließ sie aufblicken. Kehvu trat ein. Er trug keine Rüstung mehr; sein Oberkörper war nackt, nur ein weit ausgreifender Umhang wurde vor seinen Schultern mit einer Fibel zusammengehalten und bedeckte einen Teil seiner Oberarme und fast seinen ganzen Pferderücken. Es war wohl mehr Dekoration als wärmendes

Kleidungsstück. Temi vermied es, den muskulösen Oberkörper länger als einen Augenblick anzusehen. Falls er ihren Blick bemerkt hatte, ließ er es sich nicht anmerken. „Sie gefallen dir?", fragte er leise. Temi blinzelte verwirrt. Was meinte er? Ach ja, die Säulen. „Sehr!", gab sie zurück und fügte bewundernd hinzu. „Sie sind wirklich wunderschön."

Ein leises Lächeln breitete sich auf dem Gesicht des blonden Kentauren aus. Doch es verschwand wieder, als er sah, dass ihre Mimik ernst wurde. „Könnt Ihr mir sagen, wo ich bin? Also ich weiß inzwischen", stotterte sie, „dass euer Land Thalas heißt ... aber um wieder nach Hause zu kommen ... muss ich vielleicht wissen, wo Thalas überhaupt liegt."

Kehvu sah sie nachdenklich an. Durfte er ihr das sagen? Andererseits konnte es kein großes Geheimnis sein; die Menschen, die hier lebten, wussten es schließlich auch genau.

„Komm", sagte er, als hätte er ihre Gedanken gelesen. Er ging nicht in die Richtung, aus der sie gekommen war. Das Tor der Veste musste irgendwo rechts von ihnen liegen. Temi versuchte, die Orientierung zu behalten, als sie neben ihm hereilte – obwohl er langsam ging, musste sie fast laufen. „Du musst mich übrigens nicht mit ‚Ihr' anreden", sagte Kehvu lächelnd. „Ich bin nur ein einfacher Soldat. Ich bin Kehvu", sagte er und streckte ihr im Gehen die Hand entgegen, mit der Handfläche nach oben. Als er die Hand nicht zurückzog, streckte sie ihren Arm und legte zaghaft ihre Hand auf seine. Er ergriff ihr Handgelenk, drückte es kurz und ließ sie dann wieder los.

„Ich bin Temi."

Kehvu blickte wieder nach vorne. Der Gang, in dem sie waren, war dunkel, nur von Fackeln beleuchtet, die den ganzen Flur erhitzten. Der Boden war bedeckt mit festgetretener Erde. Hatten die Kentauren einfach Erde aufgeschüttet und Mauern darum gebaut? Der Gang führte steil nach oben. Auf glattem Stein hätten die Kentauren wahrscheinlich Schwierigkeiten gehabt haben, nicht zu rutschen. Die Erde aber war zwar festgedrückt, gab aber genug nach, damit die Pferdebeine sicheren Halt fanden.

Doch, einen Steingrund musste es geben, überlegte Temi. Sie bewegten sich in einer Spirale nach oben, wie auf einer Wendeltreppe. Nur dass es eben eine steile Rampe war.

Drei Mal mussten sie um die Innenachse herumgegangen sein, als Kehvu plötzlich anhielt und sich umdrehte. Der Gang war gerade breit genug, dass Kehvu zwischen den zwei Wänden stehen konnte, ohne sich verrenken zu müssen. Aber vor Kehvu lag gar keine Wand mehr, sondern eine Holztür, die in derselben Farbe und mit demselben Muster bemalt wie die Steine. Sie verschmolz regelrecht mit der Wand.

Bevor Temi darüber nachdenken konnte, was hinter einer so geheimnisvoll versteckten Tür liegen mochte, öffnete Kehvu sie. Das erste, was Temi sah, waren Fenster. Es überraschte sie; eine Veste sollte doch uneinnehmbar sein. Kentauren mochten hier nicht hochklettern können, Menschen allerdings schon.

Kehvu machte eine einladende Handbewegung und ohne zu zögern ging Temi hinein. Ihr Herz schlug schneller. Er konnte jetzt einfach die Tür zumachen und sie wäre hier gefangen. Sie trat ans Fenster. Es war definitiv zu hoch, um herunterzuspringen. Aber ihre vage Befürchtung blieb unbegründet.

Es war draußen mittlerweile fast dunkel und das Zimmer nicht viel heller als der Gang. Kehvu hatte eine Fackel von der Wand draußen genommen und kam nun damit herein. Er ging zu einem Becken, hielt die Fackel daran und einen Herzschlag später schossen Flammen fast einen Meter in die Höhe. Kehvu zuckte nicht einmal, während Temi zusammenfuhr. Dasselbe wiederholte er auf der anderen Seite. Nun war der Raum in ein rot glühendes Licht getaucht.

Temi sah sich um. Zwei Fensteröffnungen gab es, beide etwa zwei mal zwei Meter groß. Es stand eine massige Holzkiste an der Wand auf der anderen Seite des Zimmers und daneben ein runder Tisch, auf dem sich mehrere Figuren befanden. Es erinnerte sie an ein Schachspiel, nur mit deutlich weniger Figuren.

An der langen Wand, die den Fenstern gegenüberlag, befand sich ein riesiges Gemälde. Es begann direkt hinter der Tür und bedeckte die gesamte Wand.

Jetzt verstand Temi, wieso Kehvu sie hierhergebracht hatte: Es war eine Karte. Etwa eine Elle von den Rändern entfernt, zierten breite blaue Ranken das ansonsten beige- oder ockerfarbene Bild – im Fackellicht war es nicht ganz zu erkennen. Zwischen den Ranken und dem Rand waren kleine Figuren zu sehen: Kentauren, in verschiedenen Schlachtformationen. Menschen, die auf einem Hügel vor einer Stadt standen und den Kentauren entgegenstürmten. Hatte Kehvu deshalb gezögert, ihr das Bild zu zeigen?

Kehvu zeigte jetzt mit einer Hand auf eine Stelle auf der Karte. Auf eine befestigte Stadt mit hellen Mauern, braunen Häusern im Inneren und einer weißen Veste. Temi musste nicht nachfragen, um zu erkennen, dass das Thaelessa war. Die Stadt lag in der unteren Hälfte des Gemäldes, umgeben von mehreren Waldflächen; nur nach Norden hin schloss sich eine baumlose Ebene an. Hinter dem Wald links folgte ein Gebirge. Entweder war es so hoch, dass es gut und gerne an den Himalaya heranreichen musste, oder die Maßstäbe waren nicht so groß, wie Temi gehofft hatte. Es konnte natürlich auch sein, dass die Berge in Wahrheit flacher waren, dass sie nur für den Effekt auf dem Gemälde so hoch aussahen, so wie die Stadt wohl gegenüber den Wäldern auch größer gemalt war, damit sie auf der Karte nicht unterging.

Xanthyos und sie mussten aus dem Süden oder Osten an Thaelessa herangeritten sein. Sie konnte sich nicht daran erinnern, in der Ferne ein Gebirge gesehen zu haben, als sie sich der Stadt genähert hatten – aber das wollte nichts heißen. Sie hatte wahrlich auf anderes geachtet als auf den Horizont.

Etwa zwei Armlängen über der Stadtzeichnung war ein Strich, der – leicht kurvig – von Ost nach West reichte, bis er vor einer von Gebirgsgipfeln umgebenen Ebene abrupt aufhörte. Ein Fluss? Es gab noch mehr schlängelnde Linien, aber keine so dick wie diese. Vielleicht die Grenze des Landes? Um die Farben zu erkennen, reichte das Licht nicht aus.

„Das ist Thalas", sagte Kehvu und fuhr mit der Hand über die untere Hälfte der Karte, bis zu dem dickeren Strich heran. Also war es wohl wirklich eine Grenze. „Hier beginnt Hešara, das Land der Menschen. Es gibt verschiedene Menschenstämme, aber nur eines ihrer Reiche grenzt an Thalas. Das der Heqassa. Dort liegt ihre Hauptstadt, Šadurru. Drei Tagesläufe von Thaelessa entfernt."

Es war noch eine andere befestigte Stadt auf der Karte zu sehen, und darauf wies Kehvu jetzt. Drei Tagesritte! Das war weniger, als Temi gedacht hätte. Das bedeutete, das Gebirge im Westen war nicht weit entfernt, und die Karte endete zwei Tagesritte weiter im Süden. Weiter im Osten gab es ein größeres Gewässer, ob ein See oder ein Meer konnte man nicht erkennen: Die Karte endete dort mit Ranken am Rand.

„Hilft dir das weiter?", fragte Kehvu. Temi unterdrückte ein Seufzen. Nicht wirklich. „Wer wohnt denn dann weiter im Süden?"

„Niemand", antwortete Kehvu sofort. „Einige aus unserem Volk haben sich ein paar Tagesritte südlich von Thaelessa niedergelassen, aber niemand wohnt weiter weg als in 10 Tagesritten zu erreichen. Dahinter ... gehört das Land niemandem. Wir könnten es wohl beanspruchen, aber wofür? So viele sind wir nicht. Wir schicken regelmäßig Späher gen Süden, um zu erkunden, ob das Land immer noch unbewohnt ist. 50 Tage sind sie in verschiedene südliche Regionen gelaufen und sind niemandem begegnet."

Deshalb lohnte es wohl auch nicht, eine weitere Karte anzufertigen.

„Und die anderen Himmelsrichtungen?", fragte Temi. Sie versuchte, nicht ernüchtert oder frustriert, sondern neugierig zu klingen. „Das Gebirge im Westen und das Meer im Osten sind unüberwindbar. Und im Norden ... ja, da leben einige andere Menschenstämme. Weshalb ...", begann er, schüttelte dann aber den Kopf. „Schon gut. Natürlich willst du wissen, welche Stämme deines Volkes hier leben. Vielleicht ist ja sogar deiner dabei." Das bezweifelte sie, aber sie sagte nichts.

Kehvu ging zu der Kiste, öffnete sie und holte eine dünne Lederrolle heraus. Mit geübten Händen entrollte er sie. Es war ein Pergament, auf dem etwas geschrieben stand. Mit dem Kopf bedeutete Kehvu ihr, näherzukommen. Er legte das Pergament auf die Kiste. Das Fackellicht war hier nicht mehr stark genug, daher entzündete er noch eine dritte Feuerstelle, in der Ecke direkt neben der Kiste. Auf dem Pergament war ebenfalls eine Karte zu sehen. Temi erkannte sofort das Gebirge und das Meer an den Rändern wieder. Der Zeichner der Karte hatte die Bergspitzen im Westen einfach unendlich weitergezeichnet. Ob das auch so war, würde sie wohl nicht herausfinden. Was konnte das für ein Gebirge sein? Das Zagros-Gebirge? Der Kaukasus?

„Wie heißt das Gebirge?", fragte sie.

„Enessu."

Na das ist hilfreich, dachte Temi bitter. Das klang nicht mal annähernd nach einem der beiden Gebirge in der (näheren und weiteren) Umgebung Griechenlands.

Sie sah sich die Karte genauer an. Die beiden Städte fand sie dann auch schnell wieder; diesmal ging die Landschaft aber gen Norden weiter. Dort waren den Grenzstrichen nach zu urteilen fünf, nein sechs weitere Länder eingezeichnet. Zwei davon grenzten an Hešara, allerdings getrennt durch ein Gebirge. Alles in allem lagen die beiden Reiche Hešara und Thalas recht isoliert.

Diese Karte war, im Gegensatz zu der großen an der Wand, mit Schrift versehen – die sie aber nicht lesen konnte. „Wie heißen diese Länder?", fragte sie Kehvu und war mehr als dankbar für seine Geduld.

„Das ist Šur, das Land der Suraju", sagte er und wies auf das Land im Nordosten Hešaras. „Und daneben Paras, das Reich der Paršava."

Temi kniff die Augen zusammen. Diese Namen klangen vertraut. Mehr als das. Es waren leichte Abwandlungen von Völkernamen aus ihrer Welt. Aus der Vergangenheit ihrer Welt. Paras war der aramäische Name Persiens, Paršava war dem Wort Parθava, dem altpersischen Wort für die Parther, ähnlich, ein antikes Volk im heutigen Iran.

Und wenn sie sich in dieser Region der Erde befanden, dann fehlte vor dem anderen Länder- und Volksnamen nur ein „Aš-", und schon hatte man die Assyrer bzw. ihre Stadt Aššur. Wenn das eine zufällige Ähnlichkeit war, dann wollte sie nichts mehr mit Antike zu tun haben.

Natürlich war es das nicht. Die Frage war: Befand sie sich in der Vergangenheit oder – was die wilde Mischung der

Namensvariation (und vielleicht auch die Existenz der Kentauren) nahelegte – in einer seltsamen parallelen Welt?

„Hier, in Kaarun wohnt ein Volk, das sich Kharaala nennt. Das Land daneben ist Masoor, dann Kumen, Palkhonna und das ganz schmale Land im Norden ist Thuile." Temi hatte bei den weiteren Namen schon die Schultern hängen lassen – kein einziger davon klang auch nur ein bisschen vertraut. Erst den letzten konnte sie wieder einordnen. Auch wenn das kein bisschen half, denn die „Insel Thule" war eine Insel, die der griechische Entdecker Pytheas beschrieben hatte – nur leider existierte sie nicht. Es war ein mythischer Ort, kein realer. Und sie konnte sich nicht darauf verlassen, dass sie es wirklich mit Persern und Assyrern zu tun haben würde – wenn sie denen überhaupt begegnete. Das war wohl, wenn sie Kehvu richtig verstand, eher unwahrscheinlich.

Sie suchte die Karte ab nach irgendeinem Hinweis. War das alles? Im Norden von Thuile schloss sich erneut ein Gebirge an und damit endete auch diese Karte und für die Kentauren offenbar ihre Welt.

„Danke", sagte sie schließlich, als das Schweigen schon allzu lang dauerte. Jetzt konnte sie nicht mehr verhindern, dass sie unglücklich klang. Was bedeutete das für ihren Rückweg? *Vielleicht, dass du aufhören musst, nach einer logischen Lösung zu suchen!*, schalt sie sich selbst. *Du bist beim Berühren eines Buches hierhergefallen, Himmeldonnerwetter noch mal!* Hatte sie da erwartet, zu Fuß nach Trier zurückkehren zu können?

„Du wirst sicher einen Weg finden", sagte Kehvu, als hätte er ihre Gedanken gelesen – aber dieses Mal war es wohl nicht allzu schwer. Sie zwang sich zu einem Lächeln. Kehvu konnte nichts dafür und er hatte recht. Sie war ja gerade erst angekommen. Es würde einen Weg geben, sie musste ihn nur finden. Wenn sie aus einem Grund hierhergekommen war, dann musste sie diesen Grund – ihre Aufgabe oder was immer – vielleicht einfach nur erfüllen und dann gelangte sie zurück nach Hause.

Das brachte sie zu dem Problem zurück. Sie nickte leicht, mehr um sich selbst zu sortieren, als um Kehvu zu antworten. Aber der sah es als Zeichen, dass er ein anderes Thema ansprechen konnte: „Fürst Aireion bittet dich um eine Entscheidung. Soll Xanthyos sein Gefangener bleiben oder frei sein." Stumm starrte Temi Kehvu an. Der Fürst überließ tatsächlich ihr die Entscheidung? Warum? Hatte es mit der Prophezeiung zu tun? Wie sollte sich entscheiden? Sie musste Zeit gewinnen.

„Darf ich noch mal mit Xanthyos sprechen, bevor ich mich entscheide?"

„Du hast Zeit. Es ist spät und du musst müde sein."

Wie auf Befehl gähnte sie. Sie hatte es in den letzten Minuten verdrängt, aber der Adrenalinschub, der sie durch diesen unglaublichen Tag gebracht hatte, ließ nun deutlich nach. Draußen war es stockdunkel. Durch die Flammen im Zimmer konnte sie nicht einmal erkennen, ob der Mond schien oder viele Meter unter ihnen in der Stadt Fackeln die Straßen erleuchteten oder nicht. Es war einfach pechschwarz. Sie gähnte noch einmal. „Jetzt, wo du es sagst?!", scherzte sie dann und Kehvu schmunzelte.

„Ich bringe dich auf dein Zimmer."

Hatten sie hier Betten? Kentauren legten sich ja wohl nicht wie Menschen hin.

Kehvu legte seine Hand in ihren Rücken, um sie in die richtige Richtung zu lenken, zog sie dann aber so rasch wieder zurück, als hätte er etwas Unrechtes getan. Temi lächelte ihn aufmunternd an. Es hatte sie nicht gestört.

Kehvu errötete und drehte sich schnell um. Dabei verrutschte der Umhang von seinen Schultern, sodass er jetzt fast ganz auf seiner rechten Seite herunterhing. Temi betrachtete verstohlen den Übergang zwischen Mensch und Pferd, als sie hinter ihm herging. Dass die Natur so etwas hervorgebracht hatte! Stoppeliges Pferdehaar wurde zu sichtlich weicherem Flaum und dann zu menschlicher Haut, ohne übermäßige Behaarung.

Jetzt war sie es, die rot wurde, aber er sah es glücklicherweise nicht. Für den Rest des Weges – es ging weiter die Rampe aufwärts – betrachtete sie den Boden und achtete darauf, dass sie nicht in Kehvu hineinlief. Dennoch passierte genau das beinah, als er plötzlich anhielt.

Sie standen vor einer Treppe mit einigen steilen Stufen, zu schmal als dass ein Kentaur leicht hinaufkäme.

„Verzeih, wenn es dort oben staubig ist. Wir betreten das Zimmer nur selten und ungern." Wie auch. Zumindest konnte es nicht einfach sein.

„In diesem Zimmer haben die Botschafter der Menschen genächtigt, als wir uns noch gegenseitig Botschafter gesandt haben, und dann der junge Prinz, Imalkuš. Du wirst Kleidung darin finden, die dir vielleicht passt. Sie wäre für den jungen Prinzen gewesen, wenn er länger in der Stadt geblieben wäre."

Temi nickte. Sie war aufgeregt. Wie wohl die Kleidung eines menschlichen Prinzen hier im Land aussah? Die Kleidung des Kentaurenkönigs war nicht besonders prunkvoll, daher konnte sie wohl nichts allzu Wertvolles erwarten. Aber außergewöhnlich war es für sie allemal!

„Ich hoffe, du kannst dich ein wenig erholen. Es wird gleich noch jemand kommen und dir Essen an die Treppe bringen. Falls du noch etwas brauchst ...“ Kehvu schien einen Moment überlegen zu müssen, was dann war. „Dann musst du leider bis ganz runter gehen. Die Wachen der Veste sind zwar informiert, dass ein Außenwelter in der Stadt ist, aber ich weiß nicht, wie sie reagieren, wenn du in ihre Privatgemächer tappst.“

Temi prustete los und Kehvu lachte leise. „Am Thronsaal sind aber immer Wachen. Und dort unten kannst du dich auch erfrischen. Ich fürchte, heute Nacht nur mit kaltem Wasser.“ Temi nickte und ihre Wangen wurden erneut rot. Hauptsache, dort gab es dann auch soetwas wie eine Toilette, auch wenn Kehvu es nicht extra erwähnte.

„Danke. Schlaf gut!“, sagte sie dann.

Er nickte ihr zu. „Du auch!“

Damit reichte er ihr die Fackel, die er in der Hand hatte, und nahm selbst eine andere von der Wand.

Rasch stieg sie die Treppe hinauf. Die schwere Tür dort ließ sich nicht leicht öffnen. Erst als sie ihr ganzes Körpergewicht dagegendrückte, ging sie knarrend auf. Wie in dem Raum mit der Karte gab es vier hohe Behälter, mit Öl vermutlich. Mit weit ausgestrecktem Arm hielt sie die Fackel an die Schale und Flammen schossen in die Höhe. Zweimal wiederholte sie das und dann war das Zimmer in flackerndes Licht getaucht. Auf dem Boden neben Feuerschalen lagen deckelähnliche Gegenstände, jeweils mit einem einen halben Meter langen Stab, damit man zum Löschen des Feuers nicht zu nah herangehen musste.

Temi steckte die Fackel in eine Halterung an der Wand und sah sich um. Natürlich gab es ein Bett im Zimmer der

Botschafter! Auch einen offenen Schrank und an der Wand mehrere einzelne Regalbretter, die aber allesamt leer waren. Die Möbel waren eingestaubt, aber wenigstens sah sie keine Spinnen im Zimmer. Im Schrank hingen Kleider. Neugierig begann Temi, die Kleidung zu inspizieren. Bis auf ein bisschen Staub waren sie sauber und rochen frisch. Es waren mehrere Sets aus Hosen, Hemd und Umhang. Sie entschied sich für einen Umhang, der im roten Licht grün aussah, ein Velourlederhemd und eine dünne und bequeme Hose und legte alles auf das unterste, am wenigsten eingestaubte Regalbrett.

Sie sah sich im Zimmer um und musste schmunzeln. Das Fenster war zu hoch, um einen Blick nach draußen zu werfen. Ein Konstruktionsfehler wohl: Es war nicht für menschliche Botschafter ausgelegt, sondern für die größeren Kentauren. Und sie mit ihren 1,66 Meter war erst recht zu klein. Temi rückte einen Stuhl an die Wand und kletterte dann hinauf.

In der Zimmermitte hatte sie keine Geräusche gehört – das war ungewohnt! In Trier lag ihre Wohnung zwar auch nach hinten raus, sodass es nachts immer leise war, aber so gar nichts zu hören, war seltsam. Direkt am Fenster hörte sie ein Tier schreien, vielleicht einen Fuchs oder Schakal. Aber keine menschlichen bzw. Kentaurenstimmen.

Sie sah hinaus – und sah in der Ferne, die weißen Spitzen eingetaucht in Mondlicht, das Gebirge. Genauergesagt sah sie, egal ob sie sich eher nach links oder nach rechts aus dem Fenster lehnte, nichts als Berge. Der Karte nach musste ein Wald zwischen der Stadt und dem Gebirge liegen. Deshalb hatte sie sie wohl von unterhalb der Stadtmauern nicht bemerkt.

Dann sah Temi direkt nach unten und fuhr unwillkürlich zurück. Sie war nicht schwindelfrei und das war ihr definitiv zu hoch.

Bei dem kurzen Blick hatte sie kleine Fackeln zwischen den Häusern lodern sehen, aber genauer wollte sie sich das nicht angucken – oder konnte es nicht, ohne dass ihr schwindelig werden würde.

Vielleicht hatte sie ja morgen noch Gelegenheit, sich die Stadt genauer anzusehen. Sie hoffte es – wann konnte man schon mal eine Kentaurenstadt besichtigen?

Am nächsten Morgen schreckte Temi hoch und saß senkrecht im Bett. Das hier war nicht ihr Bett, nicht ihr Zimmer. Nicht ihre Welt. Es war kein Traum gewesen. Ihr Herz raste und sie sprang aus dem Bett. Sie hatte gut geschlafen, kein bisschen unruhig. Aber sie hatte keine Ahnung wie lange? Wie spät war es? Draußen war es hell, aber das war kein Anhaltspunkt. Selbst in Deutschland war es im Sommer um 5 Uhr morgens schon hell. Sie wünschte, ihre Uhr ginge, oder dass sie ihr Handy hätte – nicht dass das hier Empfang gehabt hätte. So musste sie eben versuchen, sich an der Natur zu orientieren. Zurück zu den Wurzeln.

Sie stellte sich auf den Stuhl und sah nach draußen. Die Sonne schien ihr mitten ins Gesicht, stand aber noch relativ niedrig, ganz dicht über dem Gebirge. Temi blinzelte und ihre Augen fingen an zu tränen. Das Gebirge erstreckte sich, soweit das Auge reichte. Kein Wunder, dass die Zeichner der Karte dachten, dass dies der Rand der Welt wäre. Die höchsten Gipfel waren schneebedeckt, dazwischen mussten unzählige Täler und Pässe liegen – aber wenn das Eis selbst im Sommer nicht schmolz, war es vielleicht tatsächlich unmöglich, es bis zur anderen Seite zu schaffen. Oder es war tatsächlich der „Rand" dieser Welt. Glaubten die Kentauren, dass die Erde flach war?

Temi warf einen vorsichtigen Blick nach unten und zog ihren Kopf gleich wieder zurück – das Zimmer lag wirklich sehr hoch oben! Unten in der Stadt waren die Sonnenstrahlen noch nicht angekommen. Der Wald, der zwischen Thaelessa und dem Gebirge lag, wirkte dunkel und bedrohlich, ein harscher Kontrast zu den hellgrünen Wiesen und dem glänzenden Schnee in den Bergen. Die Bäume wuchsen auch auf den Berghängen hinauf, doch ab einer gewissen Höhe waren die Hänge grau und kahl. Es schien, als hätte jemand jenseits dieser Linie alle Bäume gefällt.

Fasziniert betrachtete Temi die Landschaft. Sie konnte nicht einschätzen, wie weit das Gebirge entfernt war, wie groß der dunkle Wald zwischen ihnen und der Stadt war. Die Berge erschienen so massig und endlos. Kehvu hatte gesagt, es waren zwei Tagesritte, aber wie weit konnte ein Kentaur an einem Tag laufen?

„Temi?"

Sie fuhr herum, als sie Kehvus leise Stimme durch die Tür hörte. Sie stieg vom Stuhl und wollte zur Tür rennen, als sie sich erinnerte, dass sie sich vielleicht besser anziehen sollte – ein bisschen mehr als ein T-Shirt und eine Unterhose sollte sie schon tragen. Temi wurde rot. „Ich komme sofort!", rief sie durch die geschlossene Tür und zog schnell die Kleidung an, die sie in der Nacht im Dunkeln rausgesucht hatte. Der Umhang war in der Tat grün, wenn auch ein bisschen heller, als sie gedacht hatte. Die Hose war weinrot, nicht schwarz oder dunkelbraun. Auch gut!

Als sie an sich herab sah, staunte sie über die Veränderung. So passte sie in diese Welt; sie sah aus, wie sie sich die Menschen in früheren Zeiten vorgestellt hatte. Jetzt war sie eine von ihnen. Zumindest für eine gewisse Zeit. Was war das nur für ein Abenteuer!

Sie ging zur Tür und merkte jetzt erst, wie kalt der Steinboden unter ihren nackten Füßen war. Richtig, sie hatte ihre Schuhe ausgezogen, sobald sie ihre Wohnung betreten hatte – und sie sich natürlich nicht wieder angezogen, als der Schlangenmensch sie attackiert hatte. Ob es hier in der Stadt auch Schuhe gab? Ein Extra-Paar für den Menschenprinzen, irgendwo in der Veste?

Sie schob den Gedanken beiseite und ging die schmale Treppe hinunter, bis sie Kehvu sah, genau dort, wo er sie gestern zurückgelassen hatte. Als er sie aus den Augenwinkeln sah, drehte er sich zu ihr herum und betrachtete sie von oben bis unten mit großen Augen. „Ich habe fast vergessen, wie menschliche Kleidung aussieht", sagte er dann erstaunt, vor allem mit Blick auf die Hose. Temi sagte nichts, sondern schmunzelte nur. Natürlich trugen Kentauren keine Hosen – aber sie hatte das Bild prompt vor ihrem geistigen Auge.

„Sie steht dir", sagte er dann. „Ich war mir nicht sicher, wie lang ihr Menschen schlaft und ob du schon wach bist. Der junge Prinz und die Gesandten sind immer erst sehr spät aus dem Zimmer gekommen."

„Kommt ganz drauf an", erwiderte Temi.

„Also nicht anders als bei uns", sagte Kehvu. „Komm. Es gibt unten etwas zu essen und dann können wir zum Kerker gehen."

Temis gute Laune schwand bei diesem Wort und ihr schlechtes Gewissen meldete sich prompt. Hätte sie doch darauf bestehen müssen, dass Xanthyos sofort freigelassen wurde? Jetzt hatte er die Nacht im Kerker verbringen müssen, während sie hier oben hervorragend geschlafen und danach in aller Ruhe den Blick über die Landschaft genossen hatte.

Sie schüttelte den Kopf. „Können wir zuerst zu Xanthyos gehen?", fragte sie. Kehvu blickte sie nachdenklich von der Seite an. „In Ordnung", sagte er, nicht mehr ganz so gut gelaunt. Es schien ihm nicht zu gefallen, dass sie Xanthyos mochte. Niemandem hier schien es zu gefallen. Machte sie einen Fehler, wenn sie darum bat, ihn freizulassen?

Der Thronsaal war bis auf zwei Wachen leer. Die Sonne schien hier noch nicht herein, dafür stand sie noch lange nicht hoch genug. Kehvu blieb nicht stehen. Sie gingen an den Wachen vorbei, die sich ebenso neugierig zu ihr umdrehten, wie Temi sie im Vorbeigehen musterte. Aber sie sahen zu imposant aus, um mit einem kurzen Blick alles zu erfassen, und Temi blieb stehen, um sich jedes Detail im Gedächtnis einzubrennen. Die Wachen hatten lange Lanzen in der Hand, ähnlich wie die Krieger, die gestern im Torbogen gestanden hatten. Aber das war nicht das beeindruckendste: Sie waren von Kopf bis Huf gepanzert. Ihre Helme hatten eine ähnliche Form wie phrygische Helme – doch daran angebracht waren aufwendig ziselierte, bronzene Flügelformen. Sie waren zur Seite gerichtet und nach vorne gekrümmt. Das war sicher nichts für die Schlacht, aber eindrucksvoller hätte der Anblick kaum sein können. Von den Schultern abwärts waren die Arme ebenfalls in bronzene Rüstung in Flügelform eingehüllt, je einen für die Oberarme und einen für die Unterarme. Die Körperrüstung bestand aus zwei Teilen: einem Brustpanzer, der den Brustkorb schützte und dann abrupt in etwa pflaumengroße Schuppen überging. Die Schuppenrüstung lief vor dem Rumpf auf Höhe der Beine spitz zu, hinten bedeckte sie dagegen den ganzen Pferdekörper bis zum Bauch. Alle vier Beine waren von geschwungenen Beinschützern bedeckt.

„Temi?"

Kehvus Stimme riss sie aus ihrer Verblüffung. Sie hatte die beiden Wächter, ein Mann und eine Frau unverhohlen angestarrt, und die beiden starrten zurück. „Entschuldigung ... Entschuldigung!" stammelte sie hastig und lief zu Kehvu, der bereits einige Schritte weiter im Gang stand.

Er setzte sich wieder in Bewegung, aber sie sah wohl, dass er immer wieder den Kopf zu ihr drehte. Irgendwann sprach er die Frage laut aus, die ihm auf der Zunge brannte: „Was fandest du denn gerade so spannend?"

„Die Rüstung", platzte es aus ihr heraus. „Einfach nur wunderschön! Ich wünschte, ich hätte ein Foto machen können!" Sie vergaß vor Aufregung, dass Kehvu kaum wissen konnte, was ein Foto war, aber ihn erstaunte etwas ganz anderes so sehr, dass er nicht danach fragte: „Du interessierst dich für Rüstungen?"

„Für antike Waffen und Rüstungen, ja. Und Fantasyrüstungen- äh ... Rüstungen und Waffen, die zum Beispiel für Filme ... nein, also die danach geschaffen wurden ... ugh!" Sie stockte. Wie zum Teufel sollte sie Kehvu dieses Konzept erklären? Filme, Fantasyfilme, Schwerter, die extra für Filmproduktionen kreiert wurden ... Hier gab es Rüstungen nur zu einem Zweck: Zum Schutz im Kampf. Dasselbe galt für Waffen.

„Vergiss es. Ich meine alte Waffen und Rüstungen, die von unseren Vorfahren getragen wurden. Nicht mehr in meiner Zeit."

„Ah!" Kehvus Gesicht hellte sich auf. Vielleicht lag es auch an dem grellen Tageslicht, in das sie traten, sobald sie den düsteren Eingang zur Veste durchquert hatten. Sie mussten sich jetzt auf dem Weg befinden, auf dem Xanthyos und sie gestern hereingekommen waren. Wie ewig das schon her zu sein schien!

„So etwas haben wir auch", sagte Kehvu. „Einige Waffen wurden zusammen mit ihren Besitzern begraben, andere nutzen wir noch heute. Und andere befinden sich sicher noch im Besitz der Familien hier, auch wenn sie niemand mehr benutzen würde, nur noch im Notfall. Ich habe ein Messer zu Hause, das von einem meiner Ur-Ur-Urahnen getragen wurde, mit einer wunderschönen Scheide aus Zedernholz. Es ist ein schönes Erinnerungsstück, wenn auch mit einer sonderbaren Form."

„Genau das meine ich!", sagte sie, erleichtert, dass sie um diese unmögliche Erklärung herumkam – auch wenn seine Interpretation nicht so ganz zutraf.

Er schüttelte den Kopf. „Aber ich hätte nicht gedacht, dass sich eine Menschenfrau für so etwas interessiert."

Sie wollte gerade protestieren, als Kehvu stehenblieb und nach links zeigte. Dort lag am Ende der Nebenstraße ein kleines Gebäude. Sie vergaß ihren Protest und runzelte die Stirn. Diese Hütte konnte nicht größer sein als ein Raum, zumindest nicht für Kentauren. Das sollte der ganze Kerker sein? Es standen auch keine Wachen davor.

Doch der Eindruck täuschte: Das Häuschen war nur der Eingang zu einem Gang, der unter die Erde führte! Erst als sie den Gang betrat, merkte Temi, wie warm es draußen schon war: Hier unten war es spürbar kühler und das Licht der Fackeln nur spärlich.

Der Gang führte etwa zwei Meter unter die Erde und endete dann in einem Raum, der für Kentauren recht schmal war: Es konnten sich wohl gerade zwei Kentauren gegenüberstellen, ohne mit den Hinterläufen die Wand zu berühren. Er war allerdings recht lang und alle paar Meter gab es zur Linken eine Tür. Zwischen den Türen an der Wand gab es Halter für Fackeln, doch nur an der hintersten loderte das Feuer.

Entsprechend dunkel war es, und erst auf den zweiten Blick aus den Augenwinkeln bemerkte Temi die beiden Kentauren, die reglos in den Ecken standen. Sie hatten beide dunkles Fell und dunkle Umhänge über den Schultern. Sie sagten nichts, als Kehvu mit ihr bis zu der beleuchteten Zellentür ging. Es entging Temi nicht, dass sie mit mehreren Speeren an der Wand und zwei Schwertern an der Seite ein ganzes Arsenal von Waffen zur Hand hatten – sollte es einem Gefangenen mal gelingen, die Kerkertür zu öffnen.

„Du solltest nicht zu nah an die Tür gehen", riss Kehvu sie aus den Gedanken und wies mit dem Kopf auf die massive Holztür, die teilweise mit Eisen beschlagen war. Sie war eingelassen in eine Steinmauer und die Angeln sahen stabil genug aus, um der Kraft eines massigen Pferdekörpers zu widerstehen. Auf Augenhöhe für Kentauren befand sich ein kleines Fenster mit drei fast handgelenkbreiten Eisenstäben. Nichts, was eine noch so starke Hand verbiegen konnte. Es gab natürlich keinen Stuhl und keine Kiste hier und sie konnte Kehvu schlecht bitten, sie auf seinen Rücken zu lassen, deshalb stellte sich Temi einen guten Meter vor die Tür und rief Xanthyos' Namen. Einen Moment lang herrschte Stille, dann klapperten Hufe über den Steinboden und der schwarzhaarige Kentaur tauchte am Fenster auf.

„Hallo Menschenmädchen", sagte er halb spöttisch, halb überrascht. Er hatte wohl nicht damit gerechnet, sie zu sehen. Nachdenklich blickte er sie an. „Was machst du hier?", fragte er sie dann. „Hat mein Bruder dir aufgetragen, mich auszufragen?"

„Nein!", antwortete Temi sofort. „Er hat mir die Entscheidung überlassen, ob du im Kerker bleiben sollst oder nicht." Es war ihr rausgerutscht, bevor sie darüber nachdenken konnte, ob es klug war oder nicht, es ihm zu erzählen. Wenn sie sich gegen seine Freilassung entschied, würde er sie hassen, wenn sie sich dafür entschied ... wer wusste schon, was er dann von ihr denken würde.

Xanthyos Augen wurden größer. Damit hatte er offensichtlich nicht gerechnet. „Dann glaubt mein Bruderherz also auch an die Prophezeiung."

„Er glaubt, dass du daran glaubst."

Xanthyos lächelte finster, aber dann wurde seine Miene wieder ernst. „Dann werden sie dich also in die Stadt der Menschen schicken ..."

„Ich glaube nicht, dass man mich irgendwohin schickt. Aber vielleicht ist das mein Weg nach Hause. Zu helfen, so gut ich kann. Und wenn es dazu nötig ist, dass ich in die Menschenstadt gehe, dann will ich das versuchen!"

Xanthyos rümpfte die Nase und schnaubte. „Wenn es zum Krieg kommt, haben die Menschen keine Chance. Dann solltest du nicht in der Stadt sein."

Temi erschauderte. Das glaubte sie auch – aber noch herrschte kein Krieg. „Willst du wirklich Krieg? In dem auch hunderte Kentauren sterben können? Willst du Rache? Oder doch lieber Gerechtigkeit?" Xanthyos biss sich auf die Lippen und scharrte nervös mit den Hufen.

„Der Fürst hat dir also vom Tod unseres Bruders erzählt?", fragte er verärgert. Temi nickte. Er hatte ihr die Frage nicht beantwortet. Sie bemerkte, dass Kehvu auch unruhig mit den Hufen auf dem Steinboden scharrte. Nein, Xanthyos antwortete ihr nicht, aber das änderte nichts an diesem Gefühl, dieser Ahnung, wie auch immer man es nennen wollte, dass er nicht hier im Kerker verrotten durfte. Hoffentlich war es nicht nur das schlechte Gewissen, das sie zu dieser Entscheidung drängte. Sie konnte es einfach nicht mitansehen, wie der stolze Kentaur eingesperrt blieb. Und wenn sie ehrlich war, war ihre

Entscheidung schon gestern gefallen. Entschlossen drehte sie sich zu Kehvu um. „Ich möchte, dass er freigelassen wird", sagte sie leise. Kehvu ließ seine Schultern sinken und wandte sich ab. Er hatte ganz offensichtlich auf eine andere Entscheidung gehofft. Aber der Fürst hatte ihr die Entscheidung überlassen, also war es an ihr, nicht an Kehvu. Sie hoffte nur, dass sie das Richtige tat.

Kehvu nickte. Die Wächter zögerten und erst als Kehvu befahl: „Tut was sie sagt!", traten sie aus dem Schatten und öffneten sie die Tür.

Xanthyos blieb einen Moment in der Zelle stehen und schritt dann ganz langsam aus seinem Verlies, ohne den Blick von ihr zu lassen – als wären die drei anderen Pferdemenschen Luft. „Ich muss zugeben, du überraschst mich", sagte er fast sanft und blickte dann den Gang entlang, an dessen Ende man das Tageslicht nur erahnen konnte. „Das schaffen nicht viele. Erst recht nicht Menschen."

Temi runzelte die Stirn und sah ihn sorgenvoll an: „Du bist frei. Kannst du deine Krieger noch eine Weile zurückhalten? Gib mir eine Chance."

Welcher Teufel ritt sie? Sie *konnte* die Prophezeiung nicht erfüllen. Sie hatte auch keine Ideen. Dennoch. Konnte sie tatenlos zusehen, während sie ohnehin nicht nach Hause konnte? Sie atmete tief durch und gab sich selbst die Antwort darauf: NEIN!

Wenn sie sich irgendwo in vorantiker Zeit befanden, dann war eines sicher, was auch immer passierte: Die Menschen würden den Krieg überstehen. Die Kentauren nicht. Aber wenigstens wollte sie versuchen, zu verhindern, dass die Kentauren ausgerottet wurden.

„Ich *werde* zu den Menschen gehen. Wenn sie euch für barbarisch und unzivilisiert halten, werde ich ihnen die Wahrheit erzählen."

Unwirsch schnaubte Xanthyos und trat einen Schritt auf sie zu „*Menschen* verstehen so etwas nicht!"

„Und was bin ich?"

„Keine von ihnen!"

Fest sah der Kentaur auf sie hinab. Sie hielt dem Blick nur mit Mühe stand.

„Ich habe keine Hoffnung, dass der Konflikt anders als durch einen Krieg gelöst werden kann. Dennoch danke ich dir für deine Entscheidung – ich habe nicht damit gerechnet." Ein Lächeln flackerte über sein Gesicht, doch es verschwand auch genauso rasch wieder, wie es gekommen war. Dann gab er sich einen Ruck und trabte los. Die Wächter wichen automatisch zurück. Niemand hielt ihn auf, nur einer der beiden Wächter folgte ihm, vielleicht um den König zu informieren oder um sicherzugehen, dass Xanthyos auf dem Weg aus der Stadt nicht aufgehalten wurde. Oder dass er keine Schwierigkeiten machte.

Schweigend blickte Temi ihm nach, bis er aus ihrem Blickfeld verschwunden und das Klappern seiner Hufen verklungen war. Sie hoffte nur, sie hatte nicht die falsche Wahl getroffen. Unsicher drehte sie sich zu Kehvu. Der lächelte sie wider Erwarten an. „Du hast ein großes Herz, Menschenmädchen. Aber es könnte dir schaden. Du bist in einen Krieg hineingeraten." Er sah besorgt auf sie hinab, legte eine Hand auf ihre Schulter. „Komm, ich werde dir die Stadt zeigen."

Schnell nickte Temi und schüttelte ihre Bedenken für den Moment ab. Diese Chance wollte sie sich nicht entgehen lassen. Außerdem gewann sie ein bisschen Zeit, nachzudenken, bevor sie wieder mit Aireion sprach. Als sie aber die lange Rampe von den Kerkern hinaus ins Licht stieg, wartete dort eine Gestalt mit silbernem Haar. Der König trug ein dunkles Diadem auf der Stirn und flößte noch mehr Respekt ein als bei ihrer ersten Begegnung. Vielleicht war es aber auch nur ihr zum Teil schlechtes Gewissen, das sie innerlich zittern ließ.

Aireion sah nicht finster, sondern freundlich auf sie herab, als sie vor ihm anhielt und kurz den Kopf senkte. „Du hast meinen Bruder beeindruckt. Ich konnte die Verwunderung in seinen Augen lesen", sagte er. „Was willst du nun tun?", fragte er sie dann.

„Lasst Ihr mich zu den Menschen gehen und mit ihnen sprechen?" Der Kentaur schüttelte sanft den Kopf. „Es wäre dein Tod. Hier bei uns bist du sicherer."

Unsicher sah sie ihn an. Sie hatte gedacht, dass er sie nur zu gerne zu den Menschen schicken würde, um vielleicht zwei Probleme auf einen Schlag loszuwerden. Ein eigensinniges Menschenmädchen in seiner Stadt und, wenn sie Erfolg hatte, die Gefahr des Krieges mit den Menschen. „Aber wie soll es dann weitergehen?", fragte sie nach. „Ich kann es doch wenigstens versuchen!"

Erneut schüttelte Aireion den Kopf. „Nur ein Mensch, der den Tod gezähmt hat, kann hier helfen. Deine Hilfsbereitschaft und Tapferkeit in allen Ehren. Aber wenn Blut vergossen wird, sollte es nicht deines sein." Es war sein letztes Wort. Er drehte sich um und schritt wieder zum Palast zurück. Temi blieb mit Kehvu zurück. Sie spürte schon wieder diesen Kloß in ihrem Hals. Ratlos sah sie Aireion hinterher.

„Soll ich dir die Stadt zeigen?", fragte Kehvu, in einem Versuch, sie aufzumuntern. Hin- und hergerissen nickte sie.

Sie wollte Aireion hinterherlaufen und ihn überzeugen, aber sie konnte die Prophezeiung nicht erfüllen, also war nicht sie gemeint. Und Kehvu schien sich wirklich zu freuen. Seine Augen funkelten.

Er wies ihr den Weg und langsam schlenderten sie durch die Straßen in Richtung Tor. Sie benutzten aber nicht die Hauptwege, sondern nur Seitengassen im Wohngebiet. Temi bemerkte, dass fast alle Türen offen standen. Die meisten Kentaurenfamilien hielten sich draußen auf: Kehvu erklärte ihr, dass die Stadtmauern im Süden einen Wald mit einschlossen. Viele Pferdemenschen nutzten dieses Stück Natur in ihrer Stadt, um dort zu essen oder sich einfach zu entspannen.

Neugierig warf Temi einen Blick in das nächste offenstehende Haus. Es stimmte, was Kehvu bereits gesagt hatte: Außen war es unscheinbar, innen eher karg möbliert und es gab offensichtlich kaum Wertgegenstände. Aber es war schmuckvoll bemalt. Was für Künstler waren hier am Werk gewesen!

Sie pfiff leise vor Bewunderung. Es wirkte perfekt. Nicht so wie bei ihr. Sie *wollte* immer alles perfekt machen, aber sie war in den wenigsten Fällen ganz zufrieden. Ein Anflug von Neid überkam sie, aber es gelang ihr, das Gefühl zu verscheuchen. Kehvu merkte nichts davon. Er blickte nach vorne. Dort kreuzte eine Gruppe von Kriegern ihren Weg, teils Männer, teils Frauen. Alle trugen die gleichen Rüstungen; ihre menschlichen Oberkörper waren mit Eisenpanzern gerüstet, ihre Pferdeleiber mit Kettengeflechten.

Kehvu und Temi ließen die Soldaten passieren, die mit wachsamem Blick und die Querstraße entlangtrabten. Ein Kentaur lief voran und es folgten drei mal drei Krieger. Das war offenbar die gängige Größe für Wacheinheiten, denn als sie weitergingen, begegneten sie an der nächsten Kreuzung einer anderen Einheit, ebenfalls 10 Krieger stark.

Bei dem rothaarigen Kommandanten dieser Gruppe war irgendetwas anders. Etwas unterschied ihn von Kehvu und Xanthyos und Aireion. Temi brauchte ein paar Sekunden, und die Wachen waren schon an ihr vorbei, als es ihr auffiel: Er hatte Pferdeohren! War er der Einzige? Bisher hatte sie keinen anderen mit solchen Ohren gesehen – oder es einfach nicht wahrgenommen. Sie musste jetzt darauf achten! Wirklich hüpften bald zwei braunhaarige Kentaurenkinder mit Pferdeohren über ihren Weg. Die Kinder hielten erschrocken inne, als sie Temi bemerkten und stoben auseinander, so schnell, dass sie fast über ihre eigenen staksigen Beine stolperten. Als Temi einen rot-braun-haarigen Kentauren in einer Wacheinheit sah, dessen Ohren deutlich größer waren und spitz zuliefen, wandte sie sich an Kehvu, sobald die Gruppe außer Hörweite war: „Wieso haben einige von euch Pferdeohren, andere menschliche?", fragte sie den Kentauren an ihrer Seite. „Und gibt es einen Zusammenhang zwischen den Ohren und eurer Haar- und Fellfarbe?" Kehvu drehte ihr seinen Kopf zu. „Du beobachtest gut", stellte er fest. „Sicher hat König Aireion dir von unserer Vergangenheit erzählt. Sonst wüsstest du nichts von unserem Krie... Konflikt mit den Menschen." Temi nickte nur. Den Versprecher hatte sie wohl gehört. Kehvu versuchte, es herunterzuspielen ... aus Rücksicht auf sie, dessen war sie sich sicher.

„Nachdem sie lange in den Wäldern gelebt hatten, errichteten unsere Vorfahren vor vielen Jahrhunderten diese Stadt. Einige zogen dann in die steinernen Bauten ein. Die anderen entschieden sich für die Rückkehr in die Wälder, als der Bau abgeschlossen war, weil sie merkten, dass sie es an einem Ort mit so vielen anderen nicht lange aushielten. Am Anfang muss es in Stadt und Wald etwa gleich viele Pferde- und Menschenohrige gegeben haben und auch die Fellfarben variierten beliebig."

Kehvu folgte mit seinem Blick einem Halbwüchsigen mit hellgrauem Fell und menschlichen Ohren, der ihn beinah angerempelt hätte, weil er ganz unverhohlen Temi angestarrt hatte.

„Im Lauf der Jahrhunderte dominierten dann im Wald die braunen Farbtöne. Diejenigen mit hellerem Fell fühlten sich in der Natur nicht mehr wohl, da sie schon von weitem sichtbar waren. Sie zogen in die Stadt. Hier haben sich alle Fellfarben weitervererbt, im Wald hauptsächlich die braunen und roten. Im Wald hatten die Kentauren mit den Pferdeohren eine bessere Chance ... sie hören besser als wir. Sie konnten besser jagen und bemerkten schneller die großen Raubtiere, die es damals noch in unseren Wäldern gab. Und über die Jahre hinweg wurde die Trennung dann einfach immer deutlicher." Kehvu stockte kurz und ein Schatten flog über sein Gesicht. „Bis zum Ersten Krieg gegen die Menschen. Da flohen die Stadtbewohner in die Wälder und sie und die Waldbewohner kamen einander wieder näher. Nach dem Krieg folgten viele Waldbewohner ihren Freunden und Partnern in die Stadt."

Das klang sehr logisch. Jahrhundertelange Entwicklung ließ sich nicht in ein paar Generationen wieder rückgängig machen. Außerdem gab es offenbar „Mischlinge", bei denen Fell- und Haarfarbe verschieden waren.

„Nimm Ardesh als Beispiel." Temi überlegte. Wer war Ardesh? Kehvu beantwortete ihre unausgesprochene Frage prompt: „Der rothaarige Kommandant, den wir eben gesehen haben. Er gehört zu den Beratern des Königs. Seine Vorfahren eroberten im Ersten Krieg gemeinsam mit den Stadtbewohnern unsere Stadt zurück und blieben hier. Dennoch sieht er aus wie ein typischer Waldbewohner."

„Du sagst ‚der Erste Krieg'", hakte Temi nach. „Aireion erzählte mir nur von einem."

Kehvu seufzte leise. Er fing so zögernd an – als hätte er ein schlechtes Gewissen.

„Nun ... Nein, es gab keinen weiteren Krieg.", antwortete er stockend. „Aber – ich zweifle nicht an deinem Herzen, an deinem Mut und guten Willen – aber ... selbst wenn Aireion dich zu den Menschen gehen lässt: Die Chance, dass du die Berater des Königs dort zur Vernunft bringen kannst und dass Xanthyos so lange seine Krieger zurückhält, ist meiner Meinung nach äußerst gering. Wir stehen so kurz vor einem Krieg. Ich fürchte, er lässt sich nicht verhindern. Nicht von dir und nicht vom Herrn des Todes selbst."

Temi nickte. Sie verstand gut, dass Kehvu nicht daran glaubte, dass sie etwas ausrichten konnte. Sie glaubte es ja selbst nicht. Doch das erinnerte sie an den Spruch, den jemand an die Außenwände der Universitätsbibliothek gesprüht hatte: „Du hast keine Chance, also nutze sie." Genau das wollte sie tun.

Die beiden Kentaurenkinder mit dem braunen Fell trauten sich wieder in ihre Nähe und als sie merkten, dass der Mensch sie nicht plötzlich anfiel, vergaßen sie ihre Furcht sofort. Lachend liefen sie ein paar Meter vor ihnen her. Der Übergang zum menschlichen Körper war bei ihnen noch nicht so verwachsen wie bei den Erwachsenen. Bei den jungen Kentauren gingen Haut und Fell ziemlich abrupt ineinander über. Temi musste bei dem Anblick fast lachen.

Der Junge und das Mädchen maßen spielerisch ihre Kräfte, indem sie versuchten, sich gegenseitig wegzuschieben. Keiner von beiden wich von der Stelle, bis das Mädchen plötzlich zur Seite sprang. Der Junge verlor den Halt und stolperte, mit den Armen rudernd, nach vorne und taumelte genau gegen Kehvus Beine. Der schnaubte über diese ungewollte „Attacke", während Temi sich ein Grinsen verkniff.

Plötzlich drückte etwas Flauschiges gegen Temis Schienbein. Sie sah nach unten und bemerkte zu ihrem Erstaunen den kleinen schwarzen Kater, der verschwunden war, als auf der Wiese Xanthyos' Kentauren nähergekommen waren. Es schien mittlerweile Tage her. Sie hob das maunzende Kätzchen auf und strich ihm über den kleinen Kopf. Der Kater schnurrte ununterbrochen.

„Was ist das?", fragte Kehvu so perplex, dass Temi irritiert war. Kannte man diese Tiere hier etwa nicht? „Eine Katze", erwiderte sie unsicher.

Der Kentaur schüttelte amüsiert den Kopf. „Das weiß ich!", sagte er. „Es ist die einzige Katze hier in Thaelessa. Ein seltsames Tier", fuhr er fort und zog seine Augenbrauen zusammen. „Ich habe noch nie gesehen, dass es sich von jemandem anfassen lässt." Er streckte seine Hand aus, aber da legte der kleine Kater seine Ohren nach hinten, rollte sich zu einer fluffigen Fellkugel zusammen und fauchte. Kehvu lachte und zog seinen Arm zurück.

Sofort entspannte sich der Kater wieder und schnurrte weiter. Temi schmunzelte und gab ihm einen Kuss auf den Kopf. „Tja, Thanatos hat halt einen guten Geschmack."

„Was hast du gesagt?!", entfuhr es Kehvu. Er starrte sie mit großen Augen an. Temi wich bei dieser unerwartet heftigen Reaktion einen Schritt zurück. „Ich ... ich wollte dich nicht beleidigen. Ich habe nur–" Kehvu schüttelte energisch den

Kopf. „Das meine ich nicht. Komm, wir müssen zurück zu Aireion."

Temi verstand diesen plötzlichen Sinneswandel des bisher eher sanftmütigen Künstlers nicht. Aber Kehvu hatte es auf einmal sehr eilig. „Steig auf!"

Kaum saß sie auf seinem Rücken, rannte er los, als wäre eine Horde Menschen hinter ihm her. Thanatos krallte sich auf ihren Schultern fest. Temi hatte Mühe, ihr Gleichgewicht zu halten. „Dieser Kater hat sich noch nie von jemandem streicheln lassen", rief Kehvu erneut über seine Schultern, während er durch die Stadt galoppierte.

„Aus dem Weg!", warnte er zwei Kentauren, die in ein Gespräch vertieft auf der Straße standen. Temi befürchtete, dass sie jeden Augenblick mit jemandem zusammenstoßen würden, aber der Kentaur wich allen im letzten Moment aus. Erst vor dem Tor der Veste wurde er langsamer. Die Wachen hatten ihre Lanzen gekreuzt, aber als sie Kehvu erkannten, ließen sie ihn passieren. Im Trab lief Kehvu durch das Tor, in den Gang hinein, durch den Thronsaal und geradewegs zu einer versilberten Tür, vor der zwei weitere gut gepanzerte Wachen standen.

„Wir müssen mit König Aireion sprechen!", drängte er die Krieger. Die beiden reagierten nicht, sondern blickten einfach an ihnen vorbei. Temi drehte sich um. Dort stand Aireion.

Auch Kehvu war dem Blick der Wachen gefolgt, wandte sich rasch um und verneigte sich. „Mein König, ich dachte, das solltet Ihr sehen!" Doch der silberhaarige Fürst hatte die Katze bereits auf Temis Arm bemerkt. Er kniff seine Augen zusammen und sah zurück zu dem blonden Kentauren. „Mein lieber Kehvu, es ist zwar erstaunlich, dass sich das Tier von dem Menschenmädchen halten lässt, aber ob das die Aufregung wert ist ..."

„Fragt sie, wie er heißt."

„Die Katze hat einen Namen?", fragte Aireion zurück.

„In meiner Welt geben wir unseren Tieren oft Namen. Haustieren eigentlich immer. Ich bin dem Kater gestern schon begegnet und ich kann ihn schließlich nicht ‚Katze' nennen, wenn ich mit ihm spreche."

„Du sprichst mit der Katze?", fragte Aireion, nicht weniger verwirrt. Zu Temis Erstaunen scharrte Kehvu ungeduldig mit den Hufen. „Sie hat ihn Thanatos genannt", platzte es aus ihm heraus.

Aireions Kopf ruckte nach oben und einen Moment lang starrte er Kehvu an. Dann den Kater an und dann wieder Temi. „Wie hast du ihn besänftigt?", fragte er – und seine Stimme zitterte.

„Ich ... eh ...", stotterte Temi verwirrt. „Ich habe ihn gar nicht ‚besänftigt', er ist einfach zu mir gekommen."

„Thanatos", flüsterte Aireion, in Gedanken versunken. „Der Herr des Todes ..." Temi runzelte die Stirn. Jetzt verstand sie gar nichts mehr. Oder doch! Sie hatte den Kater nach dem griechischen Gott des Todes benannt, ein Name, der offenbar auch den Kentauren geläufig war. Und der die Prophezeiung plötzlich so greifbar machte. War es Zufall oder ein Zeichen? Konnte die Prophezeiung im übertragenen Sinne erfüllt werden? Sie hatte den *Tod* gezähmt!?

Das war doch zu einfach! Oder?

Temi überlegte. Als der Lyderkönig Kroisos das Orakel von Delphi befragt hatte, um sich den Ausgang seines geplanten Kriegszugs gegen die Perser weissagen zu lassen, hatte das Orakel geantwortet: „Wenn du den Halys überschreitest, wirst du ein großes Reich zerstören." Kroisos hatte den Spruch ganz in seinem Sinne verstanden, das Persische Reich angegriffen – und letztlich sein eigenes Reich zerstört. Es war geradezu typisch für Prophezeiungen: Sie konnten, mussten oder durften nicht so ausgelegt werden, wie es im ersten Moment den Anschein hatte.

Doch was war mit den anderen Forderungen der Prophezeiung. Ein Mensch, der die Vergeltung nährte? Vielleicht bedeutete es nicht, dass sie den Wunsch nach Vergeltung förderte, sondern im wörtlichen Sinne nährte. Ernährte. Ihr Herz setzte einen Schlag aus. Nemesis. Ihre kleine süße rotfellige Katze, der sie den Namen der Göttin der ausgleichenden, strafenden Gerechtigkeit gegeben hatte. Der vergeltenden Gerechtigkeit.

Temi sah auf. Aireions Augen schienen fast zu leuchten. Diese Wendung beeindruckte ihn, aber noch kämpfte er gegen seine Aufregung an. Sie versuchte, ihre eigene zu verbergen. „Es gibt da noch etwas, was Ihr wissen solltet", begann sie zögernd und erzählte ihm von ihrer Katze in Trier. Kehvu sah sie ungläubig an und aus Aireions Blick schwanden die Zweifel. „Erlaubt Ihr jetzt, dass ich es versuche, Majestät?", fragte sie ihn, und fürchtete sich gleichermaßen vor der Antwort, wie sie sie erhoffte.

Doch Aireion zögerte noch immer. „Es ist eine gefährliche Aufgabe, Temi Rothe. Viele wollen den Krieg."

Sie klang sicherer als sie sich fühlte, als sie ihre Frage wiederholte: „Lasst Ihr mich gehen?"

Eine andere Welt

Er wollte die Entscheidung verschieben, um gründlicher darüber nachzudenken und nicht dieser Versuchung überstürzt nachzugeben; doch er sah die Hoffnung in Kehvus Augen, die seine eigene widerspiegelte. Er sah den schwarzen Kater, der seinen Blick selbstbewusst – gar nicht von den viel größeren Vierbeinern beeindruckt – erwiderte. Plötzlich schüttelte Aireion den Kopf und Temi suchte schon nach Argumenten, aber der Fürst sagte: „Ich habe es nicht kommen sehen, erst recht nicht einen Menschen, der bereit ist, für uns ein Risiko einzugehen. Wenn du es wirklich willst ..." Nach einem kurzen Moment des Zögerns fuhr er fort: „... kannst du es versuchen."

Für einen Moment war Temi so aufgeregt, dass sie vergaß, dass ihr heroischer Plan brandgefährlich werden konnte, und sie strahlte – Versicherung genug für Aireion. Doch unter seinem durchdringenden Blick verlagerte Temi bald unruhig ihr Gewicht von einem Fuß auf den anderen. Wenn die Stadt der Menschen, Šadurru, für einen Kentauren drei Tagesläufe entfernt war, würde sie ewig brauchen, wenn sie zu Fuß ging. Und alleine würde sie in der Zeit wohl vor Angst sterben. „Kehvu wird dich hinbringen", sagte Aireion. Der blonde Kentaur nickte, während Temi den Kopf schüttelte – obwohl sie eigentlich erleichtert war. „Das ist zu gefährlich für einen Kentauren! Kehvu soll mich bis zur Grenze zwischen euren Ländern bringen und mir dann den Weg zeigen."

„Ich weiß mich durchaus zu wehren, kleines Menschenmädchen, und im Notfall kann ich entkommen. Ich *bringe* dich bis zur Stadt der Menschen.", entgegnete der Kentaur entschlossen. Temi zog ihre Mundwinkel leicht nach unten. Wieso musste sich ausgerechnet der sympathische

Kehvu in Gefahr begeben? Das gefiel ihr ganz und gar nicht. Aber die Kentauren hatten ja keine Pferde. Und zu Fuß käme sie vermutlich viel zu spät. Einen anderen Kentauren würde sie wahrscheinlich bald ebenso sympathisch finden wie Kehvu.

„Also gut", seufzte sie. Aireion wandte sich an den anderen Kentaur: „Kehvu, bereite alles für euren Aufbruch vor. Dir, Temi, möchte ich noch etwas zeigen."

Der Blonde nickte und trabte sofort davon. Temi folgte Aireion, der wortlos auf derselben Rampe nach oben ging, die Kehvu und sie gestern Abend benutzt hatten. Oder war es eine andere? Temi hatte die Orientierung verloren. Die Kentauren hatten diese Burg, diesen Palast wirklich geschickt errichtet. Sehr behindertenfreundlich! Sie musste unwillkürlich grinsen. Abgesehen von dem Prinz und den Botschaftern hatte wohl nie ein Mensch den Fuß hier hineingesetzt - und jene besaßen garantiert noch keine so moderne Technologie.

„Was amüsiert dich so, kleines Menschenmädchen?", fragte der König.

„Nichts Bestimmtes!", erwiderte sie schnell, immer noch lächelnd. Sie hatte sich mittlerweile schon fast an diese Anredeform gewöhnt. Nichts Verächtliches lag darin, sondern es war eher eine Koseform. Es klang nicht so gefährlich und viel freundlicher als das kurze „Mensch!" von Xanthyos' Kommandanten.

„So klein bin ich allerdings nicht!", fügte sie trotzdem hinzu. „Und auch kein Mädchen mehr, sondern erwachsen."

Aireion lächelte auf sie hinab. „Für einen Mensch bist du nicht klein, das mag wohl stimmen. Aber von hier oben wirkst du nicht sonderlich groß. Verzeih also diese Anrede."

Wieder hatte Temi nicht mehr auf die Umgebung geachtet und als Aireion anhielt, lief sie beinah in ihn hinein. „Warte hier", sagte er und öffnete die Tür, in der der Gang endete. Sein mächtiger Pferdekörper versperrte ihr weitgehend den Blick, aber an der Wand, die sie für einen Moment sah, waren zwei Kentaurenkinder abgebildet. Dann fiel die schwere Tür hinter Aireion zu und sie wartete. Hatte Aireion Kinder? Es hatte bisher nichts darauf hingewiesen. Oder waren sie tot, vielleicht gar gewaltsam ums Leben gekommen durch Menschenhand? Doch dann würde Aireion sicher Xanthyos' Rachewunsch teilen. Nein, sicher hatte schon sein Vater das Gemälde in Auftrag gegeben, oder irgendein Herrscher dieser Stadt in den vielen Jahrhunderten, die sie schon gesehen hatte.

Die Tür öffnete sich wieder und Aireion kam heraus, in der Hand eine Kette aus goldenen Steinen. Nein, aus kleinen vergoldeten Hörnern. Aireion hielt ihr das Schmuckstück entgegen. „Imalkuš, Xanthyos und ich haben damals oft zusammen Jagdausflüge gemacht. Wir haben einen Wettstreit daraus gemacht. Wer als erster eine Kette mit Klippspringerhörnern füllen kann. Jedes Mal wenn wir Hörner mitgebracht haben, haben die Schmiede sie für uns vergoldet. Xanthyos hat uns beide beschämt, er war schon immer schneller mit Bogen und Schwert. Seine Kette war fertig. Imalkuš und mir fehlten nur noch eine Handvoll", sagte Aireion, abwesend lächelnd. „Das hier ist die von Imalkuš."

Temi hielt ihre Hände auf und Aireion legte die Kette hinein. „Wenn du sie ihm gibst, sag ihm, dass meine ebenfalls noch genauso aussieht wie damals."

Er lächelte traurig. „Ich muss dir danken", sagte er nach einer Weile. „Du entstammst nicht einmal dieser Welt und trotzdem bist du bereit, so viel zu riskieren, um den Frieden zu erhalten." Temi errötete.

„Warum sollten die Menschen mir etwas antun wollen? Solange Xanthyos und seine Leute nicht angreifen, bin ich doch nicht in Gefahr", sagte sie. Das hoffte sie zumindest. „Außerdem", fuhr sie fort und schluckte die Beklemmung herunter, die sie dabei überfiel, „möchte ich wieder nach Hause kommen und weiß nicht wie. Warum sollte ich es nicht bei den Menschen versuchen. Ich komme aus einer Menschenstadt, vielleicht finde ich auch die Lösung in einer Menschenstadt.

Aireion sah sie mit seinen goldenen Augen ernst an. „Wir werden alles tun, um dir den Rücken freizuhalten", versprach er. „Kehvu ist einer unserer schnellsten und verlässlichsten Männer, er wird dich sicher nach Šadurru bringen."

Plötzlich knurrte ihr Magen laut. Aireion legte seine Stirn in Falten und lächelte gleichzeitig.

„Ich bin ein schlechter Gastgeber", sagte er. „Komm. Ich bringe dich in die Küche. Die Menschen sollen uns nicht nachsagen, dass wir die Ihren verhungern lassen." Er schmunzelte, als er an ihr vorbeiging, weil ihr Magen noch einmal knurrte. Temi wurde rot und presste die Hände auf ihren Bauch. „Stärke dich gut, bevor ihr euch auf den Weg macht. Es ist ein langer Ritt, aber Kehvu wird zwischendurch Pausen einlegen, damit du dich ausruhen kannst. Er wird gut über dich wachen." Der Fürst schenkte dem blonden Kentauren viel Vertrauen und der folgte seinem Fürsten loyal. Es kam wohl für ihn nicht infrage, sich dem rebellischen Xanthyos anzuschließen. Auch wenn er zugegeben hatte, dass er den Krieg für unvermeidlich hielt, wollte er ihn nicht verursachen, anders als Xanthyos und seine Anhänger.

„Danke." Temi lächelte und folgte dem silberhaarigen Pferdemenschen den Turm hinunter und sie hätte schwören können, dass sie nicht denselben Weg nahmen wie zuvor. Plötzlich standen sie in einem weiteren nach oben offenen Raum. Wie alle Räume hier – mit Ausnahme des Zimmers des Menschenprinzen – war es eher ein Saal als ein Raum. Kein Wunder, die Pferdemenschen brauchten schließlich viel mehr Platz als Menschen. Hier konnten wohl mehrere Kentauren gleichzeitig an verschiedenen Feuerstellen arbeiten. Hinter einer Ecke schloss sich ein weiterer Raum an, dessen Regale vor Lebensmitteln und riesigen Tonkrügen durchzubrechen drohten.

Aireion verabschiedete sich, als Kehvu aus der Küche kam. Er trug eine Schüssel heraus und stellte sie auf einen hohen Tisch. Als er realisierte, dass Temi kaum dort drankommen würde, runzelte er die Stirn und verschwand in der Küche. Einen Moment später kam er mit einer riesigen Kiste zurück. Mit seiner Hilfe setzte sich Temi darauf. Ihre Füße baumelten etwa einen Meter über dem Boden.

Kehvu eilte noch zweimal hin und her und schaffte weiteres Essen herbei: Salat, Brot und getrocknetes Fleisch ließen ihr das Wasser im Mund zusammenlaufen. Ihr Magen knurrte noch lauter als zuvor. Kehvu quittierte dies mit einem Lächeln, verließ dann in schnellem Schritttempo mit einem Krug in der Hand das Zimmer. Als er wiederkam, schimmerten seine Hände und der Krug feucht. Auffordernd nickte er ihr zu. „Na los, iss. Dafür ist es da." Gläser kannten die Kentauren scheinbar nicht, aber Kehvu schüttete klares Wasser aus dem Krug in die Schale, die vor ihr stand und reichte sie ihr. Gierig griff sie danach, setzte sich die Schale an die Lippen und hätte sie fast wieder fallen lassen, denn das Wasser war eisig, obgleich es draußen so warm war. Kehvu schien es nichts auszumachen, denn er leerte seine eigene Wasserschale mit großen Schlucken und schenkte sich wieder ein. Temi staunte, aber er hatte schließlich neben seinem menschlichen Körper auch noch den Pferdeleib bei Kräften zu halten. Ob die Pferdemenschen immer aus diesen kleinen Schalen tranken? Oder tat Kehvu das nur ihretwegen?

Die Kentauren kannten die Menschen, doch die Menschen wussten nichts über die Kentauren. Das war beschämend! Temi nahm sich vor, noch möglichst viel über sie zu erfahren. Über die Kultur, das Leben und über ihr Verhalten. Sicher würde ihr Begleiter ihr in den nächsten beiden Tage Einiges erzählen. Wenn sie schon so etwas erlebte, musste sie *alles* wissen. Eine solche Gelegenheit würde nicht wiederkommen. Bei dem Gedanken wurde ihr flau im Magen.

Neugierig beobachtete sie Kehvu und vergaß darüber fast, selbst zu essen. Nichts, was die alten Griechen über die Kentauren erzählt und überliefert hatten, stimmte. Kehvus Tischmanieren waren einwandfrei. Er aß kein rohes Fleisch und trank Wasser, nicht Wein. Es waren typisch schlechte Eigenschaften, die man einem Feind andichtete, um ihn bedrohlicher wirken zu lassen.

„Iss, Temi", forderte Kehvu sie auf. „Wir haben eine weite Reise vor uns. Oder munden dir unsere Speisen nicht?"

Heftig schüttelte Temi den Kopf. Das Essen war einfach, aber lecker, vor allem das Brot schmeckte überraschend intensiv – nicht wie das langweilige Brot bei ihrem Bäcker um die Ecke.

„Es besteht aus gemahlenem Hafer und verschiedenen Kräutern. Die Kräuter beleben den Körper und geben dir Kraft. Mir auch", erklärte Kehvu ihr, bevor sie fragen konnte. Seine Augen funkelten. Freute er sich auf den langen Ritt? Oder war er einfach zufrieden, dass dem Menschenmädchen das Essen schmeckte?

Temi nickte mit vollem Mund und langte auch nach dem Fleisch. Es schmeckte wie Schinken. Ihr Magen gluckerte. Hungrig schlang sie Brot und Fleisch hinunter und nahm sich dann noch Salat. Auch da schmeckte sie Kräuter, die sie nicht kannte. Sie fühlte sich plötzlich fit und lebendig. Das letzte bisschen Müdigkeit verschwand. Und so köstlich hatte sie schon lange nicht mehr gegessen. Das Vorurteil von den unzivilisierten, wilden Kentauren war definitiv falsch!

„Kann ich mich irgendwo waschen, wenn wir mit dem Essen fertig sind?"

„Natürlich!" Kehvu nickte. „Ich werde es dir zeigen."

Wenig später stand Temi vor einem kleinen Brunnen in einem der zahlreichen Innenhöfe. Der Kentaur hatte sie alleine gelassen und ihr noch ein Tuch zum Abtrocknen gegeben.

Der Hof war gerade so breit, dass ein Pferdemensch sich einmal im Kreis drehen konnte, ohne dabei über den Brunnen zu stolpern, der eigentlich mehr ein Loch mit einer Umgrenzung aus Steinen war. Der Hof lag tief in der Veste, umgeben von mehreren Stockwerken. Es gab keine Fenster, nur kleine Luft- und Lichtlöcher in den Wänden. Am Rand des Innenhofes wuchsen Pflanzen hinauf. Efeuranken schlängelten sich durch die Lichtlöcher in die Zimmer oder Gänge der Veste hinein.

Wo keine echten Pflanzen wucherten, befanden sich Wandgemälde. Temi schüttelte erstaunt den Kopf. Selbst die Wände dieses unscheinbaren Hofes hatten die Pferdemenschen bemalt, bis in drei oder gar dreieinhalb Meter Höhe! Es waren keine Kentauren oder Menschen dargestellt, nur Pflanzen, in allen möglichen Grüntönen, mit roten und gelben und silbernen Blüten, mit runden und spitzen Blättern, mit langen und breiten. Die Kentauren waren offenbar noch immer sehr naturverbunden, obwohl sie seit Jahrhunderten oder eher Jahrtausenden in einer steinernen Stadt lebten.

Temi setzte sich auf die steinerne Kante des Brunnens. Kehvu und auch Aireion selbst hatten sie herumgeführt. Hatte der Blonde auch das Essen selbst zubereitet? Einem Künstler wie ihm war es ja durchaus zuzutrauen. Aber hatte der Fürst keine Diener? Warum arbeiteten in der Küche nicht mehrere Kentauren, wie man es sich bei einem Hof vorstellte?

Temi spritzte sich das Wasser ins Gesicht. Die kalten Tropfen perlten ihre Wangen hinab und liefen unter ihr Hemd. Erschrocken zuckte sie zusammen, aber nach dem ersten Kälteschock war die Abkühlung ganz angenehm und sie wischte die Tropfen nicht weg.

Sie war nur froh, dass sie kurze Haare hatte! Bei Hitze war das auf jeden Fall angenehmer als ein langer Zopf. Sie sah sich um, aber sie war alleine in dem kleinen Innenhof, dessen einziger Zugang die Tür hinter ihr war. Trotzdem beeilte sie sich, als sie ihre geliehene Kleidung ablegte und sich wusch. Erst, nachdem sie alle Kleider wieder angezogen hatte, fühlte sie sich wieder wohler und ihr Herz raste nicht mehr so vor Nervosität. Nur den Umhang legte sie noch nicht um; sie würde ihn erst nachts tragen, wenn es nicht mehr ganz so warm war.

Die Tropfen auf ihrem Gesicht waren schon getrocknet und ihr war wieder warm, also steckte sie ihren Kopf einfach noch mal in den tönernen Eimer, den sie mit Wasser gefüllt hatte. Prustend kam sie wieder hoch und schnappte nach Luft. Kalt war es – aber so erfrischend!

Noch einmal tauchte sie Gesicht und Haare hinein und schüttelte sich wie eine Katze, die aus Versehen mit Wasser in Berührung gekommen war. Dann beugte sie sich vor und schüttete sich den Inhalt des Eimers über den Kopf. Schnaubend atmete sie Luft aus. Ihr Herz raste, als wolle es ohne sie davonrennen und sie brauchte einige Sekunden, um wieder zu Atem zu kommen.

„Und da sage noch mal ein Mensch, diese Art des Waschens sei unzivilisiert!" Erschrocken fuhr Temi herum und verteilte dabei einen Schauer an Tropfen. Bei der Bewegung verlor sie den Toneimer aus dem Griff und er flog in Kehvus Richtung. Gekonnt fing er ihn auf. „Kehvu!", rief sie tadelnd. „Mach das nicht nochmal, wenn du nicht willst, dass ich dich aus Versehen erschlage!"

„Entschuldigung", erwiderte der Kentaur und lächelte so verschmitzt, dass sie ihm gar nicht böse sein konnte. „Und unzivilisiert finde ich das nicht", fuhr sie fort. „Ich erfrische mich im Sommer oder beim Tennisspielen oft so." „Was ist Tennis?"

„Es ist ein Sport", erklärte sie.

„Frauen dürfen Sport treiben? Dein Volk ist wirklich sonderbar", stellte Kehvu fest.

„Sonderbar?", protestierte sie. „Wieso das?" Zwar waren in der Antike die Frauen von vielem ausgeschlossen worden. Doch bisher hatte sie nicht den Eindruck, dass Kentauren Frauen verachteten. Sie hatte doch sogar bei ihrem Stadtrundgang weibliche Kentauren gesehen, die mit den Männern bewaffnet und gerüstet in den Straßen patrouillierten. Kehvu schien ihr Unbehagen zu bemerken und hob die Hand. „Bei uns Kentauren gibt es nur wenige Unterschiede zwischen den Geschlechtern. Doch die Menschenmänner betrachten Menschenfrauen eher ... nunja ... als Eigentum. Sie haben wenig Rechte, müssen im Haus bleiben und für die Kinder sorgen."

Auch das noch! Daran hatte sie nicht gedacht. Das machte ihre Mission noch schwieriger. Wie sollte sie jemanden überzeugen, der Frauen gar nicht achtete? Vielleicht war das ja der Grund, weshalb Xanthyos und Aireion so gezögert hatten, sie loszuschicken.

Aber vielleicht konnte ihr der kleine Kater auch in Šadurru helfen, schließlich mussten die Menschen die Prophezeiung auch kennen? Aber sie konnte Thanatos schlecht in ihre Tasche stecken – und wie sollte sie ihn sonst transportieren? Sie bezweifelte, dass sie den „Tod" dafür genug gezähmt hatte. Nein, das konnte sie sich wohl aus dem Kopf schlagen. Sie seufzte leise.

Der Kentaur deutete ihr Seufzen falsch. „Du brauchst dir keine Gedanken machen. Man wird dir nichts zuleide tun. Du wirst genug Aufsehen erregen, wenn du auf dem Rücken eines Kentauren mit deinen kurzen roten Haaren und in den Kleidern des Königssohnes vor ihrer Stadtmauer auftauchst. Der alte König ist uns sehr freundlich gesonnen. Er wird nicht zulassen, dass dir etwas zustößt. Und der Prinz ist hier aufgewachsen. Er weiß, dass wir keinen Unterschied zwischen Männern und Frauen machen", beruhigte Kehvu sie. „Also ... zumindest was ihre Rechte und Pflichten betrifft", fügte er dann hinzu. Er verhaspelte sich fast. „Natürlich gibt es Unterschiede." Temi musste lachen und ihre Nervosität ließ nach.

„Fürst Aireion möchte dich noch einmal sehen, bevor wir aufbrechen", informierte Kehvu sie.

Temi fuhr sich mit den Händen durch die nassen Haare und lief dann hinter Kehvu her. Es war gar nicht so einfach für einen Menschen, mit einem Kentauren Schritt zu halten. Er führte sie durch den Irrgarten der Gänge zurück zum

„Thronhof". Dort hatten sich viele Kentauren versammelt. Temi schluckte und ihre Hände fingen an zu zittern. Sie hasste es, angestarrt zu werden. Aber das würde sie wohl nicht vermeiden können, weder hier noch in der Menschenstadt, wenn sie da schon vom Aussehen her so herausstechen würde.

Aireion sah nun ganz anders aus als zuvor. Er trug einen Harnisch aus dunklem Metall am Oberkörper, das unter seinen langen silbernen Haaren und auf der hellen Haut pechschwarz wirkte. Die Rüstung schützte seinen menschlichen Oberkörper und die Vorderseite des Pferdeleibs. Den Tierrücken bedeckte eine Rüstung aus dunklem Leder mit schwarzen Rankenverzierungen. Eine Brosche in Form eines Bogens hielt einen nachtschwarzen Umhang über seinen Schultern zusammen. Die kräftigen Arme waren von Kettenärmeln geschützt. Ein Schauer rann über Temis Rücken. Sie spürte, wie sich die Härchen an ihren Armen zu einer Gänsehaut aufstellten. Was war geschehen? Der Fürst war gerüstet, als wolle er jetzt sofort in den Krieg ziehen. Niemand sagte ein Wort. Schweigend folgte Temi Kehvu und verneigte sich vor Aireion. Die Blicke der anderen Kentauren brannten in ihrer Seite, ihrem Nacken und dem Gesicht. Jede ihrer Bewegungen wurde mit Argusaugen beobachtet – von allen Anwesenden. Angespannt hielt sie den Atem an. Aireion signalisierte ihr nur mit kurzem Zwinkern, dass er sie und Kehvu wahrgenommen hatte und richtete seinen Blick fest auf seine Untertanen. Diese wandten sich wieder ihrem Fürsten zu, warfen Temi allerdings immer wieder heimliche Blicke zu. Es war still, kein Laut war zu hören. Was passierte hier?

Temis Herz raste. Ihre Muskeln spannten sich, ihr Magen krampfte sich zusammen. Das Schweigen zerrte an ihren Nerven. „Du weißt, was du zu tun hast", richtete Aireion das Wort an einen jungen Kentauren zu seiner linken Seite. Der schnaubte leise. „Seid Ihr sicher, mein Fürst, dass Ihr Euch dem Unabänderlichen weiter entgegenstellen wollt? Xanthyos gewinnt mehr und mehr Anhänger. Ein Krieg würde den Menschen mehr schaden als uns. Immer mehr Eurer Untertanen befürworten einen Schritt gegen die Anfeindungen der Menschen."

Aireions Gesicht verfinsterte sich, während Temi die Augen zusammenkniff. Das war doch Ardesh, der Anführer der Wachtruppe, den sie eben gesehen hatte. Der Pferdemensch sah sehr jung aus. Seine langen roten Haare wurden von einer steifen Brise durcheinandergeweht, als ob der Wind seine drängende Warnung bestätigen wollte. Aireions Blick lag auf Temi. Die Stirn leicht in Falten gelegt, strich er sich gedankenverloren über die hellen Augenbrauen.

Temi erkannte die Zwickmühle, in der sich Aireion befand: Wenn zu viele Kentauren Xanthyos folgten, würde der vielleicht versuchen, die Macht an sich zu reißen. Auf der anderen Seite wollte Aireion den Krieg so lange wie möglich verhindern. Wenn er, der ehemals beste Freund des Menschenprinzen, es nicht mehr versuchte, wer sollte es dann tun?

Schließlich gab sich Aireion einen Ruck und ergriff das Wort: „Ich werde jeder Gefahr für unsere Artgenossen entgegenwirken. Ich werde nicht dulden, dass Xanthyos die Menschen angreift. Ein offener Krieg kann uns vernichten, und das werde ich nicht zulassen. Ich werde nicht zögern, ihn wieder gefangenzunehmen. Denn es gibt eine neue Chance, den Frieden zu wahren. Wir sollten sie nutzen!", verkündete er mit energischer Stimme, die keinen Widerspruch zuließ. Auch der rothaarige junge Kentaur schwieg. Der Schatten in seinem Gesicht blieb. War er über die Situation beunruhigt oder grundsätzlich unzufrieden mit des Fürsten Entschluss? Schwankte er zwischen seiner Loyalität zu Aireion und dem Wunsch, sich Xanthyos anzuschließen? Temi wusste es nicht.

Aireion wandte sich nun direkt an sie: „Ich wünsche dir Glück für dein Vorhaben. Wie auch immer deine Reise ausgeht: Du verdienst unser aller Respekt. Mögen die Götter ihre Hände über dich halten!" Nun war es offiziell. Die anderen Kentauren waren offenbar schon informiert worden, denn sie schienen nicht überrascht – sie warfen Temi nur neugierige oder abschätzende Blicke zu. Sie wägten wohl jeder für sich ab, ob das Menschenmädchen seine Aufgabe erfüllen konnte.

Temi verneigte sich gleichzeitig mit Kehvu und verließ mit ihm den Innenhof. Für wie lange? Würde sie hierhin zurückkehren? Oder würde sie vorher nach Hause finden? Vielleicht war ihre „Aufgabe" hier erfüllt, wenn sie erfuhr, dass der Prinz seinem Vater eher folgte als dessen Beratern. Was würde sie bei den Menschen erwarten? Es gab Fragen über Fragen. Der arme Kehvu. Sie würde ihm Löcher in den Bauch fragen, da war sie sich sicher. Seine Hufen klapperten über den steinernen Weg zur Küche. Leise ging sie neben ihm her. Dort lag, gut verschnürt und verpackt, ein Paket, in dem sich dem Geruch nach lauter Köstlichkeiten befanden. Daneben lag ein lederner Beutel. Kehvu reichte ihn ihr und sie schaute hinein. Darin waren zusätzliche Kleidungsstücke für sie.

„Ich lasse mich nun rüsten, danach sollten wir aufbrechen", sagte Kehvu. Temi nickte und sah ihm nach, als er den Saal mitsamt der Nahrung und ihrer Kleidertasche verließ. Würde sich ihr Begleiter etwa ebenso mit eiserner Rüstung beschweren wie Aireion und die Kentauren im Thronhof?

Nach einigen Minuten kam Kehvu wieder. Nein, seine Rüstung war bei weitem nicht so schwer wie Aireions. Doch auch er trug Arm- und Beinschienen sowie einen ledernen Rückenschutz. Anstelle der eisernen Brust- und Taillenpanzerung schützte eine Lederrüstung seinen Oberkörper. Es war wohl nur eine leichte Wegpanzerung – aber wenigstens etwas!

Doch konnte sie so auf seinem Rücken reiten? Eigentlich war der Schutz einem Sattel ähnlich, aber anders als beim Sattel war der ganze Rücken gepolstert und nicht nur ein kleines Stück. Hoffentlich gab es keine Probleme! Auf keinen Fall wollte sie den Pferdemenschen bitten, auf seine Rüstung zu verzichten. Schließlich war die Reise für ihn gefährlicher als für sie.

„Bist du bereit?", fragte Kehvu. Temi nickte beklommen. Bereit war relativ. Sie hatte keinerlei Erfahrung mit Politik und Diplomatie. Und nun war sie hier, in einer fremden Welt, und startete nach nur wenigen Stunden die erste diplomatische Mission ihres Lebens. Was hatte sie sich nur dabei gedacht?

Vielleicht kamen ihr jetzt die Rollenspiele im Internet doch noch zugute; dort hatte sie auch hin und wieder vermitteln müssen. Andererseits verließ sie sich lieber nicht auf ihre Spielerfahrungen. Denn dort ging sie eher offensiv vor und war immer für einen Angriff zu haben. Und das hier war kein Spiel. Es war bitterer Ernst.

„Na dann komm." Kehvu lächelte ihr aufmunternd zu.

Aber wie? Stühle oder Hocker gab es hier schließlich keine. Wofür auch. Also stützte sie sich mit einem Fuß auf der niedrigen steinernen Fensterbank ab und kletterte auf seinen Rücken. Sie rutschte ein Stück vor, dann wieder ein Stückchen zurück und von links nach rechts und umgekehrt, um den optimalen Platz zu finden. Doch, man saß erstaunlich gut!

Sie entschied sich, ein wenig von Kehvu abzurücken, damit sie sich im Notfall an seiner Lederrüstung festhalten konnte, ohne seinen Oberkörper zu umarmen.

„Sitzt du gut?", fragte der Kentaur und quittierte ihre Unentschlossenheit mit einem frechen Grinsen. Wie alt mochte er sein? Er wirkte jünger als Aireion und Xanthyos. Zumindest hatte er sich seine Unbekümmertheit bewahrt. Auch sein Gesicht war jung, wenn er auch nicht so jung aussah wie Ardesh. Jetzt erst, da sie auf seinem Rücken saß, bemerkte sie, dass sein Haar seltsam geschnitten war. Als hätte jemand ein schmales, aber langgezogenes „V" hineingeschnitten, fielen die Haare links und rechts hinunter, aber in der Mitte des Hinterkopfes bis zum Scheitel oben hatte er keine oder nur kurze Haare; dieses „Loch" wurde vom Rest der Frisur fast überdeckt.

War es nur bei ihm so, oder war es eine typische Frisur für die Kentauren? Sie hatte es noch bei keinem anderen gesehen, aber sie hatte auch noch nicht wirklich darauf geachtet.

„Sitzt eine Fliege auf meinen Haaren?", fragte Kehvu. Temi blinzelte verlegen und wurde rot. Sie hatte ihn unverhohlen angestarrt und er hatte sie dabei ertappt.

„Es tut mir Leid! Ich wollte nicht starren. Ich habe nur gerade deine Frisur bemerkt. Haben ... haben alle Kentauren so einen V-Schnitt? Ich habe so einen Haarschnitt noch nie gesehen."

Er schmunzelte. „Nein, ich dürfte der einzige sein." Er zögerte kurz, aber fuhr bald fort: „Ich habe vor einiger Zeit beim Schaukampf vor Fürst Aireion einen Schlag auf den Hinterkopf bekommen. Die Wunde musste genäht werden und die Haare waren im Weg."

„Oh!" sagte sie, wenig eloquent. „Das muss ziemlich wehgetan haben." Heimlich verdrehte sie die Augen. Natürlich hatte es wehgetan.

„Ich wünschte, ich könnte sagen, es war nicht so schlimm, aber ja, es war ziemlich schmerzhaft. Ich bin nicht schnell genug ausgewichen, als ein Freund von mir mit der Axt nach mir geschlagen hat."

Ein Freund? Mit der Axt? Einer eisernen Axt?!

Kehvu schmunzelte über ihren entsetzten Gesichtsausdruck. „Ich habe es überlebt. Gerade so, zugegeben, aber es tut heute nicht mehr weh."

Aber es war ein Grund mehr, weshalb nicht ausgerechnet er sie zur Menschenstadt bringen sollte. Temi schwieg, denn sie hatte das Gefühl, dass er sich nicht davon abbringen lassen würde. Und vielleicht kränkte sie ihn sogar, wenn sie jetzt zum Fürsten ging.

„Ich weiß, was du denkst", sagte er prompt und ergänzte lächelnd: „Du brauchst es gar nicht zu versuchen."

Also versuchte sie es nicht. Aber das flaue Gefühl in ihrem Magen blieb.

Gewissenhaft überprüfte Kehvu noch einmal die Schnallen, an denen die beiden Beutel mit Essen und Kleidung befestigt waren. Dann testete er, ob seiner Arm- und Beinschoner fest genug saßen, und trabte an. Vielleicht machte die Lederrüstung einen Unterschied, oder aber Kehvus Gang war noch weicher als der von Xanthyos, und völlig anders als auf einem Pferderücken. Selbst im Trab hüpfte sie nicht im Sattel auf und ab wie ein Tennisball.

Als sie die breiten Stadtmauern hinter sich gelassen hatten, schlug Kehvu eine nordöstliche Richtung ein und wechselte fließend von Trab in den Galopp. Zunächst rannte er auf den Wald zu, aus dem auch Xanthyos und sie gekommen waren, hielt sich dann aber genau am Waldrand, ohne hineinzulaufen. Auch wenn die Bäume hier sehr licht und noch mit breiten Abständen nebeneinander standen, kam ein Kentaur wohl doch auf freier Strecke schneller voran, als wenn er hier und da einem Baum ausweichen musste.

Die Wiese, auf der sie ritten, war übersät von bunten Blumen. Alle hatten ihre Köpfe gen Wald gedreht, wo es kühler war. Kehvu lief so nah am Waldrand, dass auch sie im Schatten blieben. Er schien noch nicht einmal den Boden mit seinen Hufen zu berühren, so weich waren sein Lauf und der Boden.

Einmal sah Temi zurück und stellte fest, dass sie einen sanften Hügel hinuntergeritten sein mussten, denn Thaelessa lag deutlich höher.

„Alles in Ordnung bei dir?", rief der Kentaur über seine Schultern.

„Ja!", antwortete sie mit erstickter Stimme, überwältigt von dem, was sie erlebte. Sie genoss die wunderschöne Landschaft und den strahlenden Sonnenschein. Ihr Vorhaben, den Pferdemenschen mit Fragen zu löchern, verschob sie auf später, auf eine Pause. Es roch nach wilden Kräutern und Gräsern. Der Duft erinnerte sie an ihre Ankunft in dieser fremden Welt. Das war erst gestern gewesen und schien trotzdem schon Ewigkeiten her. Zu dem Zeitpunkt hatte sie noch nichts davon geahnt, dass sie auf ihre Lieblingswesen, auf Kentauren treffen würde. Nun war sie schon mit den Pferdemenschen vertraut und ritt auf einem. Wie unglaublich war das!?

Plötzlich machte die Waldgrenze vor ihnen einen Knick nach Norden oder gar Nordwesten und Kehvu preschte hinein in den Wald. Dabei drosselte er das Tempo. Die Bäume standen dicht an dicht, nur ein schmaler Pfad mäandrierte durch das Dickicht. Die Luft wurde feuchter, das Licht trüber, es drang kaum noch durch das Blätterdach. Nur die Wärme ließ nicht nach. Im Gegenteil: Unter den dichten Blättern war es ohne eine kühlende Brise stickig.

Scheinbar ohne zu ermüden lief Kehvu schweigend. Temi versuchte vergeblich, die Orientierung zu behalten. Schon nach einigen Minuten wusste sie nicht mehr, ob sie gerade nach Nordosten ritten oder einen Bogen in eine ganz andere Richtung machten. Wahrscheinlich war ersteres, denn die Menschenstadt lag ziemlich genau in dieser Richtung.

Das Licht veränderte sich nicht unter den Bäumen. Mal hingen Schlingpflanzen aus dem Blätterdach hinunter, mal Zweige tief und Kehvu duckte sich, um ihnen auszuweichen. Temi entwickelte ein Gespür dafür, dann ebenfalls den Kopf einzuziehen, nachdem ihr zweimal ein Zweig ins Gesicht gepeitscht war.

Erst nach einigen Stunden wurde Kehvu langsamer. Ohne den kühlenden „Fahrtwind" merkte Temi erst, wie heiß es eigentlich war. Kaum aber hatte sie den Gedanken zu Ende gedacht, wechselte Kehvu ins Schritttempo, bevor er die nächste Biegung erreichte. Dahinter lag eine kleine Lichtung. Der Kentaur musste den Weg genau kennen – diese Stelle im Wald wiederzufinden, glich für Temi einem Heuhaufen mit einer einzigen Nadel darin.

Kehvu stoppte am Rande der Lichtung. Die Sonne stand hoch im Süden, also hinter ihnen, aber die Bäume um sie herum waren so hoch, dass das Sonnenlicht den Boden nicht erreichte. Ein leichter Wind pustete über die Lichtung.

Temi war für diese Pause dankbar und glitt von Kehvus Rücken. Im ersten Moment war es, als ginge sie auf Eiern, so unsicher waren ihre Schritte, nachdem sie so lange geritten war.

„Wir bleiben eine Weile hier", erklärte der Pferdemensch und streckte sich. Seine Knochen knackten so laut, dass es Temi einen Schauer über den Rücken jagte. Sie konnte es schon nicht haben, wenn jemand mit seinen Fingerknochen knackte. Aber dieses Geräusch klang fast wie brechende Knochen.

Dem Kentauren schien es allerdings eher Erleichterung zu verschaffen. Zufrieden ließ er sich nieder und öffnete geschickt mit seinen kräftigen Händen den kleinen Beutel, der an seiner Lederrüstung hing. Er zog ein paar sternförmige Blätter heraus, die Temi noch nie gesehen hatte, riss einige davon in der Mitte durch und fing an, sie zu kauen.

„Wir brauchen eigentlich täglich viel Nahrung, um unsere Körper fit und uns bei Kräften zu halten. Es gibt allerdings Kräuter, die uns Energie geben. Sie helfen natürlich nicht allein, aber einen kleinen Teil unseres Nahrungsbedarfs können wir dadurch decken", erklärte er, bevor sie fragen konnte. Temi staunte. So ein kleines Blatt sollte den ganzen Pferdekörper fithalten? Sie musste unbedingt mehr über die Kentauren und ihre Welt erfahren. Doch nicht nur sie war neugierig: Bevor sie den Mund öffnen konnte, bat Kehvu sie: „Erzähl mir bitte von dir. Woher kommst du?", fragte er.

Temi zögerte. Wie sollte sie ihm erklären, woher sie kam? Wie sollte sie ihre Heimat beschreiben?

„Ich wohne in einer Stadt ... einer kleinen Stadt. Sie heißt Trier", begann sie. „Sie wurde vor vielen vielen hundert Jahren auch Augusta Treverorum genannt, und etwas später Treveris." Fragend sah sie Kehvu an, doch der Kentaur schüttelte den Kopf. „Ich habe nie von ihr gehört. Wohnen dort nur Menschen? Oder lebt ihr in Frieden zusammen – Menschen und Kentauren? Du bist uns gegenüber so offen, so freundlich. Nicht so wie die Menschen hier."

Temi zögerte. Es fiel ihr schwer, dem Pferdemenschen die Wahrheit zu sagen.

„Kehvu, es gibt in der Welt, in der ich lebe, keine Kentauren. Ich kenne euch nur aus Fabeln, antiken Sagen", sagte sie leise.

„Antik?"

„Alt. Uralt. Mehr als 2500 Jahre."

„Uns ... gibt es nicht?", erst jetzt wurde Kehvu die Bedeutung ihrer Worte bewusst.

Temi nickte.

„Es hat euch nie ...", begann sie. Sie stockte und entschied sich dann für eine andere Formulierung: „Es gibt keine Beweise für eure Existenz. Die Menschen glauben auch nicht daran, dass es jemals Kentauren gegeben hat. Ihr seid angeblich Halbmenschen aus alten Geschichten. Erfundene Wesen, mehr nicht."

Kehvus Gesicht war wie versteinert und Temi hörte ihr eigenes Herz heftig schlagen, während er versuchte, diese Neuigkeiten zu verarbeiten.

„Was ... was wird so über uns erzählt?", fragte er heiser.

„Nicht viel. Selbst in der Antike, also 2500 Jahre vor der Zeit, in der ich lebe, hat man nicht an eure Existenz geglaubt. Es gab nur Geschichten über euch. Heldengeschichten. Aber leider wurden die nur selten aufgeschrieben."

„Heldengeschichten? Gutes über uns?", fragte er fast aufgeregt.

Temi biss sich auf die Unterlippe. Sie katapultierte sich von einer schwierigen Frage zur nächsten. Heldengeschichten? Nein. Absolut nicht. Aber wie sollte sie Kehvu das erklären, ohne ihn zu verletzen? Oder sollte sie lügen? Er würde die Wahrheit ja nie erfahren ... Nein. „Eigentlich sind eher die Menschen die Helden. Die Kentauren sind ... die Bösen, meist jedenfalls."

Steile Zornesfalten bildeten sich auf Kehvus Stirn, seine Miene wurde finsterer. Dann wirkte er von einer Sekunde auf die andere traurig und enttäuscht. Aber er fasste sich ebenso schnell wieder.

„Warum siehst *du* uns dann so positiv? Und warum weißt du so viel, wenn nicht mehr über uns berichtet wird", wollte er wissen. Er war bemüht freundlich, auch wenn er vielleicht innerlich kochte. Verständlich. Wenn man ihr Unrecht tat, ging es ihr ja nicht anders. Aber sie beherrschte sich dann nicht so gut wie er.

„Ich habe mir euch immer anders vorgestellt, als ihr auf den antiken Vasen abgebildet seid", erklärte Temi.

Kehvu neigte seinen Kopf zur Seite und sah sie fragend an. „Es gibt viele Bilder von euch. Vor allem auf Vasen, aber auch als Wandmalereien und als Reliefs. Am Parthenon zum Beispiel." Als sie seinen fragenden Blick sah, fügte sie hinzu: „Der Parthenon ist ein Tempel in Athen ... in einer Stadt in Griechenland, weit entfernt von meiner. Dort seid ihr auf circa zwanzig Metopen zu sehen." Sie griff nach einem Zweig, der auf dem Boden lag. Vor lauter Nervosität fing sie an, die Rinde abzuknibbeln. Wie sollte sie ihm erklären, was eine Metope war? Dann hatte sie eine Idee.

„Hier ..."

Sie drehte den Zweig um und kritzelte in den weichen Waldboden ein Gebäude, das man als Tempel identifizieren konnte. In den Giebel malte sie ein paar flache Säulen. „Die Räume zwischen den Säulen nennt man Metopen", erklärte sie. Abwesend nickte Kehvu. Temi fuhr fort.

„Dort sind jedenfalls ganz viele Kentauren zu sehen. Sie kämpfen mit den Menschen. Man hat es als Schlacht mit den Lapithen interpretiert."

Vielleicht sagte dieses Wort dem Pferdemenschen ja etwas. Doch er schüttelte irritiert den Kopf. „Wir haben nie gegen Menschen namens La... Lapithen gekämpft."

Sie beide schwiegen eine Weile.

Dann schüttelte sich Kehvu, als könnte er so die merkwürdigen Gedanken loswerden. „Erzählst du mir eine der Sagen über uns?", bat er.

Temi nickte. Am besten geeignet war wohl wirklich die „Kentauromachie" der Lapithen.

„Der Vater der Kentauren Thessaliens war Ixion, der Herrscher dieses Landes. Er hatte versucht, die Gemahlin des obersten Gottes zu verführen, und wurde von diesem getäuscht. Der Gott formte eine Wolke nach dem Bild seiner Frau. Die Wolke wurde Nephele genannt. Statt mit der obersten Göttin vereinigte sich Ixion also mit Nephele. Diese brachte dann die Kentauren zur Welt. Die Kentauren beanspruchten später den Thron Thessaliens für sich.

Allerdings tat dies auch ein anderer Sohn Ixions, der Mensch Peirithoos.

Es kam zu einer ersten Schlacht, aber man einigte sich. Den Kentauren wurde der Berg Pelion und seine Umgebung zugesprochen, Magnesia. Peirithoos wurde König von Thessalien.

Einige Monate später heiratete Peirithoos eine Lapithin namens Hippodameia. Er lud auch die friedlichen Nachbarn, die Kentauren vom Pelion, ein. Doch ..." zögernd sah sie einen Moment lang zu Kehvu, der stumm, aber interessiert zuhörte. „Doch die Kentauren vertrugen den Wein nicht. Sie wurden betrunken und einer von ihnen, Eurytion, versuchte, die Braut zu entführen. Auch Menschen tun, wenn sie betrunken sind, Dinge, die sie sonst nicht tun würden", fügte Temi schnell hinzu.

Vergeblich wartete sie auf eine Reaktion des Kentauren. Sein Gesicht glich einer Maske. Unsicher fuhr sie fort: „Die anderen Kentauren sahen das als Signal und wollten die anderen thessalischen Mädchen entführen. Die Freunde und Untertanen des Peirithoos eilten den Mädchen zu Hilfe und es kam zu eben jenem Kentaurenkampf, der an diesem Tempel dargestellt ist."

Kehvu rührte sich nicht. Er starrte an ihr vorbei.

Wartete er darauf, dass sie weitererzählte? „Einer der antiken Autoren", fuhr sie fast hektisch fort, bevor die Stille unerträglich wurde, „hat in seinem Buch die Schlacht genauestens nacherzählt. Ovid heißt er. Er ist es auch, der die einzige namentlich bekannte Kentaurin beschreibt."

Endlich, endlich hellte sich Kehvus Blick ein wenig auf und er sah sie wieder an.

„Ich habe neulich ein Referat – einen Vortrag – über euch ... also über die Kentauren gehalten. Ich kenne den Anfang dieses Textteils auswendig; ich habe ihn schon so oft gelesen."

Sie schloss die Augen. Doch ... doch sie erinnerte sich.

„Mult' illum petiere sua de gente, sed una
abstulit Hylonome, qua nulla decentior inter
semiferos   altis   habitavit   femina   silvis;
haec et blanditiis et amand' et amare fatendo.

Cyllaron una tenet ...
Viele Frauen seines Stammes begehrten ihn, doch eine nur, Hylonome, stahl sein Herz ...", übersetzte sie, bis sie plötzlich Kehvus Stimme hörte. Er sprach ihre letzten Worte mit und rezitierte mit monotoner Stimme weiter: „als die keine schönere Frau unter den Halbtieren in den hohen Wäldern wohnte; sie hielt durch Liebesworte, durch Liebe und Gestehen ihrer Liebe des Kyllaros' Herz."

Mit offenem Mund und weit aufgerissenen Augen starrte Temi den blonden Kentauren an.

Kannte er die Verse? Woher?! Sprach er Latein? Das war unmöglich! Aber das bedeutete ...

„Sie sind in der Ersten Schlacht gestorben ... Hylonome und Kyllaros."

Er meinte nicht die erste Kentauromachie in Thessalien, von der sie eben erzählt hatte. Er meinte nicht einen Angriff von Kentauren auf die Menschen. Er meinte den Angriff der Menschen auf die Stadt der Kentauren.

Temis Kehle war ganz trocken. Sie schluckte. Das war ... das war ... unmöglich? Unglaublich? Undenkbar? Ihr fehlten die Worte. Woher kannte Kehvu diese Verse?

„Vor 2500 Jahren soll es gewesen sein? 2500 Jahre vor deiner Zeit?" Kehvus Stimme klang rau und trocken. Er räusperte sich heiser.

„Ovid hat es vor etwa 2000 Jahren geschrieben. Auch Homer hat die Kentauromachie, also den Kampf zwischen Lapithen und Kentauren, schon erwähnt. Das war vor etwa 2800 Jahren. Wenn es wirklich passiert ist, muss es noch viel länger her sein?!" Als Aireion ihr von der Schlacht berichtet hatte, hatte er einen Zeitrahmen von etwa 570 Jahren erwähnt. Auf keinen Fall war es schon Jahrtausende her gewesen.

„Die Verse hat einer unserer Dichter, Siorois, nach der Schlacht verfasst. Wir nennen ihn auch Nenkyr, den Junggestorbenen", sagte Kehvu mit Ehrfurcht in der Stimme. „Seine Geliebte starb in der Schlacht und er konnte nicht lange ohne sie leben. Er hat sein Werk nie beendet und das meiste davon ist verschollen. Es sind nur drei Lieder von ihm erhalten. Das Lied von Hylonome und Kyllaros, das von Iliusa und das von Arkanth. Arkanth ist nicht in der Schlacht gestorben, er ist ein Urahn unseres Volkes aus unseren Sagen. Die Version von Siorois ist die bekannteste. Aber Hylonome ist in der Ersten Schlacht gestorben und Kyllaros ist ihr in den Tod gefolgt ... ganz ähnlich wie Nenkyr kurz danach. Iliusa war die Tochter des Königs Ilhion. Sie hat den Rückzug der Verwundeten gedeckt, indem sie fast alleine, nur mit Demeon, dem Befehlshaber des Heeres, an ihrer Seite, das hintere Tor verteidigt und einen Menschen nach dem anderen getötet hat, bis sie sie schließlich mit einem Netz gefangen und dann erschlagen haben."

Kehvu verstummte und ungläubig schüttelte Temi den Kopf. Sie verstand das einfach nicht. Von Kentauren namens Arkanth, Iliusa und Demeon hatte sie noch nie gehört. Die Geschichte der beiden Liebenden hatte Ovid umgedreht geschildert. Da war Kyllaros tödlich verwundet worden und Hylonome hatte sich in den Speer gestürzt, der ihren Geliebten gefällt hatte. Aber allein, dass es diese beiden hier gegeben hatte und dass sie unter ähnlichen Umständen gestorben waren, war unheimlich. Wie war das möglich? Kehvu schien genauso ratlos wie sie.

„Ich weiß nicht, auf welche Art und Weise unsere Welten verbunden sind", sagte Kehvu, „aber hier gab es keinen menschlichen Dichter mit diesem Namen ... Ovid. Menschen sind zu so etwas nicht in der Lage – sie würden auch nichts Schönes über uns schreiben."

„Natürlich können Menschen schreiben", stellte Temi mit verschränkten Armen klar. „Und inzwischen werden auch viele positive Dinge über euch erzählt. Kentauren sind Symbol für Stärke und Schnelligkeit, Weisheit und Loyalität. Es gibt sogar einen Film, in dem ihr für den guten König kämpft."

Aber wie, um Himmels willen, erklärte man „Film"?

Einige Zeit später wusste Kehvu ein bisschen mehr. Temi war ins Schwitzen gekommen und jetzt um die Erfahrung reicher, wie schwierig es war, etwas völlig Unbekanntes aus einer fremden Zeit und Welt zu erklären. Sie war fast erleichtert, als sie sich wieder auf den Weg machten. Die Sonne stand im Zenit und es war angenehm, wieder unter dem Blätterdach zu verschwinden, auch wenn ihre Kleidung dort bald an ihrem Körper klebte, weil die Luft so feucht war.

Kehvu lief so gleichmäßig, dass sie gegen den Schlaf hätte kämpfen müssen, wenn er nicht hin und wieder über einen abgebrochenen oder umgekippten Baum gesprungen wäre. Jedes Mal warnte er sie rechtzeitig. Irgendwann begriff sie, dass er absichtlich Hindernisse übersprang – statt sie zu umlaufen und den Sprung zu vermeiden. Vermutlich war es für ihn eine Übung, wenn er schon nicht mit seinen Waffengefährten trainieren konnte.

Sie waren lange unterwegs und die Sonne senkte sich wohl langsam in Richtung des Horizonts, denn es wurde immer düsterer. Jetzt war das Licht im Wald regelrecht unheimlich. Dämmerig, fast diesig, ohne dass noch Sonnenstrahlen hindurchschienen. Nur die Kronen der Bäume wurden noch beleuchtet.

Nach einer Weile hielt Kehvu an und bedeutete ihr, abzusteigen. „Du musst müde sein", sagte er und sie lachte. „*Du* müsstest müde sein", entgegnete sie. „Ich bin ja nicht gelaufen."

Er grinste. „Ich bin schon längere Strecken und schneller gelaufen Mehrere Tage und Nächte hindurch, mit nur kurzen Pausen zum Essen und Trinken. Wir umrunden oft unser Land in einem Lauf, um unsere Kondition zu trainieren."

„Euer gesamtes Land?", fragte Temi erstaunt. Der Kentaur nickte. „Wow!", entfuhr es ihr.

„Was heißt *wow*?", fragte er mit hochgezogenen Augenbrauen, aber mit verräterischem Grinsen. Er ahnte, was es bedeutete und Temi verdrehte übertrieben die Augen. Sie antwortete nicht, sondern schmunzelte. Sie mochte Kehvu.

„Schlaf eine Weile", sagte Kehvu da fürsorglich. „Ich werde dich wecken, sobald es weitergeht." Temi nickte dankbar. Müde lehnte sie sich zur Seite, bettete den Kopf auf ihren Armen und seufzte dann.

Was für ein Tag! Und was mochte momentan in der „realen" Welt passieren? War sie dort verschwunden und vermissten ihre Eltern und ihre Freundinnen sie? Schlief sie? War die Zeit angehalten oder lief sie hier schneller? Sie würde es wohl so schnell nicht herausfinden. Wenn doch wenigstens Thanatos hier wäre! Das Schnurren einer Katze war unheimlich beruhigend. Aber der kleine Kerl war ja plötzlich verschwunden, ohne dass sie sich hätte verabschieden können. Nun, er war eben eine Katze.

Etwas piekste sie und misstrauisch untersuchte sie den grasbewachsenen Boden, auf dem sie lag, aber sie sah auf den ersten Blick nichts. Hoffentlich lag sie nicht auf einer Ameisenstraße. Oder noch schlimmer, in einem Spinnennest.

„Ich hasse Insekten!", dachte sie noch, bevor ihr die Augen zufielen.

Halb-dösig merkte sie, dass Kehvu aufstand und unruhig ein paar Schritte ging. Dann war er verschwunden, aber sie wusste nicht, ob sie das träumte oder nicht. Der Schlaf überwältigte sie jetzt endgültig. Im Traum ritt sie auf dem Rücken einer Kentaurin, deren Gesicht sie nicht sah. Ein Schatten senkte sich über sie und auf einmal war sie selbst die Kentaurin.

Erschrocken – wie Aktaion nach seiner Verwandlung in einen Hirsch in der griechischen Sage – rannte sie, rannte immer weiter, weil sie merkte, dass sie verfolgt wurde. Der junge Aktaion hatte nach einer Jagd die jungfräuliche Göttin Artemis aus Versehen beim Baden gesehen. Zornig hatte sie ihn in einen Hirsch verwandelt – und prompt hatten seine eigenen Jagdhunde angeschlagen und hetzten ihn.

Temi stolperte über ihre neuen dünnen, langen Beine und blieb für ein paar Momente besinnungslos liegen. Aktaion wurde der Sage nach von seiner eigenen Hundemeute zerrissen. Um sie scharten sich Menschen, mit feuerglühenden Augen und wild verzerrten Gesichtern.

„Ich bin doch eine von euch!", wollte sie rufen, doch die Menschen ließen sie nicht zu Wort kommen. Wieder war der Schatten da, urplötzlich. Es war der Schatten eines Engels. Er hüllte sie ein und ließ die Pfeile der Menschen wirkungslos abprallen. Dennoch schrie sie vor Angst auf – und erwachte.

Die Wärme des Schattens aus ihrem Traum blieb ein paar Sekunden und verwandelte sich dann in die schwüle Wärme des Sommertages, oder -abends. Um sie herum war alles still, selbst die Vögel sangen nicht mehr. Vorsichtshalber ließ sie mit wild pochendem Herzen ihren Blick über ihren Körper schweifen. Dem Himmelseidank, es war noch alles menschlich. Sicher wäre es interessant, für kurze Zeit eine Kentaurin zu sein. Aber sie wollte doch irgendwann wieder zurück – in ihre Welt, an die Uni, zu ihren Freunden, zu ihrem Kätzchen Nemesis und zu ihren Eltern. Außerdem konnte sie als Kentaurin jetzt wohl weniger bewirken als als Mensch.

Die Sonne war mittlerweile untergegangen, aber die Dämmerung ging gerade erst in die Nacht über. Sie konnte nur ein paar Minuten, maximal eine Stunde geschlafen haben. Temi atmete tief durch. Es war warm, obwohl die Nacht hereinbrach; sie zog ihren Umhang aus und faltete ihn ordentlich zusammen. Aber wo war Kehvu? Wieso nur war sie eingeschlafen, anstatt wieder hellwach zu werden, als er gegangen war? Verdammter Mist!

Sie stand auf und ging mit schmerzenden Gliedern ein paar Schritte, um ihre Müdigkeit abzuschütteln. Der Himmel wurde langsam schwarz, aber hinter den Bäumen leuchtete ein kälteres Licht hervor: Der Mond zeigte sich. Ein leichter Schauer lief Temi über die Arme, als sie an Aktaion dachte und ihren Traum und daran, dass Artemis auch als Mondgöttin galt. Aber sie hatte nichts getan, um sie zu verärgern ... hoffte sie.

Plötzlich war es ihr unheimlich. Im Mondlicht warfen Bäume und Büsche seltsame Schatten, die sich im leichten Wind auch noch bewegten. Das Herz schlug ihr bis zum Hals und sie sah sich immer in alle Richtungen um, wie ein Hirsch, der nicht wusste, von woher die Jagdhunde auf ihn zuspringen würden. Oder eine Kentaurin, die von Menschen umringt war?

Temi wollte gerade nach Kehvu rufen, als ein Geräusch aus dem nahen Gebüsch sie erstarren ließ. Unsicher tastete sie nach dem Dolch, den er ihr gegeben hatte. Er würde ihr zwar nicht sonderlich helfen, wenn jemand mit ein bisschen Übung in den Waffen sie angreifen oder ein Raubtier auf sie zuspringen würde, aber – sie brauchte ihn auch nicht: Der blonde Kentaur kämpfte sich aus dem Unterholz.

Temi fiel ein Stein vom Herzen. „Mach das bitte nie wieder!", keuchte sie, den Dolch in der zitternden Hand.

„Du bist schon wach ...", stellte Kehvu beschämt fest. „Es tut mir Leid! Ich habe einen alten Freund gesehen und ein bisschen mit ihm geredet." Temi nickte. Sie hatte diesen Freund nicht bemerkt, aber sie hatte auch tief und fest geschlafen. Außerdem kannte Kehvu sich hier wesentlich besser aus und wusste, wo er zu suchen hatte und wo er ungestört sprechen konnte.

„Nachts ist die Temperatur angenehmer zum Reisen, aber du hast noch nicht genug Schlaf bekommen", sagte Kehvu fürsorglich. „Wir sollten in der Mitte der Nacht aufbrechen. Bis dahin kannst du schlafen. Ich werde dich nicht noch einmal verlassen, das verspreche ich. Doch erst solltest du etwas trinken. Der Tag war anstrengend und die Hitze hat unsere Körper ausgetrocknet. Komm, ganz in der Nähe befindet sich eine kleine Quelle mit herrlich kühlem Wasser. Wir sollten es genießen, wann immer wir können", schlug er vor.

Kehvus weiche Stimme ließ Temi lächeln. Der Kentaur war so gutmütig. Als sie ihm eine Hand sanft an seinen Pferderücken legte, sah er überrascht auf. Dann folgte sie ihm, als er sich in Bewegung setzte. Seine Hufe waren auf dem Waldboden kaum zu hören. Die Erde wurde immer weicher, je weiter sie auf den Rand der Lichtung zuhielten. Ganz plötzlich hörte sie ein leises Plätschern, Sekunden später nahm sie auch das schmale Rinnsal wahr, das den Boden so matschig machte, dass sie beinah ausrutschte. Das sollte die klare Quelle sein, von der der Kentaur gesprochen hatte?

Kehvu schob sie sanft, aber bestimmt in die Richtung, aus der das Bächlein kam. Sie kämpften sich durch das Gebüsch und durch hohe Farne voller Kletten, die hartnäckig an Temis Kleidung und in ihren Haaren hängen blieben, und auch Kehvus Fell war gespickt mit den lästigen Samen. Dann aber öffnete sich plötzlich der Wald wieder und eine große Lichtung – sie konnte gerade so die Bäume ringsherum sehen – lag vor ihnen. Der Mond leuchtete hell und rund auf die freie Fläche. Nur ein paar Schritte weiter lagen zwei große Steine, jeweils etwa einen Meter breit, aber entweder sehr flach oder tief in den Boden eingesunken. Sie ragten nur um zehn, vielleicht 20 cm aus dem Erdreich hervor und lagen direkt nebeneinander, als hätte ein Riese einen großen Stein entzwei gehauen oder als wären sie absichtlich nebeneinander gelegt worden. Ein dritter, dunklerer Stein stand dahinter. Aus dem Spalt, den die drei Steine miteinander bildeten, quoll Wasser. Kehvu hatte nicht zu viel versprochen. Es war nur ein Rinnsal, dafür aber deutlich klarer als entlang des Bachlaufs. Temis Mund fühlte sich plötzlich ganz ausgetrocknet an und ihre Kehle rau. Sie kniete sich dort nieder, wo das Wasser auf den feuchten Waldboden sickerte, und fing gierig das kühle Nass mit ihren Händen auf. Als sie ihre Hände zurückzog, schwappte die Hälfte des Wassers über ihre Kleidung. Auch den Schlamm auf ihren Hosenbeinen nahm sie dafür in Kauf. Ihre „Gesandtenkleidung" lag sicher in der Tasche, die Kehvu bei sich trug. Also konnte sie sich eine Erfrischung ruhig erlauben.

Kehvu beobachtete das Menschenmädchen mit einem Lächeln. Temi war völlig anders als die Menschen hier. Er hatte vor einigen Jahren an einem Treffen der beiden Herrscher und ihrer Berater teilgenommen. Es hatte in einem schnell errichteten Lager direkt an der Grenze der beiden Reiche stattgefunden. Xanthyos war nicht dabeigewesen und auf der anderen Seite Prinz Imalkuš auch nicht. Xanthyos aufgrund seiner feindseligen Einstellung, der Menschenprinz wegen einer Verletzung, die er sich in einem Schaukampf zugezogen hatte. Die beiden Herrscher hatten einander respektvoll behandelt, aber einige der menschlichen Berater waren so herablassend gegenüber den Kentauren gewesen, dass Kehvu zum ersten Mal Xanthyos' Hass gegen die Menschen wirklich nachempfunden hatte. Fast hätte das Treffen in einer Katastrophe geendet und danach hatten Aireion und der Menschenkönig eilig, fast überstürzt den Friedensvertrag erneuert und waren in ihre Städte zurückgekehrt.

Die Menschen hatten sie beschimpft und die Getränke mit Kräutern versehen, die die Kentauren nicht vertrugen. Einer seiner Freunde war fast an Magenkrämpfen zugrundegegangen, zwei andere Wachen waren wild geworden vor Schmerzen und hätten wohl angefangen, die Menschen zu erschlagen, wenn sie nicht vom Fürsten selbst und anderen, die nichts getrunken hatten, zurückgehalten worden wären. Deshalb hatte es Kehvu so getroffen, was das Menschenmädchen erzählt hatte ... von Kentauren, die den Wein nicht vertragen hatten. Er und seine Artgenossen vertrugen Wein, viel mehr noch als jeder Mensch – aber nicht, wenn er mit ein paar Tropfen Reekh-Beerensaft versetzt wurde.

Ja, Temi war ganz anders. Vertrauensvoll hatte sie eine Hand auf seinen Rücken gelegt, als wäre er ein Freund. Sie sah in ihm kein wildes Tier, wie es die Menschen hier taten. Er wünschte sich, noch mehr über Temi zu erfahren. Doch vermutlich hatte der König sie schon zur Genüge ausgefragt, und zuvor Xanthyos. Gern hätte er gewusst, weswegen sie das tat – in die Stadt der Menschen zu reisen, um den Frieden zu bewahren. Sie lebte nicht hier und kannte niemanden, um den sie trauern müsste, falls er in einem Krieg fiel.

Jetzt schaute Temi ihn direkt an. „Wo hast du gelernt, so gut zu malen?", fragte sie ihn unerwartet.

„Mein Vater hat mich einiges gelehrt, das Übrige habe ich mir selbst beigebracht", antwortete Kehvu und legte den Kopf schief. „Warum fragst du?"

„Ich zeichne und male auch gerne, aber mit den Proportionen habe ich Schwierigkeiten und die Schattierungen sind bei weitem nicht so perfekt wie deine."

„Menschen können zeichnen?" rutschte es Kehvu heraus und er hielt sich verlegen die Hand vor den Mund. Temi bewies ja, dass nicht alle Vorurteile stimmten. Sicher war nicht alles, was man über Menschen sagte, wahr; und Temi hatte sogar von einem Dichter erzählt. Aber es war ein so ungewohnter Gedanke, dass Menschen künstlerische Fähigkeiten haben sollten, dass er nicht nachgedacht hatte. Jetzt war sie offenbar wütend.

Temi stemmte die Hände in ihre Hüften und starrte Kehvu an. „Was soll das heißen?", fragte sie. „Natürlich können Menschen zeichnen!" Am liebsten hätte sie es ihm gleich bewiesen und ihm eine ihrer Zeichnungen gezeigt – sie waren nicht perfekt, aber sie war doch stolz darauf, auch wenn es immer irgendetwas zu verbessern gab. Aber leider lag ihre Kunstmappe unerreichbar in ihrem Zimmer in Trier.

„Schon gut, schon gut. Ich glaube dir ja!", beeilte sich Kehvu zu sagen. „Es ist nur neu für mich, dass Menschen irgendetwas Künstlerisches zustande bringen. Aber ich gebe zu, ich kenne mich auch nicht so gut mit Menschen aus ... und mit deinem Volk erst recht nicht." Seine Ohren färbten sich vor Verlegenheit so dunkel, dass Temi es trotz des schwachen Lichtes sah und auflachte. Sie verstand es nur zu gut. Sie hätte den Kentauren auch nicht solche Fähigkeiten zugetraut, wenn sie es nicht mit eigenen Augen gesehen hätte. Genau das war das Problem. Wie sollte sie den Menschen klarmachen, dass die Pferdemenschen nicht halb so unkultiviert waren, wie die Menschen dachten?! Sie hatte keine Ahnung.

Temis Gesicht verdüsterte sich und Kehvu blickte sie fragend an. „Es ist nichts", sagte sie. Kehvu schüttete die beiden halbvollen Trinkschläuche aus und füllte sie dann neu. Solange sie in die Nähe von Quellen waren, brauchten sie ja nicht auf frisches Wasser zu verzichten.

Sie kehrten zu der kleinen geschützten Lichtung zurück und jetzt legte sich Kehvu ebenfalls hin. Temi wickelte sich in ihren Umhang ein, und es dauerte nicht lange, bis sie trotz der drückenden Hitze eingeschlafen war.

Als Kehvu sie weckte, fühlte es sich so an, als hätte sie gerade mal zehn Minuten geschlafen, aber sie murrte nicht, wie sie es zu Hause wohl getan hätte. Ihre Mission war zu wichtig, es hing zu viel daran, um sich über zu wenig Schlaf zu beschweren. Sie hatte Schwierigkeiten, auf Kehvus Rücken zu steigen, weil sie Muskelkater in Muskeln hatte, von deren Existenz sie noch nicht mal gewusst hatte. Das Sitzen fiel ihr genauso schwer, aber sie biss die Zähne zusammen und ignorierte den Schmerz. Mit sicheren Tritten rannte Kehvu durch die Nacht. Temi sah dagegen gar nichts; die dichten Baumkronen schirmten das Mondlicht ab. Einmal ertappte sie sich dabei, mit dem Kopf an der Schulter des Kentauren einzuschlafen und war sofort wieder munter. Mehr Berührung als nötig wollte sie dem armen Pferdemenschen doch nicht zumuten. Deshalb bemühte sie sich wach zu bleiben, indem sie versuchte, sich an weitere Verse aus der Kentauromachie in Ovids „Metamorphosen" zu erinnern. Dass sie sich konzentrieren musste, half ihr jedenfalls, ihre Augen offen zu halten.

Kurz vor Morgengrauen hielt Kehvu noch einmal an. Sie schliefen eine Stunde, bevor ein Schauer erst den Kentauren und dann sie weckte. Missmutig blinzelte Temi die Regenwolke an, die sich ausgerechnet über ihrem Kopf auszuregnen schien, und ihr böser Blick wirkte wohl: Keine Minute später hörte der Regen auf und machte der rötlich schimmernden Sonne Platz. Sie kroch scheinbar ebenso müde den Himmel hoch wie Temi auf Kehvus Rücken. Der Kentaur schüttelte wild seine triefenden Haare, damit das Wasser nicht direkt unter seine lederne Rüstung lief. Dann setzte er sich im Schritttempo in Bewegung und Temi hatte Gelegenheit, auf seinem Rücken etwas zu trinken und zu essen.

„Wir haben nur noch anderthalb Tagesritte vor uns. Wir sind gestern gut vorangekommen", stellte Kehvu zufrieden fest.

„Wieso liegen die Städte so nah beieinander?", erkundigte sich Temi. Normalerweise baute man doch zumindest die wichtigsten Städte nicht so nah, dass sie in Überraschungsangriffen erobern konnte.

„Früher waren Menchen und Kentauren nicht verfeindet, vergiss das nicht", antwortete Kehvu. Temi nickte in Gedanken. Bei einem Konflikt waren mit Sicherheit die Kentauren im Vorteil. Denn so gut die Kavallerie der Menschen auch sein mochte. Kentauren waren zum Laufen geboren und gewiss schneller und ausdauernder. Sollte sie sich darüber freuen? Temi seufzte. Sie fühlte sich hin und hergerissen. Die Kentauren, die sie kennengelernt hatte, waren ihr sympathisch, sehr sogar. Aber sicher gab es auch nette Menschen. Außerdem hatte sie erst eine Variante der Geschichte gehört. Die Gegenseite hatte gewiss eine andere Version der Ereignisse parat – die Menschen würden sich selbst kaum als die Aggressoren darstellen. Wie also sollte sie erkennen, was die Wahrheit war?

Nun, zuerst musste sie in Šadurru ankommen. Doch das war leichter gesagt als getan, wenn man nicht aufpasste, sich nicht festhielt und in hohem Bogen vom Rücken seines „Reitmenschen" purzelte.

Erschrocken blieb sie auf dem steinigen Boden sitzen. Kehvu blieb besorgt stehen, aber als er bemerkte, dass sie sich nicht verletzt hatte, grinste er. „Na, kleines Menschenmädchen, du schläfst wohl noch."

Sie grummelte Unverständliches vor sich hin, doch der Pferdemensch reichte ihr freundlich eine Hand und zog sie hoch. Diesmal klammerte sie sich an den ledrigen Rückenpanzer und es ging weiter.

Sie ritten mehrere Stunden, teilweise schweigend, doch Kehvu erzählte ihr auch viel über die Kultur der Kentauren. Die Malereien im Palast und in den Häusern waren mit ähnlichen Farben entstanden wie die antiken römischen Wandmalereien. Eine quarkähnliche weiße Grundfarbe wurde mit verschiedensten Mineralien vermischt, um verschiedene Farben zu gewinnen.

Temi erfuhr auch, dass Kehvu ein bisschen jünger als Aireion war, nämlich dass er 29 Winter gesehen hatte. Gar nicht so viel älter als sie selbst. Als sie wieder einmal schwiegen, starrte sie zufällig auf den Rückenpanzer des Kentauren. Dort bemerkte sie kleine reliefartige Prägungen hinter den Schulterpartien. Es waren münzgroße

Pferdemenschen zu sehen, wie bei dem Buch in ihrem Zimmer, allerdings nur, wenn das Licht richtig schien. „Die Prägung auf deiner Rüstung – stellt der, der sie geschaffen hat, auch Bucheinbände her?", fragte sie atemlos, bevor sie über sich selbst den Kopf schüttelte. Das Buch enthielt zwar Geschichten über Mischwesen, aber erstens nicht nur über Kentauren und zweitens war es keine x-tausend Jahre alt, die Seiten bestanden aus normalem Papier. Es konnte nicht aus dieser Zeit oder Welt stammen. „Vergiss es!", murmelte sie.

Diesmal lief Kehvu bis in die Nacht hinein und sie machten erst eine lange Pause, als es bereits dunkel war. Immer wieder waren sie jetzt über breite Wiesen geflogen, die Wälder waren deutlich lichter, aber noch immer viele Kilometer breit. Kehvu hielt an einem Bach an, der sich von Ost nach West am Rand eines Nadelwaldes entlangschlängelte. Seine Schultern und sein Rücken waren nicht mehr locker, sondern äußerst gespannt. Einen Moment überlegte Temi, ob sie ihn ansprechen sollte. Wurden sie verfolgt? War irgendjemand in der Nähe?

„Das ist die Grenze zu Hešara. Wir werden hier rasten und morgen weiterlaufen."

Temis Herz schlug schneller. „Soll ich nicht doch besser zu Fuß weitergehen?"

„Nein, ich werde dich bis zur Stadt bringen", erwiderte Kehvu entschlossen, doch seine Finger lagen auf dem Griff seines Schwertes. Ganz wohl schien er sich wahrlich nicht zu fühlen – verständlicherweise. „Ich bin nicht so oft hier, nur wenn wir an dieser Grenze Patrouille laufen. Aber wir sind nicht in Gefahr. Anderthalb Stunden von hier gibt es nahe der Grenze sogar eine kleine Siedlung. Es heißt, dass die Bewohner manchmal sogar mit Menschen Handel treiben. Sie wohnen hier tagein und tagaus. Die Menschen betreten unser Land nicht. Zumindest noch nicht. Wir können uns hier ausruhen. Und morgen bringe ich dich zur Menschenstadt."

Temi wagte es nicht, ihm zu widersprechen, sondern berührte nur kurz seine Schulter. „Danke!", sagte sie leise und meinte, ein leichtes angespanntes Lächeln auf seinem Gesicht zu erkennen.

Ankunft in Šadurru

Temi schlief unruhig und wurde mehrmals in der Nacht wach.
Auch Kehvu war nervös. Einmal hob er plötzlich den Kopf
und lauschte, ein weiteres Mal kämpfte er sich sogar auf die
Beine – und sie sprang erschrocken mit auf. Doch es war nur
ein Tier, das in der Nähe geraschelt hatte.

Sie sahen einander an, lächelten verlegen, und legten sich
dann noch mal hin. Erst kurz vor Sonnenaufgang, als es schon
hell wurde, standen sie auf. Kehvu verschwand im Wald, um
ihr die Möglichkeit zu geben, sich umzuziehen. Temi badete
kurz im Bach, dessen Wasser angenehm warm war, aber sie
doch erfrischte. Dann zog sie die Kleidung des jungen Prinzen
aus der Tasche, die Aireion ihr empfohlen hatte: Eine
dunkelgraue Hose, ein dunkelrotes Hemd mit einem etwas
helleren Gürtel mit einer dunkelroten, fast schwarzen
Zickzack-Borte. Der Umhang war aus einem dunklen aber
leuchtenden schweren blauen Stoff und reichte ihr bis zu den
Hacken.

Als Kehvu wiederkam, blieb er wie angewurzelt stehen.
„Du siehst jetzt wirklich aus wie der Prinz", sagte er und riss
dann die Augen auf. „Ich meine natürlich", stotterte er, „die
Kleidung! Du siehst natürlich ganz anders aus! Mindestens
100 Mal hübscher." Jetzt wurde er noch röter und wischte sich
mit der Hand über das Gesicht, als könnte er sich verstecken
oder die Verlegenheit wegwischen. Temi lachte lauthals und
wäre beinah rückwärts in den Bach gefallen wäre, weil sie
kichernd einen Schritt zurückmachte und dabei auf einen
Zipfel des Umhangs trat.

„Vergiss bitte *alles*, was ich gesagt habe!", stieß Kehvu
hervor. Temi schüttelte lachend den Kopf. „Den Gefallen tu
ich dir nicht!" Jetzt fuhr sich der Kentaur mit gespielter

Verzweiflung durch die Haare. „Lass uns aufbrechen ... bevor ich mich noch um Kopf und Kragen rede!"

Grinsend zog sich Temi auf seinen Rücken. Der Muskelkater war glücklicherweise fast verschwunden. Sobald sie saß, sprang Kehvu mit einem Satz über den Bach und galoppierte los. Die Sonne stand schon fast senkrecht, als er deutlich langsamer wurde. Eine weitere Stunde verging, ehe der Kentaur gänzlich ins Schritttempo verfiel. Sie waren in einem Wäldchen und Kehvu hielt schon fast an, bevor sie die letzten Bäume erreichten. Als sich die Baumreihen lichteten, sah Temi, wieso: Ein paar Meter vor ihnen wuchs ein Hügel in die Höhe und auf dessen Hang türmte sich, etwa 500 Meter entfernt, eine riesige Stadt auf. Temi schluckte. Vor Überraschung blieb ihr jedes Wort im Halse stecken. Gegen Šadurru war die Stadt der Kentauren ein Dorf. Šadurru war vielleicht einen Kilometer breit, umgeben von einer stattlichen Mauer, die gespickt war mit Wehrtürmen. Der Hang war steil genug, dass Temi von hier aus sogar Gebäude hinter der Mauer ausmachen konnte, die höher lagen. Auf der Mauer standen und bewegten sich ein paar silbern glänzende Punkte, vermutlich Soldaten. Einige Augenblicke lang war es fast totenstill, dann ertönte plötzlich eine Glocke. Nicht wie eine Kirchturmglocke, sondern eher eine helle Glocke, wie die, die Kühe auf der Alm trugen. Auf der Mauer verdoppelte sich die Zahl der silbergerüsteten Menschen und nach kurzer Zeit waren es schon fünfmal so viele. Keine Frage, man hatte sie gesichtet.

Kehvu stand noch immer am Rand des Waldes. Seine Flanken zitterten vor Anspannung und er atmete bemüht tief ein und aus. „Lass mich jetzt alleine gehen!", bat Temi ihn erneut. „Es ist keine Schande, Kehvu! Ich möchte nicht, dass du mich bis vors Tor begleitest", drängte sie. „Ich möchte nicht, dass dir etwas passiert!"

Doch der Kentaur zögerte nur kurz. Dann ging er los. „Kehvu!", flehte Temi ihn an, aber er schüttelte den Kopf. „Nein", sagte er nur.

Hoch erhobenen Hauptes schritt Kehvu auf die Stadt zu. Als sie näherkamen, erkannte Temi zwischen den massiv gerüsteten Soldaten auch Bogenschützen, die von den Mauern auf sie zielten. Doch der Kentaur war erstaunlich ruhig. Vielleicht dachte er ähnlich wie Xanthyos, als er mit ihr auf Thaelessa zugelaufen war: dass sie ihn nicht angriffen, wenn ein Mensch auf seinem Rücken saß. Temi konnte – um seinet- *und* ihrenwillen – nur hoffen, dass er Recht hatte.

Es schien ewig zu dauern, bis sie in der Nähe der Mauer waren und die Tore sich öffneten. Etwa zwanzig Soldaten liefen auf sie zu – Fußsoldaten, schwer gerüstet in Schuppenpanzern und Spitzhelmen, geschützt hinter mannshohen Schilden, die sie jetzt zwischen sich und den Fremden aufstellten. Die Hälfte von ihnen hatte einfache Speere, deren Spitzen Temi und Kehvu entgegenragten, die anderen waren mit Sichelschwertern bewaffnet.

Aber sie wirkten nicht so, als würden sie Kehvu jeden Augenblick angreifen – sondern eher zurückhaltend und vorsichtig. Einer von ihnen reckte den Kopf, um besser über seinen Vordermann hinwegsehen zu können, ein anderer kippte gar den Schild leicht zur Seite, um einen besseren Blick zu haben. Unverhohlen starrten sie Temi und Kehvu an, vor allem aber Temi. Eine Menschenfrau auf dem Rücken eines Kentauren, das musste sie schockieren. Kehvu blieb stehen, bevor der Befehlshaber ihn dazu auffordern konnte. Ruhig blieb Temi auf seinem Rücken sitzen. Sie musste abwarten, was geschah.

„Was wollt Ihr hier? Wer ist das? Wie kommt das Mädchen zu Euch?", fragte der Befehlshaber. Seine Tonlage war hörbar angespannt. Temi musterte den Mann möglichst unauffällig. Er trug einen Pferdeschweif auf dem Helm und hatte keinen Schild. Auch stand er etwas außerhalb der Truppe – und starrte sie noch immer an, als käme sie von einem anderen Stern. Nun, so sehr daneben lag er damit ja noch nicht einmal.

Die Soldaten hatten im Vergleich zu ihr dunklere Haut und, wenn Temi es unter den Helmen richtig sah, schwarze Haare. So, wie die alten Ägypter oder Assyrer ausgesehen haben mochten – allerdings mit kürzeren Haaren als letztere und ohne Bärte.

Kehvu neigte demütig den Kopf. Er wollte die Menschen offenbar nicht verärgern. Denn so schnell er auch war: So nah an der Mauer konnte er den Pfeilen der Bogenschützen kaum entkommen. „Verzeiht mein Eindringen in Euer Reich. Doch ich betrat es in friedlicher Absicht: Ich bringe ein Mädchen Eurer Art zu Euch – sie kommt als Botschafterin, gesandt von Fürst Aireion", sagte Kehvu mit fester Stimme. „Sie wünscht, König Rhubeš zu sprechen."

Der Befehlshaber schnappte hörbar nach Luft, einem anderen entfuhr ein verblüfftes „Was!?" Dann gab sich der Befehlshaber einen Ruck, drehte sich um und flüsterte dem Mann, der neben ihm stand, etwas zu. Dieser gab die Worte offenbar an einen anderen Soldaten weiter, denn der ging hastig durch das einen Spalt breit geöffnete Tor in die Stadt und verschwand aus Temis Blickfeld.

Der Befehlshaber starrte sie erneut an, und ließ seine Blicke über die Kleidung schweifen, ihre kurzen, roten Haare, den

Umhang, der an der Seite herunterhing, wahrscheinlich erstaunte ihn auch ihre helle Haut, denn sie wirkte verglichen mit den braungebrannten Menschen hier käsebleich. Kein Wunder, dass Xanthyos sie vom Aussehen her eher für ein Wesen aus den Legenden des Nordens gehalten hätte als für eine Einwohnerin dieser Stadt.

„Wer ist sie, dass sie von Eurem Fürsten geschickt wird und die Kleidung nach dem Stil der Heqassa trägt ... Kleidung, die für meine Jugendzeit angefertigt wurde?!", fragte der Kommandant mit rauer Stimme, als er sich gefangen hatte.

Heqassa ... Aireion hatte den Namen schon erwähnt, aber erst jetzt fiel es Temi wie Schuppen von den Augen. Sie hatte diese Menschen im ersten Moment für Ägypter oder Assyrer gehalten. Aber *Heqassa*, das klang ähnlich wie Heqa-Chasut oder Heqa-Chaset, der altägyptische Name der Hyksos, eines Volkes aus Westasien, das um 1650 v. Chr. Ägypten erobert hatte. Sie waren vor allem für ihre Streitwagen berühmt, die sie nach Ägypten gebracht hatten. Aufgeregt sah Temi den Krieger an. Es war ein weiterer kleiner Anhaltspunkt auf ihren Aufenthaltsort – aber schloss eine Nähe zu Thessalien, dem Land der Kentauren aus den Sagen, aus.

Dann erst begriff sie seine Worte. Kleidung, die für *seine* Jugendzeit gefertigt worden war? *Das* war der Prinz?

Das Herz schlug Temi bis zum Hals. Unruhig rutschte sie auf dem „Sattel" zurück. Kehvu war weniger beeindruckt oder er zeigte es einfach nicht.

„Verzeiht, dass ich Euch nicht früher erkannte, Prinz Imalkuš. Viel Zeit ist seit unserer letzten Begegnung vergangen!", sagte er höflich. Der Angesprochene lächelte. Auch seine Augen glitzerten dabei. „Wie konntest Du nur, Kehvu!", erwiderte er lachend, setzte seinen Helm ab und klemmte sich ihn unter den Arm. „Kommt herein. Ihr sollt

Gäste in unseren Hallen sein." Temi war irritiert. Sprachen so Feinde miteinander?

Aber Aireion hatte gesagt, er *wisse* nicht, wie der Prinz zu den Kentauren stand. Auf den ersten Blick schien er ihnen freundlich gesonnen. Temi atmete tief durch. Das würde ihre Aufgabe einfacher oder sogar ihre Mission ganz überflüssig machen. Außerdem würde Kehvu sie erst einmal begleiten ...

Doch diese Hoffnung zerschlug Kehvu sofort: „Es tut mir Leid, Imalkuš; ich schlage Euer Angebot nur ungern aus", sagte er, „aber meine Aufgabe habe ich erfüllt; nun muss ich eilig zurück – mein Fürst erwartet mich."

Er bedeutete Temi, abzusteigen. Als sie auf ihren eigenen Füßen stand, merkte sie, dass die Krieger nicht viel größer waren als sie, viel kleiner als die Männer in ihrer Zeit. Auch Imalkuš überragte sie gerade nur um einen Kopf, und das lag unter anderem daran, dass er ein paar Schritte weiter oben am Hang stand.

„Du lässt Eure Gesandte alleine zurück?", fragte Imalkuš.

„Muss ich Bedenken haben wegen ihrer Sicherheit?", fragte Kehvu zurück.

„Auf keinen Fall!", versicherte der Prinz schnell. „Sie wird die beste Behandlung erfahren. Dennoch frage ich mich und Dich: Wieso schickt mein Freund – möge er es noch sein –, warum schickt Aireion ein Mädchen, um mit den Heqassa zu verhandeln? Sind wir keinen Mann wert?"

Temi runzelte die Stirn. Weg war die Sympathie, die sie auf den ersten Blick für den Prinzen empfunden hatte. Sie konnte sich im letzten Moment davon abhalten, die Arme zu verschränken, aber ihr Gesicht verfinsterte sich. So eine Bemerkung konnte sie absolut nicht leiden! Sie biss sich auf die Zunge, um nicht etwas zu sagen, was sie bereuen und was ihrer Mission schaden würde.

„Temi ist keine von euch. Sie kommt aus einer anderen Welt", erwiderte Kehvu ruhig. „Ihr solltet nicht über sie urteilen, bevor Ihr sie nicht kennt – sonst könnte Euch entgehen, dass sie zehn von euren Männern wert ist."

Damit erntete er verblüfftes Schweigen bei Imalkuš und empörtes Gemurmel bei dessen Soldaten. Hatte Kehvu es als Beleidigung gemeint – oder vielmehr als Lanze, die er für Temi brach?

Temi lächelte ihn dankbar an. Der überrumpelte Königssohn brachte mit einer deutlichen Handbewegung seine Männer zum Schweigen. „Du meinst, sie ist eine Außenweltlerin?", fragte er vorsichtig nach. Er musterte sie noch einmal eingehend. Sein Blick blieb an ihren kurzen roten Haaren hängen, mit denen sie sich am deutlichsten von den schwarzhaarigen Heqassa unterschied. Nach einer Weile räusperte sich Imalkuš. „Ja ... vermutlich hast Du Recht", stellte er fest.

„Ich werde persönlich dafür sorgen, dass sie dem König vortragen kann, was Aireion zu sagen hat. Richte Du meinem Bruder und Freund meine Grüße aus, wenn du nach Thaelessa zurückkehrst!"

Ernst wandte sich der Kentaur zu Temi um und nickte ihr zu. Der Kloß in ihrer Kehle wuchs zu einem riesigen Brocken und sie hustete. Dann rutschte sie langsam von Kehvus Rücken.

„Keine Angst, kleines Menschenmädchen. Dir wird nichts passieren", flüsterte er ihr zu und lächelte aufmunternd. Das sagte er so leicht. Sie nickte zwar tapfer, aber Angst nagte an ihr. Was, wenn Imalkuš alle Freundlichkeit gegenüber Kehvu nur vorspielte? Was, wenn er wirklich so über Frauen dachte?

Kehvu schien ihre Gedanken zu lesen. „Wenn er auch nur so ähnlich ist wie früher", sagte er, so leise, dass nur sie ihn verstehen konnte, „dann wird ein bisschen Gegenwind Imalkuš die Augen öffnen. Vielleicht hat er zu lange das Gesäusel der Schlangen am Hof gehört. Er hielt die Frauen nie für Menschen zweiter Klasse ... und ich glaube, der erste Schritt ist getan", fügte er mit einem Blick über ihre Schulter in Richtung des Prinzen hinzu.

Er zwinkerte verschwörerisch. „Außerdem wird Xanthyos sich nicht davon abhalten lassen, die Stadt zu beobachten", flüsterte der Kentaur fast unhörbar, als er merkte, dass Temi immer noch Bedenken hatte.

Temi traute ihren Ohren kaum. Kehvu, der König Aireion treu ergeben war, vertraute auf dessen rebellischen Bruder? Sie selbst war sich nicht sicher, was sie von Xanthyos halten sollte. Sie mochte den wilden schwarzhaarigen Kentauren ebenso wie dessen weiseren Bruder, auch wenn sie beide vorgaben, sich zu hassen. Doch vielleicht taten sie das nur, um zu verbergen, wie sehr das Verhalten des anderen sie verletzte.

Als Aireion von seinem Bruder und ihrer unterschiedlichen Meinung gesprochen hatte, war kein Zorn in seinem Blick gewesen, sondern nur Trauer. Den Befehl, Xanthyos einzusperren, hatte er nicht aus Wut gegeben. Er war besorgt und enttäuscht.

„Hör bloß auf, Familientherapeutin zu spielen. Du hast genug damit zu tun, zu verhindern, dass der Krieg ausbricht. Xanthyos und Aireion müssen selbst zueinander finden!", rief sie sich lautlos, aber energisch zur Vernunft. Andererseits: Wenn es ihr gelang, den Krieg zwischen Menschen und Kentauren zu verhindern und die Beziehungen zu verbessern, dann hatten auch die beiden Brüder keinen Grund mehr, sich anzufeinden. Zwei Lösungen für ein Problem? Warum nicht!

„Verkauf nicht das Fell des Bären, bevor er erlegt ist ...", murmelte sie.

„Was sagst du?", fragte Kehvu, der ihr Selbstgespräch wohl mit angehört hatte. Die Soldaten, der Prinz, der Kentaur und vermutlich viele auf der Stadtmauer beobachteten sie. Ausgerechnet sie. *Großartig!* Temis Hände wurden feucht von Schweiß. Das hier war noch schlimmer als am Hof von Fürst Aireion.

„Ich wünsche Euch einen leichten Heimweg", antwortete sie höflich. Der Kentaur lächelte spitzbübisch und verabschiedete sich weit weniger förmlich: „Pass auf Dich auf, Menschenmädchen. Ich habe noch eine Menge Fragen an Dich." Zu ihrer Überraschung schloss er sie fest in die Arme. Temi lächelte zurück. „Du auch auf Dich."

„Prinz Imalkuš?", richtete Kehvu dann das Wort an den Königssohn. Der hatte die Umarmung mit offenem Mund beobachtet und schüttelte den Kopf, als träumte er und müsste sich aufwecken. „Ich hoffe, wir erhalten durch Temi bald eine erfreuliche Antwort. Auf bald, Prinz Imalkuš." Dann drehte der Kentaur sich um und galoppierte davon. Temi sah ihm nach. Wie geschickt der Kentaur vor den Soldaten seine Muskeln und die kraftvollen Beine und Arme zeigte! Es musste auf die Menschen hier so respekteinflößend wirken wie auf sie.

Als Kehvu im Wald verschwunden war, trat Imalkuš auf sie zu.

„Darf ich Euch bitten?"

Er zeigte einladend in Richtung Stadttor, das sich ächzend in seinen eisernen Angeln drehte, als es sich wie von Geisterhand ganz öffnete. Ohne einen weiteren Befehl bildeten die Soldaten ein kleines Spalier. Der Prinz bot ihr überraschend seinen Arm an. Temi zögerte einen Moment. Sie hatte seine Worte nicht vergessen, doch er sah sie nicht verächtlich an, sondern eher neugierig. Und sie hätte ihn wohl beleidigt, wenn sie das Angebot ausgeschlagen hätte. Daher legte sie schließlich ihre Hand auf Imalkuš sonnengebräunten Arm und schritt neben ihm in die Stadt hinein. Die Soldaten folgten ihnen in gebührendem Abstand. Temi schrak zusammen, als das Tor hinter ihr zuschlug. Aber nun war es zu spät, um ihrer Angst nachzugeben. Es blieben nur noch der Gang und der Blick nach vorne.

„Es scheint, als wäret Ihr lieber bei dem Kentauren geblieben", bemerkte Imalkuš. Er blickte sie mit seinen dunkelbraunen Augen offen an, während er neben ihr her ging. Temi erwiderte seinen Blick nicht. „Um ehrlich zu sein, Eure Majestät ..., vielleicht", sagte sie zögernd.

Mit zitternden Beinen wanderte sie durch die Straßen und sah sich zögerlich um. Sie wollte nicht wirken, als spionierte sie die Stadt aus, aber sie war neugierig! Die Häuser waren normale Wohnhäuser, keine Militärkasernen. Die Türme, die nicht nur in die Stadtmauern integriert waren, sondern auch zwischen den Häusern standen, wirkten daher fehl am Platz. Plötzlich blieb der Prinz abrupt stehen. „Könnt oder wollt Ihr mir nicht antworten?", hakte er nach. Das fing ja gut an! Sie hatte seine Frage verpasst.

„Verzeiht, Eure Majestät, ich war in Gedanken. Bitte wiederholt Eure Frage", versuchte Temi, ihn zu besänftigen.

„Zunächst: Ich bin Prinz, noch lange kein König. Nennt mich also bitte Prinz, nicht Majestät. Der Titel gebührt nur meinem Vater." Temi nickte eifrig. Sie war dankbar für den Hinweis.

„Ich habe Euch gefragt, weshalb ihr die Gesellschaft eines Kentauren der unseren vorzieht?"

Temi zögerte. Nun war Vorsicht geboten!

„Verzeiht! *Euer* Volk kenne nicht. Noch nicht. Ich war bei den Kentauren zu Gast und wurde sehr freundlich aufgenommen", antwortete sie diplomatisch.

„Also ist es wahr. Ihr seid keine von uns und nicht von hier?"

„Ich komme aus Trier, das ist eine Stadt in Europa. Die Kentauren kannten den Ort nicht, und ich kannte weder Thaelessa noch habe ich jemals von Eurer Stadt gehört. Sie liegen beide nicht in meiner Welt."

Irrte sie sich oder leuchteten Imalkuš Augen bei diesen Worten auf?

„Eine Außerweltlerin ... das erklärt, warum Aireion Euch schickt.", murmelte Imalkuš eher zu sich selbst. „Doch ... ich bin ein schlechter Gastgeber", bemerkte der Prinz plötzlich. „Ihr habt eine lange Reise hinter Euch. Ich werde Euch zeigen, wo Ihr wohnen werdet, solange Ihr in unserer Stadt seid."

„Wenn es Euch keine Umstände macht, möchte ich zuerst mit Eurem Vater sprechen", bat Temi.

„Natürlich. Er ist informiert und wird Euch gleich empfangen."

Er zeigte ihr dasselbe Lächeln, das er auch Kehvu geschenkt hatte. Als wäre sie eine alte Bekannte und als freute er sich über das Wiedersehen mit ihr. Und das so kurz nach den spitzen Worten über den Wert eines Mädchens ...

Sie gingen recht langsam und Temi nutzte die Gelegenheit, sich links und rechts umzusehen. Die Häuser waren klein, aber zumindest äußerlich sauber und glatt verputzt. Nach den übergroßen Dimensionen in der Kentaurenstadt war es fast seltsam, wie klein hier alles war. Vergeblich versuchte Temi, sich die Wege durch die Stadt zu merken. Führten die Straßen in der Kentaurenstadt schnurstracks zum Palast, hatten die

Straßenbauer und Architekten die Gassen hier offenbar möglichst verwinkelt angelegt.

„Wie soll ich denn hier je wieder herausfinden?", fragte sie sich, und sie waren noch nicht einmal am Ziel angekommen. Sie hoffte nur, dass Imalkuš nichts Böses im Sinn hatte.

Es war offenbar nicht nur ein Vorurteil der Kentauren, dass die Menschen in Bezug auf Frauen rückständig waren. Nach Imalkušs Bemerkung wunderte sie nicht, dass unter den Kriegern hier – anders als bei den Kentauren – keine einzige Frau war. Auch begegnete sie in den Straßen nur einigen Männern. Aber hieß das zwangsläufig, dass die Frauen ins Haus verbannt waren? Sie musste sich später danach erkundigen, sobald sie Gelegenheit dazu hatte. Jetzt war es am wichtigsten, dass sie Imalkuš nicht verärgerte und auch seinen Vater überzeugte. Erst wenn klar war, dass weder Rhubeš noch Imalkuš es zulassen würden, dass die Menschen gegen die Kentauren in den Krieg ziehen würden, konnte sie sich anderen Fragen widmen.

Dem bisher recht flach ansteigenden Weg folgte nun ein steilerer Anstieg, der Temi ein wenig an die Hügel Roms erinnerte. Šadurru lag allerdings nur an *einem* Berghang, nicht mehreren. Der Belag der Straßen – große, leicht runde Steine – ähnelte ebenfalls dem des alten Rom. Irgendwann blieb Imalkuš stehen und Temi sah auf. Ihre Augen wurden größer. Vor ihnen ragte eine Festung auf, die sich fast bis zur Kuppe des Berges erstreckte. Sie war jeder antiken Befestigungsanlage weit voraus. Mit einem Burggraben ohne Wasser, einer eigenen Mauer mit Wehrtürmen und verschachtelten Außenwänden, erinnerte sie eher an eine gut ausgebaute mittelalterliche Festung. Diese Burg ließ sich garantiert gut verteidigen! Selbst wenn die Stadt erobert wurde, war die Festung selbst quasi uneinnehmbar.

Sie hatten die innere Mauer noch lange nicht erreicht, als der Prinz stoppte und sie leicht am Arm festhielt. Fragend sah Temi ihn an. „Mein Vater zieht es vor, Gäste in der Botschaft willkommen zu heißen", erklärte Imalkuš und deutete mit einer leichten Kopfbewegung auf den Eingang des Gebäudes, vor dem sie gerade standen. Die Soldaten, die sie begleiteten, eilten heran und öffneten die eiserne Tür. Weiße Marmorsäulen ragten als Stützen bis unter das Vordach. Die Tür war sehr kentaurenfreundlich: Breit und hoch genug für die großen Pferdemenschen war sie.

Das Gebäude lag etwas höher als die übrigen Häuser. Wie in Thaelessa führte auch hier eine Rampe zum Eingang.

„Tretet ein", forderte der Prinz Temi freundlich auf. Zögernd betrat sie vor ihm die Botschaft. *Zweifellos* war das Haus für die Kentauren gebaut worden, stellte Temi fest: Es ähnelte dem Thronhof in Thrakai. Um einen offenen Innenhof herum reihten sich Säulen und mehrere Räume.

Ein Krieger führte sie über den Innenhof zur gegenüberliegenden Tür und verschwand in dem Zimmer dahinter. Imalkuš zupfte an ihrem Ärmel. „Wartet!", flüsterte er. Temi rutschte das Herz in die Hose. Sie kannte sich mit der Etikette an einem Königshof nicht aus, und an diesem schon gar nicht. Aireion oder Kehvu hätten ihr in einem Crashkurs die höfischen Benimmregeln beibringen sollen? Moment! Sie lebte doch wirklich in einer anderen Welt: Sie kannte Bücher und Filme ... jetzt musste sie improvisieren!

Vor Aufregung kaute sie auf ihren Lippen herum. Die Stimme des Soldaten schallte von innen aus dem Saal: „Botschafterin Temi von Thaelessa und Prinz Imalkuš!"

Temi von Thaelessa war sie also nun. Sie hatte es ja schon weit gebracht! Sie hätte am liebsten gleichzeitig gelacht und geweint, aber man ließ ihr keine Zeit, die Nerven zu verlieren: Die Tür öffnete sich erneut. Wieder zupfte Imalkuš an ihrem Umhang, um ihr zu signalisieren, dass es weitergehen konnte. Sie lächelte ihm dankbar zu – sie konnte jede Hilfe gebrauchen! Vielleicht war er doch ganz in Ordnung, trotz seiner fragwürdigen Einstellung gegenüber Frauen. Sie nahm es als gutes Zeichen. Ein unnahbarer und arroganter Prinz hätte ihre Aufgabe erschwert. Doch Imalkuš schien ihr heimlich – oder auch offensichtlich – helfen zu wollen.

Der erste Blick auf den König verblüffte und erschreckte sie gleichermaßen. Der Herrscher von Šadurru war *wirklich* alt – und krank, das sah sie sofort. Seine Wangenknochen waren eingefallen wie bei einem Hungernden. Doch als König litt er kaum an Nahrungsmangel, zumal auch seine Untertanen recht gut genährt schienen. Die braunen Augen des Königs waren gerötet, als hätte er geweint. Vielleicht litt er an einer Augenkrankheit. Sie durfte nicht vergessen, dass sie sich in der Antike oder einer noch früheren Epoche befand. Die medizinischen Kenntnisse waren nicht annähernd auf gleichem Stand wie in ihrer Zeit.

Dem König standen sicherlich die besten Heiler seines Reiches zur Verfügung. Wenn er so krank war, wie es aussah, war das kein gutes Zeichen. Aireions Sorge, dass der König bald sterben würde, war also durchaus berechtigt.

„Tritt näher, Kind!"

So schwach und krank der Mann auch schien – seine Stimme klang kräftig und sicher.

136

Dass er sie mit „Kind" ansprach, störte Temi nicht; es klang keineswegs abwertend, sondern eher sanft. Sie kam dem Befehl ohne zu zögern nach und blieb kurz vor dem König stehen. Sie verneigte sich. Unsicher, ob die Verbeugung tief genug gewesen war, blickte sie auf. Zu ihrer Überraschung schmunzelte der König. Imalkuš nickte ermutigend.

„Ihr also seid die Diplomatin, die der junge Aireion schickt. Ich muss zugeben, es überrascht mich, dass Ihr kein Kentaur seid, sondern ein Mädchen unseres Volkes."

„Sie ist eine Außenweltlerin, Vater", erklärte Imalkuš knapp.

„Ah, nun ... eine Außenweltlerin ... wenn es so etwas gibt." Der König lächelte, trotz dieser kryptischen Worte. Glaubte er nicht an die Prophezeiung, an die sonst alle ohne jeden Zweifel zu glauben schienen? Dennoch war er mit dieser Erklärung zufrieden. Fast.

„Eine Außenweltlerin also ... keine Heqassa. Dennoch ein Mensch. Ungewöhnlich, ungewöhnlich. Weshalb haben Euch die Kentauren nicht getötet, wie die anderen, von denen sie behaupteten, es seien Außenweltler?"

„Ich weiß es nicht", gab Temi zu. Sie blickte den Greis hilflos an und zuckte mit den Schultern. Der König nickte. Der Blick aus seinen getrübten Augen durchbohrte sie.

„Und eine Frau noch dazu. Nun, von den wilden Tieren kann man wohl nicht viel anderes erwarten." Diese Stimme gehörte nicht dem König, sondern kam von einer Tür an der Seite. Dort stand ein junger Mann, ungefähr so alt wie Imalkuš, mit verschränkten Armen gegen den Türrahmen gelehnt. Er betrachtete Temi abschätzig, mit gerümpfter Nase, wie einen räudigen Hund oder ein Insekt, das verscheucht werden musste. Schon nach diesen zwei kurzen Sätzen war klar, dass zu den Kentaurenfeinden gehörte, und dass er von

Frauen kaum etwas hielt. Aber Letzteres war ja bei Imalkuš nicht anderes.

Doch dass dieser Mann neben dem König stand und sich einfach so in ein Gespräch des Herrschers mit einem Botschafter einmischen konnte, zeigte auch, dass er eine wichtige Rolle spielte und kein Blatt vor den Mund nehmen musste.

Eines war Temi klar: Ihm durfte sie keineswegs über den Weg trauen.

„Schweig, Sirun!", rief der König den jüngeren Mann allerdings nun energisch zur Ordnung. „So spricht man nicht mit Gästen. Und ich möchte die leidige Diskussion über die Kentauren nicht fortsetzen, schon gar nicht hier und jetzt. Wir haben einen Nichtangriffspakt geschlossen – und wir werden ihn nicht brechen."

Temi nutzte die Gelegenheit, um diesen Sirun genauer zu betrachten. Hätte er den Mund nicht aufgemacht und sie nicht so verächtlich angesehen, wäre sie vielleicht auf den ersten Blick sogar von ihm angetan gewesen. Sirun war etwa so groß wie der Prinz, seine braunen Haare waren deutlich heller und etwas länger als die von Imalkuš. Seine nussbraunen Augen mochten an sich hell wirken, waren aber finster zusammengekniffen. Seine Gesichtszüge waren weich und angenehm anzusehen – wenn man von der verzogenen Mine absah. Ja, er sah verdammt attraktiv aus – doch sein Blick und seine Worte hatten diesen ersten Eindruck mehr als relativiert.

Er trug ein Gewand, blau wie der Nachthimmel und einem breiten dunkelroten Gürtel, ähnlich dem, den sie trug. Seine Stirn zierte ein goldenes Diadem mit blauem Stein in der Mitte. Das und ein einfacher Ring mit einem Siegel waren seine einzigen Schmuckstücke. Sie waren vielleicht ein Zeichen seiner Stellung am Hof, ansonsten war seine Kleidung eher schlicht. Auf der Straße hatte sie einige Männer mit mehr Schmuck und feineren Stoffen gesehen.

„Nun, Botschafterin Temi von Thaelessa – da Du nicht von hier stammst, möchte ich Dir einen meiner Berater vorstellen", sagte der König. „Meinen Sohn Imalkuš hast Du ja bereits kennengelernt."

Rhubeš deutete auf den Mann zu seiner Rechten. „Dies ist Sirun, mein engster Vertrauter. Er ist wie ein zweiter Sohn für mich, auch wenn wir mitunter unterschiedliche Meinungen haben."

Das also war das Problem. Sirun, der Kentaurenhasser, hatte es geschafft, das Vertrauen des Königs zu gewinnen. Konnte er als „zweiter Sohn" Imalkuš gar seine Position als Thronfolger streitig machen? Wenn er genügend Anhänger fand, war er eine Gefahr – ähnlich wie Xanthyos für Aireion.

„Emeeš, tritt vor!"

Ein Krieger trat aus dem Schatten neben den König; er war fast nackt, nur ein orangefarbenes Tuch umhüllte seine Hüften und seine Beine bis zu den Knien.

„Emeeš, der Anführer meiner Leibgarde."

Seine Haut war so dunkel, dass er fast mit dem Schatten an der Wand des Raumes verschmolz. Er war kahlköpfig – und ein Hüne. Die beiden Prinzen wirkten fast wie Kinder neben ihm. An seinem Hals und unterhalb der Ohren war er weiß bemalt – *„Kriegsbemalung"*, vermutete Temi. Doch er wirkte nicht agressiv, im Gegenteil. Ein freundliches Lächeln huschte über seine Lippen, als er ihr Staunen bemerkte. Nichts Ablehnendes war in seinem Blick.

„Ich vertraue Emeeš mein Leben an. Er wird die königliche Familie im Ernstfall mit seinem Blut verteidigen."

Warum erzählte König Rhubeš ihr das? Hatte er Angst, dass sie einen Mordanschlag plante? Oder befürchtete er, dass sie alles den Kentauren berichtete? Vermutlich.

Die königliche Familie – schoss es Temi durch den Kopf – bedeutete das, dass Sirun ebenfalls unter Emeešs Schutz stand?

„Doch aus welchem Grund schickt der stolze Fürst Aireion ein Menschenmädchen als Botschafterin?"

Des Königs Worte klangen plötzlich so spöttisch, als würde Sirun sprechen und nicht der Kentaurenfreund Rhubeš. Er sah sie allerdings nicht unfreundlich an.

Unruhig trat Temi von einem Fuß auf den anderen. „Er sorgt sich um Eure Gesundheit, Majestät", antwortete sie wahrheitsgemäß.

„Eher um den Frieden unserer Völker, nehme ich an", ergänzte der König scharfsinnig und Temi neigte den Kopf leicht zur Seite.

„Beides hängt unmittelbar zusammen."

„Wie wahr ...", erwiderte der alte Mann in Gedanken versunken. Er hatte die Stirn gerunzelt und strich sich mit den Fingern über das Kinn.

„Ihr passt gut zusammen."

„Bitte?" Temi entglitten die Gesichtszüge und sie starrte ihn mit offenem Mund an. Der Themenwechsel kam nun doch etwas zu überraschend.

„Mein Sohn ziert sich, sich für eine Frau zu entscheiden", sagte Rhubeš so direkt, dass Temis Wangen zu glühen anfingen und wohl die Farbe ihrer Haare annahmen. Sie wusste nicht, wo sie hinschauen sollte und natürlich fiel ihr auch keine schlagfertige Antwort ein. Da sah sie aus den Augenwinkeln, dass Imalkuš etwas gezwungen lächelte.

Waren das Anzeichen von Altersverwirrung, die sein Vater da zeigte?

„Vater, Temi ist eine Außerweltlerin. Sie wird wohl nicht für immer hierbleiben wollen."

Temi zwang sich ebenfalls zu einem Lächeln und hoffte, dass die Röte in ihrem Gesicht nachließ. Sie nickte. „Prinz Imalkuš hat Recht", sagte sie mit unsicherer Stimme und räusperte sich, bevor sie fortfuhr: „Ich möchte so bald wie möglich den Weg in meine Welt finden."

„Den kann ich Dir leider nicht zeigen", gab der König zurück.

Temi seufzte. Sie hatte gehofft, dass es in der Stadt der Menschen eine Antwort geben würde. Aber das wäre wohl zu einfach gewesen

„Sei unbesorgt. Wenn es einen Weg gibt, werden wir ihn auch finden", versprach Imalkuš.

Hoffentlich gab es ihn.

„Sollte unser Gast nicht zuerst einmal erfahren, auf welche Kreaturen sie sich eingelassen hat?", schnarrte Sirun von der Seite aus. „Sicher haben diese wilden Tiere ihr nicht gesagt, dass sie unser Volk umbringen."

Der mahnende Blick des Königs brachte Sirun zum Schweigen. Temi runzelte die Stirn. Wieso brachten die Kentauren die Heqassa um? Sollte sie Sirun überhaupt irgendetwas glauben? Sie sah König Rhubeš an. Dieser seufzte leise und schob sich mit zitternder Hand die grauen Haare aus dem Gesicht.

War da etwa was Wahres dran? Nein, das glaubte sie nicht. Aireion würde niemals die Menschen angreifen. Vielleicht steckte Xanthyos dahinter. Aber auch das konnte sie sich nicht vorstellen. Er mochte bisher mit seinen Säbeln rasseln, aber tief in seinem Inneren wollte Xanthyos keinen Krieg. Sonst hätte er nicht eine Außenweltlerin gerettet, die laut der Prophezeiung diesen Krieg verhindern konnte. Und er hätte nicht zugelassen, dass sie die Stadt betrat, wenn seine Leute durch ihre Taten den Hass schürten. Es sei denn, er gaukelte seine Sorge um ihr Wohlergehen nur vor, und das war Teil seines Plans.

„Eure Majestät?", hakte sie nach „Wie kommt Ihr darauf? Was ist passiert?"

„Vor drei Wochen ergriff eine Krankheitswelle unsere Stadt und sie hält noch immer an. Selbst unsere besten Ärzte können die Krankheit nicht heilen und die Symptome nicht lindern. Es gibt", sagte König Rhubeš mit einem strengen Blick zu Sirun, „keine eindeutigen Beweise, doch einige meiner Berater und auch viele Bürger halten die Kentauren für schuldig. Die Pferdemenschen haben schon einmal zu solchen Mitteln gegriffen haben. Und dieses Mal sind bereits über hundert Heqassa gestorben."

Temis Herz schlug schneller und sie kam ins Schwitzen. „Das tut mir leid! Aber was haben die Kentauren damit zu tun. Sie kommen doch nicht in Eure Stadt."

„Unser Trinkwasser ist vergiftet worden", sage König Rhubeš. „Es kommt zum größten Teil aus drei Brunnen, die wir tief in den Berg hineingegraben haben. Sie speisen sich alle aus dem Lauf des Phoinee, der viele Meilen unterirdisch unter unserem Land verläuft. An einer Stelle, zwei Meilen von hier, wurde ein Loch gegraben, und jemand muss Gift hineingeschüttet haben."

Der König verstummte, aber Sirun fuhr fort: „Rings um das Loch haben wir Hufabdrücke gefunden. Sie führen bis zu unserer Grenze zum Kentaurenland. Die Schuldigen sind von dort gekommen."

„Die Kentauren sollen einen ganzen Fluss vergiftet haben?", fragte Temi ungläubig. Wenn sie an die Mosel dachte, oder auch kleinere Flüsse oder Kanäle, dann konnte sie sich das kaum vorstellen: Man müsste LKW-Ladungen von Gift hineinschütten, um eine Stadt zu vergiften. Um dauerhafter zu schaden, vermutlich ganze Güterzugladungen. Schließlich war ein Fluss kein geschlossener Wasserkreislauf wie etwa Wasserleitungen oder führte stehendes Wasser wie ein Teich.

„Der Phoinee ist eher ein größerer Bach und er fließt sehr langsam", erklärte Imalkuš. Temi drehte sich zu ihm um. Er zuckte mit den Schultern, als wollte er sagen: *Ich glaub's ja nicht, aber zumindest das ist wahr.*

„Können die Spuren nicht von Pferden stammen, und Menschen das getan haben?"

„Menschen, die aus dem Kentaurenland gekommen sind? Mach Dich nicht lächerlich! Kein Mensch würde freiwillig das Land dieser Barbaren betreten. Jeder würde Gefahr laufen, von ihnen ermordet zu werden. Nein, es waren diese Tiere! Die Beweise sprechen für sich!", stieß Sirun boshaft hervor. Er hatte ein paar Schritte auf sie zu gemacht und zeigte nun anklagend auf sie.

Natürlich ... man brauchte Schuldige für das Unheil und wer eignete sich besser dazu als die Kentauren?

Temi ignorierte ihn. „Was meintet Ihr, als Ihr sagtet, dass die Kentauren schon einmal zu solchen Mitteln gegriffen haben", fragte sie den König. Doch Sirun beantwortete auch diese Frage: „Sie haben vor einigen Jahren Dutzende unserer Krieger getötet, als sie uns aus diesem Dorf vertrieben, das sie Stadt nennen. Das Gebiet war vor vielen Jahrhunderten durch

Erbfolge in unserem Besitz. Wir hatten uns nur wiedergeholt, was sie uns zuvor geraubt hatten."

„Schweig, Sirun!", schnitt Rhubeš dem Berater das Wort ab. „Wem das Land ursprünglich gehörte, weiß niemand. Die Sagen der Kentauren kennen es als ihres, unsere Geschichten besagen, dass es unseres war", antwortete der König sachlich. „Doch das spielt keine Rolle mehr. Es ist seit langem ihres. Und daran soll sich auch nichts ändern." Plötzlich wirkte er müde.

„Aber dies soll für heute reichen. Du musst hungrig und müde sein. Es wäre unhöflich, wenn ich Dich nun weiter mit so unerfreulichen Dingen quälte."

Gerne hätte Temi das Gespräch fortgesetzt, aber es wäre nicht angebracht gewesen, dieses freundliche Angebot auszuschlagen. Möglicherweise war der alte König einfach nicht mehr in der Lage, stundenlang zu diskutieren. Es war klüger, sich respektvoll nach ihm zu richten. Sirun sollte ihr nicht unverschämtes Verhalten gegenüber dem König vorwerfen können.

Zurück nach Thaelessa kam sie ohnehin erst mal nicht mehr: Also hatte sie Zeit. Und sie hatte in der Tat schon seit dem Morgen nichts mehr gegessen. Wie zur Bestätigung knurrte ihr Magen. Errötend presste sie eine Hand auf ihren Bauch. Musste das sein?!

„Gönn einem alten Mann und Dir auch eine Pause", sagte der König freundlich. „Unsere Köche tragen in Kürze Speisen auf. Vielleicht willst Du dich zuvor noch erfrischen?" Er wartete ihre Antwort nicht ab. „Inumu!", rief er und sagte an sie gewandt: „Inumu wird Dich zu Deinem Zimmer führen."

Es war schon ein Zimmer für sie vorbereitet? Sie war doch gerade erst angekommen. Durch dieselbe Tür wie Sirun vorhin trat nun ein Mann aus, der in dieser Stadt vermutlich auffiel wie ein bunter Hund. Temis Herz sprang gegen ihren Brustkorb. Er hatte fast ebenso helle Haut wie sie, nur seine Haare waren schwarz wie Kohle. War er nicht ein Außenweltler? Er konnte kaum ein Heqassa sein, oder? Sie realisierte, dass sie starrte und senkte den Blick.

„Inumu kommt aus dem Norden, aus Kaarun", sagte Rhubeš, der ihre Verwirrung bemerkt hatte. Das schien für ihn Erklärung genug, denn er nickte und deutete ihr mit der Hand, Inumu zu folgen. „Bring die Botschafterin in ihr Zimmer", befahl er dem Mann.

Zögernd sah Temi zu Imalkuš, doch der lieferte sich mit finsteren Blicken ein Duell mit Sirun. Sie atmete tief durch. Inumu verneigte sich tief vor König Rhubeš, ehe er aus dieser Bewegung heraus seine Hand elegant in Richtung Tür streckte. „Hier entlang, bitte", sagte er und leise wie eine Katze schlich er voraus.

War Inumu ein Diener des Königs oder hatte er andere Aufgaben? Temi beeilte sich, hinter ihm herzukommen. Eine Wache schloss die Tür zwischen ihnen und dem Saal, in dem die Königsfamilie zurückblieb – und anfing zu streiten: Temi hörte Siruns und Imalkuš Stimme durch die geschlossene Tür, bis sie um die nächste Ecke gingen. Danach wurde es still; der bleiche Mann bewegte sich lautlos. Auch sie selbst ging barfuß und leise. Deshalb waren die raschen Schritte, die ihnen plötzlich folgten, deutlich zu hören. Temi blieb stehen und drehte sich um. Ein paar Sekunden später kam Imalkuš um die Ecke.

„Wenn Ihr nichts dagegen habt, zeige ich Euch Euer Gemach", bot er ihr an.

Überrascht schüttelte sie den Kopf. „Natürlich nicht. Im Gegenteil. Ich freue mich", sagte sie, ohne nachzudenken. Erst einen Moment später fielen ihr wieder seine Worte vorm Tor ein – aber jetzt konnte sie es schlecht zurücknehmen.

„Du kannst gehen, Inumu!", wies der Prinz den blassen Mann an und schritt an Temi vorbei, ohne die Reaktion des Dieners abzuwarten. Inumu verneigte sich wortlos und ging denselben Weg zurück, den sie gekommen waren. Temi wollte etwas sagen, doch Imalkuš hob die Hand, bedeutete ihr damit, zu schweigen. Er wartete, bis die Tür zum Besprechungssaal krachend hinter dem Diener ins Schloss fiel und lächelte sie dann an. „Das erste Treffen habt Ihr gut gemeistert. Habt Ihr diplomatische Erfahrungen?", erkundigte sich der Prinz.

„Nein, nicht wirklich ...", antwortete Temi wahrheitsgemäß. „In meiner Welt ... es ist ein bisschen kompliziert. Wir haben keine Könige. Unser Volk wählt seinen Anführer alle vier oder fünf Jahre neu. Aber die meisten kennen diese Politiker nicht persönlich."

„Ihr kennt die Leute nicht, die Euch führen?"

„Unser Land ist viel größer, und es leben viel mehr Menschen in unserem Staat."

Imalkuš war erstaunt. „Wie viele?"

„Wie viele leben hier?", fragte Temi zurück.

Der Prinz kniff die Augen zusammen. „Etwa 10.000", antwortete er nach kurzem Zögern. „Die meisten von ihnen hier in Šadurru."

„In unserem Land leben über 8.000 Mal so viele Menschen."

Nun starrte Imalkuš sie mit offenem Mund an.

„Die meisten von uns haben keine diplomatischen Erfahrungen", fügte sie mit einem Schmunzeln hinzu, bevor er sich von diesem Schock erholen konnte.

Der Prinz nickte langsam, musste diese Informationen erst verdauen. „Ich verstehe", sagte er langsam und schüttelte dann den Kopf. „Dann verdient Ihr meinen Respekt. Wie Ihr mit Sirun umgegangen seid, war meisterhaft. Er hat Euch angegriffen und versucht Euch durch die Beleidigung der Kentauren zu provozieren."

In seinem Ton lag etwas Lauerndes, sein Blick war wachsam.

„Habt *Ihr* denn etwas gegen die Kentauren?", wollte sie wissen.

„Nein, nicht wirklich ..." Er benutzte genau ihre Worte.

„Ich war in meiner Kindheit gut mit Aireion befreundet. Wir haben wie Brüder zusammengelebt. Auch mit Kehvu verband mich so etwas wie Freundschaft, noch immer, wie Ihr ja gemerkt habt. Aber wenn tatsächlich die Kentauren unser Wasser vergiftet haben – dann werde ich nicht ruhen, bis die Schuldigen bestraft sind!"

„Ihr?"

„Ihr habt meinen Vater gesehen, Temi. Er wird nicht mehr lange leben. Das wissen die Kentauren auch. Deshalb seid Ihr schließlich hierhergekommen."

Temi nickte leicht. „Sie haben nichts damit zu tun."

„Woher wisst Ihr das? Ihr seid noch nicht lange in dieser Welt; Ihr kennt bisher nur die Geschichte aus Sicht der Kentauren. Auch wenn Aireion sicher in einigen Punkten die Wahrheit gesagt hat – er hätte nicht gelogen, wenn er Euch anderes verschwiegen hat."

„Traut Ihr es ihm zu? Euer Trinkwasser zu vergiften?"

„Nein", antwortete Imalkuš langsam. „Er würde nichts dergleichen tun. Aber Ihr werdet sicher auch gemerkt haben, wie wenig Kontrolle er über seinen Bruder hat. Und Xanthyos hat treue Anhänger, die uns Menschen ebenso hassen wie Sirun die Kentauren. Auch Sirun hat Anhänger", fuhr Imalkuš fort. „Ich behaupte sogar, dass es nur noch wenige Bewohner

147

dieser Stadt gibt, die *nicht* die Kentauren für die Schuldigen halten. Viele Familien haben Verluste zu beklagen durch das vergiftete Wasser. Sie würden Aireions Volk mit Freuden den Krieg erklären."

Das war es also. Gab es dann überhaupt eine Chance, einen Krieg zu verhindern? Wie sollte sie den wahren Schuldigen finden? Gab es überhaupt einen Schuldigen?

„Kann die Vergiftung vielleicht natürliche Ursachen haben?", fragte Temi. „Ein verendetes Tier weiter unten im Flusslauf, irgendwelche Metalle, die das Wasser langsam verseuchen?"

Oder konnte das Problem gar im Brunnen liegen? Im antiken Rom – und auch noch bis in ihre Zeit – wurden Bleirohre verwendet, die der Gesundheit schadeten. Nun war man im Laufe der Zeit klüger geworden. Aber wer wusste, wie es hier war?

„Habt Ihr den ganzen Flusslauf absuchen lassen, oder nur bis zu diesem Loch im Boden?", fügte sie hinzu.

„Wir haben den Bach bis an die Grenzen unseres Reiches abgesucht und nichts gefunden."

„Werdet Ihr Aireion eine Chance geben, die Sache von seiner Seite aus zu untersuchen? Wenn er von den Vorwürfen wüsste, würde er gewiss Nachforschungen anstellen."

„Vielleicht", sagte Imalkuš vage. Temi runzelte die Stirn. Wollte Imalkuš nicht von seiner Meinung abrücken? Vielleicht, weil er ihre Ideen doch nicht so ernst nahm? „Möglicherweise war es ja auch ein Heqassa", sagte sie geradeheraus. Imalkuš zog überrascht die Augenbrauen hoch. „Oder ein Angehöriger eines anderen Volkes", fügte sie hinzu. „Wenn sich nicht nachweisen lässt, wer es war – werdet Ihr dann im Zweifel für den Beschuldigten handeln oder euch nach Eurem Volk richten?"

148

Imalkuš antwortete nicht. Stattdessen ging er ein paar Schritte weiter und öffnete die einzige Tür in diesem Gang. Mit einer eleganten Bewegung winkte er Temi in den dahinterliegenden Raum. „Dies ist Euer Zimmer für die Dauer Eures Aufenthaltes."

Er wich ihrer Frage aus. Scheute er sich, über die Möglichkeit nachzudenken, dass die Kentauren unschuldig waren? Oder wollte er ihr nicht gleich die Hoffnung rauben, weil seine Entscheidung schon feststand?

Diplomatie war nicht Temis Stärke. Sie blieb in der Tür stehen und verschränkte ihre Arme vor der Brust. „Bekomme ich eine Antwort?"

Imalkuš öffnete die gläserne Tür auf der anderen Seite des Zimmers und trat hinaus auf einen Balkon. Der Wind wehte seine schwarzen Haare durcheinander. Temi trat neben ihn.

Die Sonne schien genau in Imalkušs Gesicht, seine braunen Augen und seine braungebrannte Haut glänzten wie eine Mischung aus Bronze und Kupfer. Er hätte ausgesehen wie eine Götterstatue, wenn sich seine Haare nicht bewegt hätten und er nicht geblinzelt hätte.

Röte schoss Temi ins Gesicht und sie verdrehte über sich selbst die Augen.

Aber Imalkuš bemerkte davon nichts; er blickte noch immer über die Stadt. Erst nach dieser Bedenkzeit antwortete er: „Ihr habt die Worte meines Vaters gehört: Sirun ist nicht nur ein einfacher Berater, er ist wie ein zweiter Sohn für ihn. Er ist sein Neffe, mein Cousin. Sein Vater war meines Vaters jüngerer Bruder. Eines Tages brach ein Brand in dem Anwesen aus, in dem Sirun und die Kinder anderer Adliger spielten. Siruns Vater rettete seinen Sohn und drei andere Kinder, aber als er erneut in das Haus hineinlief, stürzte es in sich zusammen. Sirun war gerade 5, also nahm sich mein

Vater seines an. Ich lebte in der Zeit bei den Kentauren und kehrte erst Jahre später zurück. Ich war dem Volk fremd. Mittlerweile hat sich das geändert, aber Sirun war lange vor mir beim Volk beliebt und gilt auch heute noch als zweiter Königssohn. Ich bin der Ältere und werde den Thron erben, aber Sirun könnte vielleicht die Herrschaft an sich reißen, wenn er will."

„Das heißt ..."

„Viele im Volk wollen den Krieg, spätestens seit unser Wasser vergiftet wurde. Und ich werde nachgeben müssen, wenn es keine eindeutigen Beweise für die Unschuld der Kentauren gibt. Wenn Sirun an die Macht kommt, wird er den Kentauren den Krieg erklären. Wenn ich auf dem Thron sitze, kann ich ihn vielleicht wenigstens in Grenzen halten."

Temi schüttelte den Kopf. Das war nicht gut – gar nicht gut!

„Glaubt *Ihr* denn wirklich, dass es die Kentauren waren?"

„*Ihr* glaubt an ihre Unschuld?", fragte er zurück, statt zu antworten.

Glaubte sie daran? Sie hatte gesehen, dass die Kentauren nicht davor zurückschreckten, Blut zu vergießen. Xanthyos hatte wohl für seine Abwesenheit den Befehl hinterlassen, Spione zu töten; aber bei Außenweltlern machte er eine Ausnahme. Hatte er seinen Kriegern also gestattet, solche Aktionen gegen die Menschen zu starten, die unweigerlich zum Krieg führen mussten? Ja, Xanthyos hasste die Heqassa, die seinen Bruder getötet hatten. Doch hatte er seinen Leuten befohlen, Wasser zu vergiften? Daran zweifelte sie. Er würde nicht zu einem heimtückischen Mittel wie Gift greifen. Und gegen seinen Befehl zu handeln, wagten seine Krieger wohl nicht. Sie waren ihm so treu untergeben, hatten ihm uneingeschränkt gehorcht. Temi war sicher, dass Xanthyros jeden streng bestrafte, der eigenmächtig gegen seinen Befehl verstieß.

„Ja, das tue ich."

„Dann überzeugt mich."

Wie sollte sie das machen? Sie hörte doch selbst nur auf ein Gefühl.

„Das sagt Ihr so einfach", erwiderte sie, während sie ihn von der Seite ansah und seinem Blick nicht auswich. „Was kann ich tun?"

„Ihr seid die Diplomatin. Überlegt Euch etwas." Verschmitzt lächelte Imalkuš sie an und brachte sie zum Lachen. Von seiner rückständigen Einstellung gegenüber Frauen war jedenfalls nichts mehr zu sehen. War auch das nur eine Scharade gewesen, um die Stimmung der Bürger nicht zu seinen Ungunsten kippen zu lassen? Schlimm genug wäre das ...

„Gut", bestätigte sie ihm, entschlossen, der Sache auf den Grund zu gehen. „Ich werde mir etwas einfallen lassen", versicherte sie ihm.

„Dessen bin ich mir sicher. Euer Auftauchen beunruhigt Sirun und seine Anhänger. Allein, dass Ihr Botschafterin der Kentauren seid, widerlegt ihre Behauptung, dass Pferdemenschen allen Menschen nach dem Leben trachten."

„Sirun wird das wie einen hinterhältigen Plan der Kentauren aussehen lassen."

Anerkennend nickte der Prinz. „Dafür, dass Ihr keine diplomatische Erfahrung habt und noch nicht lange in dieser Welt weilt, kennt Ihr die Taktik Eures Gegners schon recht gut."

„Das ist doch keine Kunst. Sind diese Leute nicht überall gleich – in jeder Zeit?", fragte Temi. „Passt ein Vorurteil nicht, erschaffen sie das nächste. Das ist in meiner Welt und meiner Zeit nicht anders."

Jetzt schien Imalkuš regelrecht beeindruckt. „Ihr seid eine kluge Frau, Temi von Thalessa. Ich würde mich freuen, wenn ich Euch beim Abendessen Gesellschaft leisten dürfte." Er wollte noch etwas sagen, bemerkte aber die tiefe Denkfalte auf ihrer Stirn und sah sie fragend an.

„Ja, ich bin eine *Frau* ...", betonte Temi. „Bin ich da Eure Zeit überhaupt wert?"

Imalkuš blickte sie betreten an. „Ich hatte gehofft, Ihr hättet es vergessen." Temi zog die Augenbrauen hoch. Ganz sicher nicht.

„Verzeiht mir meine Worte bei unserem Aufeinandertreffen", sagte der Prinz direkt. „Ich vergesse manchmal, dass Frauen nicht überall hinter den Männern zurückstehen wie bei uns. Ich weiß, dass es in Thaelessa anders ist."

„Warum versucht Ihr dann nicht, die Einstellung der Menschen in Eurer Stadt zu ändern?", fragte Temi – zu direkt? Ein Schatten huschte über das Gesicht des Prinzen. „Ich habe versucht, den Rat zu überzeugen, als ich wieder zurückgekehrt bin. Die meisten haben mich nicht ernst genommen und behauptet, die Kentauren hätten mir einen gefährlichen Floh ins Ohr gesetzt." Er verstummte, von seiner Erinnerung abgelenkt. „Ich nehme an", sagte er und schloss beschämt die Augen, „ich habe irgendwann aufgegeben. Es gab so viele andere Schwierigkeiten." Er seufzte leise und blickte ihr dann in die Augen. „Ihr sollt wissen, dass ich es nicht so meinte. Dass die Kentaurinnen alles taten, was auch die Männer taten, hat mich damals beeindruckt. Und sie sahen dabei oft noch besser aus." Imalkuš schmunzelte und Temi musste lachen.

„Ich werde meine Worte von vorhin irgendwann wiedergutmachen? Seid Ihr einverstanden, dass ich Euch abhole, sobald die Sonne eine handbreit über dem Berg im Westen steht?"

Wie viel Zeit hatte sie dann, um sich frischzumachen? Nach dem langen Ritt hatte sie ein Bad nötig.

Temi sah vom Balkon in alle Richtungen, um sich zu orientieren. Auf ihrer linken Seite, im Süden, den Hang hinunter, lag das Tor, durch das sie die Stadt betreten hatte. Also war der Balkon nach Südwesten gerichtet. Weit hinten im Westen, lag ein weiterer Berghang. Dahinter würde die Sonne untergehen. Ihr blieb etwa eine gute Stunde, schätzte sie. „Gerne", gab sie zur Antwort. „Ich werde fertig sein." Imalkuš atmete auf. Hatte er die Entschuldigung also ernst gemeint?

Bevor er den Raum verließ, zeigte er ihr eine zweite Tür, die zu einer Art Badezimmer führte, und verabschiedete sich dann. Als die Zimmertür hinter Imalkuš ins Schloss fiel, atmete Temi durch. Wem konnte sie vertrauen? Sie konnte niemanden richtig einschätzen und daran würde sich in der kurzen Zeit auch nichts ändern. Also musste sie sich auf ihren Instinkt verlassen. Konnte sie das?

Sie ließ den warmen blauen Umhang und ihre Kleidung achtlos auf den Boden fallen. Sie schwitzte und fröstelte gleichzeitig, da die Balkontür noch offen stand – und hier oben am Berg war es nun, da die Sonne verschwand, deutlich kühler als unten auf der Ebene. Deshalb eilte sie schnurstracks ins Bad. Dort erwartete sie eine tönerne Wanne mit Wasser. Das Wasser war erhitzt worden und war angenehm warm. Nicht das, was sie sich unter einem heißen Bad vorstellte, aber besser als nichts.

Der Überfall

Einige Minuten später stieg sie mit wohlig warmem Gefühl aus der Wanne und trocknete sich mit den bereitgelegten Tüchern ab.

Nachdem sie sich in den letzten beiden Tage nur spärlich mit kaltem Quellwasser gewaschen hatte, war dieses ausgiebige Bad auch ohne Shampoo und Seife eine Wohltat gewesen. Sie war froh, dass ihre Haare kurz waren. Ohne die üblichen Pflegeutensilen würden lange Haare hier nach wenigen Tagen verfilzen! So standen sie nur nach allen Seiten ab, als Temi ihren Kopf abrubbelte. Sie würden in ein paar Minuten trocken sein. Temi fuhr sich mit den Fingern durch die Haare und schon lagen sie mehr oder weniger ordentlich an. Wenigstens das hatte sie also unter Kontrolle.

Nur mit dem großen Tuch umhüllt ging sie zurück in „ihr" Zimmer und schaute sich suchend um. Die klobige Holzkiste in der Ecke enthielt mehrere glatt gefaltete Kleidungsstücke. Temi nahm einen der blauen Umhänge aus einem weichen Stoff und schlang ihn probeweise um ihre nackten Schultern. Er hatte genau die richtige Länge – schließlich waren die Menschen hier kleiner, die Männer offenbar durchschnittlich so groß wie sie.

Aber zu ihrer Überraschung fand sie auch ein Kleid in der Kiste. Hatte jemand es hineingelegt, während sie noch mit dem König gesprochen hatte? Vielleicht dieselbe Person, die auch heißes Wasser in die Wanne gegossen hatte. Denn sonst gab es keinen Grund, Frauenkleidung in der Botschaft aufzubewahren.

Sie zog es heraus und hielt es mit ausgestreckten Armen von sich, um es besser betrachten zu können. Es war ein ockerfarbenes Kleid mit vielen Schrägstreifen, die wie mehrere Schärpen übereinander lagen. Die Ärmel waren so kurz, dass sie kaum mehr als den Oberarm bedecken würden. Temi drehte das Kleid um, um die Rückseite zu betrachten, und dabei fielen zwei andere Stücke Stoff auf die Erde. Eines war ähnlich ockerfarben wie das Kleid und breit genug, ihre Arme zu bedecken. Das andere war ein leuchtend blaues, fast seidiges Tuch, mit roter Bordüre und dem Zickzackmuster, das sie bereits von der Gesandtenkleidung kannte. Sie drehte das blaue Tuch in den Händen. Es war zu klein für einen Umhang – sogar für eine recht kleine Frau. Für einen Schal war es zu breit. Sie würde Imalkuš fragen müssen.

Temi zog das Kleid an. Es passte wie angegossen. Normalerweise trug sie keine Kleider, sondern lieber Hosen oder Röcke, aber was war in dieser Situation schon normal? Zu Hause schminkte sie sich bei besonderen Ereignissen auch dezent, doch hier konnte sie sich das wohl im wahrsten Sinne des Wortes abschminken. Ganz unten in der Kleiderkiste entdeckte sie noch eine kupferne Kette mit einem flügelförmigen Anhänger. Kurz überlegte sie, sie zu tragen, aber legte sie dann doch auf die Kiste. Sie war nicht hier, um jemandem schöne Augen zu machen, sondern um ein Problem zu lösen.

In diesem Moment klopfte es. Erschrocken warf Temi einen Blick aus dem Fenster. Die Sonne war hinter dem Berg im Westen verschwunden, aber es schien noch nicht weniger hell draußen. So schnell das Kleid es zuließ, eilte sie zur Tür und öffnete sie. Draußen zupfte Imalkuš gerade noch seinen purpurnen Umhang zurecht. Er sah auf – und starrte sie verblüfft an. Unverblümt wanderte sein Blick an ihr hinunter und wieder hoch. Als sich ihre Blicke begegneten, schlich sich auf seine dunkle Haut ein leichter Rotschimmer. „Ihr seht ...“ Er schluckte die Worte hinunter und runzelte die Stirn. „Das Kleid steht Euch ... ausgezeichnet.“

Jetzt wurde Temi rot. „Danke sehr“, murmelte sie und sah verlegen auf den Boden.

„Seid Ihr fertig?“, fragte der Prinz heiser und räusperte sich. Temi nickte schnell. „Ich denke ja.“ Auch er sah ziemlich ansehnlich aus mit dem purpurnen Umhang mit blauen und goldenen Borten, und einem blauen Gewand, das ihm fast bis zu den Füßen reichte. Aber sie wusste nicht genau, ob sie ihm das überhaupt sagen durfte oder sollte. Es war wohl besser, sie schwieg.

Bevor sie aus dem Zimmer trat, hielt Imalkuš sie mit einer Handbewegung auf. „Wartet! Nach unseren Sitten dürfen sich Frauen nicht ohne Schleier in der Öffentlichkeit zeigen.“

Sie hatte es geahnt. Frauen waren hier nicht gleichberechtigt. Das erklärte auch die verstörten Blicke, die ihr einige Bürger vorhin zugeworfen hatten, als sie neben Imalkuš durch die Stadt gegangen war. Temi entschied, sich anzupassen, statt durch ihre Kleidung Ärger zu erregen.

Imalkuš ging in ihr Zimmer und nahm das Stofftuch, mit dem sie nichts anzufangen gewusst hatte.

„Darf ich?“, fragte er. Ohne ihre Antwort abzuwarten, hängte er das Tuch über ihre Haare bis zur Stirn, nahm dann eine Seite, die länger herunterhing, und schlang es ihr mit einer rasch fließenden Bewegung locker um ihr Gesicht, sodass ihre Nase und ihr Mund bedeckt waren. Nur Augen und Stirn blieben frei. Die beiden Enden des Tuches hängte er ihr über die Unterarme, sodass auch die verhüllt waren. Imalkušs Blick fiel auf die Kette. „Die würde Euch auch gut stehen“, sagte er. „Nächstes Mal vielleicht.“

Temi betastete den Umhang. Der Schleier saß fest, obwohl sie keine Ahnung hatte, wie der Prinz das gemacht hatte.

„Das müsst Ihr mir noch einmal zeigen."

Imalkuš nickte. „Sagt, Temi von Thaelessa, habt Ihr etwas dagegen, wenn wir diese formelle Anrede fallen lassen und uns mit ‚du' ansprechen?", fragte er nach kurzem Zögern. „Wir sind doch fast gleich alt."

Das stimmte. Wenn sie richtig rechnete, war Imalkuš höchstens ein paar Jahre älter als sie. Irgendwann hätte sie sich sicher ohnehin verhaspelt, denn sie vergaß immer wieder, dass er ja ein Prinz war. Kein Wunder. Im „wirklichen Leben" hatte sie nichts mit Prinzen und Königen zu tun. Imalkuš schien ein recht normaler junger Mann zu sein, und es würde ihr nicht schwerfallen, mit ihm zu reden, wie mit einem Kommilitonen. „Einverstanden."

„Ich zeige dir später", sagte Imalkuš dann, „wie man das Tuch richtig bindet. Das ist gar nicht so schwer."

„Das sagt man immer, wenn man's kann.", entgegnete sie grinsend.

„Bin ich denn richtig angezogen?", fragte sie zur Sicherheit. Imalkuš nickte.

„Es ist alles in Ordnung. Die Leute werden neidisch sein, dass ich mit einer so hübschen Frau essen darf." Er zwinkerte und legte seine Hand auf Temis Arm. „Und dann noch fast alleine. Die Diener sind natürlich dabei."

„Ich dachte Euer ... dein Vater wollte mit uns essen."

„Er wollte, ja. Aber Sirun hat meinen Vater zu einem Treffen mit seinen Beratern gedrängt. Rhubeš kann ihm einfach nichts abschlagen. Das war schon immer so. Aber es hat auch etwas Gutes. Sirun hätte wahrscheinlich ebenfalls mit uns gegessen, und das hätte wohl nicht nur mir den Appetit verdorben. Oder wäre es dir lieber gewesen?"

Temi schüttelte heftig den Kopf. „Auf keinen Fall. Du kannst mich ja in die höfische Etikette einweisen", schlug sie lachend vor.

„Gern", erwiderte der Prinz. „Und weil wir uns nicht nach meinem Vater richten müssen, brauchen wir das Essen nicht unnötig in die Länge zu ziehen. Wenn du möchtest zeige ich dir stattdessen noch einen Teil der Stadt, bevor es dunkel wird."

„Eine gute Idee", gab Temi zurück. Es war eine gute Gelegenheit die Stadt kennenzulernen.

„Du möchtest sicher auch die Brunnen sehen, die nun Mittelpunkt aller Streitigkeiten und Verschwörungen sind?"

Temi nickte. Vielleicht entdeckte sie gleich etwas, was die Kentauren entlastete. Rostende Brunnenwände oder Ähnliches.

„Hier entlang", gab Imalkuš die Richtung vor.

Sie passierten zwei Wachen, die so reglos am Eingang standen, dass Temi sie fast für Statuen gehalten hätte. Nur die regelmäßigen Atemzüge verrieten, dass sie lebten. Sie waren mit orange-farbener Schärpe und Rock bekleidet, die sich grell von ihrer dunklen, fast schwarzen Haut abhoben.

In der Hand hielt jeder eine Lanze und um den muskulösen Oberkörper war ein Schwert mit schwarzem Griff gegürtet. Die Lanzen waren so lang wie die großgewachsenen Krieger selbst. Temi verlangsamte ihren Schritt, um genauer hinzusehen. Der Schaft dieser Waffe endete nicht in einer simplen Speerspitze. Sie hatte zunächst eine Klinge wie eine Axt und lief dann in einer Art Dreizack aus. Auf der anderen Seite des Schaftes befand sich nochmals eine krumme dünne Sichel. Eindrucksvolle Waffen eindrucksvoller Krieger!

Als sie an ihnen vorbei waren, warf Temi noch einen Blick zurück, um sich das Bild einzuprägen. Imalkuš hatte ein schelmisches Funkeln in seinen Augen.

„Du brauchst ihnen gar keine schönen Augen zu machen. Das Volk der Wüstenkrieger vermischt sich nicht mit anderen Völkern."

„Wie bitte?" Entgeistert starrte sie den jungen Mann an. Der lachte laut los. „Du darfst nicht alles ernstnehmen, was ich sage", beruhigte er sie. „Hast du noch nie dunkelhäutige Menschen gesehen?"

„Doch natürlich. Bei uns an der Uni ... an der Universität lernen Menschen aus aller Welt. Aber diese *Waffe* sah interessant aus."

„Die *Waffe*?", Imalkuš war sichtlich verblüfft.

„Ja, die Lanze."

Imalkuš schüttelte den Kopf. „Eine Frau, die sich für Waffen interessiert. Das habe ich noch nie erlebt. Außer bei den Kentauren natürlich"

„Ist das verboten?"

„Nunja ...", begann er stockend. „Es steht unseren Frauen nicht zu, in den Krieg zu ziehen, warum sollten sie dann Waffen anfassen? Sie können doch nicht einmal reiten." Er hob abwehrend die Hand, als er ihr empörtes Gesicht sah. „Dürfen in deinem Land etwa auch Frauen in den Krieg ziehen?"

„Bei uns dürfen Frauen Soldatinnen werden und kämpfen. Nur wenige tun es, aber es ist erlaubt, wenn auch erst seit wenigen Jahren. In dem Land, in dem ich lebe, und in vielen anderen Ländern haben die Frauen die gleichen Rechte wie die Männer."

Imalkuš hörte ihr mit offenem Mund zu.

„Wir tragen keine Schleier, wir kleiden uns wie Männer, wir haben die gleichen Berufe", erklärte sie.

Es fiel Imalkuš sichtlich schwer, das zu glauben. Seine Augenbrauen wanderten nach oben, bis sie fast unter den schwarzen Haaren verschwunden waren. „Und ich dachte, das wären Flausen, die dir die Kentauren in den Kopf gesetzt hätten." Nun schüttelte Temi energisch den Kopf. „Nein, das ist auch in meiner Zeit Gang und Gäbe. Die Kentauren haben euch viel voraus. Es würde auch euch nicht schaden, etwas fortschrittlicher zu sein. Es wäre toll, wenn es nicht 2000 Jahre dauern würde, bis Frauen bei euch gleichberechtigt sind."

Imalkuš blickte nachdenklich drein. „Das würde den Beratern meines Vaters gar nicht gefallen", stellte er fest, als sie den Speisesaal erreichten. Der Raum war kleiner als das Zimmer, in dem König Rhubeš sie vorhin angehört hatte, aber trotzdem größer als ihre ganze Wohnung. An der langen Tafel waren zwei Plätze direkt gegenüber gedeckt. Zuvorkommend rückte Imalkuš ihren Stuhl von der steinernen Tischplatte weg, damit sie sich bequem setzen konnte.

Als er den Tisch umrundet und sich ihr gegenüber niedergelassen hatte, nahm Temi sich den Schleier ab.

„Mit den Beratern meinst du Sirun?", fragte sie.

„Nicht nur. Es ist bei uns schon immer so gewesen ... da fällt es schwer, anderes in Erwägung zu ziehen."

„Du hast damit doch auch keine Probleme", erinnerte sie ihn.

„Ich habe aber auch gesehen, wie es anders funktionieren kann. Den Rat, und auch unser Volk in die Kentaurenstadt zu schicken, um die Gesellschaft der Kentauren kennenzulernen, wäre vielleicht die Lösung *aller* Probleme – aber das kommt kaum in Frage." Imalkuš wies zwischen sie auf den Tisch. „Doch jetzt sollten wir erst einmal essen." Erst da registrierte

Temi die Speisen, die bereits vor ihnen aufgetragen waren. Es war viel zu viel; davon konnte man garantiert zwei Wochen leben!

„Lass uns anfangen", schlug Imalkuš vor. Wie auf Befehl öffnete sich die Tür und Inumu, der bleiche Diener, trat ein. Erneut schickte der Prinz ihn weg: „Danke Inumu. Es reicht, wenn Peiresu, Tamra und Rhušeun sich um uns kümmern."

Wieder verzog der Diener das Gesicht, gehorchte aber sofort.

Hatte Imalkuš speziell etwas gegen den Mann?

„Ich mag ihn nicht", kam er ihrer Frage zuvor. „Ich habe oft das Gefühl, dass er im Auftrag Siruns spioniert."

„Dann wird es Sirun nicht gefallen, wenn du ihn immer wegschickst."

Imalkuš schmunzelte. „Er kann nicht *immer* seinen Willen haben."

Temi nickte. Der Prinz versuchte, das Beste aus einer schwierigen Situation zu machen. Ohne Sirun wäre vieles einfacher gewesen. Wenn es keinen weiteren möglichen Thronfolger gegeben hätte, hätte das Volk vielleicht gemurrt, aber es wäre seinem König und dem Prinzen gefolgt. Sirun konnte leicht behaupten, sich nach dem Wunsch der Bürger richten zu wollen. Imalkuš war der, der die schwierigen Entscheidungen würde treffen müssen. Und das fing jetzt schon an, je schwächer der alte König wurde.

„Greif zu", forderte Imalkuš Temi auf. Sie fuhr sich mit der Hand über die Stirn, wie um diese ernsten Gedanken beiseitezuschieben.

Der Geruch des Essens stieg ihr in die Nase. Es gab Fleisch und Gebäck und Obst – neben bekannten Sorten wie Äpfeln, Pflaumen und Birnen auch welche, die sie nicht kannte. Sie würde gerade mal ein bisschen von allem probieren können. Wenn überhaupt.

„Hat es dir geschmeckt?", fragte Imalkuš, als sie schnaufend den Rest des Brotes beiseitelegte und sich die Krümel vom Finger leckte.

„Auf jeden Fall! Es war köstlich!", lobte sie, „aber ich kriege keinen Bissen mehr runter."

„So soll es sein. Ich werde es den Köchen ausrichten lassen." Der junge Mann lächelte. „Wollen wir jetzt einen Spaziergang machen? Ein wenig Licht gibt die Sonne vielleicht noch her. Oder bist du müde? Dann können wir unseren Rundgang auf morgen verschieben."

Temi zögerte einen Moment. Müde war sie schon. Aber nach dem üppigen Essen schadete ein bisschen Bewegung sicher nicht. „Lass uns gehen."

Aber die Sonne war bereits zu lange hinter dem Berggipfel im Westen verschwunden und es war stockdunkel, als sie vor die Tür der Botschaft traten. Temi atmete tief die frische Luft ein. Es war merklich kühler und der Wind, der um ihre Nase wehte, belebte sie. Neugierig sah sie sich um, während sie die Rampe hinunterging, weg von den beiden Wüstenkriegern, die Wache hielten. Wer wusste, ob Imalkuš in ihrer Gegenwart frei reden würde.

Die Straßen waren fast menschenleer. Nur fünf, sechs Krieger sah sie im flackernd roten Licht von Fackeln. Der Tag schien für die Menschen hier beendet. „In Šadurru passiert nach Sonnenuntergang nicht mehr viel oder?", fragte sie und der Prinz lachte.

„Was soll denn passieren? Nachts ist es dunkel, was sollen die Menschen anderes machen als zu Hause zu bleiben und zu schlafen?"

„Was ist mit Treffen? Mit Abenden im Kreis von Freunden?", wollte Temi wissen. Nicht, dass sie selbst so oft in die Disco ging oder sich mit Kommilitonen traf, aber in jeder Stadt gab es doch zumindest solche Möglichkeiten. Selbst im alten Rom hatte es schon Gastmähler gegeben, die nach einer durchzechten Nacht teilweise erst am nächsten Morgen endeten.

„Natürlich treffen sich die Bewohner unserer Stadt mit Freunden, aber dies geschieht nicht öffentlich", stellte Imalkuš klar und fügte hinzu: „Die meisten bleiben schon wegen der nächtlichen Sandstürme im Haus."

„Sandstürme?"

„Ja, viele Heqassa glauben, dass Wüstendämonen nachts die Stadt erobern. Es sind Sandstürme, doch für das einfache Volk sind diese Winde Dämonen. Sie haben viel zu viel Angst, nachts auf die Straße zu gehen."

Verständlich!, dachte Temi nach einem Blick ringsherum: An der Hauptstraße gab es alle paar Meter Fackeln, aber die engeren Gassen lagen gänzlich im Dunkeln. Das erschien ihr unheimlich genug. Doch wenn dann nachts auch noch Wind hindurchheulte und Sand hindurchfegte, konnte man sich durchaus vor Geistern fürchten. Doch war dies kein Problem für die nächtliche Bewachung der Stadt?

„Fürchten sich die Krieger nicht?", wollte Temi wissen.

„Die Soldaten erhalten höheren Sold, wenn sie nachts in den Straßen patrouillieren. Die Wüstenkrieger sind außerdem mit dem Sand aufgewachsen, sie haben keine Angst, nachts auf den Türmen Wache zu halten", erklärte Imalkuš.

„Emeeš ist ein Wüstenkrieger, oder?"

„Ja, er ist der Sohn eines Adligen und Anführer der Wüstenkrieger, die bei uns Heqassa leben."

„Er dient als Adliger freiwillig hier in eurer Stadt?"

„Für die Wüstenkrieger ist es eine Ehre, eine Zeitlang einem fremden König zu dienen. Schon Emeešs Vorfahren dienten den Ahnen meines Vaters. Sie genießen hier großen Respekt. Im Krieg gehören die Wüstenkrieger zu unseren besten Einheiten."

Das konnte sich Temi vorstellen. Mit den langen Speeren konnten sie Pferde – und die Pferdemenschen – sicher schwer verletzen.

„Habt ihr eigentlich auch eine Kavallerie?"

Einen Moment zögerte Imalkuš. Durfte er ihr das erzählen? Sie konnte alles den Kentauren berichten und diese vor einzelnen Einheiten warnen.

Andererseits waren die Heqassa starke und entschlossene Krieger; die Stadt hatte viele, sehr viele Einwohner und Soldaten. Vielleicht wirkte es ja abschreckend, wenn er der Außenweltlerin die ganze Macht des Heeres demonstrierte.

„Ich werde sie dir morgen zeigen", entschied er.

Temi war begeistert. Wann hatte man schon mal die Gelegenheit, einer antiken Kavallerie-Abteilung beim Üben zuzusehen?!

Fast wäre sie Imalkuš um den Hals gefallen, aber sie hielt sich im letzten Moment zurück. Doch er hatte es wohl bemerkt. Er lächelte und zwei Lachgrübchen bildeten sich auf seinen Wangen – damit sah er nun nicht gerade wie ein strenger Befehlshaber und unnahbarer zukünftiger König eines wehrhaften Volkes aus. Temi schmunzelte und sagte wohlweislich nichts.

Ein leises Maunzen riss sie aus ihren Gedanken. Obwohl es hier auch andere Katzen geben konnte, ahnte sie sofort, wer da miaute.

„Thanatos, was tust du denn hier?", entfuhr es ihr, noch bevor sie die Katze überhaupt sah.

Imalkuš sah sie schräg von der Seite an. „Nach wem rufst du?", fragte er irritiert. Statt zu antworten bückte Temi sich und hob das schwarzes Fellknäuel hoch, das auf dem dunklen Pflaster in der Dämmerung kaum zu erkennen war.

„Ich verstehe ..." Imalkuš starrte wie hypnotisiert den Kater an. Seine Stimme war heiser. „Ich verstehe immer mehr."

Tat er das? Er kannte die Prophezeiung also auch! Was Temi allerdings nicht verstand, war, wie es dieses kleine Tierchen geschafft hatte, die weite Strecke fast genauso schnell zurückzulegen wie ein Kentaur! Imalkuš musterte sie von der Seite und Temi tat so, als würde sie seine Blicke nicht bemerken und inspizierte Thanatos' Fell genauer. Dennoch spürte sie, dass sie rot wurde – ihre Wangen fingen an zu brennen. Wie immer, wenn jemand sie intensiv ansah.

„Ein Spaziergang ist jetzt ja nicht mehr sinnvoll. Ich werde dir morgen im Hellen alles zeigen", wechselte Imalkuš mit einem weiteren Blick auf Thanatos das Thema.

Etwas erleicht war Temi schon. Auch in Begleitung des Prinzen wäre ihr ein Gang durch die düsteren Straßen unheimlich gewesen. Der Prinz geleitete sie an den beiden Wüstenkrieger vorbei, die vor dem Haupteingang Wache hielten, durch den Eingangssaal, durch die hell mit Fackeln beleuchteten Gänge, bis zu ihrem Zimmer.

„Ich wünsche dir eine gute erste Nacht hier in Šadurru", verabschiedete sich Imalkuš dann und sie senkten beide den Kopf zum Gruß. Als er um die Ecke verschwunden war, schüttelte sie leicht den Kopf. Was war das schon wieder für ein Tag gewesen! Ihre vierte Nacht in dieser Welt stand bevor. Es kam ihr vor wie ein Monat.

Temi drückte die Tür auf – und erstarrte in der Bewegung. Sofort fiel ihr der schlangenleibige Einbrecher in ihrer Wohnung in Trier am Beginn dieser ungewöhnlichen Reise ein. Aber der Einbrecher, der vor ihr stand, war ein Mensch. Mit einem Schrei wich Temi zurück, bis sie an ein Hindernis stieß.

Als sie herumfuhr, wurde sie unsanft von einem Hünen festgehalten.

„Lass mich los!!", schrie sie den Mann an. Der hielt ihr den Mund zu und schob sie in den Gang zurück. *Am Eingang stehen noch die beiden Nubier!* schoss es ihr durch den Kopf.

Doch sie täuschte sich: Es war niemand zu sehen, als die Männer sie aus der Botschaft rauszerrten. Panische Angst befiel sie. Sie zitterte, Schweiß trat auf ihre Stirn. Was wollten die beiden von ihr? Was hatten sie vor?! Warum half ihr niemand?!

Auf der Straße meinte Temi im flackernden Fackellicht den Schatten eines geflügelten Pferdes an einer Hauswand zu sehen, doch als sie ihren Kopf hilfesuchend in diese Richtung drehte, war da nichts mehr. Ihr Herz raste und sie wollte weinen vor Angst, aber ihr Instinkt schrie: *Wenn du aufgibst, bist du tot.* Also kämpfte sie. Sie bekam keine Luft mehr und hatte das Gefühl, zu ersticken, weil ihr Angreifer ihr Mund und Nase zuhielt. Plötzlich schaffte sie es, dem grobschlächtigen Kerl in die Hand zu beißen, aber nicht tief genug, nicht fest genug! Er riss die Hand weg und schlug sofort zu. Über ihrem linken Wangenknochen platzte ihre Haut auf. Sie kniff die Augen zusammen vor Schmerz. Schon lag die Hand wieder über ihrem Mund, diesmal noch fester und unbarmherziger. Wenn sie bloß schreien könnte! So aber hörte sie niemand, und sah sie niemand. Die Straßen waren leer. Sie versuchte, um sich zu schlagen, zu treten, sich aufzubäumen, doch jetzt bogen sie in ein dunkles, schmales Gässchen ein. Plötzlich lockerte der Mann seinen prankenhaften Griff. Erneut biss sie in seine Hand, so fest sie nur konnte. Diesmal schrie er vor Schmerz auf und ließ sie für eine Sekunde los. Sie stolperte nach vorne, konnte sich aber nicht mehr fangen und stürzte auf die Knie.

Ihre Beine schienen aus Gummi zu sein, sie konnte sich weder aufrappeln noch weiter wegkrabbeln. Kalter Schweiß perlte ihr von der Stirn. Sie hatte keine Chance. Gleich würde einer der beiden sie wieder packen – und dann war es das.

Sie holte Luft, um zu schreien; vielleicht hörte sie ja doch noch jemand. Aber sie spürte keine grobe Hand an ihrer Schulter, sondern hörte einen weiteren Schmerzensschrei, ein paar Meter von ihr entfernt. Mit wild hämmerndem Herzen drehte sie sich um. Nein, das war Einbildung!

Temi traute ihren Augen nicht; sie träumte wohl! Ein Kentaur stieg auf seine Hinterbeine und setzte nach dem ersten auch den zweiten Entführer mit einem gezielten Huftritt außer Gefecht. Unmöglich!

Sie erkannte den Pferdemenschen sofort.

„Xanthyos!", entfuhr es ihr und ihre Stimme überschlug sich vor Angst und Freude. „Bin ich froh, dich zu sehen! Was ... was ...", stotterte sie, immer noch nach Atem ringend.

Der Pferdemensch machte einen Satz auf sie zu und beugte sich zu ihr hinunter. „Ich habe dir doch gesagt, es ist gefährlich!", unterbrach er wütend.

Sie ergriff seine ausgestreckte Hand, kam auf ihre zitternden Beine – und fiel ihm um den Hals. Jetzt erst wurde ihr wirklich bewusst, in welcher Gefahr sie gewesen war. Was passiert wäre, wenn nicht Xanthyos plötzlich mitten in der Menschenstadt aufgetaucht wäre. Sie wollte nur weg von hier. „Wie bist du hier hergekommen?" japste sie, noch immer völlig durch den Wind.

„Das spielt keine Rolle", erwiderte Xanthyos knapp. Er packte sie an ihren Schultern und schob sie sanft von sich weg.

„Komm mit", befahl er. Sie wagte es nicht zu widersprechen. Er hatte ja Recht. Er war in Gefahr. Ein Kentaur, der mitten in der Nacht mitten in Šadurru auftauchte, würde bestimmt nicht freundlich empfangen. Und sie wollte auch nicht hier sein, wenn die beiden Kerle wieder aus ihrer Bewusstlosigkeit aufwachten. Falls sie wieder aufwachten!

Hoffentlich begegneten sie keinen Soldaten! Falls doch – mit einem oder zwei Menschen würde Xanthyos leicht fertig werden, aber mit mehr? Vielleicht half ihnen aber Angst der Heqassa vor den Wüstendämonen, unbeschadet davonzukommen. Aber auch sie sah ja Gespenster. Sie hatte geglaubt, den Schatten eines geflügelten Pferdes zu sehen. Aber es gab keine Dämonen und es gab auch keine geflügelten Pferde. Doch eigentlich gab es auch keine Kentauren!

„Steig auf meinen Rücken." Xanthyos' Stimme riss sie aus ihren wirren Grübeleien. Sobald sie auf seinem Rücken saß, verfiel der Kentaur in einen raschen Galopp. Seine Hufen machten keine klappernden Geräusche wie die eisenbeschlagenen Hufen von Pferden; es waren eher dumpfe Tritte auf dem sandigen Steinboden. Wenn sie Glück hatten, hörten die Wachsoldaten ihn nicht, so wie ihn auch ihre Angreifer nicht kommen gehört hatten.

„Warum trägst du keine Rüstung?", fragte Temi ihn gedämpft. Mit einer ruckartigen Kopfbewegung brachte er sie zum Schweigen: Nicht weit vor ihnen ragte die Mauer auf, die im Licht des aufgehenden Mondes wie ein schwarzes Loch wirkte, das sie zu verschlingen drohte. Wie sollten sie hier überhaupt rauskommen, vor allem wenn keine Rüstung Xanthyos schützte? Etwa 30 Meter vor der Mauer schwenkte der Kentaur nach links, in eine Straße, die kaum breiter war als er selbst. Temis Beine schrappten an einer Hauswand entlang und sie atmete scharf zwischen den Zähnen ein. Doch niemand schaute aus den Fenstern, niemand sah sie. Alle Häuser waren gegen die Sanddämonen verbarrikadiert.

Plötzlich stoppte Xanthyos auf einem großen Platz, auf den mehrere Straßen mündeten. In der Mitte des Platzes tat sich ein großes rundes schwarzes Loch auf, so breit wie zwei Häuser zusammen. Erst beim zweiten Blick erkannte Temi, was es war. „Ein Brunnen?", stieß sie hervor. „Wie soll uns der Brunnen helfen?"

„Wir springen hinein."

„Was?!", entfuhr es ihr. Entgeistert starrte sie ihn an. Doch er hielt ihr nur die Hand hin, um ihr beim Absteigen zu helfen. Sie glitt von seinem Rücken. Hatte er den Verstand verloren?!

„Weißt du, wie tief wir fallen!", entfuhr es ihr schärfer als gewollt. „Und wenn wir dann noch nicht tot sind, ertrinken wir, weil der Fluss unter der Erde entlangfließt und wir nicht atmen können! *Und* der Fluss ist vergiftet!" Darauf kam es dann auch nicht mehr an. Doch nur bei diesem letzten Argument, fast lächerlich irrelevant, sah Xanthyos auf – und winkte einen Moment später ab. „Dann sollten wir kein Wasser schlucken!"

Temi spürte Panik in ihr aufsteigen, doch eine laute, aufgeregte Stimme wirkte wie ein Schwung eiskaltes Wasser über ihrem Kopf: „Halt!", schrie jemand. Xanthyos fuhr alarmiert herum. Im gleichen Moment stieß er einen Fluch aus, den sie nicht verstand, und stieg mit den Vorderläufen auf den Rand des Brunnens und sah hinunter. Seine Zähne mahlten aufeinander, die Muskeln in seinem kantigen Gesicht zitterten. „Wenn ich unten bin, warte zehn Herzschläge und spring!" Sie konnte nicht einmal mehr reagieren, da stieß sich der Kentaur schon mit den Hinterbeinen ab, katapultierte sich über den Rand des Brunnens und verschwand in dem gähnenden schwarzen Loch. „Xanthyos!", schrie sie ihm hinterher. Ihr Herz schlug schmerzhaft laut und schnell, trotzdem fühlten sich diese zehn Herzschläge wie eine halbe Ewigkeit an: Die Wachen, die dort heranstürmten, kamen näher und näher, und hätten sie wohl noch erreicht. Doch der Wettergott kam ihr zu Hilfe: Wie aus dem Nichts rauschte es und zwei Herzschläge später pfiff ihnen Sand um die Ohren. Temi hörte die angsterfüllten Schreie der Soldaten. Sie kniff die Augen zu Schlitzen, presste den Schleier, der sich vorhin im Kampf gelöst hatte, vor ihr Gesicht, atmete tief ein – und sprang.

Klatschend landete sie im Wasser. Sie sah nichts, aber hörte das Wasser laut platschen, als Xanthyos versuchte, seine Position zu halten. Das war leichter gesagt als getan. Ein Bach? Kaum Strömung? Die Heqassa kannten ihren eigenen Fluss nicht! Temi musste mit Armen und Beinen rudern, um nicht direkt weggetrieben zu werden, und Xanthyos ging es nicht besser. Im Gegenteil: Sein Pferdeleib bot so viel Angriffsfläche für das Wasser, dass er kämpfen musste. „Xanthyos!", keuchte sie. Der Pferdemensch hustete, spuckte Wasser aus.

„Wir müssen ... tauchen!", japste er zurück. „Nicht weit ... Wasser hat ... Berg ... ausgehöhlt."

Sie verloren keine Sekunde. Temi vertraute dem Kentauren, dass er wusste, was er tat; woher er es wusste, war ihr egal.

Sie hielt die Luft an, presste die Augen zu, tauchte unter und zupfte Xanthyos am Fell, um zu signalisieren, dass sie bereit war. Dann gab er der Strömung nach und sie wurden sofort mitgezogen. Und nach ein paar Sekunden wurde die Strömung reißend schnell. Temi merkte, wie Xanthyos an ihrer Schulter zog und schwamm so vorsichtig wie möglich nach oben. Es war alles dunkel, aber sie schlug mit den Händen nicht an festes Gestein, sondern spürte einen Zug an ihren nassen Fingern und tauchte ganz auf. Einen halben Meter über ihnen mochte die felsige Decke liegen, aber sie konnten sich hier über Wasser halten. Atmen. Theoretisch. Die Strömung war so stark, dass sie gleichzeitig nach unten gerissen wurde, und zur Seite, und Temi hatte Angst, dass sie jeden Augenblick gegen eine Felswand geschmettert würde.

Sie durfte sich auf keinen Fall ablenken lassen, musste ihre Hände immer irgendwo vor sich haben. Besser, sie brach sich die Arme, als mit der Stirn gegen Felsen zu schlagen.

Eine Welle schwappte über ihren Kopf und es dauerte eine schiere Ewigkeit, bis sie prustend wieder hochkam. In diesem Moment schoss der Fluss aus dem Berg heraus. Im Mondlicht konnte sie endlich wieder sehen, wo oben und wo unten war, und konzentrierte sich aufs Schwimmen – und darauf, nicht einen der Steine zu rammen, die aus dem Fluss herausragten.

Xanthyos hatte wegen seines wuchtigen Pferdeleibs noch mehr zu kämpfen: Er schlingerte den Fluss hinab. Als Temi seine Schwierigkeiten bemerkte, versuchte sie ihm Halt zu geben, indem sie ihre Arme um ihn legte. Ihre Hände krallte sie in seine Mähne, um nicht abzurutschen und ihn zu verlieren. So konnte sie sich und ihn wenigstens ein bisschen vom Ufer abstoßen. Hoffentlich waren Kentaurenbeine nicht genauso empfindlich wie Pferdebeine! Xanthyos durfte sich nicht verletzen.

Allerdings war der Kentaur verdammt schwer und es gelang ihr kaum, selbst über Wasser zu bleiben. Überall war Wasser! Aus dem kleinen „Bach" war ein breiter Strom geworden. Die Stadt war in der Dunkelheit hinter ihnen zurückgeblieben.

„Kämpf dich ... an Land!", vernahm sie das Keuchen des Kentauren über das Rauschen des Flusses, als sie wieder einmal prustend neben ihm auftauchte. Sollte sie ihn alleine lassen? Das kam nicht in Frage! Sie würde nur *mit* Xanthyos ans Ufer schwimmen – wenn sie es wiederfand.

„Xanthyos, links von dir!", stieß sie hervor. Ja, wenn ihre Augen es durch die Wassertropfen hindurch richtig sahen, war das linke Ufer näher. Sie versuchte, ihn in die Richtung zu schieben und der Kentaur bemühte sich, gegen die Strömung zu schwimmen, die sie in der Mitte des Flusses gefangenhielt. Nach Minuten, die ihr wie Stunden vorkamen, spürte sie festen Boden unter den Füßen und zog heftig an Xanthyos' schwarzer Mähne. Langsam wurde das Wasser flacher, auch wenn die Strömung noch immer an ihnen zerrte: Sie waren in Sicherheit. Wenig später schleppten sie sich an Land.

Temi blieb erschöpft liegen. Es war ein Albtraum, was sie hier erlebte! Sie zitterte am ganzen Körper vor Kälte und Angst und klammerte sich an Xanthyos' Mähne fest. Wenigstens hatte sich der Sandsturm wieder gelegt.

„Wer waren diese Leute?", fragte sie mit bebender Stimme in die Stille hinein, doch Xanthyos schien sie nicht zu hören. Er rappelte sich auf, sodass sie ihn loslassen musste. Im Mondlicht glitzerte das Wasser auf seinem schwarzen Fell. Stumm lauschte er und starrte in die Dunkelheit hinein. Temi erkannte den Berghang in der Richtung, aus der sie gekommen waren. Aber es konnte nicht die Seite sein, an der Šadurru lag. Sie hatte nirgens einen Fluss gesehen, als sie sich der Stadt genähert hatten. Hatte der Fluss sie durch den Berg hindurchgeschwemmt? Lag Šadurru auf der anderen Seite des Hangs? Und wie weit war das genau weg? Die Menschen mussten wissen, wo der Fluss aus dem Berg kam. Würden sie es wagen, mitten in der Nacht herauszureiten, um sie zu finden?

„Verfolgen sie uns?", flüsterte Temi mit zitternder Stimme. Xanthyos hatte sich diesmal in noch größere Gefahr gebracht, um ihr zu helfen. Aireion hätte seinem Bruder nichts getan, aber die Menschen, allen voran Sirun, würden ihn nicht verschonen. „Du musst hier weg. Du kannst nicht hierbleiben. Sie werden dich umbringen, wenn sie dich erwischen!", drängte Temi ihn deshalb voller Panik.

Sein Kopf ruckte herum. Er nickte. „Sie kommen."

Temi zuckte zusammen. Dann war es allerhöchste Zeit, dass er verschwand.

„Kommst du allein zurecht?", fragte er sanft. Er sah besorgt auf sie hinab. „Ja natürlich", sagte sie schnell. „Geh schon!" Sie ergriff seine Hand und drückte sie schwach. „Danke!"

Er schüttelte nur den Kopf, als wollte er sagen „Nicht dafür" und war so schnell in der Dunkelheit verschwunden, wie er in der Stadt aufgetaucht war. Das leise Geräusch seiner Hufe war nur noch wenige Sekunden zu hören, dann konnte sie nicht einmal mehr sagen, in welche Richtung er lief.

Sie saß allein und frierend am Ufer des Flusses. Wollte sie eigentlich gefunden werden? Oder wäre sie nicht besser zusammen mit Xanthyos geflüchtet? Vielleicht kamen jetzt dieselben Männer, die sie eben entführt hatten.

Temi tastete den Boden ab und fand einen handlichen Stein. Waren die Verfolger ihr feindlich gesinnt, würde sie sich wehren.

Zitternd rutschte sie auf den Knien weiter vom Ufer weg. Sie wollte nicht wegen des Mondlichts, das sich im Fluss spiegelte, entdeckt werden. Still verfluchte sie das ockerfarbene, helle Kleid, das sie trug. Sie würde damit auffallen, als hätte sie eine Laterne auf dem Kopf. Deshalb kroch sie in das Schilf-Dickicht hinein, das ein paar Meter weiter begann, und hielt den Atem an und lauschte. Es rumpelte, kurz darauf begann der Boden zu zittern. Das Stampfen und Wiehern machte deutlich: Sie kamen zu Pferd. Temi hörte laute Stimmen. Sie meinte, Imalkuš zu erkennen, aber sie konnte sich auch täuschen. Mucksmäuschenstill blieb sie zwischen den Schilfstängeln sitzen und machte sich so klein wie möglich.

Schnaubend schoss das erste Pferd ein paar Meter an ihr vorbei, doch der Reiter sah sie nicht. „Verteilt euch! Wenn sie wirklich in den Brunnen gefallen sind und wenn sie noch leben, dann müssen sie hier irgendwo rausgekommen sein." Er war es wirklich! „Imalkuš!", rief sie, als sie aufsprang.

Der Prinz war nicht allein. Ehe er abbremste und sein Pferd zurücklenkte, sah sich Temi umringt von drei Reitern, die mit der Dunkelheit fast verschmolzen. Doch die hellen Tücher vor ihren Gesichtern verrieten die schwarzhäutigen Wüstenkrieger. Mit ihren schwarzen Pferden bildeten sie eine unzertrennliche Einheit. Temi fühlte sich an die Kentauren erinnert.

„Temi!", erleichtert rief Imalkuš ihren Namen. „Ein Glück, dass wir dich gefunden haben!"

War es wirklich *Glück*? Das hing wohl davon ab, von wem die beiden Männer, die sie überfallen hatten, geschickt worden waren. Wenn es Imalkuš gewesen war, hatte es mit Glück wenig zu tun – und ihres war es dann schon gar nicht.

Der Hohe Rat

„Hat der Kentaur dir etwas getan? Er soll mehrere Wachen angegriffen und dich dann verschleppt haben. Wir haben sofort die Verfolgung aufgenommen."

Was?! Das war doch nicht zu glauben! Xanthyos wurde die Schuld in die Hufen geschoben?

„Ich wurde nicht von dem Kentauren angegriffen!", stieß sie hervor und schleuderte den Stein weg, den sie immer noch in der Hand gehalten hatte. „Im Gegenteil! Er hat mich gerettet!" Unbändige Wut kochte in ihr hoch und ließ ihre Stimme zittern. Es war ungerecht und hinterhältig, Xanthyos zu beschuldigen. Dabei war es doch Imalkušs Stadt, Imalkušs Untertanen! Zornesfalten bildeten sich auf ihrer Stirn und sie baute sich wutentbrannt vor dem Prinzen auf, der auf seinem Pferd saß und sie dadurch noch mehr als sonst überragte. Wortlos glitt er vom Pferderücken.

„Was ist passiert?", fragte er ruhig und versuchte, sie damit zu besänftigen – erfolglos. Die Anspannung der letzten Stunde entlud sich wie ein Gewittersturm über ihn.

„Was passiert ist?", fauchte sie. Ihre Stimme überschlug sich fast vor Wut. „*Menschen* haben mich in meinem Zimmer überfallen, mich geschlagen und dann durch die halbe Stadt gezerrt. Wenn Xanthyos nicht gewesen wäre – wer weiß, was die mit mir gemacht hätten!"

Sie verschränkte die Arme vor ihrer Brust, um zu verstecken, dass ihre Hände zitterten wie Espenlaub.

„Xanthyos war das?!", stieß Imalkuš ungläubig hervor. Er presste sich die Hände gegen die Schläfen, wie um wieder einen klaren Gedanken zu fassen:

„Und Heqassa haben dich angegriffen?", fragte er zweifelnd.

„Das hab' ich doch gerade gesagt", zischte sie. „Auf jeden Fall waren es Menschen!"

„Das wird nicht wieder vorkommen!", versprach er ernst.

Sie wollte ihm zu gerne glauben. „Du weißt doch gar nicht, wer dahinter steckt."

Imalkuš nickte. „Ist dir irgendetwas an den Angreifern aufgefallen?"

„Außer dass sie verdammt groß waren und dass einer jetzt eine Bisswunde an der Hand hat? Nein."

Überrascht sah der Prinz auf. „Du hast in seine Hand gebissen?"

„Ja", knurrte sie wütend. „An seinen Hals bin ich leider nicht gekommen."

Imalkušs Blick lag auf ihr, das spürte sie, ohne in der Dunkelheit sein Gesicht richtig sehen zu können. Dann legte er sanft eine Hand auf ihre Schulter. Sie wollte sie abschütteln, aber gleichzeitig wollte sie in den Arm genommen werden. Allerdings nicht unbedingt von ihm. Jetzt, da die Gefahr – erstmal – vorüber war, kehrte der Schrecken zurück.

„Du hast gesagt, es würde Sirun und seinen Anhängern nicht gefallen ...", erinnerte sie sich an das Gespräch am Abend, das schon so ewig weit weg schien.

„Sirun?", unterbrach Imalkuš sie und schüttelte so heftig den Kopf, dass seine Haare hin und her flogen. „Sirun ist machtbesessen und starrköpfig, aber er würde es nie wagen, einem anderen Menschen etwas zu Leide zu tun."

Glaubte er das etwas *wirklich*? „Ach nein?!", erwiderte sie angriffslustig. Enttäuschung stieg bitter wie Galle in ihr hoch. War Imalkuš wirklich so gutgläubig? Schweigend verlagerte sie ihr Gewicht von einem Fuß auf den anderen. Das Kleid klebte nass an ihrem Körper und der Schleier, der wie durch ein Wunder nicht weggeschwemmt worden war, hing ebenfalls von ihren Schultern und tropfte vor sich hin. Ihre Wange schmerzte von dem Schlag; im kalten Wasser hatte die Wunde immerhin aufgehört zu bluten.

Imalkuš bemerkte den Schnitt erst jetzt. Er legte seine Finger unter ihr Kinn und hob ihr Gesicht leicht an. „Du bist verletzt!" Er klang besorgt.

„Es ist nicht so wild", murmelte Temi. Imalkuš musterte sie kritisch, aber in der Dunkelheit würde er ihr nicht ansehen können, wie hin- und hergerissen sie war zwischen der Enttäuschung und dem Wunsch auf trockene Klamotten und ein warmes, weiches Bett.

„Nun gut", seufzte er leise, nicht glücklich darüber, dass sie seine Hilfe abblockte. „Steig auf", sagte er dann. „Ich bringe dich zurück."

Unwillkürlich verschränkte Temi ihre Arme. Zurück in die Stadt, ja – wo sollte er sie auch sonst hinbringen. Aber sollte sie wieder in das Zimmer in der Botschaft, wo scheinbar jeder eindringen konnte? Oder würde er ein paar Wachen mehr davor abstellen? Konnte sie denen trauen?

Halb wünschte sie sich, sie wäre zusammen mit Xanthyos geflüchtet. So erschreckend die erste Begegnung mit seinen Anhängern gewesen war, so beruhigt hätte sie wohl nun in ihrer Gegenwart schlafen können.

Aber wenn sie sich weigerte, mit Imalkuš in die Stadt zurückzukehren, würden auch Imalkuš und die Wüstenkrieger in ihrer Nähe warten, dessen war sie sich sicher. Und ein Zusammentreffen der beiden Prinzen und ihrer Anhänger musste sie unbedingt vermeiden.

Ihr blieb wohl nichts anderes übrig, als mit Imalkuš zurück nach Šadurru zu gehen. Auch wenn sie dort Siruns Schergen über den Weg laufen würde.

„Du wirst im Palast wohnen", sagte Imalkuš bestimmt. Er hatte ihr Zögern bemerkt. „Dort bist du sicher. Es gibt genügend Zimmer, und ich werde zwei Wüstenkrieger vor deiner Tür postieren."

Er griff nach ihrer Hand und drückte sie fest: „Du kannst mir vertrauen. Ich werde nicht zulassen, dass jemand dir weh tut, dass jemand dich angreift. Das schwöre ich bei Ezenu, dem Schützer des Gastrechts."

Imalkuš strich mit dem Daumen sanft über ihren Handrücken. Es war eine kurze, beiläufige Bewegung, und einen Moment später zog er seine Hand zurück, als hätte er seine eigene Bewegung erst da wahrgenommen. Sie presste ihre Lippen zusammen. Imalkuš schien sich *ernsthaft* Sorgen zu machen. Aber wieso? Weil sie Botschafterin der Kentauren war, oder aus einem anderen Grund?

Nein, natürlich musste er verhindern, dass ihr etwas zustieß. Nicht nur, da Botschafter unter besonderem Schutz standen, sondern weil sie auch Xanthyos' Schutz genoss. Und der war schließlich der Anführer der Rebellen, die den Menschen den Krieg erklären wollten. Imalkuš wollte keinen Krieg – also musste er jeden Anlass vermeiden. Deshalb wollte er sicher sein, dass sie gut beschützt wurde. Ganz sicher.

Temi atmete durch. Imalkuš war nett und manchmal witzig, und sah – das musste sie zugeben – nicht schlecht aus. Doch er war ein Prinz und lebte in einer Welt, in der sie nur zu Besuch war. Hoffte sie zumindest. Er wusste besser, als ihr Avancen zu machen. Aber wahrscheinlich waren ohnehin nur ihre angespannten Nerven dafür verantwortlich, dass sie sich etwas einbildete, was nicht da war.

„Komm." Seine Aufforderung riss sie aus ihren Gedanken.

Er reichte ihr die Hand und wartete diesmal, bis sie sie ergriff. Vorsichtig, wohl darauf bedacht, keine grobe

Bewegung zu machen, zog er sie zu seinem Pferd. Dann verschränkte er seine Finger, damit sich Temi leichter auf den Rücken des Tieres ziehen konnte, und schwang sich hinter sie aufs Pferd. Bevor Imalkuš aber die Zügel nehmen konnte, griff sie selbst danach. Der Prinz machte keine Anstalten, sie ihr zu entreißen. Energisch presste sie dem Pferd ihre Fersen in die Seiten.

Das gut trainierte Ross reagierte sofort auf diese Berührung und trabte los. Die dunkelhäutigen Begleiter, die Wüstenkrieger, trieben nun ebenfalls wortlos ihre Rappen an und folgten, als Temi das Pferd durch ein leises Schnalzen angaloppieren ließ.

Erst als die schwachen Lichter der Stadt näherkamen, brach Imalkuš das Schweigen. „Du reitest sehr gut", lobte er sie. „Danke."

Dann schwieg er wieder und Temi ebenso. Ihre Gedanken kreisten noch immer um die beiden Männer, die sie überfallen hatten. Wieso nur konnte der Prinz nichts gegen Sirun ausrichten?! Das hätte so vieles einfacher gemacht. Vermutlich würde man seinem Cousin nichts nachweisen können. Aber sie war sich sicher, dass er hinter dem Überfall steckte. Die Frage war, würde Imalkuš überhaupt versuchen, es herauszufinden?

Die Feuer auf der Mauer flackerten unruhig im leichten Wind. Einer der Wüstenkrieger rief etwas und die Wachen auf der Mauer spähten in die Dunkelheit. Im Feuerschein blinkten die Speerspitzen auf, die in ihre Richtung zielten. Erst als Temi, Imalkuš und ihre Begleiter das Tor fast erreicht hatten, erkannten die Wachen, ihren Prinzen. Knarrend öffnete sich das mächtige Tor – gerade noch rechtzeitig, dass sie es passieren konnten, ohne das Tempo zu verringern. In vollem Galopp schoss das weiße Pferd des Prinzen in die Stadt hinein, gefolgt von seinen Schatten, den Wüstenkriegern. Temi hörte Stimmen, die wild durcheinander riefen. Die Wüstendämonen schienen vergessen, auch, dass es Nacht war.

Aus den nur schwach beleuchteten Fenstern der Häuser lehnten sich neugierige Bewohner. Das Hufgetrappel und die Warnrufe der Soldaten hatten sie aufgeschreckt. Das Gerücht, dass Kentauren in Šadurru eingedrungen waren und dass Prinz Imalkuš sie persönlich aus den Mauern gejagt hätte, verbreitete sich wie ein Lauffeuer.

Temi spürte überall Spannung und Zorn. Ein älterer Mann hatte in einer Hand eine Fackel und umklammerte eine Mistgabel mit seiner anderen Faust und schüttelte sie über seinem Kopf hin und her.

„Sie haben mir meine zwei Söhne genommen. Ich habe alles verloren, nur noch eine Tochter ist mir geblieben!", klagte er. „Aber was soll ich mit ihr anfangen? Sie wird mir keine Ehre machen!"

Die Worte machten Temi wütend. Der Alte tat ihr zwar leid, weil seine Söhne gestorben waren, aber waren wirklich die Kentauren Schuld? Weder Aireion noch Rhubeš hatte etwas von Kämpfen gesagt. Und dass die Kentauren das Wasser vergiftet haben sollten, schien ihr noch immer fragwürdig – vor allem nach ihrem unfreiwilligen Bad im Fluss. Außerdem ärgerte sie sich über diese Geringschätzung einer Tochter. Am liebsten wäre sie vom Pferd gesprungen und zu dem Mann hingegangen, um etwas zu sagen. Doch Imalkuš umklammerte sie und lenkte das Pferd die Straße hinauf zum Palast. Die Wüstenkrieger waren zurückgeblieben und schickten die Bürger wieder in ihre Häuser und die Soldaten auf ihre Posten auf der Mauer zurück.

Schon bald wurde es hinter ihnen deutlich ruhiger. Bis auf vereinzelte Grüße patrouillierender Soldaten und den Wind, der heftig durch die Straßen und Gassen pfiff, war nichts mehr zu hören.

Temi war plötzlich todmüde und sie war froh, dass der Prinz jetzt die Zügel übernommen hatte. Sie registrierte kaum, wo sie langritten. Nur hin und wieder hob sie den Kopf, um abzuschätzen, wie weit es noch bis zur Festung war, in der der Palast lag. Bald türmten sich die Mauern schwarz vor ihnen auf. Fackeln beleuchteten das Tor und fünf Wüstenkrieger hielten davor Wache.

„Prinz Imalkuš!" Sie neigten respektvoll den Kopf, als sie den Prinzen sahen, und öffneten das Tor. Innen standen zwei weitere Wachen, die sie nun den Rest des Weges begleiteten. Temi konnte in der Dunkelheit nur wenig erkennen, aber bald betraten sie ein Gebäude, das hell erleuchtet war. Das musste der Palast sein. Der Boden der Gänge, durch die Imalkuš sie führte, war so glatt, dass sie fast ausrutschte. Vielleicht war es glattgeschliffener Marmor. Was für eine prächtige Innenausstattung! Erstaunt riss sie die Augen auf. Ihre Müdigkeit war wie weggefegt. Bemalte Reliefs, Fresken und Statuen überall! Das orange flackernde Licht der Fackeln spielte über die glänzenden Oberflächen. Manche waren aus Gold oder vergoldet, andere silbern, aus Bronze oder Marmor. Eine Reiterstatue, überlebensgroß, begrüßte Ehrfurcht gebietend die Besucher. Temi blieb stehen. Die Statue war aus Marmor, die Rüstung und die Schwertklinge des Reiters waren silbern bemalt, der Griff des Schwertes golden. Seine schwarzen Haare schienen trotz der Starrheit und Zerbrechlichkeit des Materials im imaginären Wind zu fliegen.

Das hellbraune Pferd wirkte dank der Schattierungen und Lichtreflexe lebendig. „Wow!", stieß sie hervor.

„Das ist mein Vater", sagte Imalkuš. Tatsächlich konnte Temi nun Züge des Königs im Reiter wiedererkennen. Als das Denkmal geschaffen worden war, musste König Rhubeš deutlich jünger gewesen sein. „Das Volk ließ die Statue ihm zu Ehren errichten, weil es unter seiner Führung die Paršava besiegte", erklärte Imalkuš. „Die Paršava sind ein Volksstamm im Norden", fügte er hinzu. „Sie wollten unsere Lande erobern."

Temi nickte. „Ich habe ihren Namen auf einer Karte bei den Kentauren gesehen. Es gibt aber noch andere Menschenvölker außer den Heqassa und Paršava, oder?"

„Viele. Doch die meisten wohnen so weit weg, dass wir nicht einmal ihre Namen kennen. Die Paršava dagegen sind unsere Nachbarn. Wir haben sie durch unseren Sieg in der letzten Schlacht zu einem Friedensvertrag gezwungen. Ihre Hauptstadt ist Ktesph." War es Zufall, dass *Ktesiphon* der Hauptsitz der antiken Partherkönige war?

Schweigend gingen sie weiter. Imalkuš hing seinen Gedanken nach und Temi überlegte, ob es gefährlich für die Kentauren werden könnte, falls sich die Paršava und die Heqassa verbündeten.

„Weshalb führten eure Völker Krieg gegeneinander?"

„Die Paršava verachten alles und jeden", antwortete der Prinz wie aus der Pistole geschossen. „Sie sind selbst ungehobelte unzivilisierte Barbaren, aber halten sich für etwas Besseres und für die Einzigen, die des Herrschens würdig sind", erlärte er voller Verachtung.

„Tut das nicht jedes Volk?" Herausfordernd sah Temi den Prinzen an. Die Heqassa fühlten sich ja auch den Kentauren überlegen – und umgekehrt.

„Ist das nicht notwendig, um zu überleben?", entgegnete der Prinz.

Temi runzelte die Stirn. „Kann man nicht in friedlicher Koexistenz leben?"

„Wir sind da."

„Was?", fragte Temi, verdutzt über diesen Gedankensprung.

„Das ist dein Zimmer."

Temi sah sich um. Die Tür, vor der sie standen, war scheinbar aus Eisen, geschmückt mit Reliefs. „Hübsch!"

„Das sind Ikannan und Mindek", sagte er und wies auf die beiden Wachen, die davor standen. „Ihnen würde ich selbst das Leben eines Kentauren anvertrauen. Du bist also gut geschützt", versicherte er.

„Dein Zimmer hat allerdings keine Fenster, da es im Inneren des Palastes liegt." „Darauf verzichte ich gern", sagte Temi schnell. Sie hatte den Schrecken noch nicht verwunden und wollte nur sicher schlafen. „Ich sehe ja ohnehin nichts, wenn ich die Augen zu habe."

Imalkuš schmunzelte. „Nach dir!" Die beiden dunkelhäutigen Wachen öffneten auf sein Zeichen hin die Tür und Temi trat ein. Es war stockduster, doch Imalkuš zündete zwei Ölbecken an. Der Rauch, der aufstieg, verschwand durch Spalten in der Decke, schmaler als ein Ofenrohr.

Und jetzt, wo das Zimmer ausgeleuchtet war, blieb Temi wie angewurzelt stehen. „Zimmer" war untertrieben! Es hatte in etwa die Fläche eines größeren Einfamilienhauses – gut, das war übertrieben, aber es war mindestens doppelt so groß wie ihre Wohnung. Nur dass es nicht aus mehreren Räumen bestand.

An der Wand rechts von der Tür stand ein Bett, in dem drei Personen bequem Platz gefunden hätten. Dennoch wirkte es, ebenso wie der große Tisch, der einsam an einer anderen Wand stand, verloren in diesem ... Saal. Lediglich die lebensgroße Statue eines Reiters füllte das Zimmer *etwas*, sodass es nicht ganz karg wirkte. Doch karg war der falsche Ausdruck. Eine freie Wand war vollständig bemalt mit dem Bild eines Wagenrennens – etwas Ähnliches hätte sie wohl auch in einer intakten pompejianischen Villa bestaunen können. Zwei Wagen, Quadrigae mit schneeweißen Rössern, lagen gleichauf an erster Stelle. Ein Gespann mit schwarzen Pferden folgte unmittelbar dahinter. Weit abgeschlagen waren drei andere Quadrigae.

Nur schwer riss Temi ihren Blick von dem Gemälde los. „Wahnsinn!", murmelte sie, als sie die Wandteppiche an der gegenüberliegenden Wand sah. Kunstfertig waren hier Kriegsszenen eingewebt. Die Teppiche waren eingeteilt in mehrere Szenen. Jede Szene nahm einen Streifen von etwa vier mal einem Meter ein.

Sie ging ganz nah an die Teppiche heran und kniff die Augen zusammen, um im schummrigen Fackellicht etwas zu erkennen. Ganz oben glaubte sie ein Heer im Vormarsch auf eine Stadt an einem Berg zu erkennen, vielleicht auf Šadurru. Die Stadt leuchtete strahlend weiß, ein Kontrast zu den Soldaten, die darauf zumarschierten. Deutlich zu erkennen waren die wehenden schwarzen Fahnen, die die Krieger trugen. Auf ihnen war eine silberne Schlange abgebildet.

„Die Paršava." Mehr musste Imalkuš nicht sagen.

„Sie haben eure Stadt belagert?"

„Ja, sie hatten zuvor unserer Armee eine schwere Niederlage beigebracht. Mein Vater hat mir oft davon berichtet; ich war gerade drei oder vier und kann mich nicht mehr daran erinnern."

Temi nickte.

„Rhubešs Vater, mein Großvater, starb in dieser Schlacht. Er war als König und Heerführer mit der Kavallerie überwältigt worden und wählte den Tod statt die Gefangenschaft. So konnten die Paršava ihn nicht als Geisel nehmen und Rhubeš erpressen. Doch mehr als die Hälfte unseres Heeres war gefallen. Mein Vater unternahm einen Ausfall, als Šadurru belagert wurde – du siehst es in der zweiten Reihe."

Temi blickte nach oben. Auf dem Bild sah sie wenige Reiter aus dem Tor hinausschießen und in die Reihen der Feinde sprengen. Doch das waren Massen, wie auch auf dem Gobelin zu sehen war. Wie hatte dieser kleine Rest des Heeres die Paršava besiegt?

In der nächsten und mittleren Bildreihe hatte sich nicht viel an der Szenerie verändert, nur war dort die rechte Seite des Wandteppichs, wo die Paršava standen, teilweile verkohlt, die übrig gebliebenen Ränder waren schwarz.

„Was ist denn hier passiert?", fragte Temi. „Hat der kleine Prinz etwa mit dem Feuer gespielt?"

Imalkuš Miene blieb unerwartet ernst. „Nein", erwiderte er und legte eine Hand an ihren Rücken und schob sie näher an den Teppich heran. Dann zog er sein Schwert und hielt die Spitze genau an eine verbrannte Seite. „Siehst du, was das ist?"

Sie betrachtete die Stelle genauer, so gut es ihre Größe und das Dämmerlicht zuließen. Sie runzelte ihre Stirn. Waren das Pferdebeine und ein menschlicher Kopf genau darüber?

„Du siehst richtig. Es sind Kentauren. Es war Aireions Vater, der König Rhubeš zu Hilfe eilte. Ein Berater meines Vaters brannte die Stelle heraus."

Die Kentauren hatten die Heqassa also vor den Paršava gerettet. Was hatte Aireion erzählt? Sein Vater hätte Rhubeš in einer bedrängten Lage geholfen und danach sei der Friedensvertrag durch gegenseitige Geiseln bekräftigt worden. Das wiederum hatte Aireions Bruder das Leben gekostet.

„Das ist ja wohl ..." Temi fehlten die Worte. Sie schluckte heftig, um die Wut zu unterdrücken, die in ihr hochkochte: Imalkuš konnte ja nichts dafür. „Erinnern sich eure Leute nicht daran, wer sie damals gerettet hat? Der alte Mann, der uns vorhin begegnet ist – er muss das doch selbst miterlebt haben", stieß sie dann mit leicht zitternder Stimme hervor.

„Du weißt doch, wie leicht sich eine Erklärung für etwas finden lässt, wenn man nur Böses in jemandem sehen will. Es heißt, die Kentauren hätten zunächst die Paršava unterstützt, um hinterher als Retter in der Not dazustehen."

„Was?" Ungläubig starrte Temi Imalkuš an.

„Das ist nicht meine Meinung. Aber wenn die Leute so etwas denken, wie einfach und plausibel ist es dann für einen alten Mann, der seine Söhne gerade verloren hat, den Kentauren auch die Schuld am vergifteten Fluss zu geben. Findest du nicht?"

„Doch." Temi ließ ihre Schultern hängen. „Was können wir dagegen tun, dass diese Gerüchte weiter verbreitet werden?"

Der Prinz schüttelte den Kopf. „Die wahren Schuldigen finden – oder Beweise, dass es die Kentauren nicht waren. Doch das ist nicht deine Aufgabe. Ich habe die Gefahr für dich schon einmal falsch eingeschätzt. Wenn die Leute sehen, dass du versuchst, die Kentauren zu entlasten ..." Er sah sie besorgt an. „Du bist mit einem Kentauren nach Šadurru gekommen. Sie werden dich eher für eine Verräterin halten als dir glauben."

Temi schluckte. Nicht nur er hatte die Gefahr falsch eingeschätzt.

„Glauben die Heqassa eigentlich an die Prophezeiung?"

Erstaunt sah Imalkuš ihr in die Augen. „Du kennst die Prophezeiung?"

„Aireion hat mir davon erzählt." In den nächsten Minuten berichtete Temi dem Prinzen, warum der Kentaurenkönig sie überhaupt hatte gehen lassen. Imalkuš hörte mit großen Augen zu. „Dann habe ich mich doch nicht geirrt", stieß er hervor, „Du hast den schwarzen Kater auf deinem Arm Thanatos genannt, wie den Gott des Todes", murmelte er gedankenverloren. Dann aber fasste er sich rasch.

„Es muss unter uns bleiben, dass du die Prophezeiung erfüllen kannst. Sonst sehen die Kriegstreiber ihre Felle davonschwimmen. Sie werden alles daran setzen, das zu verhindern." Mahnend sah er sie an. „Also kein Wort – zu niemandem!" Imalkušs Begründung klang logisch; beunruhigt rieb sich Temi über die Stirn.

In dem Moment klopfte es an der Tür. Temi fuhr zusammen, aber Imalkuš ging rasch hinüber und öffnete. Er wechselte leise Worte mit jemandem und nahm etwas entgegen. Ihre Kleidung.

„Du solltest dich jetzt ausruhen. Du siehst erschöpft aus", sagte Imalkuš, während er die Kleidungsstücke auf das Bett legte. „Peiresu hat dir auch etwas Bequemeres zum Schlafen gebracht. Wir können uns morgen weiter unterhalten." Er drehte sich zu einer zweiten Tür. „Hier kommst du zum Badezimmer. Das hier war das Zimmer von Tisanthos, dem Bruder von Aireion und Xanthyos. Mein Vater wollte ihn nicht in meinem Zimmer einquartieren, deshalb hat er von diesem Raum hier einen Gang zu meinem Badezimmer angelegt. Der einzige andere Weg dorthin führt durch mein Zimmer. Du bist also sicher."

Sie nickte langsam. Das Adrenalin war aus ihren Adern verschwunden und sie konnte kaum noch ihre Augen offenhalten.

„Schlaf gut, Temi", sagte Imalkuš. Er war schon fast an der Tür, als sie antwortete. „Du auch. Und danke!"

Er lächelte. „Gern geschehen."

Kaum hatte sie die Tür hinter sich geschlossen, zog sie ihr Kleid aus, legte den noch leicht klammen Schleier über den Stuhl, der neben dem Tisch stand, und ließ sich auf das Bett fallen. Was für ein Tag!

Jetzt übermannte sie die Müdigkeit mit solcher Macht, dass sie gerade noch gähnen konnte. Kaum hatte sie die Augen geschlossen, war sie auch schon eingeschlafen.

Temi hasste es, früh aufzustehen. Doch meist weckte ihr Unterbewusstsein sie so früh, dass sie rechtzeitig an die Uni kam. Gähnend rieb sie sich den Schlaf aus den Augen und blinzelte dann irritiert. Warum war es so dunkel? Warum loderte an der gegenüberliegenden Wand in zwei Schalen Feuer? Normalerweise schien die Sonne am frühen Morgen in ihr Zimmer, aber – hier das war nicht ihr Zimmer! Sofort fiel ihr wieder ein, was passiert war. Sie starrte in die schwach flackernden Flammen.

Langsam konnte sie sich wohl sicher sein, dass das kein Traum war! Dann musste sie auch nicht „rechtzeitig an die Uni" kommen. Hier gab es keine Vorlesungen, hier gab es *ganz* andere Probleme! Sie sprang aus dem Bett und streckte sich: Ihre Knochen knackten beängstigend, ihre Muskeln und Gelenke schmerzen. Und in der Nacht hatte sie wohl geschwitzt; das Hemd klebte an ihrem Körper. Bevor sie irgendjemandem begegnen konnte, musste sie sich waschen.

Sie ging zur Tür, hinter der das Bad liegen sollte, und stockte. Was, wenn der Prinz gerade dort war? Temi lauschte, doch kein Geräusch drang durch die Tür. Vorsichtig öffnete sie sie. Hinter einem kurzen Gang und einer weiteren Tür lag ein großer Raum mit zwei großen Becken in der Mitte. Groß genug für einen Kentauren. Imalkuš hatte gesagt, dass es Tisanthos' Zimmer gewesen war. In der Nacht hatte sie es kaum registriert: Sie hatte im Zimmer des ermordeten Prinzen geschlafen.

Temi schüttelte die Beklemmung ab, die in ihr aufstieg, zog die Schlafkleidung aus und hüllte sich in eines der sauberen Leinentücher, die auf einer Kiste bereitlagen. Vorsichtig steckte sie einen Zeh ins Wasser, bereit, den Fuß schnell zurückzuziehen – aber es war nicht eiskalt, sondern lauwarm.

In dem Moment stürmte Imalkuš herein.

„Das musste ja kommen!", schoss es Temi durch den Kopf. Vor Schreck ließ sie im ersten Moment auch noch beinah das große Leinentuch fallen. Dann hielt sie es so fest, dass ihre Fingerknochen weiß wurden, und knotete es schnell in ihrem Nacken zusammen. Ihr Herz schlug bis zum Hals und sie lief purpurrot an. Aber Imalkuš ging es nicht besser: Seine Ohren hatten die Farbe einer reifen Paprika angenommen. Einen Moment schien er nicht zu wissen, was er tun sollte, dann stieß er „Entschuldigung!" hervor, drehte sich auf auf dem Absatz um und stürmte hinaus.

Temi blieb noch eine Minute wie eine Statue stehen und ihre Wangen brannten. Sie hätte erst mal bei Imalkuš anklopfen und ihn vorwarnen müssen! Das hätte nicht passieren dürfen. Nicht in dieser Gesellschaft. Sie hatte zwar das Leinentuch angehabt, also mehr als sie in ihrer Welt in der Sauna oder auch im Schwimmbad tragen würde – aber hier ... Sie kniff die Augen zusammen. Durchatmen hieß die Devise! Niemand außer Imalkuš und ihr wussten von diesem Fauxpas. Niemand würde davon erfahren, wenn sie es nicht erzählten, und keiner von ihnen würde den Teufel tun!

Langsam schlug ihr Herz wieder im normalen Rhythmus und endlich ließ Temi das Leinentuch fallen. Erst, als sie ins Wasser stieg, bemerkte sie, wie warm nicht nur das Wasser, sondern auch der Fußboden war. Scheinbar waren die Heqassa zumindest in dieser Hinsicht auf einem ähnlichen technologischen Stand wie die Römer, die ebenfalls Fußbodenheizung gehabt hatten. Sie nahm sich vor, Imalkuš zu fragen, ob auch hier Sklaven in engen Gängen für das Feuer sorgen mussten. Der Gedanke, dass jemand für ihren Komfort schuften musste, gefiel ihr gar nicht. Aber alle großen Reiche der Antike verdankten ihre Größe der Arbeit und der Ausbeutung von Sklaven.

Rom wäre nicht so mächtig gewesen, wenn nicht die Sklaven die Drecksarbeit erledigt hätten. Was, wenn Großgrundbesitzer keine Sklaven gehabt hätten, die ihre Felder bestellt hätten? Was, wenn es in Griechenland keine Sklaven gegeben hätte, die in den Minen nach Metallen schürften? Nicht auszudenken! Kriegsgefangene waren zu allen Zeiten zu harter Arbeit verdammt worden.

Aber durfte sie das ausnutzen? Sollte sie Annehmlichkeiten boykottieren, die Sklaven zu verdanken waren? Doch sie wusste noch nicht einmal, ob es in Šadurru überhaupt Unfreie gab. Und sie musste sich waschen und hier und jetzt gab es keine Alternativen. Wenn sie später feststellte, dass arme Seelen dafür ausgebeutet wurden, würde sie nach einer anderen Möglichkeit suchen – notfalls würde sie im Fluss baden, auch wenn sie dafür Šadurru verlassen musste.

Temi machte einen langen Schritt nach vorne und ließ sich ins Wasser fallen. Das warme Nass schwappte über den Beckenrand, sickerte aber aufgrund der Schräge in schmalen Rinnsalen wieder zurück. Zufrieden lehnte sich Temi zurück und legte ihren Hinterkopf auf die marmornen Fliesen. Sie genoss das lange Bad. Fast döste sie noch mal ein, denn das Wasser wurde nicht kalt. Nach etwa einer halben Stunde riss sie sich aus ihrem Schlummerzustand heraus zusammen und tauchte vollkommen unter. Das warme Wasser wirkte nicht sehr belebend – es machte sie eher müde. Deshalb kletterte sie aus dem großen Becken, inspizierte argwöhnisch das kleinere und hüpfte dann kurzentschlossen hinein, ohne die Temperatur vorher auszuprobieren: Ein Fehler! Das Wasser war eiskalt! Ihr Herz raste, sie hielt den Atem an und bekam fast keine Luft – aber ihre Lebensgeister kehrten schlagartig zurück.

Fast so schnell wie Temi ins Becken hineingesprungen war, machte sie, dass sie wieder raus kam. Sie zitterte am ganzen Körper, als sie sich mit einem kleineren Leinentuch abtrocknete. Ein lauer Lufthauch wehte durch die winzigen Fenster – sie waren so klein, dass gerade mal eine Katze hindurchgepasst hätte – und berührte ihre nackte, noch feuchte Haut. Gänsehaut bildete sich an ihren Armen, bis sie sich in das große Tuch hüllte. Ihre triefenden Haare rubbelte sie mit dem kleineren Tuch ab. Danach sammelte sie die Tücher ein, die über den Boden verstreut dalagen, eilte zurück in „ihr" Zimmer und erschrak.

Dort wartete jemand auf sie. Eine junge Frau, nicht viel älter als sie selbst, wartete scheinbar auf sie und lächelte sie nun offen an. „Ich bin Peiresu. Ich diene der Königsfamilie seit 15 Jahren", stellte sie sich vor.

Seit 15 Jahren? Temi rechnete nach. Dann war Peiresu entweder älter als sie aussah, oder sie hatte *sehr* jung angefangen zu dienen.

Peiresu erahnte wohl ihre Gedanken: „Meine Familie dient dem Geschlecht des Rhubeš schon seit zweihundert Jahren, und ich bin am Hof, seit ich Haare frisieren kann. Als einzige Tochter bin ich zuständig für alle weiblichen Gäste am Hof", plauderte sie munter drauf los. Sie schien keineswegs unzufrieden zu sein mit ihrer Position, denn sie lächelte unbefangen. „Du musst keine Angst haben. Ich habe meine Fertigkeiten von meiner Mutter gelernt." Sie runzelte die Stirn und fuhr vorsichtig über Temis Gesicht. „Aber was ist das ... diese Punkte?", fragte Peiresu. Meinte sie ihre Sommersprossen? „Sie sehen seltsam aus, aber irgendwie schön. Und deine Haare! Ich habe noch nie einen Menschen mit roten Haaren gesehen! Nein, du bist wirklich sehr hübsch. Ich werde nicht viel machen müssen, um dich zu verschönern."

„Peiresu!", schallte es durch die Tür, doch Imalkušs Stimme klang eher amüsiert als übermäßig streng. „Verschreck' unseren Gast nicht!"

„Wenn hier jemand das Mädchen vergrault, dann bist das du, Imalkuš. Also sorg' lieber dafür, dass das letzte Barthaar an deiner linken Wange verschwindet, bevor sie schreiend über diese Nachlässigkeit davonrennt!", erwiderte die junge Frau keck. Temi lachte laut auf. Sie ahnte, dass Imalkuš sich auf der anderen Seite der Tür über die Backe fuhr und feststellte, dass er sich tatsächlich nicht *ganz* gründlich rasiert hatte – oder vielmehr rasiert worden war.

„Lachen kannst du also auch", plapperte Peiresu weiter. Die „Dienerin" gefiel Temi sehr. So wie sie mit dem Prinzen gesprochen hatte, musste sie zu ihm ein gutes Verhältnis haben.

„Und wenn du fertig bist", rief Peiresu dem Prinzen durch die geschlossene Tür zu, „dann sag Bescheid. Hier ist das Licht zu schlecht, um sie vernünftig zu schminken. Ich brauche dein Zimmer! Also mach, dass du dich beeilst!"

Leises Grummeln war aus dem Nebenraum zu hören und Temi war irritiert. Imalkuš ließ sich ja einiges gefallen.

„Es ist ihm irgendwann zu anstrengend geworden, mich ständig zu maßregeln", erklärte das Mädchen, bevor Temi fragen konnte. Temi lachte. Das war für einen Königssohn und eine Dienerin irgendwie schräg – aber so schnell, wie Imalkuš auch ihr die informelle Anrede erlaubt hatte, machte es dann doch schon wieder Sinn: Imalkuš war tatsächlich kein „typischer" Prinz!

„Aber keine Angst", fuhr Peiresu fort. „Ich bin keine Konkurrenz für dich."

Temi hoffte, dass Peiresu die Röte in ihrem Gesicht nicht entdeckte. „Was soll denn das jetzt heißen?"

Die junge Frau lachte glockenhell und unterbrach damit ihre verworrenen, sich verstrickenden Gedanken.

„Komm, erstmal suchen wir dir jetzt was Hübsches zum Anziehen."

„Wir" bedeutete „ich". Peiresu öffnete die Kiste neben dem Bett und zog mehrere Kleider heraus. Drei davon warf sie zurück aufs Bett, ohne sie eines weiteren Blickes zu würdigen. Zwei weitere sortierte sie nach kurzem Überlegen aus. Die restlichen fünf hielt sie vor Temis Körper. Temi wagte es gar nicht, ihre Meinung zu sagen – sie hätte sich ohnehin kaum entscheiden können, denn die Kleider waren allesamt beeindruckend. Peiresu suchte eines in verschiedenen Grüntönen aus. Sie drückte es Temi in die Hand und legte die anderen gekonnt zusammen, während Temi es anzog.

Plötzlich klopfte es an der Tür zum Gang außen. „Mein Zimmer ist frei", rief Imalkuš und entfernte sich dann offenbar. Peiresu zögerte keine Sekunde. „Komm!", forderte sie Temi auf und zog sie über das Badezimmer mit in das Zimmer des Prinzen.

Die Dienerin ließ ihr keine Gelegenheit, mit großen Augen die Reliefs an der langen Wand gegenüber den Fenstern zu inspizieren, oder die Wandgemälde an den kurzen Seiten des Raumes. Sie zog sie direkt zu den riesigen Fenstern aus milchigem Glas. Die Sonne ging gerade erst auf. Das Licht war noch trüb und rötlich. „Setz dich!", befahl Peiresu und schob ihr einen Stuhl gegen die Kniekehlen, sodass sie gar keine andere Wahl hatte.

„Fangen wir mit dem Unangenehmsten an!", entschied Peiresu und begann, ihr hier und dort Härchen aus den Augenbrauen zu zupfen. Temi zischte hin und wieder, und war erleichtert, als die Dienerin nach einer kritischen Inspektion entschied, dass ihre Augenbrauen jetzt die richtige Form hatten.

Dann puderte Peiresu ihre Wangen – dabei seufzte sie ein paar Mal, wenn sie vorsichtig um den Schnitt herum und noch vorsichtiger darüber wischte. Doch kaum war sie fertig, schüttelte sie den Kopf und wischte alles wieder ab. „Die Punkte sind zu niedlich", stellte sie fest.

Belustigt sah Temi zu ihr auf. „Die Punkte heißen Sommersprossen." Peiresu prustete los. „Sommersprossen? Das ist ja ein komisches Wort!"

Sie nahm Temis Kinn in ihre Hand, hob ihren Kopf an und betrachtete ihr Gesicht nachdenklich. „Sommersprossen ... die müssen auf jeden Fall bleiben!", entschied sie und ging beim nächsten Mal dezenter vor: Sie berührte Temi kaum mit dem Pinsel. Kräftiger setzte sie ihn nur um ihre Augen herum ein, griff dann zu einem anderen Döschen und zu noch einem. Temi schloss entspannt die Augen. Normalerweise schminkte sie sich nur dezent, wenn irgendetwas Besonderes anstand, niemals im Alltag. Aber Peiresu würde schon wissen, was sie tat, und Temi genoss die Prozedur.

Viel zu schnell war die Dienerin mit ihrem Gesicht fertig. „Ich habe noch nie eine Frau mit so kurzen Haaren gesehen", bemerkte sie, während sie prüfend zwei Strähnen zwischen ihren Fingern zwirbelte. „Ich hätte nicht gedacht, dass das gut aussehen könnte, aber dir steht es. Doch was mache ich nur damit? Ich kenne gar keine Frisuren dafür!", redete Peiresu mehr mit sich selbst. Dann schob sie mal hier und mal dort eine Klammer und eine Spange in Temis Haar, versuchte da Stränen anders zu legen – und gab nach ein paar Minuten auf. „Nein, also so geht das nicht", murmelte sie. „Vielleicht reicht es ...", sagte sie, in Gedanken vertieft, und kämmte Temis Haare nach hinten. „Ja, vielleicht reicht das wirklich."

Peiresu legte erneut Hand unter Temis Kinn und sah ihr prüfend ins Gesicht. Ihr kritischer Blick wich einem breiten Lächeln. Wortlos reichte sie Temi eine silberne Scheibe, in der sie sich erstaunlich gut spiegelte. Temi riss die Augen auf. Im ersten Moment erkannte sie sich fast nicht wieder. Ihre blaugrünen Augen waren – wie früher bei den Ägyptern üblich – mit schwarzem Khol umrandet, was diese noch heller leuchten ließ; ihre Wangen waren ein wenig dunkler als sonst und schimmerten seidig, aber die Sommersprossen waren trotzdem noch zu sehen. Ihre Haare standen mal nicht wild auf ihrem Kopf, sondern lagen glatt an.

„Gefällt es dir?", fragte Peiresu sie.

„Sehr!", lobte Temi. „Vor allem die Augen."

„Du hast wirklich schöne Augen. *Ihm* wird es auch gefallen. Ich habe noch etwas für dich."

Mit diesen Worten zog Peiresu ein Diadem hervor. Es war silbern, hatte eine geschwungene Form und einen rautenförmigen Edelstein vorne. Der Stein war dunkelgrün – und passte damit perfekt zu ihren roten Haaren und dem grünen Kleid.

„Peiresu, ich bin keine Prinzessin", protestierte Temi halbherzig.

„Wirklich nicht?", fragte die junge Frau, ohne eine Antwort zu erwarten, und winkte dann ab. „Na und?"

„Und ich heirate auch nicht", fuhr Temi fort.

Peiresu wischte mit der Hand auch dieses Argument weg. „Heute nicht."

Temi wollte etwas Schlagfertiges erwidern, aber ihr fehlten einfach die Worte. Daher gab sie sich geschlagen – vor allem aber, weil ihr ihr eigenes Aussehen gut gefiel.

„Aber", fragte sie vorsichtig, „was meintest du vorhin mit ‚Konkurrenz'?"

Peiresu gluckste vor Lachen. Als sie wieder zu Atem kam, sagte sie: „Bist du so blind, oder willst du es nicht sehen? Imalkuš verliebt sich gerade in dich."

„Was?!"

„Magst du ihn auch?", fragte Peiresu direkt.

Temi biss ihre Zähne knirschend aufeinander. Ihre Wangen glühten. Das war unmöglich! Sie war erst seit gestern hier, sie war eine Fremde und würde es auch bleiben. Sie wollte möglichst bald wieder nach Hause zurück. Wenn Imalkuš sich Hoffnungen machte, würde das nur zu Problemen führen. Sie würde ihn früher oder später vor den Kopf stoßen müssen.

Natürlich hatte sie sich durch seine Aufmerksamkeit geschmeichelt gefühlt. Welches Mädchen träumte nicht gelegentlich von einem Märchenprinzen auf einem weißen Ross – aber vielleicht hätte sie deutlicher machen müssen, dass mehr als Freundschaft – wenn selbst das überhaupt möglich war – nicht in Frage kam!

Obwohl sie nicht antwortete, nickte Peiresu. Oder ahnte die Dienerin, was ihr durch den Kopf ging? Wusste sie, dass sie aus einer anderen Welt kam? Schweigend setzte Peiresu ihr das Diadem auf. Das Silber fühlte sich auf ihrer Stirn kalt an.

„So. Fertig" Zufrieden betrachtete Peiresu ihr Werk.

„Komm, Imalkuš und König Rhubeš möchten mit dir frühstücken. Ich bringe dich zu ihnen." Temi atmete tief durch. Dann wollte sie mal ...

Doch Peiresu musste sie nicht begleiten. Vor der Tür wartete Imalkuš auf sie. Temi blieb wie angewurzelt stehen. Ihr Herz schlug schneller vor Aufregung und Nervosität: Sie hoffte, dass er Peiresus Frage und ihre nicht erfolgte Antwort nicht gehört hatte. Wenn, dann ließ er sich nichts anmerken.

Imalkuš lächelte und Temis Hals wurde trocken. War er wirklich gerade dabei – Nein! Sie verdrängte den Gedanken und ließ den Anblick einen Moment auf sich wirken. Der Prinz trug eine blaue Tunika mit bortenähnlichen goldenen Rändern, darunter eine lockere schwarze Hose und lederne Stiefel. Auf seiner Stirn prangte ein goldenes Diadem – ähnlich dem, das sie trug – mit einem rautenförmigen Rubin. Doch am meisten veränderten ihn die dunklen Schattierungen um die Augen. Auch seine Augen waren mit Khol bemalt worden. Sie ließen ihn nur noch exotischer aussehen. Unverhohlen starrte sie ihn an. „Wow! Definitiv wow!", dachte sie, und sagte nichts.

„Ich habe das Haar gefunden", riss er sie aus den Gedanken und deutete auf sein Kinn, „und habe es beseitigen lassen." Er grinste und Temi prustete los. In dem Moment hätte sie ihn küssen können für diese Art, das Eis zu brechen.

Imalkuš bot ihr seinen Arm an und gefolgt von den Wachen gingen sie durch den Palast. Temi betrachtete staunend mit großen Augen die Reliefs, die sich durch den ganzen Palast zogen, und wünschte, sie hätte Zeit, stehenzubleiben.

Doch der Prinz führte sie geradewegs zu einer großen Eisentür, die sich fast geräuschlos öffnete. Temi blieb wie angewurzelt stehen. Irgendwie hatte sie es geahnt. „Imalkuš und König Rhubeš" war untertrieben gewesen. Der gesamte Beraterstab war an der Tafel versammelt und alle sahen zu ihr, mit finsterer Miene, feindseligen und verachtenden Blicken. Am liebsten wäre sie auf dem Absatz wieder umgedreht und aus der Halle geflüchtet. Was tat sie hier bloß?

Angespannt bis in die Haarspitzen betrat sie die Halle. Ihr war siedend heiß, gleichzeitig trat ihr kalter Schweiß auf die Stirn. Das Herz schlug ihr bis zum Hals, als sie erhobenen Hauptes durch den Saal schritt. Hoffentlich stolperte sie nicht über ihr Kleid! Aber die Schuhe waren flach und bequem. Sie ging also nicht wie in hochhackigen Schuhen wie auf rohen Eiern.

König Rhubeš wies auf die beiden freien Stühle zu seiner Linken. Es schien Stunden zu dauern, bis sie die Plätze erreicht hatten. Temi wollte sich schnell auf den zweiten Stuhl setzen, als Imalkuš den Stuhl direkt neben dem König für sie zurückzog. Temi verschränkte ihre zitternden Hände. Erst, als sie saß, nahm auch Imalkuš Platz und lächelte sie freundlich an.

Nun erhob sich König Rhubeš und dann erst löste Imalkuš seinen Blick von ihr und räusperte sich kaum hörbar. Jetzt, nach dem Gespräch mit Peiresu, sah Temi es auch: Er entwickelte Gefühle für sie – aber hier war der letzte Ort, an dem er das zeigen durfte! Sie hoffte sehr, dass es nur die Anziehungskraft des Neuen, des Außergewöhnlichen war, die ihn faszinierte, ja bezirzte. Sie sah anders aus, verhielt sich anders als die Frauen hier. Vielleicht war das eine so willkommene Abwechslung für ihn, dass er sich vergaß.

Ihr schmeichelte es natürlich, dass er ihr solche Aufmerksamkeit schenkte, aber sie wollte es sich gar nicht erst gestatten, weiter in diese Richtung zu denken.

Temi knetete unter dem Tisch ihre Hände, um sich abzulenken, und sah dann bewusst den alten König an.

Das Gemurmel ebbte ab. Die Männer, die an den langen Seiten der Tafel saßen, folgten dem Beispiel des Königs und erhoben sich. Scharrend rückten sie die Stühle nach hinten. Auch Temi stand wieder auf. Ihr Blick blieb fest auf den alten König gerichtet, aus Angst vor den Blicken der anderen. „Fürst Aireion von Thaelessa", sagte König Rhubeš, „hat eine Botschafterin zur Bewahrung des Friedens gesandt. Sie hat uns mitgeteilt, dass die Kentauren nichts von der Vergiftung unseres Trinkwassers wussten. Sie hat angeboten, dass Fürst Aireion dieses Verbrechen untersuchen und in seinem Volk nach möglichen Schuldigen suchen wird. Ich werde nach dem Frühstück noch weitere Gespräche mit Temi von Thaelessa führen." Er nickte ihr zu. Temi senkte als Zeichen des Respekts den Kopf. Sie war froh, dass er ihren Vorschlag in Erwägung zog und vor allem, dass er vor dem Beraterstab eine Lanze für die Kentauren brach. „Doch nun ...", König Rhubeš hob seinen goldenen Becher, in dem eine Flüssigkeit vor sich hin dampfte. „Möge euch das Essen schmecken!"

„König Rhubeš!", schallten tiefe Männerstimmen durch den Raum. Das Essen wurde hereingetragen. Temi warf den

Männern und Frauen, die Speisen und Krüge mit Getränken brachten, verstohlene Blicke zu. Sie fühlte sich unbehaglich bei dem Gedanken, dass es Sklaven sein könnten, die sie hier bedienten. Irgendwie musste sie es herausfinden. Die Zeit würde sie haben – die vergangene Nacht würde nicht ihre letzte in Šadurru sein.

Normalerweise hatte sie morgens keinen Hunger und aß vor der Uni nichts, aber das hier war kein normales Frühstück: Es war eigentlich ein frühes Mittagessen mit Geflügel, einer Art Streichkäse, gepökeltem Fleisch, Fisch, Salatblättern, Trauben, Melonen, Äpfeln und diversen anderen Leckereien. Ihr Magen knurrte, obwohl sie gestern Abend reichlich gegessen hatte. Das Wasser lief ihr im Mund zusammen.

Beim Essen hörte sie den Männern zu, die sich in gedämpftem Ton unterhielten – wohl damit sie nicht mithören konnte. Die Gespräche drehten sich um die Kentauren. Dass die Pferdemenschen von sich aus einen Botschafter um des Friedens willen geschickt hatten, imponierte manchen hier. Andere hielten dies für einen Trick und für wieder andere war es eine offene Beleidigung, dass die Halbmenschen eine Frau als Botschafter geschickt hatten.

Temi fiel auf, dass die meisten königlichen Berater alt waren, vermutlich nicht viel jünger als Rhubeš selbst. Der alte Mann, der ihr direkt gegenüber saß, war ganz und gar in Blau gekleidet. Sein langer weißer Bart reichte bis zu seinen Achseln hinunter. Auf seinem Kopf wuchsen dagegen nur noch vereinzelte graue Haare. Aus eisblauen Augen musterte er Temi mit stechendem Blick. Zu ihrer Überraschung fühlte sie sich nicht dadurch in die Enge getrieben: Er *erstach* sie nicht damit, wie es die anderen zu versuchen schienen. Vielmehr versuchte er, die Wahrheit in ihren Augen zu erkennen. Sein Verstand wirkte trotz seines Alters frisch und lebendig. Immer wieder fasste er die Argumente für und wider einen Krieg mit den Kentauren zusammen und plädierte schließlich mit fester Stimme für den Frieden: „Es bringt mehr Schmerz, die Feindschaft zu schüren, als sie zu beenden." Er schüttelte langsam den Kopf, als Sirun wieder lospolterte und gegen die Kentauren hetzte: „Sie haben uns unsere Länder und unsere Städte gestohlen. Welches Tier kann eine Stadt wie Thaelessa errichten? Wie können Halbpferde Wachtürme bauen, wie sie sie haben? Nein, auch diese Stadt raubten sie uns. Mitsamt den Rohstoffen, die sie uns vorenthalten. *Uns* stehen die Gesteine zu und nicht diesen Rohlingen!"

„Zügelt Eure Zunge und schaltet Euren Verstand ein, Sirun!", wies ihn der bärtige Mann scharf zurecht. „Ihr seid noch jung und kennt die Geschichte nicht."

„Aber Ihr, *alter Mann!*", fauchte Sirun zurück. „Wessen Geschichte ist das? Haben die Halbpferde Euch das erzählt?"

„Es ist von unseren Vorfahren überliefert, unsere Geschichtsschreiber haben es aufgeschrieben. Ihr könnt alles in unseren Archiven nachlesen", entgegnete der Alte ruhig.

„Und wer sagt, dass sie nicht den Lügen der Kentauren glaubten – wie Ihr?" Sirun nahm einen tiefen Schluck aus seinem Becker und fuhr dann fort.

„Ihr seid ein Narr, Keethun, und alle, die diesem Mädchen dort Glauben schenken, auch! Warum schicken die Kentauren eine Frau? Verdienen wir keinen Mann? Nein! Sie soll unseren Prinzen betören, damit die Pferdemenschen ihre Ziele durchsetzen können. Kein Zufall war es, dass sie heute Nacht ein Bad geteilt haben."

„Ihr beleidigt den Gast des Königs, Sirun, nehmt Euch in Acht!" Imalkuš war aufgesprungen, seine dunklen Augen waren fest auf Sirun gerichtet. Der Prinz umklammerte mit beiden Händen die Tischkante. Tat er das, um zu verbergen, dass er vor Wut bebte? Oder um zu verhindern, dass er zum Schwert griff? Es rührte Temi, dass Imalkuš sie verteidigte, aber sie wusste, dass es nicht gut war, wenn der Prinz offen für sie Partei ergriff.

Unauffällig berührte sie unterhalb der Tischkante Imalkušs verkrampfte Hand. Er brach daraufhin den wütenden Blickkontakt zu Sirun ab und schaute Temi an.

„Seht selbst, er gerät ja schon aus dem Häuschen, wenn man nur von dem Mädchen spricht", höhnte Sirun, nicht mehr von Imalkušs Blicken durchbohrt, und ermutigt, weil Rhubeš nicht eingriff.

„Sie hat unseren Prinzen verzaubert und um seinen Verstand gebracht!"

Imalkuš hob drohend den Kopf. Alle Blicke lagen auf dem Königssohn: Alle überlegten, ob Siruns Anschuldigungen wirklich stimmten. Das war das letzte, was Imalkuš, was sie jetzt gebrauchen konnten, schoss es Temi durch den Kopf.

Ohne nachzudenken stand sie auf, bevor Imalkuš antworten konnte. „Verehrter Herr Sirun; wo ich herkomme, ist Gastfreundschaft heilig. Es heißt, das Verhalten einem Gast gegenüber zeigt das wahre Gesicht eines Menschen. Durch nobles Verhalten Gesandten des Feindes gegenüber verschaffen sich große Männer Respekt." Ihr Herz raste bei diesen Worten, aber ihre Stimme zitterte zu ihrem eigenen Erstaunen nicht.

Sie wandte sich direkt an den König. „König Rhubeš, Prinz Imalkuš hat mich in den Palast gebeten, nachdem ich von zwei Heqassa angegriffen und verletzt worden bin." Temi deutete auf die Wunde auf ihrer Wange.

Überraschtes Gemurmel war von einigen Ratsmitgliedern zu hören. „Er hat sich dabei nur um die Sicherheit eines

Gesandten gesorgt. Wäre mir etwas zugestoßen, wäre dies von den Kentauren gewiss als ein Angriff auf sie selbst angesehen worden." Vermutlich lehnte sie sich damit weit aus dem Fenster, aber die Ratsmitglieder würden sicher nicht zu den Kentauren reisen, um sie zu fragen, ob das stimmte. „Ich möchte mich daher für Eure Gastfreundschaft und Sorge um mein Wohlergehen bedanken. Seid gewiss, Fürst Aireion bringt Euch den Respekt entgegen, der Euch zusteht."

Sie setzte sich, scheinbar ungerührt, wagte aber kaum, zu atmen, bis der König ihr lächelnd zunickte. Auch Imalkuš entspannte sich und ließ sich auf den Stuhl sinken. Zumindest Keethun, den „alten Narren", wie Sirun ihn genannt hatte, schien sie mit ihrem Auftreten überzeugt zu haben. Seine Mundwinkel zuckten nach oben und er blinzelte ihr zu, ohne dabei Sirun aus den wachsamen Augen zu lassen.

„Da hört Ihr es, Sirun. Ihr müsst Euch von einer Frau belehren lassen ...", meldete sich jetzt ein Mann zu Wort, dessen Alter Temi auf etwa 45 Jahre schätzte. Sein dunkelbraunes Haar fiel bis auf seine Schultern hinunter. Dicht unter seinem linken Auge begann eine auffällige Narbe, die sich über sein Kinn und den Hals bis zur linken Schulter zog.

„Es muss keinen Krieg geben. Aireion beweist mit dem Senden eines Botschafters, dass er Frieden will. Auch wenn sie eine Frau ist. Wir sollten das anerkennen."

Temi sah ihn aufmerksam an. Er war also gegen den Krieg, auch wenn er, wie die meisten Heqassa, nicht viel von Frauen hielt.

Ein junger Mann mit ganz kurzen Haaren – nach Sirun und Imalkuš ganz offensichtlich der jüngste in der Runde – ergriff das Wort. „Dieses Mädchen scheint mir mehr diplomatische

Fähigkeiten zu haben als unser lieber Sirun! Ist also ..." Er machte eine kleine Kunstpause. „... unser Sirun so unfähig oder ein Mädchen so gut?", stichelte er.

„Das ist nicht die richtige Zeit und der richtige Ort für Eure Feindseligkeiten, Niukras!", fuhr der Mann mit der Narbe dazwischen. „Mit Eurer Erlaubnis, mein König", wandte er sich an Rhubeš, „werden wir uns zurückziehen, damit Ihr allein mit der Botschafterin sprechen könnt."

„Ja, zieht Euch zurück, Kalaišum. Und bei Amaša, beendet diese Zänkereien. Sie sind für Mitglieder des Hohen Rates unangemessen!"

„Ja, mein König!" Kalaišum verneigte sich und verließ mit einer weiteren Verbeugung den Raum, gefolgt von den anderen Beratern. Nur Sirun und Imalkuš blieben. Doch Rhubeš hob seine Hände und wies zur Tür. „Ich möchte alleine mit der Botschafterin sprechen."

Sirun verzog das Gesicht, gehorchte aber ohne Widerrede. Imalkuš wollte noch etwas sagen, besann sich dann aber eines Besseren und folgte ihm und bohrte dabei seine Blicke wütend in den Rücken seines Cousins und Kontrahenten.

Allein mit König Rhubeš informierte Temi ihn über die Lage in der Kentaurenstadt – darüber, dass es auch bei den Kentauren zwei Lager gab.

„Xanthyos, der Bruder Fürst Aireions, ist bereit, gegen Euch zu kämpfen. Aireion hat ihn deshalb sogar in den Kerker gesperrt. Er möchte den Frieden bewahren. Der Krieg würde beiden Seiten nur Tod und Leid bringen, mein König. Ich glaube aber, dass auch Xanthyos das weiß. Und dass er nicht will, dass sein Volk leiden muss. Deshalb hat er mich vor seinen eigenen Leuten gerettet."

„Wegen der Prophezeiung."

Temi nickte.

„Er denkt, dass ich helfen könnte, einen Krieg zwischen Kentauren und Heqassa zu verhindern. Deshalb hat er mich auch bei dem Überfall gestern gerettet."

Der alte König hob ruckartig den Kopf. „Aireions Bruder war hier in der Stadt?!"

Sie erzählte ihm nun im Detail von der Entführung in der letzten Nacht. Dabei wurde ihr klar, dass es verdächtig aussah, und sie zitterte innerlich: Xanthyos schien genau gewusst zu haben, dass der Fluss den Berg genug ausgehöhlt hatte, dass sie atmen konnten. War das ein Indiz, dass er den Fluss vergiftet haben könnte? Woher sonst sollte er den Weg durch den Berg gekannt haben? Als sie fertig war mit Erzählen, erwartete sie fest einen Wutausbruch des Königs, die Frage, wie sie die Schuld der Kentauren noch abstreiten konnte ... Doch zu ihrer Überraschung seufzte Rhubeš nur leise und sank gar ein Stück in seinem Thron zurück.

„Dann hatte unsere Untat damals wohl doch noch etwas Gutes", murmelte er mehr zu sich selbst. Temi runzelte die Stirn. Sie verstand wieder einmal nichts. „Was meint Ihr damit?", fragte sie vorsichtig.

Er seufzte wieder, schien mit sich zu ringen, ob er es ihr erzählen sollte. „In den vielen hundert Jahren nach dem Friedensvertrag von Khelenest", begann der König schließlich, „wurde der Frieden immer brüchiger. Es gab Übergriffe von beiden Seiten. Kurz vor unserem Krieg mit den Paršava bebte die Erde. Das Beben zerstörte nicht viel, aber verschüttete ausgerechnet die Brunnen. König Erišum, mein Vater, war in einer verzweifelten Lage. Ich muss zugeben, dass er schnell mit dem Schwert war und in seinen Entscheidungen, und manche hinterher bereuen musste. Die meisten unserer Männer waren nahe Paras stationiert, dem Land der Paršava, um die Grenze zu sichern. Das war weit entfernt, eine Woche

Fußmarsch von hier. Die Grenze zu Thalas liegt näher an Šadurru. Also schickte er die Soldaten, die zur Verteidigung der Stadt zurückgeblieben waren, nach Thalas. Sie fingen jeden Kentauren, der ihnen über den Weg lief. Zwanzig oder dreißig dürften es gewesen sein.

König Erišum zwang sie, die Brunnen wieder zu befestigen und den Wasserweg auszuhöhlen und zu vergrößern, damit nicht unter dem ständigen Druck des Wassers irgendwann zu viel Gestein dort unten abbräche." Rhubeš rieb sich mit der Hand über die Stirn. „Er hätte die Kentauren nach dieser Sklavenarbeit wohl getötet, wenn nicht zur gleichen Zeit die Paršava in unser Land eingerückt wären. Die Kentauren nutzten die Ablenkung und konnten fliehen."

Der König machte eine Pause, die sich für Temi unendlich lang anfühlte. Seine Stimme war belegt, als er fortfuhr: „Ich weiß noch genau, dass wir neben den Paršava nun auch einen Angriff der Kentauren erwarteten. Und als ich nach dem Tod meines Vaters aus unserer Stadt herausritt, um den Paršava auf dem Schlachtfeld zu begegnen, und ich die Kentauren unter ihrem König Akkamos, Aireions Vater sah, war ich sicher, dass sie sich die Eroberung Šadurrus nicht entgehen lassen wollten. Doch wenige Jahre zuvor hatten die Paršava die Gemahlin von Akkamos getötet. Dieses Unrecht zu rächen, war den Kentauren an diesem Tag wichtiger. Und nachdem wir Seite an Seite gekämpft hatten, waren die Kentauren bereit, unsere Untat zu vergessen. Wir tauschten Geiseln aus und der Frieden schien endgültig, bis wieder Menschen ein Unrecht taten, und ein noch viel Schlimmeres."

Traurig schüttelte Rhubeš den Kopf. Temi schluckte.

„Tisanthos, der junge Prinz ... er war schon fast erwachsen, als er hierherkam. Ein tatkräftiger junger Mann. Glaub mir, ich habe um ihn getrauert wie um einen eigenen Sohn."

Rhubeš richtete sich wieder auf und sah sie plötzlich entschlossen an. „Die Menschen werden nicht den Krieg gegen die Kentauren anfangen. Dieses Mal nicht. Ich werde alle Übergriffe auf Kentauren streng bestrafen lassen. Und auch den Angriff auf Dich werde ich untersuchen lassen." Temi fiel ein Stein vom Herzen. Sie war sicher, Aireion würde diese Zusicherung beruhigen. Doch was würde nach dem Tod König Rhubešs geschehen?

„Eure Majestät, Fürst Aireion vertraut Euch. Doch er ist besorgt ... wegen Eures Alters", begann sie vorsichtig.

Verständnis blitzte in den Augen König Rhubešs auf. „Er sorgt sich, dass ein Krieg ausbricht, wenn ich nicht mehr lebe? Also vielleicht schon bald." Vorsichtig nickte Temi.

„Mein Sohn will keinen Krieg. Aber im Volk gibt es auch viele andere Stimmen. Vielleicht wird er sich dem Druck dieser Männer beugen müssen. Mein Einfluss endet mit meinem Leben."

Damit schien für den König das Gespräch zu Ende: Er schwieg, in sich zusammengesunken. Niedergeschlagen blickte Temi an Rhubeš vorbei. Es blieb also ungewiss und das zerrte an ihren Nerven.

Nach einer Weile, die ihr unendlich schien, straffte der König noch mal seine Schultern. Er sah sie neugierig an. „Mir scheint, mein Sohn sieht in Dir mehr als eine Botschafterin." Die wohlbekannte Röte schoss Temi ins Gesicht. „Ich verstehe ihn. Du bist wirklich eine ungewöhnliche junge Frau." Er machte eine kurze Pause und Temi presste sich die Fingernägel in ihre Handfläche, so nervös wurde sie bei diesem Thema.

„Du bist keine Prinzessin und die Tradition verbietet es dem Thronfolger, unter Stand zu heiraten. Doch Du bist eine

Außenweltlerin; Du kannst keinem unserer Stände zugeordnet werden."

„Majestät", antwortete Temi so schnell, dass sie sich fast verhaspelte. „Ich danke Euch für Eure freundlichen Worte. Aber ich habe keine Absichten ... Ihr wisst, ich bin nicht aus dieser Zeit. Ich möchte nur bald einen Weg nach Hause finden."

Der König sah Temi prüfend an, nickte bedächtig, und entließ sie dann mit einem freundlichen Blick. „Du kannst gehen. Ich werde den Rat nun zusammenrufen und ihm meine Entscheidung mitteilen."

Auf dem Exerzierplatz

Temi verbeugte sich und verließ den Saal. Draußen warteten Sirun und Imalkuš, die sich wie zwei wütende Stiere gegenüberstanden. Der Blick des Einen hellte sich auf, der des Anderen wurde noch düsterer. Der Wüstenkrieger Emeeš, der wie ein Schiedsrichter schweigend neben der Tür und den beiden Streithähnen gestanden hatte, trat in den Saal, um von König Rhubeš weitere Befehle entgegenzunehmen. Dann verkündete er mit lauter Stimme und einem starken Akzent, dass König Rhubeš den Hohen Rat zu sehen wünschte. Sirun wollte als Erster hinein, doch zu seiner Überraschung trat Emeeš ihm in den Weg. Als wäre er gegen eine Wand gerannt, blieb Sirun stehen und starrte den Hünen zornig an. „Was soll das?!", fauchte er. Unbeeindruckt kippte Emeeš seine Lanze zur Seite und versperrte den Eingang zum Saal. „König Rrrhubeš weist Euch und Prrinz Imalkuš an, derrr Verrrsammlung ferrrnzubleiben", sagte er mit stoischer Ruhe.

Jetzt richteten sich alle Augen auf den Wüstenkrieger, die Ratsmitglieder flüsterten miteinander. Damit hatte niemand gerechnet.

„Kühlt Eure Hitzköpfe ab!", empfahl Kalaišum, der Mann mit der Narbe, während er an Imalkuš und Sirun vorbei in den Saal ging. Leise murmelnd folgten ihm der alte Keethun und die anderen Mitglieder des hohen Rates. Die beiden „Hitzköpfe" blieben zurück, verwirrt und zornig, einer auf den anderen. Temi wollte keinen weiteren Streit mit Sirun. „Prinz Imalkuš? Zeigt Ihr mir Eure Stadt? Vielleicht kann Peiresu uns begleiten", schlug sie vor. Es war sicher besser, wenn die Dienerin mitkam. Eine „Anstandsdame" beugte Gerüchten vor – und hoffentlich auch den Hoffnungen des Prinzen.

Imalkuš misslang sein Versuch eines Lächelns gründlich. Er war noch immer aufgebracht, weil sein Vater ihn für diese Besprechung aus dem Rat verbannt hatte. Trösten konnte ihn wohl nur, dass Sirun ebenfalls nicht eingelassen wurde. Dem ging es offenbar nicht anders, denn er blieb leise fluchend zurück, als Temi und Imalkuš sich auf den Weg machten.

„Ich verstehe das nicht!", beklagte sich Imalkuš, als sie außer Hörweite waren. „Er hat mich noch nie ausgeschlossen. Ich bin Befehlshaber unseres Heeres und sein Sohn ..." sagte er frustriert. Er hatte Zornesfalten auf der Stirn und seine Arme verschränkt. Es fehlte nur noch, dass er mit dem Fuß einen Stein wegkickte. Temi schmunzelte.

„Er wird ihnen nur erläutern, was du längst weißt", mutmaßte sie.

„Wie meinst du das?", hakte er nach und musterte sie mit seinen braunen Augen.

„Weder er noch du wollen Krieg. Und ein Teil der Ratsmitglieder scheint es doch auch so zu sehen."

„Täusch dich nicht, eben haben nur Keethun und Kalaišum gesprochen. Ja, die beiden sind auf meiner Seite. Und Niukras hasst Sirun mit jeder Faser seines Körpers. Er würde alles tun, um Sirun zu Fall zu bringen."

Er blieb stehen und blickte in Richtung des Saals zurück. „Ich wünschte, ich könnte ihre Reaktionen sehen ...", murmelte er. Temi zog vorsichtig an seinem Ärmel. „Geduld! Du kannst jetzt nicht einfach da reinplatzen. Wie wärs", fragte sie dann in einem neckischen Ton, „wenn du stattdessen dein Versprechen einlöst?"

Überrascht sah er sie an. „Welches Versprechen?"

„Du wolltest mir die Trainingsplätze eurer Kavallerie zeigen. Jetzt ist die Gelegenheit."

„Wenn du magst, gerne. Ich habe ja nichts zu tun."

Temi unterdrückte ein Grinsen. Imalkuš war noch immer beleidigt. „Toll, danke! Dann ziehe ich mich besser um. Es wird dem Kleid nicht allzu gut tun, wenn ich damit durch die Ställe laufe."

„Schade!", bedauerte Imalkuš. „Es steht dir gut." Temi seufzte. Irgendwie musste sie dem Prinzen klar machen, dass er keine Hoffnungen hegen durfte. „Vielleicht kannst du schon mal Peiresu finden", schlug sie vor.

In ihrem Schlafzimmer entdeckte sie frische Kleidung: ein einfacheres hellblaues Hemd und einen bodenlangen tiefblauen Rock. Vermutlich hatte Peiresu dafür gesorgt. Schnell zog sie das edle Kleid aus und legte es sorgsam zusammen.

Sie seufzte erleichtert auf. Auch wenn ihr das Kleid gefallen hatte – Rock und Bluse glichen eher ihrer normalen Alltagskleidung. Eine Hose wäre noch besser gewesen, aber die waren in Šadurru für Frauen wohl tabu. Auch das Diadem ließ sie auf der Kiste liegen und griff nach dem obligatorischen Schleier. Wie auf Befehl erschien Peiresu und half ihr dabei, ihn zu befestigen. Nur einen Schlitz zwischen Augenbrauen und Nasenrücken ließ sie frei. Mit der auffällig schweigsamen Dienerin zwischen ihnen führte Imalkuš sie durch die Stadt. Sie gingen parallel zum Berghang, an dem Šadurru lag und erreichten bald das Militärgebiet: Temi sah kein einziges Wohnhaus mehr, nur Kasernen. Sie sah sich um. Von hier aus konnte sie die ganze Umgebung der Stadt hervorragend überblicken.

Vor ihnen lag eine riesige ebene Fläche mit aufgewühltem Sand. Dies musste der Exerzierplatz der Kavallerie sein, obwohl momentan weit und breit weder Reiter noch Pferde zu sehen waren. Allerdings zu hören: In der Ferne wieherte es leise. Die Ställe befanden sich offenbar an der Stadtmauer jenseits des breiten Trainingsfeldes.

Imalkuš und Temi marschierten über das staubige Feld. „Du gehst sehr schnell!", stellte der Prinz erstaunt fest, als Peiresu zurückfiel. „Aber bei dir sollte mich eigentlich nichts mehr überraschen."

Temi blieb stehen, bis die Dienerin sie eingeholt hatte.

Der Exerzierplatz der Reiter wollte kein Ende nehmen. Es dauerte lange, bis sie ihn überquert hatten und die niedrigen, hölzernen Gebäude erreichten, die sich an die Mauer schmiegten. Neugierig reckte Temi ihren Hals. Sie liebte Pferde. Die Chance, guttrainierte Schlachtrösser zu sehen, wollte sie sich unter keinen Umständen entgehen lassen.

Imalkuš stieß die beiden Flügel des Holztors mit einem kräftigen Stoß auf. Zuerst sah Temi im dunklen Stall gar nichts. Ihre Augen gewöhnten sich nach dem Marsch im gleißenden Sonnenlicht nur schwer an die Dunkelheit. Obwohl alle Boxen an der Rückwand ein wenig offen war, drang nur wenig Licht hinein. Die beiden Wächter, die vom anderen Ende des Gangs auf sie zueilten, bemerkte sie erst, als sie sie bereits fast erreicht hatten.

Sie grüßten den Prinzen fast wie ihresgleichen. *„Merkwürdig!"*, schoss es Temi durch den Kopf. Denn an ägyptischen und persischen Höfen war die Demut gegenüber den Mitgliedern der Königsfamilien eigentlich besonders ausgeprägt. Alexander der Große hatte vom persischen Großkönig Dareios III. die Proskynese übernommen. Man küsste seine eigenen Fingerspitzen und streckte den Arm dann in die Richtung der anzubetenden Person aus. Außerdem mussten sich „Normalsterbliche" verbeugen oder sogar auf die Knie fallen, wenn sie sich dem König näherten. Dieser Brauch war in Griechenland bis zu dieser Zeit nur den Göttern vorbehalten. Auch in Ägypten waren die Menschen vor dem Pharao auf die Knie gegangen, und mussten mit der Stirn den Boden berühren. Diese Soldaten nickten dem Prinzen dagegen lediglich knapp zu und eilten dann wieder zurück zu ihrem bisherigen Platz zwischen den Pferdeboxen, von dem sie einen guten Überblick über den breiten Gang hatten.

Imalkuš grüßte ebenso kameradschaftlich zurück und ging gleich zur vordersten Box auf der linken Seite. Er musste sich auf Zehenspitzen stellen, um über die nach oben offene Wand in die Box zu schauen. Temi sah zunächst nichts. Deshalb öffnete der Prinz die Tür einen Spalt. In der Box stand das strahlend helle Pferd, das Imalkuš in der Nacht geritten war. Witternd schob es mit dem Kopf die Tür weiter auf. Imalkuš ließ den Schimmelhengst gewähren. „Šakar ist sehr neugierig. Er konnte dich gestern gar nicht richtig beschnuppern. Dabei lernt er gerne die Menschen kennen, die auf ihm reiten, bevor sie aufsteigen."

Der Hengst holte das nun nach: Er stupste Temi vorsichtig mit dem Maul an der Schulter, um festzustellen, wie standhaft sie war. Als das fremde Wesen nicht umfiel, schnaubte Šakar zufrieden und widmete sich dann wieder seinem Futter.

„Test bestanden", lachte Imalkuš.

„Na da bin ich beruhigt", gab Temi zurück und betrachtete das Pferd genauer. Seine braunen Augen blickten klar (und ein wenig gierig) auf das Futter, seine Ohren drehten sich mal nach hinten, mal blieben sie aufmerksam nach vorn gerichtet stehen. Mit seinem perlweißen Schweif verscheuchte der Hengst lästige Fliegen, die sich frech auf seiner Kruppe niederließen.

Unter dem straffen Fell spielten deutlich die Muskeln – ähnlich wie Kehvu es bei seinem Abschied von ihr getan hatte.

„Ein schönes Pferd", lobte Temi.

Vorsichtig legte sie die Hand an den warmen Hals des Tieres und spürte die kräftigen Kiefermuskeln arbeiten, während Šakar auf seinem Futter herumkaute.

Wie herrlich musste es sein, auf diesem Pferd, durch die weiten Wälder und Wiesen zu fliegen, wie am Vortag auf Kehvus Rücken! Aber Šakar war Imalkušs Pferd; er würde ihr sein Schlachtross bestimmt nicht überlassen. Zumal ja Frauen hier eigentlich nicht reiten konnten.

Plötzlich marschierte eine Gruppe von Stallburschen, Pflegern, Knappen in den Stall und Peiresu, die stumm mitten im Weg gestanden hatte, flüchtete an die Rückwand des Stalls, um niemandem in die Quere zu kommen; alle Boxen wurden geöffnet und Sekunden später verließ jeder mit einem Pferd im Gänsemarsch das hölzerne Gebäude. Fragend blickte Temi den Prinzen an. „Wir exerzieren gerne um diese Zeit, wenn die Sonne noch nicht zu heiß brennt. Ich nehme an, du wirst lieber bei unseren Übungen zusehen als in den Palast zurückkehren?"

Oh, wie richtig er da lag! Sie strahlte, was er unter ihrem Schleier nicht sehen konnte, aber ihre Augen leuchteten aus dem Spalt des Kopftuches hervor. „Auf jeden Fall!"

„Dann entschuldige mich kurz. Ich trainiere immer mit meiner Rüstung; ich lasse mich ankleiden. Du kannst auf Šakar aufpassen, wenn du magst." Imalkuš zwinkerte ihr zu, bevor er ging.

„Na, Lust auf Körperpflege?", fragte sie den Hengst. Als hätte er sie verstanden, schnaubte er. Sie fand eine Kiste mit Zubehör und nahm einen Striegel heraus, allerdings nichts, was aussah, als könnte man es zur Hufreinigung benutzen. Hatte es in der Antike bereits Hufeisen gegeben? Eher nicht, auch wenn sie es nicht sicher wusste. Sie ging wieder zu dem weißen Hengst und hob vorsichtig den rechten Vorderlauf so an, dass sie unter die Hufe gucken konnte. Wie sie vermutet hatte, hatte er kein Hufeisen. Aber wie wurden die Tiere dann geschützt? Oder ließ man sie einfach ohne Schutz herumlaufen? Sie würde es wohl bald erfahren. Peiresu, die sich nähergetraut hatte, sah nicht sonderlich glücklich aus. Hatte sie Angst vor Pferden oder nur um Temis Hände, die wohl oder übel dreckig werden würden?

Temi ignorierte sie – wann hatte sie schon mal die Chance, sich um das Schlachtross eines Prinzen zu kümmern?! Es dauerte eine Weile, bis Imalkuš gerüstet war. In der Zwischenzeit kämmte sie Šakar Heu und lose Haare aus dem Fell. „Du bist ein wirklich schönes Pferd!", murmelte sie. „Ich wette, niemand stellt sich dir in den Weg, wenn du mit Rüstung auf ihn zustürmst."

Faul ließ sich der Hengst bürsten und schnupperte währenddessen an ihren Seiten nach etwas Essbarem. Als er feststellte, dass sie nichts dabei hatte, leckte er beleidigt mit seiner langen Zunge den mittlerweile leeren Trog aus. „Vielfraß!", tadelte sie ihn liebevoll. Als hätte Šakar sie verstanden, boxte er sie schelmisch mit seiner Stirn gegen die Seite.

„Ihr versteht euch ja blendend!", stellte Imalkuš amüsiert fest, der in dem Augenblick hereinkam. Temi blieb der Mund offen stehen. Sein bronzener Muskelpanzer reichte bis zur Leiste und war mit metallenen Schuppen bis zu den Knien verlängert. Unter dieser Rüstung trug der Prinz einen lockeren blauen Rock, der knapp unter den Schuppen endete. Seine

Schienenbeine waren fast vollständig geschützt durch lange eiserne Beinschienen, die detailgetreu die menschliche Muskulatur andeuteten. An seinen nackten Oberarmen glänzten zwei Armreifen. Imalkuš sah aus wie einem Fantasyfilm entsprungen.

„Da hast du dich aber rausgeputzt", kommentierte Peiresu trocken von der Seite.

Imalkuš drehte der Dienerin demonstrativ den Rücken zu und wandte sich an Temi. „Du hättest Šakar nicht striegeln müssen. Das tun die Schleuderer, wenn wir fertig sind."

„Die Schleuderer?"

„Ja, Steinschleuderer. Ausgewählte Männer unter ihnen sind für die Pferde unserer Reiterei zuständig."

Also waren die jungen Männer eben keine Stallburschen gewesen, sondern selbst Soldaten.

„Lašees!", rief Imalkuš plötzlich laut und ein Mann mit langen, fast zotteligen Haaren trat ein. Er musste etwa so alt sein wie sie selbst. Sofort eilte er zu Šakar und legte dem Hengst blitzschnell das Halfter an und den Sattel auf. Dann hob er nacheinander die Hufen des Pferdes an, steckte sie in eine Art Lederbeutel und schnürte diese oben zu. Ob dieser Hufeisenersatz so gut schützte? Die Beutel wurden nicht allzu fest zugebunden und rutschten sicherlich rasch ab. Aber Šakar und die anderen Pferde wirkten sehr gesund und zufrieden.

Lašees führte den Hengst aus seiner Box zu einem Schemel, der an der Seite des Gangs stand. Der Prinz stieg hinauf und schwang sich dann auf Šakars Rücken. Zum Schluss reichte Lašees ihm einen Spitzhelm mit Federn, die aus der Spitze nach links und rechts herausragten. Imalkuš setzte ihn auf und ritt hinaus ins helle Sonnenlicht. Temi folgte ihm sofort.

Lašees bemerkte sie erst jetzt: Er stockte plötzlich in der Bewegung und starrte sie mit weit aufgerissenen Augen an. Man konnte es hinter seinen Schläfen regelrecht arbeiten sehen. Eine Frau hatte er wohl noch nie in den Stallungen gesehen. Kopfschüttelnd eilte er Imalkuš hinterher, drehte sich allerdings noch einmal zu ihr um – und stolperte über den unebenen Boden. Erst im letzten Moment fing er sich, aber es war ihm sichtlich peinlich, dass er vor einer Frau die Kontrolle über seine eigenen Füße verloren hatte. Mit hochrotem Kopf rannte er davon. Peiresu kicherte leise und führte Temi nach draußen; gemeinsam lehnten sie sich am Rand des Exerzierplatzes an die Wand des Stalls.

Imalkuš lenkte sein Pferd unterdessen zu den übrigen Reitern, etwa 50 Pferde tänzelten nervös in einer Reihe nebeneinander. Die Krieger hatten keine einheitlichen Rüstungen. Mal waren es Muskelpanzer wie bei Imalkuš, mal Schuppenrüstungen, mal Platten. Alle Reiter trugen mindestens ein blaues Kleidungsstück, hier war es der Umhang, dort die Unterjacke, dort der Waffenrock. Die Schleuderer, nun mit ihren Schleudern in der Hand, liefen parallel zu den Ställen am Exerzierplatz entlang. Imalkuš wies Temi mit einer leichten Kopfbewegung an, ihnen zu folgen. Langsam gingen Peiresu und Temi ihnen nach, Peiresu mit einem theatralischen Seufzen.

Als sie ankamen, stellten die Schleuderer gerade Strohfiguren in engem Abstand nebeneinander auf.

Die Puppen waren lieblos zusammengeballt und -gebunden und hatten etwa die Größe eines ausgewachsenen Mannes. Auch konnte man Beine, Arme, Kopf und Rumpf erkennen. „Immerhin sehen sie nicht aus wie Kentauren", murmelte Temi in ihren Schleier. Allerdings machte es vermutlich bei einem Frontalangriff keinen großen Unterschied: Kentauren hatten einen menschlichen Oberkörper – und somit Herz und Lunge an der gleichen Stelle wie die Menschen. Das waren die Ziele, die die Krieger als erstes anvisieren würden.

Als die „Schlacht" begann, standen etwa hundert Strohpuppen auf der fast ebenen Fläche. Die Schleuderer verließen das Feld und plötzlich begann die Erde zu vibrieren. Die Pferde mit ihren schwer bewaffneten Reitern stürmten los. Aufgeregt reckte Temi den Kopf nach vorne, um bloß nichts zu verpassen. Alles ging rasend schnell: Die Reiter schossen heran, mit Imalkuš an der Spitze – und drehten wieder ab, bevor sie die Strohpuppen erreichten. Nur einen Sekundenbruchteil fragte sich Temi, wieso. Dann schossen wie aus dem Nichts weitere Reiter in voller Montur und mit roten Umhängen aus den Stalltüren links und rechts von ihr. Ihnen voran ritt Kalaišum mit einem Speer in der erhobenen Hand. Einen Augenblick später sauste die Waffe durch die Luft und traf eines der Pferde in Imalkušs Einheit am Rumpf. Temi riss erschrocken japsend die Hände vor den Mund – aber das Pferd galoppierte weiter, als wäre nichts geschehen. Imalkušs Einheit ritt eine noch schärfere Kurve, um außer Reichweite der Speere zu gelangen. Der Krieger, dessen Pferd getroffen worden war, lenkte es zu den Ställen, ganz in die Nähe von Temi und Peiresu. Temis Herz klopfte wild, als sie das Pferd mit den Augen untersuchte. Es blutete nicht. Und bei der Wucht des Aufpralls hätte der Speer die Haut des Tieres mehr als nur kratzen müssen. Der Schaft hätte steckenbleiben müssen.

Temis Blick fiel auf den Speer des Reiters, der nun abstieg und ein paar Meter von ihr entfernt wartete, und da wurde klar, weshalb das Pferd unverletzt war: Der Stab hatte nicht nur keine eiserne oder auch nur hölzerne Spitze, sondern war an beiden Enden mit Stoff abgepolstert.

Sie atmete auf. Es war natürlich logisch. Wenn die Heqassa diese Übung mit echten Speeren absolviert hätten, hätten sie wahrscheinlich gar keine Kavallerie, weil über kurz oder lang kein Pferd oder Reiter mehr übriggeblieben wäre.

Dennoch simulierten sie die Gefahr: Es konnte nicht angenehm sein, von so einem Holzschaft getroffen zu werden, so gut er auch gepolstert war. Besonders für den Reiter war es wahrscheinlich äußerst schmerzhaft. Ein guter Anreiz, den Speeren auszuweichen.

Temi widmete sich wieder den beiden Gruppen. Sie konnte die zitternden Muskeln der Pferde erkennen, als sie auf ihre Artgenossen zuhielten. Auch ohne Eisen donnerten die Hufe der Tiere auf dem Boden. An den anderen Seiten des Exerzierplatzes sammelten sich nun ebenfalls Zuschauer: Für die Kinder der Stadt waren diese Übungen offenbar ein willkommenes Schauspiel.

Die Gruppe des Prinzen vollführte gerade eine 180-Grad-Wendung. Kalaišums Reiter galoppierten parallel an den beiden Seiten der Strohpuppen vorbei und wendeten dann ebenfalls. Da startete Imalkuš eine zweite Attacke auf die wehrlose Stroh-Infanterie.

Diesmal kam Kalaišum zu spät, um sie zu verteidigen, und es gelang der ersten Gruppe, einige Strohsoldaten zu zerstören.

Auf beiden Seiten „fielen" eine oder zwei Reihen hintereinander und damit ein Drittel der Infanterie. Ein paar Sekunden, nachdem der Prinz die Strohsoldaten passiert hatte und nach rechts abschwenkte, schoss Kalaišum an ihnen vorbei. Sie hätten sich gegenseitig mit ihren Lanzen aus den Sätteln holen können, doch sie zwangen Imalkušs Krieger mit hölzernen Stäben nur zu riskanten Ausweichmanövern. Temi stockte der Atem. Diese Männer saßen wohl schon seid ihrer Kindheit im Sattel und wurden früh darauf vorbereitet, später mal in der Kavallerie zu kämpfen.

Sie waren gut – dennoch bezweifelte Temi, dass diese Reiterei in einer Schlacht mit den Kentauren eine Chance haben würde. Denn die Kentauren *saßen* nicht im Sattel und konnten nicht hinunterfallen.

Doch selbst wenn die Kavallerie der Heqassa den Pferdemenschen nicht das Wasser reichen konnte, ermutigte und unterstützte eine stark gerüstete Reiterei die Fußtruppen. Vielleicht verhinderten die Reiter sogar, dass die einfachen Fußsoldaten in Panik gerieten, wenn sie eine Horde massiger Pferdeleiber mit bewaffneten menschlichen Oberkörpern auf sich zugaloppieren sahen.

Fasziniert beobachtete Temi mit offenem Mund, wie sich die Reiter gegenseitig attackierten. Es sah aus wie ein Spiel, aber es war eine Vorbereitung auf den Ernstfall.

Sie hatte immer davon geträumt, per Zeitmaschine in die Zeit Alexanders des Großen zurückversetzt zu werden. Nur einmal wollte sie die geniale Taktik des Feldherrn in einer seiner Schlachten beobachten – aus sicherer Entfernung natürlich. Jetzt erlebte sie Ähnliches, auch wenn es nicht der berühmte Anführer der Makedonen war, der dort kühn mit seinem Schwertarm eine ‚8' in die Luft schnitt und dann der Strohpuppe den Kopf abschlug. Doch so sehr sie sich seit jeher auch für antike Waffen und Schlachten begeisterte, sie wollte diese Krieger auf keinen Fall in eine echte Schlacht verwickelt und erst recht nicht Xanthyos, Kehvu, Aireion und Imalkuš gegeneinander kämpfen sehen.

„Los!", schrie Imalkuš plötzlich. Die Reiter hatten sich von Kalaišums Mannschaft freigeritten und rissen ihre Pferde herum. Sie schossen auf die verbliebenen Strohpuppen zu. Kalaišum würde zu spät kommen, obwohl seine Krieger noch einmal ihre Pferde antrieben. Imalkuš schlug der ersten Figur den Kopf ab. Dann schien es Stroh zu regnen, als die Angreifer einen Strohkrieger nach dem anderen „töteten". Dass bei der engen Aufstellung und dem hohen Tempo niemand mit seinem Nebenmann zusammenstieß oder in den Vordermann hineinritt, grenzte für Temi an ein Wunder. Es war jahrelange Übung von eingespielten Teams. Imalkuš war auf dem Exerzierplatz einer von ihnen, kein Mitglied der Königsfamilie. Die Soldaten respektierten den Prinzen, weil er mit ihnen exerzierte und kämpfte.

Zumindest die Truppen schienen ihm also treu ergeben, zumal Sirun nicht so aussah, als würde *er* täglich mit den Kriegern trainieren oder sich viel mit ihnen abgeben.

Das Schnaufen eines Pferdes dicht vor ihr ließ sie aufblicken. Das weiße Schlachtross des Prinzen schnaubte energisch. Die zarten Nüstern blähten sich auf. Šakar war feucht von Schweiß, schien aber nicht sonderlich erschöpft.

„Habe ich zuviel versprochen?", fragte Imalkuš und glitt vom Pferd. Lašees hielt den Hengst – Temis Blick konsequent meidend – fest. „Ihr habt gar nichts versprochen", erwiderte sie lächelnd. In Gegenwart von Fremden sprach sie ihn besser distanzierter an. „Aber es war fantastisch. Vor allem bei Eurem letzten Angriff – da dachte ich wirklich, Eure Reiter würden zusammenstoßen." Imalkuš lachte.

„Also wirklich!"

Eine Stimme hinter ihr ließ sie zusammenfahren. Kalaišum war auf seinem grauen Pferd herangeritten und blickte mit kühlen dunkelbraunen Augen auf sie hinab. „Dieses Manöver könnten wir mit verbundenen Augen reiten."

„Mein lieber Kalaišum, gib nicht so an. Du würdest mit verbundenen Augen die Strohpuppe nicht mal treffen, wenn sie nach dir rufen würde", neckte Imalkuš. Kalaišum schnaubte – aber er war nicht wirklich wütend. Ein arrogantes Lächeln lag auf seinen Lippen. „Schließ nicht von dir auf andere, Prinz!"

„Ist dass eine Herausforderung?", fragte Imalkuš mit funkelnden Augen.

„Wenn du dich traust?!"

„Lašees! Bring uns die Augenbinden!"

Temi blieb mit offenem Mund stehen, als der Schleuderer eilig davonlief und kurz darauf mit zwei Tüchern wiederkam. Sie waren schmutzig, wurden wohl oft genug benutzt. Es schien die beiden Krieger nicht zu stören. Lašees half dem Prinzen wieder aufs Pferd. Nebeneinander lenkten Imalkuš und Kalaišum ihre Tiere vor die zerfledderten Strohpuppen. Die Schleuderer, die gerade daran trainierten, stoben auseinander und stellten sich am Rand des Platzes auf. Lašees und ein anderer Soldat brachten den beiden Reitern ihre Lanzen. Sie schätzten noch einmal die Entfernung und Richtung der Strohpuppen ab und verbanden sich die Augen, bevor ihnen die Lanzen gereicht wurden. Temis Herz schlug schnell. Ob Kalaišum traf oder nicht, war ihr egal, aber sie hoffte, dass Imalkuš nicht verfehlte.

Es war plötzlich ganz still auf der Anlage, nur die Pferde schnaubten und stampften auf dem Sand. Dann hob Kalaišum den Arm und mit einer kurzen, abgehackten Bewegung schleuderte er seinen Speer – genau in den Bauch einer Strohfigur. Die Soldaten an den Ställen jubelten, am lautesten die Rotgekleideten. Peiresu griff unbewusst nach Temis Hand.

Plötzlich holte Imalkuš aus und warf. Der Speer flog – und durchbohrte den Kopf der Strohfigur, der daraufhin zu Boden fiel. Temi ballte die Faust, wie nach einem gewonnen Ballwechsel beim Tennis. Jetzt war der Jubel der Krieger so laut, dass sich Peiresu die Ohren zuhielt.

Die beiden Kontrahenten rissen ihre Augenbinden ab, begutachteten ihre Ergebnisse und grinsten sich dann gegenseitig an. Was sie zueinander sagten, hörte Temi nicht, aber sie griffen sich gegenseitig am Unterarm und schlugen sich freundschaftlich auf die Schulter. Dann ließen sie ihre Pferde zu den Ställen zurücktraben.

Imalkuš grinste höchst zufrieden. „Temi von Thaelessa", sagte er, während er abstieg – ebenfalls etwas distanzierter als in einem Gespräch unter vier Augen –, „dies ist Kalaišum. Er führt die *Ila* der Reiterei, mit der Ihr ihn jetzt gesehen habt. Er ist aber auch Befehlshaber unserer ganzen Reiter, kommandiert also zehn Einheiten dieser Größe. Und nicht zuletzt ist er nach dem König und mir Oberbefehlshaber der Fußtruppen."

Beeindruckt riss Temi die Augen auf.

Die Kavallerie war mit 500 Rittern größer als erwartet. Schon 50 Reiter bildeten, wie sie eben gesehen hatte, eine eindrucksvolle Front. Zehn mal so viele konnte sie sich momentan nicht vorstellen. In Filmen wie „Alexander" und „Der Herr der Ringe" hatte sie zwar beeindruckende Reiterangriffe gesehen, der Kampf auf den Pelennor-Feldern würde ewig ihre Lieblingsfilmschlacht bleiben. Aber so etwas live in Aktion zu sehen war etwas ganz anderes!

„Eure Kavallerie muss gegen Fußsoldaten wie die der Paršava wahnsinnig effektiv sein. Ihr könnt heranreiten, Eure Speere schleudern und dann wieder abschwenken, bevor sie in Reichweite sind, oder sie einfach niederwalzen", stieß sie hervor. Sie hatte keine Bogenschützen in der Einheit gesehen, aber das hieß nicht, dass es keine berittenen Bogenschützen gab. In der Antike hatten ausgerechnet die Parther dieses Manöver so weit perfektioniert, dass sie sich in vollem Galopp umdrehen und nach hinten schießen konnten. Die Römer hatten vor allem in der Schlacht bei Carrhae schmerzhaft Bekanntschaft mit diesem Parthischen Schuss oder Parthischen Manöver gemacht. Doch das wussten Imalkuš und seine Kameraden sicher nicht und Temi wollte die Heqassa für den Fall eines Krieges mit den Kentauren auch nicht auf neue Ideen bringen.

Jetzt erst bemerkte Temi, dass Kalaišum sie verblüfft anstarrte. Imalkuš amüsierte sich köstlich über den Gesichtsausdruck des Reiterführers.

„Eine beeindruckende Truppe habt Ihr da, Herr Kalaišum." Sie neigte den Kopf. Kalaišum hatte entweder genau auf diese höfliche und untertänige Geste gewartet, fühlte sich geschmeichelt – oder war von ihrem taktisch klugen Vorschlag beeindruckt. Seine düstere Miene hellte sich ein wenig auf und er verzog das Gesicht zu einem flüchtigen Lächeln. Temi wandte sich zufrieden wieder dem Prinzen zu. Dessen Augen funkelten vergnügt. „Kommt mal mit", forderte er Temi auf. „Und Ihr, werter Feldherr, wartet bitte hier." Der Prinz führte Temi zu einigen etwas abgetrennten Ställen. Peiresu folgte ihnen wie ein Schatten.

„Was wollt Ihr im Stall der Zuchtstuten, mein Prinz? Hat Euer Schlachtross für starken Nachwuchs gesorgt?", rief Kalaišum hinter ihnen her.

Imalkuš ignorierte ihn und öffnete die Tür zu einer Box, in der eine hellbraune Stute stand. Ein weißer Stern zierte ihre Stirn. „Oh ist die schön!", stieß Temi hervor.

Der Prinz lächelte. „Ich habe sie als zukünftige Gefährtin für Šakar ausgewählt, als sie noch ein Fohlen war", erzählte er.

„Ich habe sie zugeritten und einzeln trainiert. Normalerweise halten wir die weiblichen Pferde von den männlichen Schlachtrössern fern, weil das nur zu Problemen führt. Die Hengste können unruhig und störrisch werden. Aber vor ein paar Monaten war Šakar aus irgendeinem Grund so faul, dass ich beinah ein anderes Pferd hätte wählen müssen, weil er keinen Huf mehr bewegen wollte. Da ist mir das hübsche Mädchen hier eingefallen." Imalkuš strich der Stute über die Stirn. „Ich habe sie ans andere Ende des Exerzierplatzes gestellt und sobald Šakar sie gesehen hat, ist er losgestürmt, als wären Sandgeister hinter ihm her." Imalkuš lachte. „Lašees ist dann eine Weile immer auf Ephlaši vorangeritten. Šakar wollte sie einholen und hat dadurch glücklicherweise seine alte Form wiedergewonnen. Nicht auszudenken, dass ich ein anderes Pferd hätte wählen müssen."

Temi lachte, aber das Lachen blieb ihr schnell im Halse stecken. „Möchtest du mal auf Ephlaši reiten?", fragte Imalkuš. Ihre Augen leuchteten auf. „Im Ernst?", fragte sie aufgeregt.

Imalkuš lächelte nur.

„Und die Leute?", erkundigte sie sich.

„Die werden sicher staunen." Er zwinkerte ihr zu. „Und ich möchte Kalaišums Gesicht sehen, wenn du aus dem Stall reitest."

Der Prinz versah die Hufen mit Lederbeuteln, obwohl nach so einem Manöver wie eben viele davon wieder vom „Schlachtfeld" eingesammelt werden mussten. Schließlich sah sich Temi nach einem Sattel um. Mit einer Kopfbewegung wies der Prinz schweigend in den Gang.

Als Temi Ephlaši gesattelt hatte, bot Imalkuš ihr seine Hand an, um ihr in den Sattel zu helfen. Aber Temi war schneller. Sie hatte bereits einen Fuß auf einem Schemel und zog sich auf den Pferderücken. Sie genoss es, wieder im Sattel zu sitzen. Imalkuš zuckte amüsiert mit den Schultern und ging vor ihnen nach draußen. Gehorsam schritt Ephlaši hinter ihm aus dem Stall.

Kalaišums Gesichtszüge und sein gesamter Körper erstarrten, als er sie bemerkte, dann klappte seine Kinnlade nach unten. „Bei allen Göttern, was-", entfuhr es ihm.

„Das Mädchen kann reiten, Kalaišum", erklärte Imalkuš. „Sie ist eine Außenweltlerin; bei ihrem Volk ist das normal."

„Das ist Unsinn, Frauen können nicht-" „*Sie* kann", unterbrach der Prinz seinen General.

Ungläubig schüttelte Kalaišum den Kopf. „Beweist es", forderte er Temi auf. „Beweist mir, dass Ihr reiten könnt. Wenn Ihr es könnt, verdient Ihr meinen Respekt." Seine raue Stimme drang scharf an ihre Ohren und sie erwiderte seinen herausfordernden Blick.

Wenn sie so einfach sein Frauenbild ändern konnte, dann nichts lieber als das! Sie musste dazu weit weniger Opfer bringen als er. Immerhin würde das an seiner Grundeinstellung rütteln, dass Frauen zu so etwas nicht in der Lage waren. Er sollte sich wundern!

„Lašees!", rief Imalkuš. Der Schleuderer eilte sofort mit Šakar an den Zügeln herbei – und ließ verblüfft die Zügel los, als er Temi auf dem Pferderücken sah. Eine Frau allein auf einem Pferd reitend hatte er noch nie gesehen. Am Vorabend waren der Prinz und die Botschafterin zwar spät nachts zusammen auf dem weißen Hengst in die Stadt zurückgekommen, nachdem der Prinz sie vor den Kentauren gerettet hatte, die sie entführt hatten. Aber ohne Zweifel hatte da Imalkuš das Pferd gelenkt. Die Frau hatte sich ängstlich an ihm festgeklammert, munkelte man.

Imalkuš griff nach den Zügeln, bevor Šakar zu Ephlaši laufen konnte. Schwungvoll zog sich der Prinz auf den Pferderücken, gerade noch rechtzeitig. Temi drückte der Stute schon ihre Hacken in die Seite. Ephlaši trabte los. Imalkuš und Kalaišum folgten sofort. Imalkuš trabte neben ihr, Kalaišum auf der anderen Seite schräg hinter ihr. *„Wahrscheinlich wartet er nur darauf, dass ich herunterfalle"*, dachte Temi amüsiert. Aber den Gefallen würde sie ihm nicht erweisen. In den letzten Tagen mit den Kentauren hatte sie besser reiten gelernt als zu Hause. Hier ritt sie ohne Steigbügel, bei Xanthyos sogar ohne Sattel.

Temi ließ die Stute in den Galopp übergehen. Es war, als flöge sie. Sie merkte kaum, dass Ephlaši ihre Hufen auf den Boden setzte, so leicht galoppierte sie.

Allerdings geriet ihr Schleier ins Rutschen. Temi versuchte noch, mit einer Hand das Tuch zu halten. Aber schon flatterte ein Ende wild im Wind und vor ihren Augen. Sie sah nichts mehr, also zog sie das Tuch ganz vom Kopf. Imalkuš oder Peiresu würden da noch mal Hand anlegen müssen. Sie riskierte einen schnellen Blick auf Kalaišum; der Reiterführer schien viel zu beeindruckt, als dass ihm der fehlende Schleier aufgefallen wäre.

Nun hatten sie die andere Seite des Exerzierplatzes fast erreicht. Dort ragte eine Mauer in die Höhe, deshalb lenkte Temi Ephlaši nach links, wo es ganz leicht bergauf ging.

Temi schickte Ephlaši kurz vor dem Ende des Platzes in eine enge 180°-Kurve. Jetzt ritt sie direkt auf Kalaišum zu. Er hatte sich etwas zurückfallen lassen und zog seinen Holzstab, den er zuvor schon beim Training gebraucht hatte. Auf Schulterhöhe schlug er leicht zu, wohl darauf bedacht, dass er die Botschafterin nur minimal berühren würde, wenn sie nicht auswich. Temi duckte sich rechtzeitig nach vorne unter dem Stab weg. Imalkuš hielt empört vor Kalaišum an und dieser musste scharf bremsen, um den Prinzen nicht zu rammen. „Kalaišum!", fuhr Imalkuš den Älteren wütend an.

„Nichts für ungut, mein Prinz. Ihr habt mich überzeugt. Das Mädchen hat den Mut eines Mannes." Auch Temi zügelte ihr hellbraunes Pferd und kehrte im Schritttempo zu den beiden Männern zurück.

„Dass ich das noch erleben darf, Kalaišum; du Sturkopf gibst zu, dass du falsch gelegen hast!", spottete Imalkuš gutmütig, jetzt wieder in etwas persönlicherer Anrede. „Schließ nicht von dir auf andere, Prinz!", wiederholte der Offizier lachend seine Worte von vorhin. Dann drehte er sich zu Temi um, die vergeblich an ihrem Schleier nestelte. Aber es gelang ihr nicht, das Tuch so zu befestigen, dass es auch hielt. So ritt sie näher zu Imalkuš, der verschmitzt grinste. „Reiten kannst du, doch dich angemessen kleiden ist dir nicht möglich", neckte er sie. Noch bevor sich Imalkuš um den Schleier bemühen konnte, forderte das Läuten einer Glocke sowohl ihre eigene als auch Imalkušs und Kalaišums Aufmerksamkeit.

Automatisch schauten sie hinunter zur Stadtmauer, von der das Signal kam. Was Temi dort sah, konnte und mochte sie kaum glauben. Kentauren! Etwa 20 Pferdemenschen galoppierten auf die Stadt zu. Sie fuhr zu Imalkuš und Kalaišum herum, deren Augen sich aus Verwunderung weiteten. „Was wollen sie hier?", fragte der General mit rauer Stimme, mehr sich selbst als Temi und Imalkuš.

„Ich weiß es nicht", gab Temi kaum hörbar zu.

„Es gibt nur eine Möglichkeit, das herauszufinden.", entgegnete der Prinz. Rasch zog sich Temi das Tuch endgültig vom Kopf und band es über ihre Haare. Sie fiel ohnehin schon auf wie ein bunter Hund. Da kam es darauf nun auch nicht mehr an.

Die Boten des Krieges

Wie auf Kommando galoppierten Imalkuš und Kalaišum los. Temi zögerte nicht lange, trieb Ephlaši ebenfalls an und folgte ihnen mit wenigen Metern Abstand. Schnell ließen sie den Exerzierplatz hinter sich; drei der schwarzhäutigen Wüstenreiter stießen zu ihnen: Einer ritt voraus, die beiden anderen folgten Temi. So preschten sie durch die Gassen den Hang hinunter. Die Passanten sprangen aus dem Weg, sobald sie die Reiter sahen. Dennoch war es schwierig genug, bei dem Tempo niemanden umzureiten. Als sie endlich am Stadttor ankamen, atmete Temi auf.

Die Soldaten, die auf der Mauer und am Stadttor postiert waren, schwiegen angespannt. Sie warteten auf Befehle, spürbar nervös. Mit einer Gruppe von Kentauren, gerüstet und bewaffnet vor ihren Toren, hatte wohl niemand gerechnet. Nicht, da die Botschafterin in der Stadt war. „Was sollen wir tun, mein Prinz?", rief einer der Krieger am Stadttor.

Imalkuš sah sich suchend um. „Arutelleš! Peluech!", bellte er. Zwei Männer, die durch purpurne Umhänge unter den anderen Fußsoldaten herausstachen, rannten zum Prinzen. „Schickt mir eure zehn besten Krieger. Sofort!", befahl er.

Die Angesprochenen salutierten und brüllten je fünf Namen. Die Soldaten traten aus der Menge, die sich beim Tor versammelt hatte, heraus, und senkten gehorsam den Kopf vor dem Königssohn. „Folgt mir. Öffnet das Tor!", befahl Imalkuš.

Der Befehl wurde sofort weitergegeben. „Öffnet das Tor, schnell!" wiederholte der ebenfalls mit purpurnem Mantel bekleidete Krieger am Stadttor. Er half selbst mit, die schweren Querbalken herauszuheben und das Tor nach innen aufzuziehen. Šakar setzte sich nach einem leichten Fußtritt in die Flanke wieder in Bewegung, Temi, Kalaišum, die Wüstenkrieger und die zehn Fußsoldaten folgten ihm. Im Schritttempo verließen sie die Stadt.

Auf den Straßen sammelten sich die Bürger Šadurrus. Das Gerücht, dass Kentauren *vor der Stadt* standen, machte schneller die Runde als ein Vogel fliegen konnte. Jeder wollte diese wunderlichen Halbtiere sehen, die nach Meinung der meisten Schuld waren am Unglück, das Šadurru heimsuchte. Schuld am Tod vieler Menschen. Nur wenige Bürger glaubten an die Unschuld der Pferdemenschen.

Mit jedem Schritt, den die Pferde aus der Stadt heraus taten, wuchsen die Wogen des Zorns hinter ihnen. Temi hörte wütende Schreie. An die feinen Ohren der Kentauren mussten die hasserfüllten Stimmen ebenfalls dringen. Temi fing an, innerlich zu brodeln vor Wut, aber durfte sich jetzt nicht ablenken lassen.

Die Pferdemenschen wurden langsamer und stoppten auf einen Wink ihres Anführers ganz. Sie befanden sich nicht mehr weit von der Stadtmauer entfernt. Imalkuš hielt ein paar Meter vor ihnen an. Menschen und Kentauren standen sich Auge in Auge gegenüber.

Temis Herz schlug schmerzhaft gegen ihren Brustkorb. Wer hätte es sonst sein sollten? Xanthyos. Der Anführer der Kentauren wirkte in seiner dunklen Rüstung und mit den wilden schwarzen Haaren wie ein Todesbote. Aber was tat er hier? War er gekommen, um eigenmächtig den Menschen den Krieg zu erklären?

Ihre Blicke begegneten sich und sie erschrak über die Verbitterung und die Wut in seinen Augen. Sie spürte einen Knoten in ihrem Hals. Hoffentlich war nichts geschehen! Eine

Hoffnung, die zu verfliegen drohte, wenn sie den Blick des schwarzhaarigen Kentauren ehrlich betrachtete.

Xanthyos und Imalkuš durchbohrten sich mit Blicken. Einige Sekunden herrschte angespanntes Schweigen. Sie kannten sich, sicherlich erinnerten sie sich beide noch gut an die gemeinsame Jugend. Doch das war vorbei. Xanthyos kochte offenbar vor Wut und er schien nun endgültig alle Menschen als Feinde zu betrachten. Ungeduldig scharrte er mehrmals mit seinen Hufen und schritt dann mit angespannt zitternden Muskeln auf Imalkuš zu. Der Prinz befahl seinen Begleitern, zurückzubleiben und lenkte sein Pferd alleine auf den Kentauren zu.

In Armlänge vom anderen entfernt hielten sie an. „Was führt Euch hierher, Prinz Xanthyos?", fragte Imalkuš mit lauter Stimme, sodass alle es hören konnten.

Ebenso klar antwortete Xanthyos: „Ich fordere die Botschafterin meines Bruders auf, Eure Stadt zu verlassen, Prinz Imalkuš!"

Imalkuš warf Temi einen raschen Blick zu, ehe er wieder den Anführer der Kentauren ansah.

„Mit welcher Begründung?"

„Sie ist in Eurer Stadt nicht mehr sicher. Ihr habt Mörder ausgeschickt, um Angehörige des Volkes, das sie vertritt, zu töten."

„Wovon sprecht Ihr, Xanthyos?"

Xanthyos stampfte ungehalten einen Huf auf den Boden.

„Stellt Euch nicht so unwissend, Imalkuš. Heute Nacht haben Menschen einige unserer waldbewohnenden Artgenossen ermordet."

Temi wurde blass.

„Wir haben niemanden ermordet, Xanthyos. Gibt es Zeugen für die Tat, oder schiebt Ihr die Schuld uns zu, weil es Euch gerade passt?"

Temi sog leise Luft zwischen den Zähnen ein. Es war nicht gut, einen temperamentvollen Kentauren der Lüge zu bezichtigen – vor allem, während die Bewohner Šadurrus selbst jeden Tag den Kentauren die Schuld für etwas zuschoben, was diese nicht getan hatten. Zumindest hoffte Temi das immer noch.

Xanthyos scharrte mit seiner Hufe so heftig über den Boden, dass eine Grassode entwurzelt durch die Luft flog.

„Kennt Ihr andere Lebewesen, die mit Schwert und Bogen Kentauren töten?", fragte er drohend. Er umkreiste Imalkuš. Der trieb jetzt ebenfalls sein Pferd an. Misstrauisch umkreisten sie sich gegenseitig.

Temi wagte nicht, sich einzumischen. Andererseits wollte sie versuchen, die Hitzköpfe zu beruhigen. Aber wie!?

„Kennt *Ihr* andere Lebewesen, die das Flusswasser vergiften und unsere Bürger töten?", fragte Imalkuš zurück; seine Stimme zitterte vor unterdrückter Wut.

Xanthyos schnaubte. „Wir tun es nicht. Die Heqassa haben genügend Feinde. Die Paršava kämpften gegen Euch – sie haben sicher mehr als einen Grund, Euch zu schaden. Doch genug der Worte. Ich fordere Temi von Thaelessa auf, Eure Stadt zu verlassen. Von Euch verlange ich ein Zeichen Eurer Reue!"

Temi knirschte mit den Zähnen. Die erste Forderung war gerechtfertigt; sie war bereit, wieder in die Stadt der Kentauren zurückzukehren. Aber von Imalkuš eine öffentliche Entschuldigung zu fordern, war fatal. Selbst oder gerade wenn der Prinz etwas von den Morden wusste, was sie nicht glaubte, würde er sich nicht öffentlich dafür entschuldigen. Das käme einem Schuldeingeständnis gleich.

„Ihr habt Nerven, mein Freund!" Imalkušs Stimme war leise und schneidend. „Ich bin nicht Euer Freund", erwiderte Xanthyos ebenso kalt.

„Ihr betretet unsere Lande mit einer solch ungerechtfertigen Forderung?"

„Es ist unser Recht, Genugtuung zu fordern; wir kommen als Abgesandte unseres Landes!", gab der Kentaur kühl zurück.

„Ihr werdet kein Zeichen der Reue von mir hören. Ich höre zum ersten Mal von angeblichen Morden. Und was Botschafterin Temi betrifft – sie ist ein Mensch; wenn sie auch aus einer anderen Welt stammt. Sie gehört eher zu uns als zu Euch. Doch sie ist frei. Sie kann selbst entscheiden, wohin sie geht."

Eigentlich hatte Imalkuš Recht. In Thaelessa fiel sie auf wie ein Dinosaurier unter Ameisen. Andererseits waren die Kentauren dort ihr noch nicht feindselig begegnet. Unter ihren eigenen Artgenossen lebte sie zweifellos gefährlicher. Aber vielleicht konnte sie hier mehr bewirken. In Thaelessa war mit Aireion ein Herrscher an der Macht, der keinen Krieg wollte – und das würde wohl so bleiben. Aber sie konnte sich nicht vorstellen, dass Aireion ausgerechnet seinen Bruder als Botschafter geschickt haben sollte. Eher war Xanthyos auf eigene Faust hier. „Prinz Imalkuš, kann ich kurz unter vier Augen mit Xanthyos sprechen?"

In diesem Moment drängten wütende Bürger aus dem Tor. Die Soldaten konnten sie nicht zurückhalten, vielleicht wollten sie es auch nicht, weil sie ähnlich dachten – sie waren ja selbst Bewohner Šadurrus, die Zivilisten ihre Freunde, Eltern,

Angehörige. Die Menschen schüttelten ihre Fäuste, brüllten Beleidigungen. „Halbwesen!" „Tiere!" „Ungeheuer!" „Verschwindet aus unserem Land!"

Sicher verstanden sie nicht, wieso ihr Prinz die unwillkommenen Besucher nicht in Ketten legen ließ. Sie stießen einander nach vorne, und drängten gefährlich nah an die Gesandtschaft heran. Aufgebracht stieg Xanthyos auf seine Hinterläufe. Er überragte nun den Prinzen fast ums Doppelte. Die Soldaten am Tor glaubten ihren Prinzen in Gefahr und rannten mit gezogenen Schwertern und Lanzen auf sie zu. „Hört auf!", schrie Imalkuš sofort nach hinten, „Bleibt stehen!" Doch in dem allgemeinen Lärm gingen seine Worte unter. Er ritt auf die Fußsoldaten und die Menge zu, um für Ordnung zu sorgen – und plötzlich sausten Pfeile über ihre Köpfe hinweg. Hoch genug, um die Menschen nicht zu treffen, doch die Kentauren, die etwa zehn Meter entfernt standen, boten ein einfaches Ziel. Xanthyos stampfte wieder auf alle vier Beine zurück und entging so den Geschossen. Zwei Kentauren jedoch sackten von Pfeilen getroffen zusammen, drei andere Pferdemenschen wurden verwundet. „Nein!", schrien Temi und Imalkuš gleichzeitig und Xanthyos brüllte hasserfüllt.

Die Soldaten, die Imalkuš gefolgt waren, zogen ihre Schwerter und umringten den König, um ihn zu schützen – vor den Kentauren und den Menschen. Imalkuš entriss einem seiner Soldaten den Schild und wendete sein Pferd, um Xanthyos den Schutz zu reichen. Aber der war zu weit weg und die Fußsoldaten um Imalkuš herum gaben den Weg nicht frei. Weil sie seinen Wunsch nicht verstanden, weil sie sich ihm einfach widersetzten oder weil Kalaišum immer wieder schrie: „Schützt den Prinzen!", wusste Temi nicht. Das Chaos war furchterregend und Ephlaši half nicht, indem sie sich panisch um die eigene Achse drehte. „Aufhören!", schrie der Prinz erneut. „Aufhören!"

Erst jetzt, da der Prinz wild mit den Armen gestikulierte, wurde er gehört.

Als der Pfeilhagel endete, trat Temi Ephlaši in die Seite. Die Stute machte erschrocken einen Sprung nach vorne auf die Kentauren zu. „Verschwindet!", schrie Temi Xanthyos mit tränenerstickter Stimme zu. „Sonst werdet ihr alle sterben!"

Xanthyos drehte sich weg und dann wieder in Richtung Stadt, schwankte zwischen überschäumender Wut und tiefer Sorge. Er wollte Imalkuš angreifen und gleichzeitig seine Leute in Sicherheit bringen. Temi packte den Pferdemenschen am Arm und zerrte mit aller Kraft daran.

Er riss seinen Arm zurück und ließ ihn einen Moment angehoben, als wollte er sie schlagen, doch dann fuhr er zusammen, als registrierte er erst jetzt, dass sie es war. Der Schmerz in seinen Augen tat ihr in der Seele weh.

„Zurück!", befahl er seinen Begleitern endlich. Die gehorchten sofort und galoppierten davon. Temi folgte ihnen, ohne lange nachzudenken. Im Galopp blickte sie kurz zurück. Imalkuš, der wutentbrannt seine Soldaten anschrie, erstarrte und sah ihr nach.

Sie wandte sich ab. Sie musste versuchen, Xanthyos und seinen Gefährten zu folgen. Einer der Kentauren blutete stark und hinkte, aber seine Gefährten sicherten ihn nach hinten ab. Schnell waren sie außerhalb der Reichweite der Bogenschützen und rasten in den Wald hinein. Sie liefen so schnell der Verletzte konnte. Normalerweise waren die Kentauren schneller als Imalkuš und seine Reiter und auch so hatte Temi Schwierigkeiten, den Anschluss zu halten. Manchmal verlor sie die Kentauren aus den Augen, aber Ephlaši schien zu wissen, dass sie ihnen hinterherlaufen sollte.

Schon bald bemerkte Xanthyos, dass Temi kaum noch folgen konnte. Er ließ sich zurückfallen, bis Temi ihn eingeholt hatte.

Der Kentaur sagte nichts, aber das war auch nicht nötig. Sie konnte den Schmerz in seinen Augen deutlich sehen. Zwei seiner Leute waren zurückgeblieben. Was mit ihnen geschehen würde, wusste Temi nicht. Vielleicht war es besser, wenn sie und die Kentauren dies nicht erfuhren. Doch zweifellos hatte Xanthyos seine Beobachter in der Nähe der Stadt, die es ihm berichten würden.

„Du bist verletzt", stellte Temi fest, als sie ihn von der Seite musterte. Seine rechte Wange war blutig. „Das ist nichts.", knurrte er unwirsch und wischte das Blut mit einer schnellen Handbewegung ab. Sie galoppierten schweigend nebeneinander, bald holten sie auch die restlichen Krieger ein. Der schwer verletzte Kentaur konnte kaum noch laufen.

„Wir halten an! Wir müssen eure Wunden versorgen", bellte Xanthyos nach vorne. Seine Männer parierten vom Galopp in den Trab und blieben schließlich stehen.

Zwei von ihnen verschwanden im Wald in die Richtung, aus der sie gekommen waren. Sie wollten wohl herausfinden, ob sie verfolgt wurden. Auch Xanthyos starrte reglos wie eine Statue in diese Richtung; nur seine Kiefermuskeln mahlten. Temi ließ ihn in Ruhe. Er hatte gerade zwei seiner Gefährten verloren. Sie ahnte, wie hart es ihn traf.

Frustriert und wütend rutschte Temi aus dem Sattel und band die Stute, die schweißnass war und angestrengt schnaubte, an einem Baum fest. Ein langhaariger blonder Kentaur behandelte seinen schwer verletzten Artgenossen, einen jungen Pferdemenschen – Temi schätzte, dass er nicht älter war als 22. Zwei andere liefen los, um nach Kräutern zu suchen, die bei der Heilung helfen würden. Ein Pfeil steckte tief in seinem muskulösen Vorderbein, die Wunde blutete stark. Temi biss die Zähne zusammen. Der blonde Kentaur brach die Pfeilspitze hinten ab. Der Verletzte stöhnte unterdrückt auf. Dann zog der Blonde mit einem Ruck den geraden Pfeilschaft aus dem Bein und der Verwundete schrie vor Schmerz. Seine Artgenossen legten Kräuter auf die Wunde, Xanthyos zerschnitt seinen Umhang mit seiner Klinge und fixierte mit dem Fetzen die Kräuter auf der blutenden Stelle.

Temis Tränen waren beim Ritt getrocknet, doch jetzt war der Kloß in ihrem Hals wieder da und ihre Augen brannten. Der verletzte junge Pferdemensch tat ihr leid und sie fühlte sich schuldig. Sie war nach Šadurru geschickt worden, um den Frieden zu sichern. Aber ihre Mission war gescheitert.

Als sich der Verletzte mit der Seite an einen alten knorrigen Baum lehnte, um sich auszuruhen, ging Temi zögernd zu ihm. „Es tut mir Leid, was passiert ist", sagte sie leise, unsicher, ob er mit ihr sprechen würde.

Seine grauen Augen richteten sich auf sie. „Geschehen ist geschehen", antwortete er distanziert. Von Schmerzen gequält wandte er seinen Blick ab. Sie schwieg, wartete auf ein Zeichen des Kentauren, dass er weiterreden wollte. Erst nach einigen Minuten nickte er schwach und blickte sie wieder an. „Ich weiß, dass du das nicht wolltest. Aber das passiert, wenn man mit ihnen verhandeln will. So sind *Menschen* nun mal!" stieß er bitter hervor. „Sie töten und dann sind sie nicht Manns genug, es zuzugeben."

Temi sah niedergeschlagen zu Boden. Sie wünschte, sie könnte es abstreiten. Aber nach dem Angriff auf sie gestern Abend und dem feigen Beschuss von den Mauern herab hätte sie ihren eigenen Worten nicht geglaubt. Sie schwieg, beschämt, obwohl sie nichts dafür konnte. Nach einer Weile hob sie den Kopf. „Was ist gestern Abend passiert?", fragte sie. Sie hatte gerade zu Ende gesprochen, da schoss der junge Kentaur zurück: „Das hat Xanthyos doch gesagt!", knurrte er, besann sich dann aber eines besseren. Seine Stimme schallte über die kleine Lichtung, als er fortfuhr. Die anderen Kentauren mussten es ebenfalls hören, auch Xanthyos: „Sie kamen in der Nacht mit Schwertern, Speeren, Bögen und Keulen bewaffnet. Sie haben eine kleine Siedlung im Wald einfach niedergemacht. 20 Kentauren lebten dort, viele Kinder – nun sind alle dort tot. Auch meine Eltern und mein kleiner Bruder. Er war erst sechs Jahre alt!" In den Augen des Grauhaarigen lag tiefe Trauer. Zwanzig! So viele. Temi schluckte. Das Ziehen in ihrem Bauch wurde schmerzhafter. War es die Siedlung, von der Kehvu ihr auf dem Weg nach Šadurru erzählt hatte? Das Dorf, in dem die Kentauren sogar manchmal mit den Menschen Handel trieben?

20 ... viele Kinder... Das erklärte auch Xanthyos' Zorn. Natürlich verdächtigte er die Menschen – und er hatte vermutlich recht. Wer sollte es sonst gewesen sein? Die Kentauren hatten keine anderen Nachbarn außer den Heqassa, und keine anderen Feinde. Nur die Heqassa kamen als Täter in Frage. Dass es Kentauren selbst gewesen waren, konnte sie sich nicht vorstellen. Oder?

Es war alles viel zu undurchsichtig.

„Es tut mir so Leid", sagte sie mit leiser, aber fester Stimme. „Aber ich bin mir sicher, dass Prinz Imalkuš davon nichts wusste. Er hätte so etwas nicht geduldet. Ich traue es eher Sirun zu, seinem Cousin."

Der junge verletzte Kentaur warf schnaubend den Kopf zurück. „*Imalkuš* ist doch der zukünftige König, nicht sein Cousin. Er sollte nicht dulden, dass so etwas geschieht."

„Und wenn er es gar nicht weiß?"

„Wenn er ihn nicht unter Kontrolle hat, verdient er es vielleicht nicht, König zu werden." Seine Stimme zerschnitt die Luft, scharf wie eine Klinge.

Temi warf einen Blick zu Xanthyos, der immer noch nichts sagte. „Weiß Aireion, dass Ihr hier seid?", fragte sie zurück – so vorsichtig und wenig anklagend wie möglich.

Xanthyos' Pferdeschweif zuckte hin und her. Er kam zu ihnen herüber und legte dem jungen Grauhaarigen eine Hand auf die Schulter, während er Temi ansah. „Nein, aber wir haben auch keinen Menschen ermordet."

„Die Menschen denken, schon." Knapp berichtete sie vom vergifteten Wasser, doch Xanthyos warf seine Hand in die Luft, und wischte diese Theorie mit demselben Argument weg, das sie selbst Imalkuš gegenüber geäußert hatte: „Es gibt kein Gift, das stark genug wäre, einen ganzen Fluss dauerhaft zu vergiften! Nicht einmal wenn wir viele Eimer auf einmal hineinschütten würden."

Temi nickte. „Ich weiß", sagte sie leise. „Und ich glaube euch. Aber die Menschen sind von eurer Schuld genauso überzeugt wie ihr von ihrer."

Doch das machte es nicht besser. Wenn weiter solche Anschläge passierten, würde es Krieg geben. Xanthyos' Antritt vor den Toren Šadurrus hatte das ganz deutlich gezeigt. Was dort geschehen war, würde die stärken, die den Krieg wollten. Bald würde sich Aireion den Forderungen nach Rache nicht mehr verschließen können.

Plötzlich erschallte ein Horn ganz in der Nähe und verstummte nach einem einzigen Stoß. Die Kentauren sprangen auf. „Lauft!", schrie Xanthyos. Er zog sein Schwert. Temi rannte zu Ephlaši und schwang sich auf ihren Rücken. Die Kentauren galoppierten los, Xanthyos als Letzter und Temi folgte ihnen. Sie hatten kaum das Ende der Lichtung erreicht, als auf der anderen Seite Reiter auftauchten. Temi wollte Ephlaši antreiben, aber plötzlich bremste die Stute so unerwartet ab, dass Temi beinahe vornüber geflogen wäre. Mit Mühe konnte sie sich am Hals des Tieres festhalten und sich wieder sicher in den Sattel setzen. Erschreckt blickte sie sich um. Sie waren von dutzenden Reitern umzingelt. Die Kentauren vorne wurden mit langen Speeren von mehreren Reitern in Schach gehalten, hinten erreichte die Kavallerie sie, allen voran Kalaišum – und Sirun.

Xanthyos drehte sich fast pausenlos um die eigene Achse, die anderen Kentauren stiegen auf die Hinterläufe und versuchten, die Menschen mit ihren Vorderhufen zurückzudrängen, um den am schwersten verletzten Pferdemenschen in der Mitte zu schützen. Alle hatten ihre Waffen gezogen, Schwerter, Äxte, Pfeil und Bogen, und warteten nur auf ein Zeichen ihres Anführers. Aber Xanthyos wusste: Wenn sie jetzt angriffen, hatte keiner von ihnen eine Chance.

Temis Puls raste, das Herz schlug ihr bis zum Hals. Wieso?! Und wo war Imalkuš?!

„Fürst Xanthyos, gebt auf! Wir möchten nicht, dass Euch etwas zustößt", ergriff Sirun das Wort. Langsam trat Xanthyos ein paar Schritte vor. Temi hielt den Atem an. Ihm durfte nichts passieren!

„Was wollt ihr von uns?", stieß Xanthyos zwischen den Zähnen hervor. Langsam lenkte Temi Ephlaši hinter dem Kentauren her.

„Tut nicht so scheinheilig. Ihr habt König Rhubeš ermordet!", fuhr Sirun ihn an. Auf sein Zeichen packten zwei Reiter, die sich direkt neben dem Kentauren befanden, seine Arme und hielten ihn fest. Mit einem Ruck zog Xanthyos sie weg, sodass die beiden von ihren Pferden stürzten. Gleichzeitig stieg er erneut mit den Vorderläufen in die Luft. „Fasst mich nicht an!"

„Tötet die anderen!", zischte Sirun.

Temi schrie. Ihr lautes „Neeeiiin!", hallte durch die Luft, aber verhallte ebenso ungehört wie das „Nein!", von General Kalaišum. Die Reiter stießen mit ihren Lanzen nach den wenigen Kentauren, warfen ihre Speere. Von zu vielen Seiten gleichzeitig wurden die Kentauren angegriffen. Einer von ihnen schaffte es noch, seinen Pfeil loszuschicken und ein Reiter stürzte tot von seinem Pferd. Schmerzensschreie vermischten sich mit dem Klirren einer Rüstung, die von Schwertklingen durchstoßen wurde. Temi wurde unsanft an den Armen gepackt, dann riss Sirun Ephlašis Zügel an sich und zog die Stute nun mit sich, weg von der Schlacht ... weg vom Schlachten. Temi starrte ohnmächtig zurück. Sie wollte Ephlaši losreißen, da sah sie in Siruns Hand etwas aufblitzen. Nein, das durfte einfach nicht sein! Es durfte so nicht enden! Ihr entsetzter Blick streifte Xanthyos, der von mehreren Lanzen in Schach gehalten wurde.

In diesem Moment trieb Kalaišum sein Pferd zwischen Sirun und Temi – scheinbar zufällig, aber an Kalaišums Blick erkannte sie, dass er den Dolch in Siruns Hand sehr wohl bemerkt hatte.

„König Imalkuš will nicht, dass ihr *ein* Haar gekrümmt wird", wies er Sirun zurecht, dessen Augen bitterböse funkelten. „Ich wollte ihr kein Haar krümmen, sondern sie verteidigen, falls eines dieser Tiere ihr zu nahe kommt", behauptete er.

Temi wollte auflachen, aber Tränen strömten über ihre Wangen und drohten sie zu ersticken. Kalaišum sah Sirun nur verächtlich an, aber er sagte nichts.

Temi zitterte auf Ephlašis Rücken. Aireion würde diesen Angriff auf seinen Bruder nicht hinnehmen können. Und Xanthyos? Der hatte die Fäuste so fest geballt, dass sich seine Fingernägel in die Handflächen bohrten und Blut zwischen den Fingern heraussickerte. Seine Augen waren schwarz vor Zorn und Verzweiflung, aber er sagte kein Wort, sondern biss nur die Zähne aufeinander. Temi bewunderte ihn für diese Ruhe. Sie selbst konnte ihre Tränen nicht stoppen.

Kalaišum ergriff Ephlašis Zügel und zog das Pferd weg von dem Ort des Verbrechens. Als Temi zurückblickte, sah sie den grauhaarigen Kentauren von mehreren Pfeilen getroffen reglos auf dem Boden liegend; sein graues Fell war durchsetzt mit dunkelroten Flecken.

Mühevoll unterdrückte sie ein Schluchzen. Sie presste die Kiefer aufeinander und wischte die Tränen weg. Diese verdammten Mörder sollten sie nicht weinen sehen! Sie weinte nicht nur um die toten Kentauren, sondern auch wegen Imalkuš. Dieser Überfall war nicht ohne seine Zustimmung geschehen. Wie hatte er das nur zulassen können?! Und wieso war König Rhubeš tot?

Die Soldaten hatten Xanthyos die Hände auf dem Rücken gefesselt. Reglos, fast stoisch ließ er es über sich ergehen. Seine dünnen, aber muskulösen Pferdebeine waren durch einen Strick eingeengt, sodass er immer wieder stolperte.

„Ihr könnt die Zügel loslassen", sagte sie fast tonlos zu Kalaišum. Ohne zu zögern gab er ihr die ledernen Zügel wieder. Sie warf noch einen Blick zurück auf die Lichtung, auf der sie gelagert hatten. Doch die Reiter hatten sich nun um den Anführer der Kentauren herum versammelt und man sah die Toten nicht mehr. Verbittert und mit tränenverschleiertem Blick starrte Temi geradeaus, auf die hellen Ohren der Stute, die sie sanft schaukelnd von diesem Ort wegbrachte.

Bald verfiel die ganze Gruppe in einen langsamen Trab. Schneller konnte Xanthyos wegen seiner Beinfesseln nicht laufen. Es tat Temi weh, den stolzen Anführer so zu sehen, aber mehr noch fürchtete sie das, was mit ihm geschehen würde, wenn sie Šadurru erreichten. Sirun schob Xanthyos die Schuld am Tod von König Rhubeš in die Hufe. Wie konnte das sein?! Der Kentaur hatte doch die Stadt nicht einmal betreten. Wie hätte er an den Wachen vorbei in den Palast kommen und den König töten sollen?! Doch am Abend vorher war er auch schon in der Stadt gewesen. War er da bis in den Palast gelangt und hatte das Essen des Königs vergiftet? Nein, es musste eine andere Erklärung geben.

Es dauerte ewig, bis die Stadt wieder zu sehen war. Xanthyos brütete schweigend vor sich hin. Wahrscheinlich machte er sich selbst Vorwürfe, weil er seine Krieger überhaupt erst in Gefahr gebracht hatte. Wie gern hätte sie ihm jetzt die Hand auf die Schulter gelegt, versucht ihn zu trösten. Aber er trabte mehrere Schritte vor ihr, durch zwei Reiter von ihr getrennt. Sie würden sie nicht zu ihm lassen. Und er würde auch keinen Trost wollen.

Schließlich verließen sie den Wald. Die Soldaten hatten es geschafft, die Bürger in die Stadt zurückzutreiben. Die hohen Mauern der Stadt wirkten plötzlich grau und bedrohlich und starrten nur so vor bewaffneten Soldaten. Mit jedem Schritt, den Ephlaši sie weiter in diese Richtung brachte, wuchs Temis

Angst. Rhubeš war tot und Imalkuš vermutlich außer sich vor Wut. Zwar hatte er am Tag zuvor noch offen darüber gesprochen, dass sein Vater vermutlich bald sterben würde. Aber mit einem Mord hatte er nicht gerechnet. Das Volk würde vor Wut rasen. Wenn sie Glück hatte, würde *ihr* nichts geschehen, aber Xanthyos? Temis Hals war wie zugeschnürt. Sie wollte diese Stadt nicht erreichen. Doch verhindern konnte sie es nicht und nach wenigen Minuten passierten sie die dicken Mauern. Kaum hatten sich die Tore hinter ihnen geschlossen, brach der Sturm los. Die Bürger, die an den Straßen standen, konnten nur von den Fußsoldaten zurückgehalten werden. „Tötet ihn!", rief einer, und plötzlich tönte es von überall her: „Tötet ihn!"

Ein Stein flog in Xanthyos' Richtung und verfehlte den Kentauren nur knapp. Doch die Soldaten unternahmen nichts, um ihn zu schützen. Erst als schlecht geworfene Steine auch Reiter von ihren Pferden rissen, drängten die Fußsoldaten die Bürger zurück und hoben ihre Schilde. Die Reiter trieben ihre Pferde an. Xanthyos' ganzer Körper war angespannt bis in den kleinsten Muskel, als er zwischen ihnen den Hang hochstolperte. Erst im militärischen Bereich der Stadt war die Gefahr – vorerst – vorbei, denn die Bürger durften ihn scheinbar nicht betreten. Mit Sirun an der Spitze hielten die Soldaten auf den Palast zu. Dort stand Imalkuš vor den Mitgliedern des Hohen Rates auf der breiten Treppe und wartete. Seine Arme waren vor der Brust verschränkt, sein Gesicht starr. Temi sah keine Spuren von Tränen in seinem Gesicht. Doch seine zusammengezogenen Augenbrauen warfen düstere Schatten auf seine Augen. Temi verlor den Mut. Wenn Imalkuš nicht auf ihrer Seite stand, hatte sie keine Chance.

Das Urteil

Die Soldaten brachten Xanthyos mit einem Ruck an den Fesseln zum Stehen. Temi glitt vom Rücken der hellbraunen Stute und wollte auf Imalkuš zugehen, doch Kalaišum hielt sie fest und schüttelte unmerklich den Kopf. Wieso ließ er sie nicht zu ihm? Sie musste ihm erklären, dass Xanthyos unschuldig war. Er konnte Rhubeš nicht ermordet haben, das war doch offensichtlich. Aber Kalaišum zog sie noch weiter nach hinten, sodass sie hinter Ephlašis anmutigem Kopf aus Imalkušs Sicht verschwand. Auch sie sah den Prinzen nicht mehr. Sie hörte nur noch seine Stimme, fest, aber belegt.

„Xanthyos ..." Er schien einen Moment zu zögern, ob er das, was er zu sagen vorhatte, wirklich sagen sollte, doch dann fuhr er fort.

„Du wirst angeklagt, den Mord an König Rhubeš befohlen zu haben. Während du vor den Toren unserer Stadt für Ablenkung gesorgt hast, sind deine Leute in den Palast eingedrungen und haben den König ermordet!" Der Kentaur starrte ihn ungläubig an. „Welche Leute?", stieß er hervor, „Ich habe niemanden –", setzte er an. Doch einer der Soldaten brachte ihn auf Wink Siruns mit einem Schlag ins Gesicht zum Schweigen. Temi riss ihren Arm aus Kalaišums Griff und rannte ein paar Schritte auf Imalkuš zu. Doch der schien sie gar nicht wahrzunehmen. Dann holte Kalaišum sie ein und packte sie, diesmal mit eisernem, schmerzhaften Griff. Der Prinz – nein, König – sprach weiter: „Kraft meines Amtes ... verurteile ich dich zum Tode durch Steine."

„Nein!", stieß Temi entsetzt hervor. Das durfte nicht sein! Das war nicht Imalkuš, nicht der, den sie kannte. *Kannte* sie ihn denn? Was hieß das schon. Sie hatte nur die private Seite, einen sympathischen jungen Mann kennengelernt. Jetzt war er

König, jetzt war alles anders. Was wusste sie schon über ihn und wozu er fähig war? Seine Worte hatten so echt geklungen: Er wollte keinen Krieg, Sirun war an allem Schuld. *Natürlich!* Sie hatte ihm geglaubt. Aber vielleicht hatte sie sich in ihm geirrt. War es vielleicht doch er gewesen, der die beiden Männer auf sie gehetzt hatte in der vergangenen Nacht? Um dann als Retter dazustehen? Hatte Xanthyos ihm einen Strich durch die Rechnung gemacht und musste nun dafür sterben? Oder weil sie mit ihm gegangen war? Sie hatte sich in Imalkuš getäuscht – mit tödlichen Folgen für Xanthyos.

„Bringt ihn in den Kerker! Morgen bei Sonnenaufgang wird das Urteil vollstreckt!", riss Imalkušs eisige Stimme sie aus ihren Gedanken. „Bereitet auf dem Hauptplatz alles vor."

Grob wurde Xanthyos von mehreren Soldaten an seinen Fesseln weggezerrt. Bald zerstreuten sich auch die übrigen Krieger. Der junge König drehte sich um, ohne Temi auch nur eines Blickes zu würdigen. Mit schnellen Schritten verschwand er im im Palast, gefolgt von den Mitgliedern des Hohen Rates, darunter auch Sirun, der sie äußerst zufrieden angrinste. Nur Kalaišum blieb zurück.

Zwei Soldaten schritten aus dem Palast zielstrebig auf Temi zu. Sofort verspannte sich ihr Körper schmerzhaft. Was jetzt? Würde Imalkuš sie dafür bestrafen, dass sie sich Xanythos angeschlossen hatte? Doch die beiden ergriffen lediglich Ephlašis Zügel, um die Stute zurück zum Stall zu führen. Natürlich, sie gehörte ja Imalkuš. Allerdings hatte das Pferd etwas dagegen: Es stieg auf die Hinterbeine, riss den Krieger, der die Zügel in der Hand hatte, nach hinten und trat dann mit beiden Vorderläufen zu. Stöhnend vor Schmerz blieb der Soldat auf dem Boden liegen, sein Kamerad zog fluchend sein Schwert und ging mit erhobener Klinge auf das Pferd zu.

Einen Moment war Temi starr vor Entsetzen. Er wollte Ephlaši doch nicht ... Die Stute stieg erneut auf ihre Hinterläufe. „Nein!", schrie Temi. Sie riss sich wieder aus Kalaišums festem Griff los und rannte zu der Stute. Der Fußsoldat war so verblüfft darüber, dass sich eine Frau seinem Kommandanten widersetzte, dass er in der Bewegung innehielt. Temi stellte sich zwischen den Krieger und die Stute, dem Soldaten den Rücken zuwendend. Ephlaši schnaufte und ließ sich vorsichtig – als wollte sie Temi nicht verletzen – wieder auf alle Viere zurückfallen. Ihre Nüstern blähten sich leicht auf und sie stupste ihre Reiterin kurz mit dem Maul an.

Temis Augen wurden feucht und Tränen rollten ihre Wangen hinunter. Was für ein fürchterlicher Tag! Heute Morgen hatte es noch so ausgesehen, als würde alles gut werden. Jetzt war Ephlaši scheinbar das einzige Wesen, das bei ihr bleiben wollte.

„Es ist schon gut, Kleine", wisperte Temi der Stute zu. „Geh mit ihm. Dir wird nichts passieren." Zumindest hoffte sie das. Sie nahm Ephlašis Zügel und strich dem Tier über den Kopf. „Wir sehen uns bald wieder, versprochen!"

Aber sie musste sich nun von ihr trennen. Und etwas tun!

„Hier" Ihre Stimme klang so kalt, dass sie ihr selbst fremd war, als sie dem Soldaten die Zügel in die Hand drückte. „Sie wird Euch nichts tun. Aber König Imalkuš wird sicher zornig, wenn Ihr seinem Pferd etwas zuleide tut. Lasst also das Schwert an Eurem Gürtel."

Ohne den Krieger weiter zu beachten, wandte sie sich an Kalaišum. „Ich möchte König Imalkuš sprechen."

„Er wird Euch nicht sprechen wollen, fürchte ich", erwiderte er.

Temi straffte ihre Schultern und ihren Rücken, sodass ihre Stimme fester und sicherer klang als sie sich fühlte: „Ich bin die Botschafterin Fürst Aireions. Ich habe das Recht, Euren König zu sprechen!"

Kalaišum zögerte einen Moment, dann nickte er. „Seid Ihr sicher, dass jetzt der richtige Zeitpunkt ist?"

„Wann, wenn nicht jetzt? Soll ich bis morgen nach Sonnenaufgang warten?", erwiderte Temi kühl. Sie bat Kalaišum innerlich für die Schärfe in ihrer Stimme um Verzeihung. Immerhin hatte er sie vor Sirun gerettet und gerade eben verhindert, dass sie etwas Dummes tat. Aber er sollte ihre Entschlossenheit spüren.

Kalaišum betrat vor ihr den Palast. „Lasst sie passieren!", bellte er die beiden Wachen am Eingang an, als sie ihr mit Speeren den Weg versperrten. Sofort zogen die Männer ihre Lanzen zurück. Kalaišum ging sehr schnell mit dem Schritt eines trainierten Soldaten voran, aber Temi folgte ihm mühelos. Als er die Soldaten vor dem Thronsaal anwies, die Tür zu öffnen, hielt Temi ihn zurück. „Wartet!"

Überrascht sah Kalaišum sie an. Temi war sehr entschlossen gewesen. Hatte sie nun doch Angst, vor den König zu treten? Und wer könnte es ihr verdenken?

„Lasst mich allein hineingehen. Das ist nicht Eure Sache, nur meine. Ich möchte Euch nicht hineinziehen."

Sie verblüffte ihn immer wieder. Für eine Frau hatte sie sehr viel Verstand, einen ausgeprägten Gerechtigkeitssinn – und verdammt viel Mut. Sie wollte ihn nicht mit hineinziehen? Imalkuš hatte aus Zorn und Trauer über den Tod seines Vaters ein Todesurteil gefällt – als Sohn, nicht als König. In seiner Verzweiflung ließ er sich von Siruns Forderung, die Schuldigen zu töten, beeinflussen, ohne die wirklich

Schuldigen zu kennen. Für Sirun stand es fest: An einer Hintertür des Palastes, auf der Flucht nach ihrem feigen Anschlag, hatten Heqassa drei Kentauren erschlagen, die nach dem Mord aus dem Palast geflüchtet waren. Es gab keine Zweifel an ihrer Schuld. Behauptete Sirun.

Kalaišum hatte Imalkušs Befehl, Xanthyos und seine Männer zu verfolgen, nur aus einen Grund gehorcht: Er misstraute Sirun und hatte um das Leben der jungen Botschafterin gefürchtet. Zu Recht, wie sich herausgestellt hatte.

Hatten wirklich die Kentauren König Rhubeš umgebracht? Ja, die drei Kentauren waren bewaffnet gewesen und an ihren Schwertern klebte Blut. Ja, König Rhubeš war durch ein Schwert gestorben. Vielleicht auch durch dieses. Aber wie hatten die Kentauren es überhaupt in die Festung geschafft und dann noch in den Palast? Auch wenn die meisten Wüstenkrieger auf dem Weg zum Tor gewesen waren, waren doch ein paar Wachen in der Nähe des Königs gewesen. Zwei Wüstenkrieger waren verschwunden, vielleicht erschlagen. Wie aber war es möglich, dass niemand die Pferdemenschen gesehen hatte. Nicht außerhalb der Stadt, nicht in der Stadt, und nicht beim Versuch, in die Festung einzudringen?

Kalaišum knirschte mit den Zähnen. Es blieben für seinen Geschmack zu viele Fragen offen. Sein Gefühl sagte ihm, dass an Rhubešs Tod nicht diese Pferdemenschen Schuld waren, und es hatte ihn erst selten getrogen. Doch mit seiner Meinung stand er ziemlich allein da.

„Ich warte hier", entschied Kalaišum. Temi nickte dankbar. Ausgerechnet Kalaišum, der von Frauen wenig hielt, unterstützte sie jetzt.

Auf sein Zeichen öffneten die Wachen die schwere Tür. Temi trat ein, Sekunden später schloss sich das mit Eisen besetzte Holz quietschend hinter ihr. Kalaišum schien jetzt weit weg.

Kalaišum strich sich seufzend über die Narbe, die aus dem Krieg gegen die Paršava stammte, und noch manchmal schmerzte. Seine Nervosität wuchs von Minute zu Minute. Warum war er doch nicht mit hineingegangen? Er befürchtete, dass sich ein Krieg nicht mehr verhindern ließ. Nein, der einzige Weg, den Krieg zu vermeiden, war die Freilassung Xanthyos' und eine förmliche – ernstgemeinte – Entschuldigung. Vielleicht konnte Imalkuš den Frieden retten, wenn er sich verpflichtete, künftig den Kentauren in kritischen Situationen zu helfen, wenn er – einseitig – Geiseln stellte. Aber das würde der Rat niemals akzeptieren. Die meisten standen auf der Seite Siruns.

Temis Versuch, Menschen und Kentauren zu retten und einen Krieg zu verhindern, war zum Scheitern verurteilt. Sie sollte besser beginnen, einen Weg zurück in ihre Welt zu finden.

Er fuhr zusammen, als die Tür plötzlich gegen die Wand flog und wieder ins Schloss krachte. Niukras stand wutentbrannt und schwer atmend vor Zorn vor der eisernen Holztür. Jetzt erst bemerkte er den älteren Ratsherrn, der ihn verblüfft ansah. Es war keine Ratssitzung einberufen; er hatte damit gerechnet, dass Temi mit Imalkuš alleine sprechen würde.

Niukras schlug mit der Faust gegen die nächststehende Marmorsäule. „Verdammter Hundesohn!!" zischte er zwischen zusammengepressten Zähnen.

„Wer?", fragte Kalaišum nach.

„Sirun!", stieß Niukras hervor.

„Sirun ist dabei?"

„Imalkuš hat uns befohlen, die Bestattung des Königs vorzubereiten, die meisten waren schon draußen, als das Mädchen hereinkam." Er knirschte mit den Zähnen. „Sirun hat sich sofort auf sie gestürzt."

Kalaišum kniff die Augen zusammen. „Nicht wirklich, den Gefallen hat er mir nicht getan – sonst hätte ich ihm mein Schwert in den Rücken stoßen können!", knurrte Niukras.

„Ich bin drin geblieben. Imalkuš war zu wütend, um es zu bemerken. Sirun hat jedes ihrer Worte zerlegt. Wenn sie mal dazu gekommen ist, ein Argument vorzubringen, dann hat er jeden Laut gegen sie verwendet. Und Imalkuš ist verbittert darüber, dass das Mädchen mit Xanthyos geflohen ist. Er unterbindet Siruns Attacken nicht. Jetzt ist es ohnehin zu spät", sagte Niukras mit knirschenden Zähnen und fuhr sich mit der Hand durch die kurzgeschorenen Haare. „Die Kentauren werden bald angreifen, nach dem Vorfall heute. Und wenn Imalkuš auf Knien vor dem Kentaurenkönig um den Frieden bettelt, wird Rhubešs *Adoptivsohn* die Macht übernehmen." Niukras spie seine letzten Worte regelrecht aus.

Kalaišum starrte ihn an. „Was bei allen Göttern meinst du mit Adoptivsohn?"

„König Rhubeš hat ihn als seinen Sohn angenommen. Sirun hatte eine Urkunde, vom König unterzeichnet."

„Was?! Das ist unmöglich!" Kalaišum schüttelte heftig den Kopf. „Eine Adoption in der Königsfamilie wurde stets *sofort* bekanntgegeben", stieß er hervor.

„Ich habe da einen Verdacht ..." Niukras senkte seine Stimme. Er verschränkte die Arme und seine blauen Augen funkelten vor Wut.

„Du meinst –" Kalaišum brach ab. Niukras scheute sich jedoch nicht, das Ungeheuerliche auszusprechen: „Sirun muss König Rhubeš unmittelbar vor seinem Tod zu dieser

Unterschrift gedrängt haben. Und das wirft ein ganz anderes Licht auf den Tod unseres Königs." Kalaišum strich nachdenklich über die Narbe in seinem Gesicht. Niukras hasste Sirun schon seit Langem, seit Sirun und Niukras' kleiner Bruder als Jugendliche einmal zusammen auf die Jagd gegangen waren. Niukras Bruder war von einem Bären zerrissen worden, hatte Sirun behauptet. Man hatte den Körper des Jungen erst Tage später gefunden. Manche munkelten, dass ein Pfeil in den Rücken den jungen Mann getötet hatte und Sirun seine Tat mit den Krallen eines Bären überdeckt hatte. Doch Sirun war der Schützling des Königs und so hatte niemand wirklich auf eine Untersuchung gedrängt. Seitdem traute Niukras Sirun jede Boshaftigkeit und Übeltat zu. Nichts hatte sich nachweisen lassen und manchmal waren es lächerliche Anschuldigungen aus reiner Frustration. Doch diesmal – dass musste Kalaišum zu seinem eigenen Erschrecken zugeben – war sein Verdacht plausibel. Sirun wollte an die Macht. Dafür würde er alles tun. Manchmal spielte das Schicksal Sirun in die Hände. Und manchmal spielte er Schicksal.

„Und Imalkuš? Er war doch Sirun gegenüber stets misstrauisch", wollte Kalaišum wissen. „Hat er das einfach akzeptiert?!"

„Er hat ihn zu seinem Vizekönig ernannt, als ich ihm die Augen öffnen wollte, und hat mich aus dem Saal verwiesen!" Niukras schüttelte den Kopf. Seine Fäuste waren noch immer geballt. Kalaišum lehnte sich gegen die Wand. Die Aussichten wurden immer düsterer, die Lage immer bedrohlicher. Es war nicht Imalkuš, der diese Entscheidungen traf. Er handelte nicht wie ein König, sondern wie ein trauerndes und eifersüchtiges Kind. Er war eifersüchtig auf einen Kentauren! Der Tod seines Vaters bot Imalkuš einen wunderbaren Vorwand, einen

„Nebenbuhler" loszuwerden und sich bei seinem Volk beliebt zu machen. Wie groß musste die Enttäuschung des Prinzen gewesen sein, als Temi mit den Kentauren weggeritten war! Hätte er die Pferdemenschen auch verfolgen lassen, wenn die Botschafterin bei ihm geblieben wäre? Doch in einer Sache war sich Kalaišum sicher: Aus Eifersucht allein hätte Imalkuš die Kentauren nicht getötet, Xanthyos gefangengenommen und so einen Krieg provoziert. Die Trauer um seinen Vater musste ihn tiefer treffen als erwartet. Kalaišum schloss die Augen.

Als Imalkuš vom Tod seines Königs erfahren hatte, war er für einen Moment ganz ruhig gewesen. Nachdem die Pferdemenschen mit Temi verschwunden waren, als die Menge sich gerade beruhigte, war plötzlich Inumu aufgetaucht. Rhubešs Diener, der die Stadt nie verließ! Jeder wusste, dass etwas passiert sein musste. Inumu war auf die Erde gesunken, mit Tränen in den Augen, fassungslos und entsetzt. Doch waren seine Gefühle echt gewesen oder war es ein Schauspiel, von Sirun inszeniert? Imalkuš hatte starr den Kentauren hinterhergeschaut und genickt, bevor Inumu einen Ton gesagt hatte. Der verfluchte Diener hätte seinen Mund halten sollen. Die Wüstenkrieger hätten es Imalkuš später schonender beigebracht.

„Euer Vater, Prinz Imalkuš", hatte Inumu geklagt. „Er ist ermordet worden!"

Der Prinz war zu ihm herumgefahren.

Der Diener wies auf die Kentauren, die nicht mehr zu sehen waren. „Sie waren es!"

Niukras legte Kalaišum eine Hand auf die Schulter und riss ihn aus den Gedanken. „Wir können ihn nicht in sein Verderben rennen lassen", entschied Kalaišum mit monotoner

Stimme und räusperte sich dann. „Wir müssen mit Imalkuš sprechen, wenn er Temi angehört hat. Allein, ohne den Rat. Informiere nur Keethun. Wir brauchen seine Erfahrung und sein Wissen über Rhubešs Wünsche und die Geschichte unserer Völker. Ich werde mit der Botschafterin sprechen und –" Die Tür öffnete sich.

Es dauerte ein paar Sekunden, bis der Spalt groß genug war, um hindurchzusehen. Temi verließ langsam und mit gesenktem Kopf den Thronsaal. Hinter ihr schloss sich die Tür wieder wie von Geisterhand. Niukras wusste, dass die Wüstenreiter, die Elitekrieger des Königs, drinnen Wache standen und die Tür schlossen.

„Er meint das nicht ernst, oder?", fragte sie fast tonlos. Sie erwartete keine Antwort, sondern schüttelte nur den Kopf und wandte sich zum Gehen. „Wie komme ich zu den Kerkern?"

Alarmiert sahen sich die beiden Männer an. Was wollte sie dort? Hatte sie vor, Xanthyos zu befreien? Sie musste wissen, dass sie nur in Begleitung durch die Stadt gehen durfte.

„Gar nicht", antwortete Niukras, „Frauen dürfen Gefangene nicht besuchen, es sei denn, sie sind mit ihnen verwandt", erklärte er, weil sie ihn anstarrte, als wollte sie ihn für diese Aussage umbringen. Ihm war nicht ganz wohl zumute war. Diese Frau war so anders als alle anderen, dass es ihm fast mulmig war – aber sie schien Sirun zu hassen wie er. Das rechnete er ihr so hoch an, dass er über alles andere gern hinwegsah. „Was hat Imalkuš gesagt?"

„Gar nicht?", fauchte sie. „Er riet mir, Xanthyos noch zu besuchen, solange ich Gelegenheit dazu hätte. Und das tue ich jetzt!" Ihre Augen loderten so feurig wie ihre Haare. „Wenn Ihr es mir nicht sagt, finde ich es selbst raus."

Niukras sah Kalaišum fragend an und der nickte zustimmend.

„Ich bringe dich hin", bot sich Niukras an. Wenn Prinz – nein – König Imalkuš es ihr selbst angeraten hatte, wer war dann er, ihr im Weg zu stehen. Niukras und Temi verließen den Palast und Kalaišum blieb wieder alleine zurück.

Über der Stadt hingen dunkle Wolken; die Spannung war beinah greifbar. Es würde ein Gewitter geben – es würde sich morgen in der Frühe entladen.

Die Kerker befanden sich, erklärte Niukras ihr, am Rande der Festung, im Militärgebiet, direkt an der Stadtmauer. Temi war froh, dass sie nicht durchs Wohngebiet mussten. Dort war die Stimmung so aufgeheizt, dass sie befürchtet hätte, auf dem Weg zu Xanthyos angegriffen zu werden.

Stumm betrachtete sie die Steine auf der Straße, die mit jedem Schritt unter ihren Füßen und hinter ihr verschwanden. Durch solche Steine würde Xanthyos morgen sterben und sie konnte nichts, gar nichts daran ändern. Sie wollte nicht nach vorne schauen, nicht Niukras ansehen. Wieso konnte sie nicht einfach aufwachen und alles war ein Traum? Sie wollte jetzt und sofort zurück nach Trier in ihre kleine Wohnung.

Hier konnte sie doch ohnehin nichts ausrichten. Traurig trat sie gegen einen der Steine, die scheinbar spottend zwischen ihr und Xanthyos lagen. Mit einem klackenden Geräusch sprang er weg, hüpfte ein paar Mal auf dem Weg und prallte gegen die Außenwand eines tristen Gebäudes; es war aus Ziegelsteinen gemauert und nicht aus Marmor oder Sandstein. Vor allem gab es keine Fenster. Temi blieb stehen. „Ist es das?"

Niukras nickte. Rund um das Gebäude waren Soldaten postiert, zwei Türme standen unmittelbar vor der Eingangstür. Hoch über ihren Köpfen standen Bogenschützen, bereit, zu schießen, wenn ein Gefangener fliehen konnte – oder befreit wurde.

Niukras ging mit schnellen Schritten voran und gab den Torwachen einen Befehl. Eilig traten sie zur Seite, ließen Temi passieren und verriegelten den Eingang hinter ihr. Ein dunkler, schmaler Gang führte immer weiter hinab, bis sie sich tief unter der Erdoberfläche befinden mussten. Hier war es deutlich kälter, feucht und es roch muffig. Temi konnte sich vorstellen, dass hier so mancher Gefangene gestorben war.

Sie fröstelte und zog sich ihren Schleier über die Schultern.

Mit einem lauten Klacken entriegelte ein Wärter die Tür vor ihr. Dahinter ging es noch tiefer unter die Erde. Die Decke wurde niedriger und die Wände rückten enger zusammen. Hier brannten nur noch wenige Fackeln an den Wänden; das flackernde Licht wurde noch spärlicher. Ein Soldat trat so unerwartet aus dem Schatten der Wand, dass Temi zusammenzuckte. Er zeigte auf eine Tür, die sie in der Dunkelheit übersehen hatte: Sie reichte zwar bis zur Decke, bestand allerdings aus dem gleichen Stein wie die Mauern der einzelnen Zellen.

„Er ist gut gefesselt; Ihr müsst keine Angst haben, er kann Euch nichts tun", sagte der Wachhabende, um sie zu beruhigen. Er ahnte nicht, dass das sie nur noch mehr bedrückte. Es war wohl besser, wenn sie schwieg. „Öffne die Tür", befahl Niukras.

Widerwärtiger Gestank schlug ihr entgegen und ihr Magen drehte sich um.

„Wenn du nicht möchtest ...", setzte Niukras an, doch Temi schüttelte den Kopf und trat ohne zu zögern in die Zelle. Sie wollte bei Xanthyos sein, solange sie konnte. Doch hier war es so dunkel, dass sie die Hand vor ihren Augen nicht sah. Niukras reichte ihr eine der Fackeln. Was Temi sah, verschlug ihr noch mehr den Atem als der Gestank. Tränen der Wut und Verzweiflung schossen ihr in die Augen. Der Kentaur war mit schweren eisernen Ketten an allen vier Beinen festgebunden. Vorne waren die Fesseln oberhalb des Vorderknies befestigt. Ein Seil um seinen Hals verhinderte, dass er den Kopf bewegte. Seine linke Wange ruhte auf seiner Schulter, seine Augen waren geschlossen

„Xanthyos?", fragte Temi leise. Der Kentaur blinzelte, öffnete seine flatternden Lieder, schloss sie wieder, von der Helligkeit der Fackel geblendet. Er dauerte ein paar Sekunden, bis er sie ansehen konnte.

„Was tust du hier?", fragte er heiser. Seine Stimme klang müde und gequält.

„Ich habe versucht, mit Imalkuš zu sprechen.", antwortete sie. Ein großer Kloß bildete sich in ihrer Kehle und sie meinte, daran zu ersticken. „Er ist so kalt!" Ihre Stimme versagte, doch der Kentaur wusste, was sie sagen wollte. „Nun, so werde ich wenigstens das haben, was ich mir gewünscht habe, nicht wahr? Mein Bruder wird keine Wahl haben, als den Menschen den Krieg zu erklären." Er war verbittert. Aber was hatte er erwartet? Dass die Menschen auf ein fremdes Mädchen hörten?

„Wünschst du dir wirklich Krieg?", fragte Temi mit zitternder Stimme.

„Unser Volk wird sich rächen. Rache nehmen für alle Kentauren, die die Menschen umgebracht haben. Für meinen Bruder und alle anderen!", schrie Xanthyos plötzlich. Temi zuckte zusammen. Hinter ihr stürmten Niukras und der Wächter in die Zelle, aber Temi drehte sich zu ihnen um und schüttelte den Kopf. „Lasst uns allein!", forderte sie fast tonlos.

Sie kniete sich neben Xanthyos. Der Boden war schmutzig, nass und kalt, aber was machte das schon? Der Kentaur wandte jetzt den Blick ab und starrte zur anderen Seite seines kleinen Gefängnisses.

Vorsichtig berührte sie mit der rechten Hand die Schulter seines Pferdeleibes, dort, wo seine menschliche Hälfte begann. Nun erst merkte sie, wie sehr er zitterte. Hatte er Angst? Fror er? Oder beides? Ohne nachzudenken legte sie ihren Arm um seine Schultern. Er stieß sie nicht von sich, wie sie befürchtet hatte. Dadurch ermutigt legte sie auch noch den zweiten Arm um ihn und verschränkte ihre Finger an seiner anderen Seite miteinander, sodass sie ihn ganz umarmte. Aufmerksam beobachtete er sie von der Seite.

„Es tut mir so leid, Xanthyos", flüsterte sie. „Ich hätte nicht herkommen dürfen!"

„Du meinst es ehrlich. Aber du kannst an der Verbohrtheit der Menschen in Šadurru nichts ändern, kleine Außenweltlerin. Verschwinde von hier, so schnell du kannst", riet er ihr mit sanfter Stimme.

Meinte er aus der Stadt oder meinte er von diesem grausigen Ort, an dem er sich gerade befand?

„Xanthyos ..." setzte sie an. Doch die Torwache tauchte wieder hinter ihr auf. Was wollte der Kerl? Merkte er nicht, dass sie mit dem Kentauren allein sein wollte?

„Die Besuchszeit ist für heute um. Du kannst den Gefangenen morgen früh noch sehen, wenn du möchtest", ordnete er an.

Temi schüttelte verzweifelt den Kopf, während ihr erneut Tränen über das Gesicht liefen. Das sollte es gewesen sein? Hatte Imalkuš das gemeint, als er ihr geraten hatte, den Pferdemenschen zu besuchen, solange sie noch konnte. Heute fünf Minuten, morgen fünf, bevor er hingerichtet wurde?

Sie klammerte sich an Xanthyos fest. „Es tut mir leid!", wiederholte sie, leise in Xanthyos' Ohr flüsternd. Der Kentaur wollte seine Hand heben, wurde aber durch ein weiteres Seil daran gehindert. Temi ließ ihn los. Sie musste ihn loslassen. Sonst würden sie sie womöglich morgen früh nicht mehr zu ihm lassen. Was sollte sie ihm sagen? Was sagte man jemandem, der am nächsten Tag sterben würde? Gute Nacht? Es wird alles wieder gut? Nichts dergleichen. So biss sie sich stumm auf die Unterlippe und wollte sich umdrehen, als sie Xanthyos' Lippen auf ihrer Wange spürte. Er hatte sie geküsst.

„Du hast es versucht", sagte er. Er versuchte, sie zu trösten. Jetzt heulte sie los und ihr fiel nichts ein, was sie sagen konnte. Es gab keine Worte.

Die Wache zog sie aus der Zelle. Sie sträubte sich, aber hatte keine Kraft, sich richtig zu wehren – und es hätte auch nichts gebracht. Niukras wartete vor der Tür und er packte sie an der Schulter, damit sie nicht zurück in die Zelle stürzte. „Komm. Wir müssen gehen!", forderte er. Er meinte es gut, aber sie hasste ihn in dem Moment dafür. Niukras führte sie aus dem modrigen Gefängnis. Vermutlich musste sie froh sein, dass man sie nicht auch gleich dabehielt. Mit gesenktem Kopf, damit niemand ihre Tränen sah, schlich sie hinter dem Ratsmitglied her. Sie hatte das Gefühl, nicht mehr atmen zu können, und schnappte nach Luft, als sie den Kerker verließen.

Xanthyos gab ihr keine Schuld an seiner Lage. Es war ein kleiner Trost, doch gleichzeitig auch nicht. Es konnte keinen Trost geben, es sei denn, Imalkuš nahm sein Urteil zurück.

Ihr stockte der Atem. Denn als sie die Tränen aus ihren Augen wischte, erkannte sie, dass jemand vor ihr stand. Nicht irgendjemand. Imalkuš.

„Ich möchte mit Euch reden!" Herrisch hielt er ihr seine Hand hin. Was erwartete er? Dass sie sie ergriff? Temi verschränkte ihre Arme wie ein Panzer vor der Brust. Sie wollte nicht, aber er war der einzige, der Xanthyos retten konnte. Sie biss die Zähne zusammen.

„Fangt an, König Imalkuš."

„Nicht hier", sagte er kühl. „Folgt mir!", befahl er und ging voraus. Die beiden Soldaten, die ihn begleiteten, machten ihr deutlich, dass es keine Bitte gewesen war und sie keine Wahl hatte. Niukras blieb beim Kerker zurück und sah ihnen mit finsterem Blick nach.

Imalkuš ging mit langen Schritten voran zum Palast, wo die Wüstenkrieger ihnen die Tore öffneten. Temi erkannte den Weg, den der junge König einschlug, wieder. Er führte zu ihrem Zimmer, nein, zu seinem danebem.

Stumm forderte er sie auf, einzutreten. Temi machte einen winzigen Schritt nach vorn. Die Tür schloss sich hinter ihr wieder. Unwillkürlich schluckte sie. Jetzt war sie mit ihm allein in einem Zimmer. Zum ersten Mal wirklich allein. Als König hatte er wohl das Recht, alleine mit einem Botschafter zu sprechen. Vielleicht interessierte ihn ihr Ruf aber auch nicht mehr. Ihr jedenfalls war egal, was diese Menschen von ihr dachten. Temi sah Imalkuš kühl an. Vor ein paar Stunden hätte sie sich gefreut, mit ihm unter vier Augen zu reden, aber jetzt?

Er ging zu dem Tisch, beugte sich über ein Stück Papyrus und schien sie darüber zu vergessen. Auch Temi gab keinen Ton von sich. *Er* wollte mit *ihr* sprechen. Sie ging zum Fenster auf der anderen Seite des Raumes und starrte hinaus. Unten in der Stadt patrouillierten Soldaten durch die Straßen. Überall standen Menschen in kleinen Gruppen zusammen. Und auf einem größeren Platz wurde ein Holzgerüst aufgebaut.

Dort würde Xanthyos also morgen gefesselt und gesteinigt. Schaudernd wandte sie den Blick ab. Der Gedanke daran versetzte ihrem Herz einen schmerzhaften Stich. Sie mochte den Kentauren, so aufbrausend er auch sein mochte.

„Es war nicht sein Wille", sagte der König schließlich.
Temi reagierte nicht.
„Mein Vater wollte keinen Krieg mit den Kentauren."
„Welch eine Neuigkeit!", dachte Temi bitter. „Und warum beschwört Ihr ihn jetzt herauf?"
Ihre Dreistigkeit würde sie doch noch den Kopf kosten, dessen war sie sich sicher. So sprach man nicht mit dem Herrscher, auch wenn er bis vor ein paar Stunden scheinbar noch so getan hätte, als wäre er ein Freund. Sie konnte nur hoffen, dass sie den Weg nach Hause fand, *bevor* sie ihren Kopf hierließ.
„Mein Vater war ein Narr!", fuhr Imalkuš sie zornig an. „Und das war ich auch, den Kentauren zu vertrauen!"
„Du glaubst doch selbst nicht", entgegnete Temi erregt, „dass sich die Kentauren in den Palast schleichen konnten, ohne dass irgendjemand irgendetwas gemerkt hat?!"
„Xanthyos selbst hat dich vorgestern gerettet", erinnerte Imalkuš sie. „Ein Kentaur in den Straßen der Stadt", betonte Temi. „Nicht drei im Thronsaal in der streng bewachten Festung! Wenn sie hineinkamen, dann nicht ohne Hilfe. Aber weißt du, was ich glaube? Dass sie hineingeschmuggelt wurden, gegen ihren Willen. Deine Familie scheint gerne mal Kentauren zu entführen. Dein Vater hat mir gestern davon erzählt, was dein Großvater getan hat. Ist es also Zufall, dass gestern eine Siedlung der Kentauren angegriffen und die meisten Einwohner getötet wurden? Wer kennt den Palast in und auswendig und wer profitiert am meisten vom Tod des

Königs? Wer hielt plötzlich wundersamerweise eine Urkunde mit der Unterschrift des Königs in der Hand? Du bist wirklich ein Narr, wenn du nicht siehst, dass dein lieber Adoptivbruder dahinter-" Klatsch. Temi hielt sich die schmerzende linke Wange. Ihre Hand wurde feucht und rot. Die gerade verheilende Wunde war wieder aufgerissen. Imalkuš hatte sie geohrfeigt – und Temi kochte über vor Wut. Jede Vorsicht war vergessen.

„Die Kentauren halfen Eurem Vater gegen die Paršava. Erinnert Ihr Euch? Sirun ließ das Bild aus Eurem Teppich herausbrennen, König Imalkuš? Oder wart Ihr es doch selbst? Heuchler!"

Das letzte Wort entfuhr ihr, bevor sie nachdachte. Imalkuš machte einen Schritt auf sie zu und packte sie an der Kehle. Nur einen Sekundenbruchteil – dann ließ er sie erschrocken los. Wie erstarrt blieb er stehen, den Arm noch immer erhoben, die Finger zum festen Griff gekrümmt. Nur ein paar Zentimeter von ihrem Hals entfernt. Temi schluckte. Es war so schnell gegangen, dass sie erst jetzt den Schmerz registrierte. Sie sah ihn betroffen an. Sie musste hier weg. Und zwar ganz schnell. „Entschuldigt!", sagte sie, ohne es wirklich zu meinen. Bevor er die Bestürzung – über ihren Vorwurf oder seine eigene Reaktion? – überwinden konnte, kehrte sie ihm den Rücken zu und verließ den Raum. Ein paar Meter weiter betrat sie ihr eigenes, Tisanthos' Zimmer. Sie schloss die Tür hinter sich. Zitternd blieb sie mitten im Raum stehen. Gott, welcher Wahnsinn trieb sie gerade? So sprach man nicht mit einem König! Schon gar nicht, wenn man „nur" ein Mädchen war, in dieser Zeit, an diesem Ort.

Sie warf sich auf das Bett, schloss die Augen und lauschte in die Stille hinein. Von drüben hörte man kein Geräusch. Wenn Imalkuš in einem Wutanfall irgendetwas zertrümmerte, würde sie es mitbekommen. Ebenso, wenn er Wachen rief, um sie zu Xanthyos in den Kerker zu werfen. Doch sie hörte nichts.

Imalkuš stand wie angewurzelt. Sein Atem ging schwer und schnell, sein Blick war auf die Wand gerichtet, an der im Nachbarzimmer der Gobelin hing. Er konnte ihn vor sich sehen, auch den Brandfleck. War er ein Heuchler? Temi irrte sich. Er hatte diesen Schaden nicht verursacht. Was allerdings sein Handeln betraf ...

Nein! Nein, er würde wegen dieses Mädchens seine Entscheidung nicht rückgängig machen. Sirun hatte Recht gehabt, Temi hatte ihn abgelenkt und verzaubert und nichts als Ärger gemacht. Die Kentauren hätten niemals die Gelegenheit gehabt, so nah an die Stadt heranzukommen, wenn sie nicht Temi als Vorwand und Ablenkung gehabt hätten.

Er mochte Sirun nicht, doch er respektierte diesen letzten Wunsch seines Vaters. Er hatte seinem Cousin das königliche Amt gegeben, das ihm zustand. Es war Zeit, mit Sirun Frieden zu schließen und Seite an Seite zu stehen. Nur so konnten sie Stärke zeigen, vor dem Volk und gegenüber den Kentauren. Der Krieg war ohnehin unvermeidlich. Indem er Sirun nachgab, hielt er sich den Rücken frei, hatte seinen Adoptivbruder ein bisschen unter Kontrolle – und konnte vielleicht sogar auf ihn zählen.

Imalkušs Blick fiel auf das Schriftstück in seiner Hand. *Wer profitiert am meisten vom Tod des Königs?* Temis Worte hallten in seinem Kopf nach. Es war die Unterschrift seines Vaters, ohne Zweifel. Wut stieg in ihm hoch. Warum ausgerechnet jetzt?! Frustriert ließ er den Papyrus auf den Tisch fallen, wo dieser leise raschelnd auf etwas liegen blieb. Imalkuš hob das Blatt noch mal an. Das Diadem, das Temi am

Morgen getragen hatte. Zögernd nahm er es in die Hand und wandte sich zur Tür, wo die junge Frau verschwunden war. Wieso fiel sie ihm in den Rücken? Wieso konnte sie ihm nicht einfach helfen?

Helfen? Wobei? Den Krieg doch noch zu verhindern? Wollte er das? Ein flaues Gefühl breitete sich in seinem Magen aus. Vielleicht wusste Aireion ja nicht, was sein Bruder getan hatte. Aber Xanthyos steckte zweifelsohne hinter dem Mord. Temi hatte selbst gesagt, dass er Rache wollte, und die bekam er nur durch Krieg. Er würde ihn bekommen. Und für seine Tat sterben.

Imalkuš hatte sein Urteil gefällt. Er würde es nicht widerrufen – selbst wenn er wollte, konnte er es nicht, ohne sein Gesicht und die Anerkennung des Volkes zu verlieren. Er musste hoffen, dass Temi ihn irgendwann verstand. Vermutlich hoffte er vergeblich.

Imalkuš verließ sein Zimmer und ging zu ihrem. Leise öffnete er die Tür. Sie saß auf ihrem Bett, schaute nicht hoch, öffnete noch nicht einmal die Augen. Ihre Wangen waren feucht und zwischen ihren Wimpern glitzerten Tränen. Weinte sie vor Angst? Oder um den Kentauren?

Imalkuš macht ein paar Schritte in ihre Richtung und hielt ihr das Diadem entgegen. „Es steht dir und es gehört dir", erklärte er leise. Sie sah ihn nicht an. Vorsichtig setzte er ihr das Diadem auf den Kopf. Er wünschte, er könnte die Zeit zurückdrehen zum Morgen, doch das stand nicht in seiner Macht. Jetzt blickte sie misstrauisch zu ihm hoch, und er presste die Lippen zusammen und verließ ihr Zimmer.

Temi war zu aufgebracht, um nachzudenken, aber sie musste. Sie schuldete es Xanthyos. Sie würde die Stadt morgen früh verlassen, das war sicher. Aber gab es noch eine Möglichkeit, Xanythos zu retten? Wie war er gestern – es war erst gestern gewesen! – in die Stadt hineingekommen? War das ein Weg hinaus? Wenn nicht, dann vielleicht durch den Brunnen. Doch wie sollte sie ihn aus dem Kerker befreien? Er wurde von zu vielen Soldaten bewacht. Selbst, wenn jemand ihr half, etwa Niukras oder Kalaišum: Xanthyos war kein einfacher Dieb, den man mit Geld und Einfluss freikaufen konnte. Er war der wichtigste Gefangene in dieser Stadt.

Es war hoffnungslos. Sie hatte keine Chance, Xanthyos zu helfen. Was sollte sie ihm sagen? Dass sie versagt hatte? Das wusste er, auch wenn er ihr nicht die Schuld gab. Und wie sollte sie Aireion die Nachricht vom Tod seines Bruders überbringen? Hatte er von der Aktion gewusst? Bestimmt nicht. Xanthyos' kleine Gruppe war niedergemetzelt worden. Vielleicht wartete Aireion trotz aller Streitigkeiten auf die Meldungen seines Bruders. Die heute nicht kommen würden. Von nun an gar nicht mehr ...

Schluchzend warf sie sich aufs Bett und weinte in ihr Kissen. Das Diadem rutschte von ihrem Kopf, fiel von der Bettkante runter, klirrte auf den Steinboden, wo sie es achtlos liegen ließ.

Hatte sie gedacht, sie befände sich in einem Traum, musste sie sich nun korrigieren: Es war ein Alptraum!

Irgendwann schlief Temi erschöpft ein. Weil das Kissen nass war, wischte sie es beim Einschlafen beiseite. Es landete auf dem Diadem. Sie nutzte indes ihren angewinkelten Arm als Unterlage.

Mitten in der Nacht weckte sie ein fremdes Geräusch. Als sie aufsah, bemerkte sie im Fackellicht eine Gestalt an der geschlossenen Tür. Erschrocken fuhr sie hoch. Ihr Herz raste. „Shht!", wisperte eine Frauenstimme am Eingang. Peiresu!

„Was machst du hier?", fragte Temi halb verschlafen. Hatte Imalkuš sie geschickt? Misstrauisch sah sie die Dienerin an. Sollte Peiresu sie überreden, sich mit Imalkuš zu versöhnen und sich auf seine Seite zu stellen? Die Frau schlich lautlos näher; Temi richtete sich auf und unterdrückte einen Schmerzenslaut. Sie hatte auf dem angewinkelten Arm geschlafen; jetzt tat er ob der ungewohnten Schlafstellung weh. Als sich Peiresu zu ihr beugte, bemerkte Temi, dass ihre Augen gerötet waren. Hatte sie geweint?

„Es zerbricht alles, was König Rhubeš aufgebaut hat. Es ist nicht einmal ein halber Tag seit seinem Tod vergangen. Und schon zerreißen sie sich!" klagte die junge Frau.

Was sollte sie dazu sagen? Es waren halt ... Männer ... Lügner!

Temi merkte, dass die Wut wieder in ihr hochkochte. Aber sie musste sie diesmal zügeln!

„Der Kentaur ...", fuhr Peiresu leise fort.

Xanthyos! Sie hatte geschlafen, während er im Kerker lag. Sie hatte aufgegeben, anstatt die Mauern mit bloßen Händen niederzureißen – anstatt irgendetwas zu tun.

„Ich habe gehört, du warst bei ihm im Kerker. Hast du keine Angst vor ihm?"

„Warum sollte ich?", fragte Temi ungehalten zurück. „Er ist unschuldig. Und er hat mich gerettet. Zwei Mal schon!"

„Ich weiß nicht", sagte Peiresu zögerlich, „aber es heißt, Kentauren seien über alle Maßen brutal."

„Ach, deshalb ist es also in Ordnung, sie in der Unterzahl abzuschlachten wie Vieh?", brauste Temi auf. „Das ist Unsinn! Sirun und seine Männer haben die Kentauren überfallen!" Im nächsten Augenblick bereute sie ihren Ausbruch schon. Was konnte Peiresu dafür? Sie war eine

Frau, sie bekam keine Informationen, hatte keinen Einfluss und hätte dieses Morden sicher nicht befürwortet.

Peiresu zuckte hilflos mit den Schultern. „Aber es waren doch Kentauren, die König Rhubeš getötet haben. Ich habe sie gesehen; sie sahen sehr wild aus."

„Du hast sie lebend gesehen?", horchte Temi auf. Doch Peiresu schüttelte den Kopf. „Siruns Leibwächter hatten sie schon erschlagen."

Siruns Leibwächter! Also *war* Sirun in der Nähe gewesen.

„Sirun hat es geschafft, Imalkuš aufzuhetzen", fuhr Peiresu traurig fort. „*Er* war da, um den König zu rächen. Imalkuš hat ein schlechtes Gewissen, weil er nicht mal in der Nähe war. Sirun hat es wenigstens versucht."

Nein, eher hatte Sirun selbst den König erschlagen. Und Xanythos würde dafür bezahlen.

„Ich will einfach nicht, dass er stirbt", wisperte Temi, ohne Peiresu zu antworten. Was hätte sie auch sagen können? Tränen ließen sie erneut blind werden und sie biss stumm ihre Zähne zusammen, während ihre Wangen nass wurden. Peiresu nahm Temi in den Arm. Obwohl Temi eigentlich nichts mehr mit den Menschen hier zu tun haben wollte, ließ sie sich doch von der Dienerin trösten. Es half ihr, die Fassung wiederzugewinnen.

„Wann beginnt der Tag?" fragte sie mit brüchiger Stimme. Sie wusste nicht, wie lange sie geschlafen hatte. Das Morgengrauen durfte sie nicht verschlafen! Sie musste rechtzeitig bei Xanthyos sein.

„Noch zwei Stunden etwa?", schätzte Peiresu. „Die Sterne stehen hoch am Himmel, es ist noch kein Licht zu sehen."

„Dann gehe ich jetzt zu ihm."

„Temi, es ist noch dunkel."

„Ja und wenn es hell wird, töten sie ihn."

Die Dienerin seufzte leise, als sich Temi aus der Decke kämpfte, aufstand und im schummrigen Licht mit fahrigen Bewegungen und zitternden Händen nach neuer Kleidung suchte. Es dauerte scheinbar ewig, bis sie das Richtige fand – ein Hemd und eine lockere Hose. Sie hatten auf der Kleiderkiste gelegen. Als sie die Kiste geöffnet hatte waren sie hinuntergerutscht.

„Imalkuš hat dir seine Jugendkleidung bringen lassen", erklärte Peiresu. „Er meinte, dass du lieber Männerkleidung trägst."

Ausgerechnet er! Glaubte er, er könnte sie so bestechen? Sie würde ihm nicht dankbar sein. Sie verzog ihr Gesicht, sagte aber nichts. Schließlich brachte es nichts, Peiresu gegenüber unfreundlich zu sein.

Flink zog sie Hose und das Hemd an. Als sie sich wieder umdrehte, hatte die Dienerin das Kopfkissen und das darunter liegende Diadem aufgehoben. Nachdenklich drehte sie es in ihren Händen.

„Ich weiß nicht, ob wir uns noch mal sehen, Peiresu. Ich werde nach der ... nach ... nach Sonnenaufgang die Stadt verlassen."

„Bist du dir sicher?", fragte Peiresu furchtsam. „Die Kentauren werden rasen, wenn sie erfahren, was passiert ist."

„Ja, bei den Kentauren bin ich sicher. Mit Sirun als Vizekönig und unter Menschen, die zu solchen Verbrechen fähig sind, werde ich keine ruhige Minute mehr verbringen!"

Peiresu umarmte sie stumm und reichte ihr dann das Diadem. Doch Temi schüttelte den Kopf. „Behalt es. Ich will es nicht. Ich lasse mich nicht kaufen."

Peiresu seufzte erneut. „Temi, geh nicht!", versuchte sie die Außenweltlerin aufzuhalten, aber die verließ den Raum, ohne sich umzusehen. Draußen hörte sie sie leise Worte mit den Wüstenkriegern wechseln, die im Flur Wache standen. Peiresu war überzeugt, dass diese Krieger, die dem König so treu ergeben waren, sie zurückschicken würden. Doch dann entfernten sich die Stimmen. Offenbar hatte Temi es geschafft, die Soldaten zu überzeugen.

Peiresu atmete auf. Sie würde hier bleiben, bis Imalkuš aufwachte – denn er würde sicher herkommen, um noch einmal mit Temi zu reden. Aber sie war froh, dass Temi dieses erste Hindernis überwunden hatte.

Sie mochte diese Außenweltlerin. Es war bestimmt nicht einfach für sie. Sie war in diese fremde Welt geraten und dann hatte sie noch als erstes die Kentauren kennengelernt. Das machte ihre Lage noch komplizierter. Deshalb konnte Peiresu nachvollziehen, dass die rothaarige junge Frau Sympathien gegenüber diesen Pferdemenschen entwickelt hatte. Besonders den Anführer schien sie in ihr Herz geschlossen zu haben. Um ihn weinte sie. Das stimmte Peiresu nachdenklich.

Temi hatte merkwürdige Interessen und tat Dinge, die sich für eine Frau nicht schickten. Sie trug gerne Hosen, schminkte sich nicht und konnte reiten. Aber sie war klug und mit einem gesunden Menschenverstand gesegnet. Konnte es dann so falsch sein, wenn Temi behauptete, dass Kentauren gar nicht so furchtbar waren, sondern sehr sympathische Wesen? Die es wert waren, beweint zu werden? Auch Imalkuš hatte nach seiner Rückkehr aus Thaelessa viel Gutes über die Pferdemenschen und ihr freies Leben erzählt. Er hatte sich sogar nach Thaelessa zurückgesehnt. Vor langer Zeit. Und bis gestern hatte er Sirun dafür verflucht, dass er die Hilfsbereitschaft und die Güte der Pferdemenschen verleugnete. Bis gestern. Jetzt war er wirr vor Eifersucht und schlechtem Gewissen. Es war, als hätte er den Weg unter seinen Füßen verloren.

Nachdenklich setzte sich Peiresu auf die Bettkante. Vielleicht sah heute ja alles ganz anders aus. Vielleicht hatte sich Imalkuš im Schlaf von dem gestrigen Tag erholt, der nur Schmerz und Zorn gebracht hatte. Vielleicht entließ er den Kentauren wieder in Freiheit und Temi und er versöhnten sich. Sie waren ein so schönes Paar gewesen, als sie gestern Morgen von ihrem Zimmer zum Thronsaal gegangen waren.

Doch die Chance, dass alles wieder ins Lot kam, war sehr gering. Das Volk hatte nicht die gleiche Einsicht in die Dinge wie Imalkuš. Ließ der König den Kentauren frei, konnte sich die ganze angestachelte Wut der Bürger gegen ihn richten – und so Sirun den Weg an die Macht ebnen. Das würde unweigerlich zum Krieg mit den Kentauren führen. Und auch die Paršava würden sich vermutlich die Chance nicht entgehen lassen und den Friedensvertrag mit dem geschwächten Nachbarn brechen. Sirun war kein guter Diplomat, das hatte Niukras ihr erzählt. Peiresu lächelte beim Gedanken an den jungen Ratsherrn. Sie waren seit einigen Jahren gut befreundet und waren lange Zeit „nur" das gewesen: Freunde. Dann aber hatten ihre Eltern nach einem geeigneten Mann für sie gesucht und einen gefunden – den sie nicht ausstehen konnte. Zwar brachte sie ihr Dienst bei der Königsfamilie ihrer Familie ein gewisses Ansehen, im Gegensatz zu den anderen Töchtern in Šadurru, aber so viel dann doch nicht, um die Entscheidung ihrer Eltern ändern zu können. Auch war sie schon recht alt, viel länger konnten ihre Eltern mit der Verheiratung nicht warten. Einen Tag, bevor ihre Eltern und die ihres zukünftigen Mannes diese Vereinbarung festigen konnten, war sie zutiefst betrübt nach Hause gekommen. Da hatte Niukras dort gesessen, ihren Eltern gegenüber. Ihre Mutter hatte sich vor Aufregung Luft zugefächelt, ihr Vater hatte breit gelächelt. Kaum hatten sie Peiresu gesehen, war Niukras gegangen – und ihre Mutter war ihr um den Hals gefallen.

Niukras hatte um Peiresus Hand angehalten. Natürlich war eine Ehe mit einem Mitglied des Hohen Rates eine viel vorteilhaftere Verbindung als die mit einem respektablen, aber einfachen Adligen. In wenigen Wochen würden sie heiraten. Peiresu war glücklich darüber. Mittlerweile liebte sie ihn – und er sie, da war sie sicher.

Er erzählte ihr viel; auch in der vergangenen Nacht hatten sie miteinander gesprochen. Ob sein Verdacht stimmte, dass Sirun seinen kleinen Bruder getötet hatte, wusste sie nicht, aber langsam wurden es viele zufällige Schicksalsschläge, die Sirun umgaben. Peiresu erschauderte. Konnte der Neffe wirklich seinen Onkel, konnte Sirun wirklich König Rhubeš ermordet haben?!

Als König, so sagte Niukras, hätte Sirun keine Chance, auf diplomatischem Weg die Paršava in Schach zu halten. Imalkuš traute er das hingegen zu, und sie ebenfalls. Doch Peiresu wusste, es würde für den jungen König schwierig werden, sein Urteil von gestern zu revidieren. Er musste sich auf ganz schmalem Grat bewegen und lief ständig Gefahr abzurutschen. Im Grunde konnte nur ein Wunder diese verzwickte Situation lösen.

Temi schnürte den Umhang fester und zog ihre Kapuze tiefer ins Gesicht, sodass man sie beim flüchtigen Hinsehen nicht erkannte – obwohl zwei Wüstenkrieger ihr folgten. Um sicherzustellen, dass sie nichts Dummes anstellte oder um sie zu schützen? Schnellen Schrittes eilte sie aus dem Palast heraus. Sie galt wohl doch als Diplomatin, nicht als

Gefangene. Dann würde sie hoffentlich auch niemand aufhalten, wenn sie nachher die Stadt verließ.

Plötzlich trat ihr doch eine dunkle Gestalt in den Weg: Emeeš, der Anführer der Wüstenkrieger. Mit einer Kopfbewegung schickte er seine beiden Leute weg und sah Temi mit seinen schwarzen Augen mitleidig an. „Komm, ich brrringe dich zu ihm", sagte er dann mit seinem starken Akzent und rollendem „rr".

Überrascht zog Temi die Augenbrauen hoch. „Zu Xanthyos?"

„Zu dem Pferrdemenschen", bestätigte Emeeš und ging voran.

Temi folgte ihm schnell. „Wieso tut Ihr das?"

„Wirr Thku haben keinen Strreit mit den Pferrdemenschen. Wirr werrden Konig Imalkuš vorr jedem Angrreiferr beschutzen, doch unserr Volk hasst die Pferrdemenschen nicht."

Die Erklärung war länger als alles, was sie bisher von den Wüstenkriegern gehört hatte. Emeešs dunkle Stimme klang ruhig und sehr angenehm. So, wie sie sich die Stimme eines stillen, aber sehr gefährlichen Kriegers vorstellte.

„Könnt Ihr nicht versuchen, die Heqassa auch davon zu überzeugen?"

„Wovon, kleine Krriegerrin? Dass die Wesen, vorr denen sie sich so fürrchten und die sie verrachten, eigentlich einen klaren Kopf und ein Herrz haben – einen Menschenverrstand statt dem eines Tieres und das Herrz eines Menschen?"

„Ja ...?"

„Wirr sind selbst Frremde fürr sie. Wirr sind fürr sie Krriegerr, keine Menschen. Auf uns hörrt niemand."

Vermutlich hatte der Hüne recht. Wie würde sie reagieren, wenn ein Fremder zu ihr sagte, dass jemand, den sie hasste, gar nicht so hassenswert war? Bestenfalls würde sie demjenigen plötzlich auch misstrauen, ihn vielleicht sogar für einen Verbündeten des Feindes halten. Temi schüttelte stumm den Kopf. Es war sinnlos.

Sie folgte dem Thku leise durch die düsteren Straßen der Stadt. Nur die Sterne spendeten Licht für den Weg. Der Mond war nicht zu sehen. Er versteckte sich wohl auf der anderen Seite des Berges. Im Osten sah sie Orion aufgehen, dicht über ihm drohte der Stier mit seinen Hörnern, auch die Plejaden konnte sie gut mit bloßem Auge erkennen, so klar war der Himmel. Die Gewitterwolken hatten sich verzogen – wenn doch nur das drohende Gewitter hier auf der Erde auch ausbliebe!

Fröstelnd zog sie den Umhang noch fester um ihren Körper und hielt Ausschau nach dem Gefängnis. Bald sah sie es. Die Rüstungen der Wachen glänzten schwach im Licht der Fackeln am Eingang. Die Wachen wichen sofort vor dem dunklen Krieger zurück.

„Alleine?"

Auf die knappe Frage antwortete Temi mit einem Nicken. „Wenn mich die Wachen drinnen hineinlassen!"

„Werrden sie", versprach der Hüne und nickte einer der beiden Torwachen zu.

„Viel Gluck."

Gluck? Wobei? Hier reichte kein Gluck, hier half nur noch die Unterstützung der Götter!

Dennoch bedankte sie sich bei dem Krieger, der seinen Posten verlassen hatte, um sie zu begleiten. Sie war froh und traurig zugleich über seine Worte.

Der Wächter hielt ihr die Tür auf und geleitete sie den immer enger werdenden Gang bis zu seinem Kameraden, der vor der Zelle Wache hielt. Dieser wirkte müde; mit Besuch zu dieser Zeit hatte er nicht gerechnet. Es war nicht derselbe wie gestern, deshalb hegte Temi die Hoffnung, doch ein wenig länger bei dem Kentauren bleiben zu dürfen.

Bevor er die schwere Steintür entriegelte, bat sie den Wächter mit einem Handzeichen, noch einen Moment zu warten. Sie lehnte ihre Stirn an die Steintür. Sie hatte sich kein einziges passendes Wort zurechtgelegt. Was sollte sie ihm sagen?

Dann stockte ihr der Atem. Sie hörte Stimmen in der Zelle. Xanthyos' sprach, eindeutig. Doch mit wem? Der Wächter hätte ihr sicher gesagt, wenn er jemanden hereingelassen hätte.

„... Laisto und ... Echainar entführen ...", meinte sie zu hören. „Aireion wird gezwungen sein ..."

Sie war nicht sicher, ob es Xanthyos' Stimme war, aber wessen sonst? Hatte sie sich in dem Kentauren getäuscht? Hatten er und seine Männer doch etwas mit dem Mord an Rhubeš zu tun? Nein, das glaubte sie nicht. Die Pferdemenschen hatten sicher keine Verbündeten in Šadurru, die Hochverrat am eigenen Volk begehen würden, indem sie die Kentauren in die Stadt und bis in den Palast schleusten.

„Öffnet die Tür, bitte!", bat sie den Wächter leise. Der schob den Riegel zurück, schloss die Steintür auf und schlug sie wieder hinter ihr zu.

Temi spähte mit einer Fackel in der Hand in die kleine Zelle. Der Kentaur blickte in ihre Richtung. Er war hellwach. Seine großen dunklen Augen reflektierten das Licht des Feuers und hätte er Pferdeohren gehabt, hätten diese aufmerksam in ihre Richtung gelauscht. Er sah aus, als hätte sie ihn bei irgendetwas ertappt. Bei einem Selbstgespräch? Denn Temi sah sonst niemanden – wen auch?

Im nächsten Moment bemerkte sie zu seinen Füßen einen kleinen Schatten, der sich gerade im Schatten der Wände auf und davon machen wollte. Sie schnellte nach vorne – und bekam einen kleinen schwarzen Kater im Nacken zu packen.

„Thanatos?", fragte sie verblüfft. Sie drehte sich zu Xanthyos um.

„Wie kommt er überhaupt hierher? Und du unterhältst dich mit einer Katze? Und wer sind Laisto und Echainar?"

Xanthyos war eine Nuance bleicher geworden, als sie den Kater erwischte. Doch jetzt lächelte er – wenn auch gequält. „Ich habe nicht mit so frühem Besuch gerechnet. Und du würdest es doch nicht verstehen. Menschen halten sich selbst für die Krönung der Schöpfung. Sie wissen nicht, dass Tiere Verstand haben können."

Was sollte das denn jetzt? Eine Moralpredigt, solange er noch die Gelegenheit hatte? Oder wollte er sich einfach seine Gefühle von der Seele reden. Wer konnte es ihm verdenken? Egal, worüber Xanthyos eben mit der Katze gesprochen hatte: Er hatte Besseres verdient als einen Streit darüber, was Menschen wussten oder nicht, und Besseres als drängende Fragen. Wenn er es ihr noch sagen wollte, würde er es tun.

„Ich werde heute Mittag versuchen, mich nach Thaelessa durchzuschlagen." Sie stockte. Es war grausam, mit ihm, der hingerichtet werden sollte, von einem Zeitpunkt zu reden, den er nicht mehr erleben würde. Doch Xanthyos sollte wissen, dass sein Bruder alles erfahren würde, was er ihm noch sagen wollte.

„Lass Thanatos los und lass ihn raus", bat der Kentaur. Temi setzte den Kater auf den Boden, auch wenn sie ihn gerne zum Trost bei sich behalten hätte. Wenn Xanthyos es wollte! Was auch immer das kleine Tier schon wieder hier machte.

Jetzt setzte Thanatos eine Pfote an die Tür. Für einen Moment glaubte Temi schon, er würde jetzt einfach durch die geschlossene Tür spazieren – diesem Kater war wohl alles zuzutrauen. Doch er hob nur den Kopf und maunzte auffordernd. Sie lächelte traurig und klopfte dann an die Tür. Ein paar Sekunden später öffneten die Wachen die Tür. Ein Spalt reichte dem Kater, um aus dem Kerker zu flitzen, ungesehen von dem Wächter. Sie war sich sicher, keiner würde ihn zu Gesicht bekommen.

„Was ist?", fragte der Wächter nach und Temi schüttelte den Kopf. „Es tut mir Leid ... ich dachte ... ich dachte, ich wollte gehen. Aber ich brauche doch noch ein paar Minuten."

Der Soldat verzog grimmig das Gesicht. Wortlos verschloss er die Tür wieder.

Als sie sich umdrehte, lächelte Xanthyos erleichtert. „Katzen passen durch viele Öffnungen", erklärte er und wies mit dem Kopf nach oben zu dem schmalen Lüftungsschacht. Durch das kleine Loch funkelten die Sterne.

„Welche Ironie, dass ich ihn Thanatos genannt habe", murmelte Temi, eher zu sich selbst. Erst als Xanthyos den Kopf schieflegte, wurde ihr bewusst, dass sie laut gesprochen hatte. Sie presste die Lippen aufeinander. Sie wollte nicht noch etwas Falsches sagen! Der Kentaur verstand allerdings, was sie meinte: Ein Kater mit dem Namen des Todesgottes war fast der Letzte, der einen zum Tode Verurteilten besuchte.

„Entschuldigung", hauchte Temi.

„Hör auf dich zu entschuldigen. Die Situation ist auch für dich nicht leicht", sagte Xanthyos. Es war merkwürdig, aber er schien sich ein wenig zu entspannen. Er hatte recht: Es brachte nichts, wenn sie sich jetzt für alle Aussagen entschuldigte, die seinen baldigen Tod betrafen. Sie ergriff, weniger zögerlich als am Tag zuvor, die linke Hand des Kentauren und hielt sie einfach fest. Sie wollte ihm ein wenig Trost spenden und hoffte nur, dass es ihr gelang.

„Wirst du meinem Bruder die Stadt beschreiben, damit er sie im Fall einer Belagerung leichter einnehmen kann?", fragte er leise, damit der Wachmann draußen es nicht hörte.

Mit so einer Frage hatte sie nicht gerechnet. Was sollte sie antworten? Würde sie es tun? Sicher würden die Kentauren kein Erbarmen mit den Einwohnern kennen, ebenso wenig wie die Menschen, die in der Kentaurensiedlung im Wald gemordet hatten, kein Mitleid mit den Frauen und Kindern gehabt hatten. Die Krieger hatten erst recht keine Gnade zu erwarten.

Aber Temi wollte nicht, dass Peiresu etwas geschah. Und Kalaišum? Niukras? Keethun? Nicht zuletzt doch auch Imalkuš? Sie hatten doch den Krieg nicht gewollt.

Andererseits war Aireion gütig: Er würde kein Massaker unter den Menschen zulassen, da war Temi sicher. Und vielleicht würde er auf ihren Wunsch gewisse Personen verschonen. Temi seufzte: Letztendlich hatten die Menschen den Krieg begonnen. Wer oder was auch immer den Fluss vergiftet hatte – die Kentauren waren es kaum gewesen.

Doch selbst wenn sie Aireion alles über den Aufbau der Stadt verriet, wie konnten die Kentauren die Stadt einzunehmen? Wie konnten sie mit ihren Pferdeleibern Mauern erklimmen? Leitern aufstellen konnten sie nicht. Xanthyos hatte es zwar ungerüstet in die Stadt geschafft, doch im Krieg trugen die Soldaten immer Rüstungen. Wie auch immer Xanthyos es also gelungen war, den gepanzerten Kriegern würde es nicht leichter fallen.

„Ja, werde ich", antwortete sie, ebenso gedämpft.

Der dunkelhaarige Kentaur blickte ihr tief in die Augen. Er wollte sehen, ob sie die Wahrheit sagte, hatte selbstverständlich ihr Zögern bemerkt. „Ich verstehe dein Zögern", sagte er. „Ich bitte dich darum, deine eigenen Artgenossen zu verraten."

Dass ihr nicht um die eigene Art ging, sondern dass es einzelne Personen waren, die ihr am Herzen lagen, wusste er nicht.

„Vielleicht musst du es ja gar nicht."

„Natürlich muss ich", stieß sie hervor, mit Tränen in den Augen. Wenn sie schon bei allem anderen versagt hatte, wollte sie es so wenigstens ein bisschen wiedergutmachen. „Es tut mir Leid", fügte sie sofort beschämt hinzu. „Wenn ich wieder nach Thaelessa zurückgehe, werde ich Fürst Aireion geben, was er braucht. Eine Nachricht von dir vielleicht, aber sicher auch die Informationen, die ihm im Krieg helfen ... und bei der Rache", sagte sie leise. Xanthyos sah sie mit großen Augen an. „Bei der Rache ...", wiederholte er langsam. Temi presste die Lippen zusammen und antwortete nicht.

„Eine Nachricht von mir", sagte er schließlich nachdenklich.

„Frag ihn, ob er nun einsieht, dass ich Recht hatte, und dass den Menschen nicht zu trauen ist."

Temis Schultern sackten nach unten. Sie hatte eher auf versöhnliche letzte Worte an den Bruder gehofft, nicht auf eine so kalte, herausfordernde Frage. Um zu beweisen, dass er Recht hatte, musste Xanthyos in der Tat erst sterben. Ein hoher Preis.

„Ich werde es ihm ausrichten", erwiderte sie mit heiserer Stimme. Eine Versöhnung der beiden Brüder würde es also nicht mehr geben.

Sie starrte an dem Kentauren vorbei. Warum mussten Männer immer so kalt sein, sich von ihren negativen Emotionen mehr treiben lassen als von ihrer zweifellos vorhandenen Vernunft? Und das ausgerechnet in kritischen Situationen, wenn eigentlich nur noch die Vernunft half. Das galt für Imalkuš ebenso wie für Xanthyos. Hoffentlich war Aireion anders – aber selbst wenn: Xanthyos' Hinrichtung konnte nichts anderes nach sich ziehen als den Krieg.

„Pass gut auf dich auf, kleines Menschenmädchen."

Abschiedsworte? Jetzt schon? Wollte er in den letzten Minuten seines Lebens doch lieber allein sein?

„Warum?", begann sie, doch mit einer schwachen Kopfbewegung, behindert durch den Strick um seinen Hals, wies der Pferdemensch zum Eingang. Dort stand der Wächter schon mit einer Fackel. Es waren sicher mehr als fünf Minuten gewesen, aber trotzdem nicht lange genug. Blieb Xanthyos nur noch so wenig Zeit?

Temi hob ihren Blick zur Decke. Ja, der kleine Ausschnitt des Himmels, den sie sah, hatte eine hellere Färbung angenommen. Wieso musste die Zeit, wenn sie mal anhalten sollte, immer so schnell vergehen?

Ihre Augen waren quälend trocken, als sie aufstand. Sie wollte noch nicht weg, sie wollte ihn nicht das letzte Mal lebend sehen! Der Gedanke hatte die ganze Zeit über ihr gehangen wie ein Damoklesschwert. Jetzt schluckte sie, wollte weinen, doch konnte es nicht.

„Wir Kentauren glauben an die Wiedergeburt nach dem Tod. Keine Sorge, kleines Menschenmädchen. Ich werde wiederkommen. Auch wenn wir uns vielleicht nicht mehr wiedersehen", sagte Xanthyos sanft. Er war innerlich ruhiger als sie, obwohl *er* doch sterben musste. Er hatte sich wohl über

Nacht damit abgefunden. Wenn ein Kentaur die angeblichen Ovid-Verse gedichtet hatte, gab es vielleicht auch Philosophen wie Seneca, die die Angst vor dem Tod für sinnlos hielten und forderten, dass man sich durch äußere Umstände und Affekte nicht aus der Seelenruhe bringen lassen sollte.

Vielleicht hatte Xanthyos ja einen solchen gleichmütigen Zustand erreicht? Aber dann würde er sich kaum noch Gedanken um die Einstellung seines Bruders und um den Krieg gegen die Menschen machen. Und Recht behalten wollen.

Temi umarmte den Kentauren. Er legte seine gefesselte Hand an ihre Wange und strich sanft die Träne weg, die nun doch aus ihren Augen kullerte. „Weine nicht. Es kommt immer anders, als man denkt. Und jetzt kann es doch nur noch besser werden, oder?" Aufmunternd lächelte er. Sie hätte ihn trösten sollen und nun tröstete er sie.

Plötzlich beugte er sich ein Stückchen vor und küsste sie geradewegs auf den Mund. Es erschreckte sie so sehr, dass sie meinte, ihr Herz bliebe ein paar Sekunden lang stehen. Er hasste Menschen? Er küsste sie? Und jetzt würde er sterben.

Was würde sie dafür geben, in diesem Moment aus dem Schlaf zu erwachen. Nicht, dass der Kuss unangenehm gewesen wäre – im Gegenteil. Aber wenn sie den Kuss erträumte, träumte sie vielleicht auch, dass er hingerichtet werden sollte und *beides* war nicht wahr.

Aber Temi wachte nicht auf, Xanthyos stand nicht plötzlich frei neben ihr ... Nein. Es blieb real.

Automatisch hob sie ihre Hand an Xanthyos Gesicht. Dieser senkte den Kopf, lächelnd. Sie verstand es nicht. Bis sie die Hand des Wachsoldaten auf ihrer Schulter spürte. Sie fuhr herum. Ihre Besuchszeit war um. Ohne weitere Verlängerung.

Der Wachsoldat zog sie rückwärts aus dem Kerker. Ihr Blick war bis zur letzten Sekunde fest auf den Kentauren gerichtet, der immer noch lächelte, während ihr die Tränen unaufhörlich über die Wangen rannen.

Erst als der Soldat die Tür schloss, begriff sie, dass es das letzte Mal gewesen war, der letzte Blickkontakt.

Sie riss sich los und rannte, so schnell sie nur konnte, aus dem Gefängnis. Vor dem Tor stand wie schon gestern Imalkuš. Tränenblind vermied sie seinen Blick und rannte weiter – Kalaišum in die Arme, der sie mit sanfter Gewalt festhielt.

„Temi! Temi, hör mir zu", bat Niukras, der bei Kalaišum stand. Aber sie wollte nicht hören. Sie wollte die Hinrichtung nicht miterleben. Sie wollte nur zurück in ihr Zimmer, dort bleiben, bis sich das Volk wieder zerstreute und dann raus aus dieser Stadt. Oh ja, sie würde alles, was sie nur wusste, an Aireion weitergeben. Alles. Was kümmerten sie die Menschen, die in Šadurru lebten?! Sie hatten Imalkuš erst zu der Entscheidung, Xanthyos und seine Männer zu verfolgen, getrieben. Sie waren mit Schuld an ihrem, an seinem Tod.

Sie riss sich los, doch nach ein paar Metern holte Niukras sie ein und packte sie von hinten um beide Schultern, sodass sie nicht mehr entkommen konnte. „Beruhige dich! Beruhige dich!" redete der junge Mann auf sie ein. Ein paar Meter entfernt sah sie Peiresu stehen. Hatte die Dienerin ihn um Hilfe gebeten?

Doch Temi wollte sich nicht beruhigen.

„Lass mich los!", schrie sie Niukras an.

Als er es tat, stürzte sie fast zu Boden. Im letzten Moment fing sie sich und lief sie stolpernd weiter. Sie wollte niemanden hören und sehen, an nichts denken.

Ihr ging Xanthyos' Lächeln nicht aus dem Kopf.

Peiresu fing sie ab, und hängte sich regelrecht an ihren Arm, um sie festzuhalten. „Temi, warte!" bat die Dienerin. Erschöpft sank Temi zusammen. Verlangten diese Leute wirklich von ihr, dabei zu sein? Xanythos' Hinrichtung mitzuerleben? „Lass uns reingehen", sagte Peiresu. Erleichtert nickte Temi. Hineingehen bedeutete, nichts sehen zu müssen.

Es war schneller hell geworden, als sie gehofft und befürchtet hatte. Es würde nicht mehr lange dauern, bis im Osten die Sonne hinter dem Wald auftauchte. Sie betraten den Palast und tauchten in die Dunkelheit ein. Es brannte keine Fackel, in den Gang drang kaum Licht.

Doch sie musste sich ja nicht orientieren. Peiresu hätte sie blind zum richtigen Zimmer führen können. Allerdings brachte die Dienerin sie nicht in ihr Zimmer, sondern in ein anderes, ein kleines und schlichtes. Vielleicht war es ihr eigenes. Hier flutete Tageslicht durch das große Fenster hinein. Und die ersten Sonnenstrahlen.

Obwohl sie nicht wollte, trugen ihre Füße sie automatisch ans Fenster. Von hier aus hatte sie einen guten Blick über die Stadt – zu gut. Peiresu trat neben sie, ohne allerdings nach draußen zu schauen. Ihr besorgter Blick ruhte auf der Außenweltlerin. Doch diese blickte starr, wie hypnotisiert, hinunter in die Stadt. Die Straßen dort füllten sich schnell mit Menschen. Zum Gefängnis durften sie nicht, doch die Straßen im Wohngebiet bis zu dem großen Platz im Zentrum waren verstopft. Es würde ein Spießrutenlauf für den gefesselten Kentauren werden, der in diesem Moment von Wachen aus der Tür des Gefängnisses geleitet wurde. Mehrere Reiter kamen hinzu. Sie umkreisten Xanthyos. Als ob er irgendeine Chance gehabt hätte, zu entkommen!

Wie gestern waren seine Beine mit einem Strick gefesselt, heute konnte er nur ganz winzige Schritte machen und drohte jeden Augenblick zu stolpern. Imalkuš setzte sich in Bewegung. Er ritt auf seinem weißen Hengst voran, eskortiert von Emeeš und einem anderen schwarzhäutigen Krieger. Hinter ihm gingen Sirun und mehrere Ratsmitglieder. Darauf folgten drei Reihen von Fußsoldaten und schließlich die Reiter mit Xanthyos in der Mitte, umringt von weiteren Kriegern zu Fuß.

Der wütende Aufschrei der Menschen war bis in den Palast zu hören, als der Kentaur in ihr Blickfeld geriet. *Menschen?! Blutrünstige Meute!*, dachte Temi zornig. Sofort flogen die ersten Steine. Die Soldaten drängten die Leute zur Seite. Das Risiko, dass die eigenen Kameraden getroffen wurden, war viel zu groß. Doch sie warfen weiter. Plötzlich brach einer der Soldaten, an der Schläfe blutend, zusammen. Auch Xanthyos wurde getroffen, konnte jedoch weitergehen. Wie viel Zeit blieb noch? Wohl ein paar Minuten, abhängig davon, ob die Soldaten schneller oder noch langsamer vorankamen.

„Wieso tue ich mir das an?", flüsterte sie kraftlos. Ihre Finger krallten sich in den Fensterrahmen. Sie musste sich einfach nur umdrehen. Würde sie das fertigbringen? Vermutlich nicht. Ihr Herz raste, als der Kentaur von zwei Wurfgeschossen direkt nacheinander getroffen wurde und zur Seite stolperte.

Die Krieger zogen ihn weiter, endlose gefährliche Minuten lang, bis sie den großen Platz erreichen. Nun machte die Menge Platz. Alle wollten sehen, wie der Kentaur hingerichtet wurde, hatten Steine in der Hand und warteten nur darauf, den Kentauren rechtmäßig lynchen zu können.

Temi blickte wie versteinert auf das Holzgerüst, von dem mehrere Stricke herunterbaumelten. Es sah aus, als sollte

Xanthyos gehängt werden, doch die Schlingen waren für die Arme und Beine des Kentauren bestimmt.

Plötzlich stieß Peiresu Luft zwischen ihren Zähnen aus und boxte Temi in die Seite, sodass sie die Dienerin ansah. Deren Blick wiederum war gefesselt, nicht von der Szenerie auf dem Hauptplatz – sondern von etwas außerhalb des Stadttores. Temi folgte ihrem Blick und erstarrte. Die grasbewachsene Fläche glänzte vor eisernen Rüstungen.

Aufruhr in Šadurru

Dann erscholl von den Mauern ein heller Trompetenklang und riss sie aus ihrer Starre. Ohne Peiresu eines Blickes zu würdigen, fuhr sie herum und rannte aus dem Zimmer, noch schneller als vorhin aus dem Gefängnis. Vor dem Palast stieß sie mit einem älteren Mann zusammen, der ein Pferd an den Zügeln hinter sich her führte. „Es tut mir – Herr Keethun!", stieß sie hervor. Das konnte kein Zufall sein: An seiner Hand ging Ephlaši.

„Beeil dich", befahl er.

Temi zog sich auf den Rücken der Stute. Ephlaši war nicht gesattelt, aber das war ihr gleich. Hoffentlich lebte Xanthyos noch!!

Mit einem Tritt in die Seiten trieb Temi die hellbraune Stute an, die sofort in Trab verfiel.

„Aus dem Weg!", schrie sie. Ihr Herz hämmerte ihr jetzt wirklich bis zum Hals. Hoffentlich lebte er noch! Hoffentlich lebte er noch! Hoffentlich. Obwohl sie viel schneller vorankam als der Zug mit dem Gefangenen eben, dauerten die Sekunden ewig.

Was, wenn es zu spät war?

Was sie vor dem Tor gesehen hatte, war kaum zu glauben. Auch die Menschen hatten mitbekommen, dass etwas geschehen war. Es war plötzlich gespenstisch still. Sie hörte jeden einzelnen Schritt der Stute, die sie so schnell wie möglich zum Marktplatz brachte.

Noch ein Häuserblock und sie würde es wissen.

Noch drei Häuser, die im Weg standen, und sie würde es wissen.

Noch ein Haus, das im Weg stand, und sie würde es wissen.

Er lebte noch!

Ein ungeheueres Gefühl der Erleichterung strömte durch Temis Körper, eiskalte Schauer liefen ihr über den Rücken.

Alle schienen wie in Stein gemeißelt. Niemand bewegte sich. Ein einziger Ruf hallte über den Platz, durch die Straßen. „Kentauren! Kentauren!"

Die Kentauren standen vor der Stadt.

Nicht eine kleine Gruppe wie Xanthyos' Stoßtrupp.

Nicht das ganze Heer, das war Temi klar.

Doch es waren mindestens 300 Pferdemenschen, die in gebührendem Abstand zur Stadtmauer in Stellung gegangen waren – eine kleine Gruppe nur wartete dicht vor dem Tor.

Temi lenkte die Stute in Richtung des gefesselten Kentauren. Das Auftauchen des kleinen Heeres vor der Stadt hatte alle erschreckt und machte ihnen den Ernst der Lage klar. Doch der Hass hatte sich jahrzehntelang aufgestaut, er würde sich nicht durch diese überraschende Wende auflösen. Xanthyos war noch nicht außer Gefahr. Temi trieb ihr Pferd durch die Menschenmenge und die Soldaten hindurch und stellte sich schützend vor den Kentauren.

Ein Soldat der Mauerwache galoppierte auf den Marktplatz. Die Menschen wichen sofort zur Seite. Alle wollten wissen, was geschehen war. Außer Atem senkte er kurz seinen Kopf vor dem König, aus dessen Gesicht jegliche Farbe gewichen war.

„Fürst Aireion von Thaelessa ... steht vor unserer Stadt und fordert Euch auf, seinen Bruder freizulassen. Er ... er sei nicht in kriegerischer Absicht gekommen, doch wenn seinem Bruder auch ein Haar gekrümmt werde, werde er entsprechend reagieren", stieß der Soldat hervor. „Er möchte selbst mit Euch sprechen."

„Bringt den Kentauren weg", wies Imalkuš den Befehlshaber der Gefangeneneskorte leise an. „Ihm darf nichts geschehen!"

Temi atmete tief durch. War dies das Wunder, auf das sie so gehofft hatte? Aber konnte sie den Wachen trauen? Sollte sie Xanythos begleiten oder lieber mit Imalkuš zur Stadtmauer reiten, um zu hören, was der Kentaurenfürst zu sagen hatte? Sie brauchte sich nicht zu entscheiden. Keethun war neben Imalkuš aufgetaucht. „Mit Verlaub, mein König, nehmt den Kentauren und die Botschafterin mit. Sie sind bei Euch und Euren Soldaten am sichersten." Imalkuš überlegte einen Augenblick. Sein Vater hatte den Rat des alten Mannes stets geschätzt.

Nach kurzem Zögern nickte der junge König. Er winkte und die Bewacher brachten den Gefangenen zu ihm.

Waren die Bürger gerade noch wie erstarrt, setzte nun wieder der Sturm der Entrüstung ein. Ein Schrei gellte aus der Menge: „Lasst ihn nicht entkommen!" Plötzlich flogen wieder Steine – auch in die Richtung des Königs. Die Soldaten schirmten ab, drängten die wütenden Bürger brutal weg und bahnten ihm einen Weg aus der Menge. Temi duckte sich auf Ephlašis Rücken hinter den berittenen Soldaten mit den kleinen, aber wirkungsvollen Schilden.

Die Schleuderer drängten sich von den Ställen her mit den Schlachtrössern durch die Menge und Imalkuš schwang sich auf Šakars Rücken; die anderen Ratsmitglieder taten es ihm gleich. „Wo bei allen Göttern der Unterwelt sind Dakuun und Pahtun, wie konnten die Kentauren ungesehen bis vor unsere Tore gelangen?", zischte der König seine Berater an, doch ratloses Schulternzucken war die einzige Antwort. „Wer ist das?", fragte Temi Niukras. „Zwei Generäle im Hohen Rat. Sie saßen zur Rechten Siruns, erinnerst du dich?" Sie schüttelte den Kopf. Sie konnte sich nur schwer Gesichter merken, vor allem, wenn es viele neue auf einmal waren. In der Aufregung hatte sie die meisten gar nicht erst richtig wahrgenommen.

„Sie hängen diesem Hundesohn ..." Niukras biss sich auf die Zunge und fuhr dann noch leiser fort: „Sie sind auf Siruns Seite und dafür zuständig, dass der König alle wichtigen Informationen unserer Späher erhält."

Und trotz dieser Späher war eine ganze Kentaurenarmee unbemerkt viele Meilen durch das Land der Heqassa gelaufen. Verständlich, dass Imalkuš nach den Männern fragte, die die Grenzen überwachen sollten.

Temi lenkte ihr Pferd neben Xanthyos – der Steinhagel hatte aufgehört, zu groß war die Scheu der meisten Bürger, ihren König zu treffen. Die Soldaten, die ihn unsanft zogen, warfen ihr misstrauische Blicke zu.

„Zur Seite!", brüllten sie immer wieder Bürger an, die von den Dahinterstehenden in ihren Weg geschoben wurden. Die meisten waren offenbar unsicher, ob sie ihrer Wut freien Lauf lassen oder den bewaffneten, schwer gepanzerten Kriegern Platz machen sollten. Ihre hasserfüllten Blicke schweiften über den Gefangenen und die Botschafterin zum König. Nein, Imalkuš machte sich im Volk nicht gerade Freunde. Statt den Kentauren lynchen zu lassen, ließ er ihn von seiner eigenen Leibgarde beschützen. Doch er hatte keine Wahl – und das war Temi mehr als recht.

Plötzlich tauchte Niukras wieder neben ihr auf. „Komm mit zu Imalkuš!", forderte er sie auf. Sie zögerte. Warum nach vorne zu Imalkuš reiten? Was war mit Xanthyos?

„Du bist Botschafterin von Thaelessa – es wird erwartet, dass du in der ersten Reihe stehst."

Leise schnaubte Temi durch die Nase. Wer erwartete das? Aireion? Imalkuš?

„Ihm wird nichts geschehen", beruhigte Niukras sie, der ihren Blick zu Xanthyos bemerkt hatte. Widerwillig schüttelte Temi den Kopf, gab der Stute aber einen sanften Tritt, sodass diese nach vorne hüpfte. Dicht hinter Imalkuš zügelte Temi Ephlaši und ließ sie hinter dem König und seinem Gefolge hertraben. Zornig starrte sie seinen Hinterkopf und seinen Rücken an. Er trug seine Rüstung und seinen purpurnen Umhang, auf dem sie Staubflecken erkennen konnte.

Die dicke Stadtmauer rückte langsam näher. Der König schwieg noch immer – sicher versuchte er, seine Gedanken zu ordnen und sich seine Worte zurechtzulegen.

Sirun ritt neben ihm auf einem braunen Pferd und redete die ganze Zeit auf ihn ein, doch der König reagierte nicht. Die Thku umringten ihn, stumm und konzentriert nach Gefahren für den König Ausschau haltend. Doch im unteren Teil der Stadt standen nur noch wenige Menschen und die wichen unaufgefordert zurück, sobald sich die Krieger näherten. Immer mehr Soldaten eilten herbei, die sich in aller Eile gerüstet hatten.

Temi bemerkte, dass sich die Ratsmitglieder auffällig mit ihren Ratschlägen zurückhielten. Keethun und Niukras ritten weiter hinten, vielleicht um sicherzustellen, dass Xanthyos nichts geschah. Kalaišum kommandierte am Rand der Kolonne die Soldaten herum. Doch die anderen beobachteten nur. Sie schienen bereits vergessen zu haben, dass Imalkuš erst vor ein paar Stunden die Herrschaft übernommen hatte. So plötzlich zum Regenten geworden war die Situation für ihn nicht leicht. Anders als früher musste er nun jedes Wort und jede Bewegung auf die Goldwaage legen. Seine Körperhaltung war zwar aufrecht, aber vielleicht war die äußere Sicherheit und Coolness auch nur gespielt?

Endlich erreichten sie das Tor, an dem sich links und rechts bereits die Fußsoldaten in ihren schweren Rüstungen sammelten, bereit für einen Ausfall. Temi drehte sich zu Xanthyos um. Einer seiner Bewacher schnitt gerade die Fesseln an den Beinen des Kentauren durch. Die Mauer starrte vor Soldaten, vor allem Bogenschützen, die Pfeile und Köcher bereithielten – doch noch keiner hatte den Bogen gespannt. Temi versuchte zu zählen, wie viele Krieger es waren, auf der Mauer und dahinter, doch es war ihr nicht möglich. Allein links und rechts vom Tor waren es etwa 500: 50 Soldaten nebeneinander und jeweils 10 hintereinander.

Trotz der Anspannung versuchte Temi, so viele Details wie möglich in sich aufzusaugen: Xanthyos hatte sie darum gebeten, Aireion so viele Informationen wie möglich zu überbringen. Jetzt würde er es selbst können, aber ein zweites Augenpaar schadete wohl nicht.

Die Fußsoldaten standen stramm und hielten in ihren Händen lanzenartige Waffen, etwa dreieinhalb Meter lang. An deren Enden waren keine „normalen" Speerspitzen, sondern ganze Schwertklingen, die Temi stark an Skimitare, an alte orientalische Schwerter, erinnerten.

Die Speerträger trugen keine Schilde, doch Plattenpanzer schützten sie von Kopf bis Fuß. Fast sahen sie aus wie Blechbüchsen, nur weitaus eleganter, stabiler und trotzdem beweglich. Aus welchem Material die Rüstungen bestanden, konnte Temi nicht erkennen. *„Vermutlich Eisen und Bronze"*, überlegte sie und reckte sich, um Details zu erkennen. Große dreieckige und viereckige Platten aus Metall bildeten den

Hauptteil, den Brustpanzer. Kleine gezackte Plättchen über der Schulter hielten offenbar Vorder- und Rückenteil zusammen.

Hinter dieser Mauer aus Speeren überprüften Bogenschützen ihre Bögen und Köcher. Die Schützen waren im Gegensatz zu ihren lanzentragenden Kameraden und den Bogenschützen auf der Mauer nicht schwer gerüstet: Ihre Oberkörper waren nackt, sie trugen nur weite dünne Hosen und einen ledernen Handschuh an der Schusshand, um die Finger beim Schießen zu schützen, und einen Schutz am Arm, der den Bogen hielt.

Besorgt seufzte Temi: Diese Bogenschützen und Lanzenträger ergänzten sich mit Sicherheit optimal. Die langen Lanzen würden viele angreifende Kentauren verletzen oder töten, wenn es zur Schlacht kam. Die Bogenschützen konnten indes – hinter ihnen postiert – ungehindert schießen.

Das Stadttor öffnete sich quietschend und knarrend so weit, dass Imalkuš und sein Gefolge hindurchreiten konnten. Die Wächter blieben mit Xanthyos hinter den Mauern zurück. Sie durften nicht das Risiko eingehen, dass die Geisel vielleicht befreit würde.

Temi ritt hinter den Ratsherren aus dem Tor und spähte an ihnen vorbei. Der Fürst der Kentauren war nicht zu übersehen. Aireions silberne Haare wehten wild im sanften Hauch des Westwindes. Er blickte mit seinen goldenen Augen dem König der Heqassa wachsam entgegen und verfolgte ausschließlich dessen Bewegungen, als wären alle anderen es nicht wert, beachtet zu werden. Seine schwarze Körperrüstung ergänzten muskelbetonende Armschoner und Beinschützer für die vier Beine. Auch der Pferderücken war von sehr dunklen Eisenplättchen bedeckt, sodass er aussah wie der Rücken eines Kataphrakten, eines schwer gepanzerten Parther-Pferdes.

Aireion, der Silberhaarige, leuchtete schier unter seiner Rüstung hervor. Er wirkte wie ein Wesen aus einer anderen Welt. „Kein Wunder, dass der Bote so atemlos war", murmelte Temi bewundernd. Selbst Sirun blieb im ersten Moment die Luft weg. *„Hoffentlich erstickst du an deinen Worten!"*, schoss es Temi durch den Kopf.

Imalkuš befahl den Ratsmitgliedern anzuhalten. Sirun wollte weiterreiten, doch ein harsches „Bleib!" des Königs ließ auch ihn stoppen. Nur seine schwarzhäutigen Leibwächtern begleiteten Imalkuš, als er Šakar die kurze restliche Distanz zu Aireion galoppieren ließ.

Aireion schritt langsam auf Imalkuš zu, die Handflächen nach außen offen. Jeder sah, dass er keine Waffe in der Hand hatte. Die Worte, die die beiden wechselten, konnte niemand verstehen. Selbst das leise Scharren der Pferdehufe erschien jetzt laut. Eine ruckhafte Bewegung des Königs ließ sie zusammenfahren. Er hatte Šakar halb herumgerissen. Aireion trat zwei Schritte zurück. Sein wachsamer Blick schien seinen Freund aus Jugendzeiten zu ermahnen. Er blickte ernst, aber nicht so hasserfüllt wie tags zuvor sein Bruder.

Imalkuš starrte ein paar Sekunden lang Temi an. Ihr wurde übel. Was hatte Aireion gesagt? Sie hatte Bauchschmerzen wie vor Klausuren in der Uni – nur dass es hier um Wichtigeres als gute Noten ging. Dann ließ Imalkuš seinen Blick unruhig über die Ratsmitglieder schweifen, als suchte er jemanden. Was hatte ihn so aus der Ruhe gebracht?

Der König wandte sich wieder dem Kentauren zu, der still wartete. Nur sein Pferdeschweif bewegte sich in der Luft. Seine drei Gefährten – unter ihnen der rothaarige Ardesh – scharrten angespannt mit den Hufen. In diesem Augenblick nickten Aireion und Imalkuš gleichzeitig. Hatten sie sich geeinigt? Oder hatten sie entschieden, dass weder Xanthyos noch der Frieden zu retten waren? Wie auf Kommando wandten sich beide voneinander ab. Imalkuš hielt auf die Stadt zu, Aireion auf den Waldrand. Beide erhobenen Hauptes, mit aufrechtem Körper Aireion schritt zurück, mit erhabener Ruhe. Imalkuš galoppierte und umklammerte dabei mit beiden Händen die Zügel, als müsste er sich daran festhalten. Offenbar machte das Ergebnis des Gesprächs ihn wütend. Aber als er näher kam, glaubte Temi auch Erleichterung in seinem Blick zu erkennen.

Endlose Sekunden vergingen, bis Imalkuš sie und die Ratsmitglieder erreichte. „Bringt Xanthyos heraus!", befahl der junge König sofort mit krächzender Stimme. Die Krieger sahen sich irritiert an, Sirun fuhr auf. „Was ..." Mit einer Handbewegung schnitt Imalkuš ihm das Wort ab. „Bringt ihn raus!!", wiederholte er. Die Soldaten gehorchten nun sofort und brachten den Kentauren zu ihrem König. Der wandte sich nicht an Xanthyos, sondern an Temi. „Werdet Ihr in der Stadt bleiben oder die Kentauren begleiten?", fragte er kurzangebunden.

Während Temi noch über ihre Antwort nachdachte, öffnete sich am Waldrand die Reihe der Krieger. Zwei Kentauren traten hervor, zwischen ihnen gingen zwei Menschen. „Wie kommen die denn ...", stieß jemand hervor und verstummte wieder.

„Und sowas nennt sich Ratsherr!" – Niukras' Stimme. Temi drehte sich gerade noch rechtzeitig um, um zu sehen, wie der junge Mann sein schadenfrohes Grinsen mit einer Hand zu verdecken versuchte. Das waren Ratsherren? Doch nicht etwa Siruns Anhängsel, die Imalkuš eben vermisst hatte?!

Temi biss sich auf die Zunge, um nicht zu lachen. Ausgerechnet Siruns Unterstützer waren nun die Garantie dafür, dass Xanthyos entkommen würde. Und sie hatte die

Wahl, ob sie bei den Menschen bleiben oder mit den Kentauren gehen wollte – auf wessen Seite sie sich schlug. Die Entscheidung fiel ihr leicht.

„Ich danke Euch für die Bewirtung und die Unterkunft", sagte Temi, fast flüsternd.

Würde sie ihn noch einmal sehen? Würde es Krieg geben? Oder würde sie jetzt einen Weg zurück nach Trier finden? Sie wusste es nicht, ja sie wusste nicht einmal, was sie überhaupt hoffen sollte. Imalkuš war nicht böse, auch wenn er die Verfolgung der Kentauren befohlen hatte. Aber sie fühlte sich bei den Kentauren sicherer. Außerdem wollte sie wieder nach Hause, in ihre Welt und sie hatte das Gefühl, dass der Weg über die Kentauren fühlte.

Imalkuš nickte langsam. „Lebt wohl!"

„Lebt wohl", gab sie zurück. Ein Lächeln huschte über sein Gesicht und verschwand dann wieder. Diesmal sah sie nicht, dass er sich eine andere Entscheidung wünschte. Es machte sie einerseits zwar traurig, auf der anderen Seite bestätigte das nur ihre Entscheidung.

„Sirun, Niukras, begleitet Prinz Xanthyos und die Botschafterin zu den Kentauren."

Ausgerechnet Sirun?

Verblüfft runzelte Temi die Stirn und Sirun schien schockiert. „Mein König –", wollte er widersprechen, offensichtlich fassungslos.

„Tut was ich sage! Zwei Gesandte König Aireions werden euch entgegenkommen und euch Dakuun und Pahtun im Tausch übergeben!"

Also tatsächlich: Die beiden Geiseln, die Aireion mitgebracht hatte, waren die beiden fehlenden Ratsherren. Aber wie war es den Kentauren gelungen, die Ratherren gefangenzunehmen? Sie leiteten doch eher nur die Informationen der Späher weiter und verließen die Stadt nicht selbst?

Sicher würde sie alles von Aireion erfahren. Temi erinnerte sich an Xanthyos' Worte heute Morgen. Sie wusste zwar nicht, mit wem – abgesehen von dem kleinen Kater – er in seiner Zelle gesprochen hatte, aber er hatte eine Entführung erwähnt. Was hatte er gewusst?

Spielte es eine Rolle? Xanthyos war frei! Sie unterdrückte das Verlangen, ihm um den Hals zu fallen; das konnte sie später immer noch tun.

Verächtlich durch die Nase schnaubend trat Sirun sein Pferd so heftig, dass es unwillig den Kopf nach unten und ihn damit beinah von seinem Rücken riss. Temi verkniff sich ein Grinsen. Das Pferd wusste wohl besser als sein Reiter, was sich gehörte. Aber warum schickte Imalkuš ausgerechnet Sirun zu den Kentauren? Eine ähnliche Frage musste sie auch Aireion stellen: Der ließ die beiden Menschen von Ardesh und einem anderen Kentauren begleiten: Ardeshs rote Haare leuchteten wie Feuer in der Morgensonne. Welch explosive Mischung, schließlich war Ardesh in Aireions Rat der Feurigste und Temperamentvollste.

Xanthyos war nur noch an den Händen gefesselt und trabte nun langsam neben Niukras her; Sirun hielt gebührenden Abstand zu dem Kentauren. Temi vergaß beinahe, selbst loszureiten. Erst nach einigen Sekunden galoppierte sie den dreien hinterher und parierte in den Schritt, als sie sie einholte.

Schnell erreichten sie die Kentauren mit ihren menschlichen Gefangenen. Ausgerechnet Ardesh und Sirun standen sich beim Austausch der Gefangenen gegenüber. Sirun wirkte nervös und sah sich einige Male um. Jetzt verstand Temi, wieso Imalkuš ihn mitgeschickt hatte: Es verhinderte, dass die Bogenschützen auf den Mauern „aus Versehen" auf Siruns Zeichen hin schossen. Sirun hätte die beiden Ratsmitglieder wohl lieber tot als gegen den Kentaurenfürsten eingetauscht gesehen. Ardesh dagegen war über Xanthyos' Freilassung wirklich erleichtert. Ja, Aireion hatte wohl den besseren Tausch gemacht. Doch was würde er jetzt tun? War Xanthyos' Aktion doch mit Aireion abgesprochen, oder würde der Fürst seinen Bruder bestrafen?

Sie würde es bald erfahren.

Mit wenigen Sätzen trabte Xanthyos zwischen Dakuun und Pahtun hindurch, die ihrerseits mit gesenkten Köpfen und gefesselten Händen zu Sirun und Niukras schlichen.

Bei Ardesh und dem blonden Kentauren angekommen, den Temi nicht kannte, ließ sich Xanthyos sofort die Fesseln durchschneiden. Dakuun und Pahtun taten eher zögernd das gleiche. Sirun wendete mit misstrauischen Blicken zu den Kentauren sein Pferd und ließ es zurück zur Stadt galoppieren. Niukras ritt im Schritt neben den beiden freigelassenen Geiseln her.

Langsam lenkte Temi ihr Pferd zu Ardesh und Xanthyos. Diese umarmten sich gerade freundschaftlich zur Begrüßung und auch der blonde Kentaur schien alles andere als unglücklich, den Bruder des Fürsten wiederzusehen. Auch ihr klopfte Ardesh zur Begrüßung einmal auf die Schulter. „So sieht man sich wieder, kleine Außenweltlerin."

Temi atmete erleichtert auf. Ardesh hegte ihr gegenüber keinen Zorn. Langsam gewöhnte sie sich auch an das Attribut „klein"; es war nicht abwertend gemeint – und aus der Perspektive der viel größeren Kentauren stimmte es ja. Sie bedankte sich mit einem Lächeln und warf dann Xanthyos einen schüchternen Blick zu. Sie hatte seinen Kuss nicht vergessen. Ob er es jetzt bereute? Er sagte nichts, sondern nickte ihr nur leicht zu und galoppierte dann an. Die Übrigen machten, dass sie hinterherkamen.

Sie erreichten Fürst Aireion und das kleine Heer nach wenigen Sekunden. Xanthyos bremste unmittelbar vor seinem Bruder, während Ardesh, der Blonde und Temi schon vorher ihr Tempo verlangsamten.

Aireion zuckte mit keiner Wimper. Sein Blick war weder freundlich noch zeigte er die geringste Erleichterung darüber, dass sein Bruder nicht getötet worden war. Aireions Kiefer mahlten und die Muskeln in seinem Gesicht bebten. Endlose Sekunden lang blickten sich die beiden an. Dann geschah etwas, mit dem Temi so nicht gerechnet hätte: Der Fürst ballte seine Faust und schlug Xanthyos ins Gesicht.

Temi befürchtete schon, dass Xanthyos seinem Bruder diese Erniedrigung zurückzahlen würde – doch schweigend und ohne die Miene zu verziehen, nahm Xanthyos den Fausthieb hin. Sein Blick war finster, aber nicht hasserfüllt. Vielleicht gab er Aireion recht: Wäre er nicht in das Gebiet der Menschen eingedrungen, würden jetzt die Kentauren noch leben, die ihn begleitet hatten.

„Fesselt ihn und bewacht ihn gut!", befahl Aireion mit kalter, schneidender Stimme. Sie erinnerte Temi unangenehm an die Stimme Imalkušs, als er Xanthyos zum Tode verurteilt hatte. Geriet Xanthyos etwa nur vom Regen in die Traufe? Aireion hatte von Hochverrat gesprochen, als sie noch in Thaelessa gewesen war. Stand darauf bei den Kentauren ebenfalls die Todesstrafe?

Die Miene des Schwarzhaarigen war starr, verriet kein Entsetzen oder Erschrecken, sondern vielmehr Gleichgültigkeit. Bedrückt beobachtete Temi, wie zwei

Kentauren Xanthyos' Hände mit einem Strick erneut zusammenbanden.

„Willst den Tod unserer Untertanen immer noch ungesühnt lassen, Bruder?", fragte Xanthyos Aireion ruhig, während die beiden Krieger ihn wegführten, und rief über seine Schulter: „Wann siehst du endlich ein, dass die Menschen nur die Sprache der Waffen verstehen?"

Aireion schwieg. Die Reihen der Kentauren öffneten sich, um Xanthyos und seine Bewacher durchzulassen, und schlossen sich wieder hinter ihm. Erst als Xanthyos nicht mehr zu sehen war, drehte sich Temi um und warf einen letzten Blick auf die Stadt der Menschen. Dort zogen sich die Soldaten gerade hinter die Mauern zurück. Nur noch auf den Zinnen herrschte geschäftiges Treiben. Sicher wurden sie gut beobachtet. Aber Temi war sich sicher, dass Imalkuš sie nicht verfolgen würde. Aireion und seine Leute waren unbemerkt durch das ganze Reich der Heqassa bis vor die Hauptstadt gelangt. Imalkuš musste befürchten, dass in der Nähe noch mehr Krieger standen. *Sirun* würde es vielleicht riskieren, sie zu verfolgen, aber die Entscheidung lag immer noch bei Imalkuš. Er und die anderen Mitglieder des Hohen Rates würden ihre Soldaten sicher nicht ins Ungewisse schicken und ins Verderben stürzen, ohne die Lage vorher sorgfältig auszukundschaften. Temi seufzte. Hoffentlich geschah Imalkuš nichts! Wie wohl das Volk reagieren würde? Wer wusste schon, wie aufgebracht die Bürger wegen Xanthyos' Freilassung waren.

Temi blieb keine Zeit, diesen Gedanken nachzuhängen. Auf Aireions Handzeichen hin entfernten sich die Kentauren in Viererreihen und waren nach wenigen Augenblicken in der Dunkelheit des Waldes verschwunden, allen voran Aireion selbst. Anders als auf dem freien Feld vor der Stadt hing hier noch feuchter Nebel in der Luft und verlieh dem Wald einen mystischen, ja gefährlichen Schein.

Temi trieb Ephlaši nach vorne. Aireion gab nicht das schnellste Tempo vor, so hatte Temi keinerlei Probleme zu folgen. Die Kentauren hielten jeweils mehrere Meter Abstand zum Vordermann. Etwa in der Mitte der langgezogenen Reihen galoppierte der gefesselte Xanthyos. Er würdigte sie keines Blickes, sondern blickte stumpf geradeaus. Deshalb presste sie Ephlaši die Hacken in die Seite und die Stute legte noch einen Gang zu. Temi musste das Pferd nicht lenken; von selbst wich es den Bäumen aus, die im Galopp nur so an ihnen vorbeiflogen. Ihre Wipfel waren so breit gefächert, dass kaum Licht bis zum überwucherten Waldboden drang, obwohl sie weit auseinanderstanden. Mit weiten schnellen Sätzen überholte Ephlaši eine Reihe Kentauren nach der anderen und näherte sich nun Aireion, der mit seiner dunklen Rüstung und wehenden Haaren vorangaloppierte.

Der Fürst schien in Gedanken versunken, seine Miene war ernst. Temi sprach ihn nicht an. Sie ahnte, was ihn beschäftigte – und sie würde ihn in Ruhe lassen. Er würde ihr sagen, was er sie wissen lassen wollte. So ließ sie sich wenige Meter zurückfallen und ritt neben der zweiten Kentaurenreihe.

~~

Kalaišum ritt hinter seinem König zurück in die Stadt. Imalkuš hatte Dakuun und Pahtun heftig dafür angefahren, dass sie sich von den Kentauren hatten gefangennehmen lassen. Doch so aufgebracht Imalkuš schien, insgeheim war er sicher erleichtert. Immerhin kannte er Xanthyos seit seiner Kindheit, war mit ihm aufgewachsen.

Die Soldaten trieben vor ihnen die Menschen auseinander, deren Protestschreie lauter wurden, als der König und sein Gefolge vorbeiritten. Besorgt sah Kalaišum sich um. Imalkuš war der legitime Nachfolger von König Rhubeš und er hatte das Richtige getan, aber die Stimmung konnte sehr schnell umschlagen und sich gegen den jungen Herrscher wenden.

Kalaišums Blick blieb an Sirun hängen, der sich etwas hatte zurückfallen lassen und leise auf Dakuun einredete. Einen Augenblick kam es dem General so vor, als huschte ein böses Lächeln über Siruns Lippen. Doch Imalkuš sah es nicht und als Kalaišum nochmal hinsah, war er nicht mehr sicher, ob er sich das nicht nur eingebildet hatte. Hatte er sich zu sehr von Niukras beeinflussen lassen?

Die Miene des Vizekönigs verriet nichts, als er zu Imalkuš aufschloss.

Sie erreichten den Palast ohne Zwischenfälle. Das Volk zerstreute sich diesmal nicht, überall standen die Menschen in Gruppen zusammen. König Rhubeš war gerade mal einen Tag tot. Doch niemand schien sich mehr daran zu erinnern, dass er den Krieg nicht gewollt hatte. Alles, was jetzt noch zählte, war der jahrelang aufgestaute persönliche Hass vieler Einzelner, der sich jetzt in der Masse der Gleichgesinnten entlud.

Niukras eilte hinter Imalkuš her, der gerade den Palast betrat. „Mein König! Wir müssen die Bürger beruhigen, sonst werden sie sich gegen Euch wenden!", wandte er sich mit eindringlicher Stimme an den jungen König:

Imalkuš überlegte einen Moment und winkte dann Kalaišum heran. „Zieht pro Stadtviertel drei *Ilae* der Speerträger von der Mauer ab. Sie sollen die Bürger anhalten, wieder nach Hause zu gehen! Ich werde auf dem Marktplatz eine Ankündigung verlesen lassen, wenn die Sonne im Zenit steht – bis dahin habt Ihr alle Vollmachten, um Ruhe zu schaffen!"

„Ja, mein König!" Kalaišum verneigte sich und winkte den Pfleger seines Pferdes heran. Der schlängelte sich mit dem grauen Hengst aus der Gruppe der Schleuderer, die die Pferde der adligen Ratsmitglieder zu den Ställen führten.

Wortlos schwang sich Kalaišum auf den Rücken des Hengstes, wendete ihn und ließ ihn dann den Weg zurück zur Stadtmauer traben. Die Soldaten, die sich an der Mauer gesammelt hatten, nahmen sofort Haltung an, als sich der General näherte. Kalaišum stoppte sein Pferd erst wenige Meter vor der Gruppe der Unterbefehlshaber. Mit klarer, lauter Stimme, wie er es schon hunderte und aberhunderte Male getan hatte, erteilte er ihnen Befehle, und wartete, während die Unteroffiziere die Anweisungen ausführten und ihre Einheiten aus der lockeren Formation herauszogen.

Es ging schnell, für Kalaišum allerdings noch nicht schnell genug. „Beeilung, Beeilung!", trieb er sie an. „Da ist ja meine Großtante schneller!" Die Krieger spurten. Sie kannten klare Worte von ihm, manchmal auch beißende Kommentare. Doch sie wussten auch, dass er sie niemals leichtfertig oder gar als Bauernopfer in eine gefährliche Situation schicken würde – wie es aus der Geschichte der Stadt von so manchem Herrscher oder General bekannt war. Sie vertrauten ihm und er konnte sich auf sie verlassen.

„Versuch nur, die Macht an dich zu reißen, du Hundesohn!", knurrte er bei sich. „Mein Heer kriegst du nicht!"

Doch er war nicht Mitglied des Hohen Rates und Oberbefehlshaber des Heeres geworden, weil er naiv war. Viele der Soldaten hatten ein Familienmitglied – Väter, Mütter, Frauen, ja sogar ihre Kinder – durch das vergiftete

Wasser verloren. Viele hassten die Kentauren deshalb. Sie äußerten ihre Meinung nicht laut, aus Respekt vor ihm und dem König, vielleicht auch aus Furcht vor Bestrafung. Doch wenn Sirun ihnen etwas bot, würden sie sich dann auf seine Seite stellen? Kalaišum konnte es nicht ausschließen – und das machte ihm Sorgen.

Jetzt wartete er ab, bis drei Einheiten von Speerträgern bereitstanden und rief dann einen Boten zu sich. „Der König wird auf dem Marktplatz eine Ankündigung verlesen lassen, wenn die Sonne im Zenit steht", übermittelte er ihm Imalkušs Befehl, „Die Soldaten sollen dafür sorgen, dass die Leute bis dahin wieder in ihre Häuser zurückkehren." Der Bote verbeugte sich und bestimmte wiederum zwei weitere Boten, mit denen er nun in beide Richtungen parallel zur Mauer entlangsprengte. Kalaišum nickte zufrieden. Die Divisionen für jedes Viertel würden in kurzer Zeit bereitstehen und die Unteroffiziere waren informiert. Einen weiteren berittenen Boten schickte er mit dem Befehl los, dass die Tore der inneren Mauer, die die Regierungs- und Militärgebäude umgab, geschlossen werden sollten, einen dritten zu den Ställen: Seine und drei weitere *Ilae* sollte sich komplett auf dem Exerzierplatz einfinden und auf ihn warten. Mehr konnte er hier im Moment nicht tun.

Es drohte ein Aufstand der Bewohner – Eile war geboten. Kalaišum ritt nach rechts die Mauern entlang, um festzustellen, ob die ersten Befehle bereits ausgeführt waren. Danach würde er, wenn nötig, mit seiner Reiterei die inneren Mauern schützen oder den Speer-*Ilae* zu Hilfe eilen. „Vermeidet Auseinandersetzungen, wenn sie sich vermeiden lassen!", mahnte der Ratsherr einen der Offiziere. Blutvergießen unter den Bürgern würde niemandem nutzen.

„Ja, General!" Der Mann salutierte und wandte sich wieder seiner Einheit zu.

Die südliche Speer-Einheit drang bereits ohne Probleme ins Wohngebiet vor. Sie richteten ihre Waffen allerdings nicht gegen die Bewohner der Stadt, sondern trugen sie senkrecht an ihre Schultern gelehnt. Im Notfall mussten sie die langen Falcatas nur durch Umgreifen nach vorne kippen lassen. Doch dass das passierte, hoffte niemand. Die Soldaten sollten nur für Ordnung sorgen und den Leuten klarmachen, dass sie nach Hause gehen sollten, um dort auf die Verkündung des Königs zu warten.

Hier und da murrten die Bewohner, doch immer gab es Stimmen der Vernunft. „Wir erfahren es ja gleich. König Imalkuš wird diese Schmach nicht ungerächt lassen", sagte jemand. Kalaišum revidierte seinen letzten Gedanken. Vernunft war relativ.

„Geht nach Hause, na los!", redete einer der Unteroffiziere, auf seinen Speer gestützt, auf die Zivilisten ein. „Geh schon, Mureš", hörte Kalaišum ihn sagen und hielt an, um zu beobachten, ob die ruhigen Worte Wirkung zeigten. „Es bringt doch nichts, wenn du dich weigerst. Der König will euer Blut nicht vergießen. Gebt ihm ein bisschen Zeit!" Die Menschen um ihn herum murrten und murmelten leise vor sich hin, aber einer nach dem anderen drehte sich um und ging nach Hause. Kalaišum ritt weiter.

„Ihr macht die Situation nicht besser", ermahnte ein anderer Offizier an einer anderen Stelle und erntete schon entrüstete Rufe, doch ruhig fuhr er fort: „Wie soll der König gegen die Kentauren in den Krieg ziehen, wenn er einen Bürgerkrieg in seinen eigenen Mauern befürchten muss?"

Kalaišum trieb sein Pferd an. Dieses Argument war nicht das beste, war es doch eine Katze, die sich in den Schwanz biss, und genau das Problem, vor dem Imalkuš stand: Verkündete er den Krieg, so würde das Volk ihn lieben, gab es einen erneuten Waffenstillstand oder gar einen Nichtangriffspakt – nun, dann musste Kalaišum hoffen, dass seine Reiterei-Ila und die inneren Mauer genügten, um den König zu schützen. Der Zorn der Bürger würde sich über ihn entladen. Nein, Imalkuš konnte es sich kaum leisten, dem Drängen des Volkes *nicht* nachzugeben.

Kalaišum trieb seinen grauen Hengst an. Er liebte Šdahal, der einer Linie entstammte, die sich aus Zuchtbüchern bis auf Šatal zurückverfolgen ließ, das erste Pferd des Kriegsgottes Aštorats. Der Gott fuhr der Legende nach stets auf einem zweispannigen Kriegswagen über den Himmel, gezogen von zwei silbergrauen Pferden mit feurigem Atem und flammender Mähne. Die irdischen Pferde spien kein Feuer mehr, aber furchtlos im Kampf und furchteinflößend beim Angriff waren sie dennoch.

Kalaišums Familie hatte stets darauf Wert gelegt, dass das Blut des Pferdes möglichst edel und rein blieb. Deshalb hatten sie vor Generationen das Sonderrecht erwirkt, die Hengste der Ša-Linie mit den Stuten des königlichen Gestüts zu kreuzen, die von dem zweiten Pferd Aštorats abstammen sollten. Dieses Recht hatte sie erlangt, weil einer von Kalaišums Urahnen dem damaligen König das Leben gerettet hatte. Er hatte sich zur Belohnung weder Gold noch Land gewünscht, sondern nur dieses eine Recht. Imalkušs Vorfahren hatten diesem Wunsch gerne entsprochen, behielt die Familie des Ratsherrn doch stets nur die erstgeborenen Hengste – alle Stutfohlen und zweitgeborenen Hengstfohlen fielen in den Besitz der Königsfamilie.

So war auch Imalkuss jetziges Reittier ein zweitgeborener Ša-Nachkomme und durfte deshalb die Vorsilbe Ša- in seinem Namen tragen.

Kalaišums treuer Hengst trug ihn nun rasch die Stadt hinauf. Trotz des Anstiegs kam er schnell voran und bald erreichte er die innere Mauer, an der er weiter nach Süden entlangritt. Am südlichsten der drei Tore wurde er eingelassen. Er befand sich direkt beim Exerzierplatz, der glänzte vor lauter schwer gerüsteten Reitern und Pferden mit blitzenden Rüstungen. Kalaišum richtete sich auf. Ganz vorne stand sein ganzer Stolz: seine Reiter-*Ila*. Doch als Befehlshaber der gesamten Reiterei war er für alle vier versammelten *Ilae* zuständig. Mit geschultem Auge überblickte er das Feld und galoppierte dann an den Reitern vorbei weiter nach oben. Jeder Krieger zog sein Schwert, sobald der General an ihm vorbeiritt, und streckte es in die Luft. Es war ein Zeichen des Respekts und signalisierte, dass er bereit war.

„Zum Vestentor!", rief Kalaišum nun und wandte sich in vollem Galopp nach Norden. Er befehligte diese *Ila* schon seit Jahren und wusste, ohne sich umzusehen, dass sie sich in Bewegung setzte. Die Schwerter hatten die Krieger wieder zurück in die Schwertscheiden an ihren Gürteln gesteckt. Sie brauchten sie nicht, würden sie erst ziehen, wenn ihr General das seine zog. Etwa 800 Hufe stampften hinter ihm her. Der Boden vibrierte.

Kalaišum dachte nach. Er würde die Reiter hinter dem Tor in vier Reihen auf 100 Meter Breite aufstellen, für jeden Reiter zwei Meter Platz. Sobald die Soldaten dort waren, konnten sie erst einmal absitzen, aber wenn sie bereits am Tor warteten, konnten sie zügig eingreifen, falls es doch zu Auseinandersetzungen zwischen den Bürgern und den

Speerträgern kam. Er gab den Unteroffizieren die Befehle, dann war seine Aufgabe hier erfüllt. Vorerst. Jetzt war es an der Zeit, zu Imalkuš zurückzukehren. Denn zweifellos hatte er den Hohen Rat einberufen.

Kalaišum beeilte sich, zur Versammlung zu kommen. Vor dem Palast wartete sein Schleuderer. Er übergab diesem Šdahal und eilte zum Thronsaal. Was würde er sehen? Imalkuš auf dem Thron am anderen Ende des Raumes? Oder am Kopf der Tafel?

Kalaišum trat ein.

Imalkuš saß auf dem Thron, auf dem gestern noch sein Vater gesessen hatte, und blickte gerade mit strenger Miene Dakuun an. Es schien, als wäre er schon seit Jahren im Amt, so viel Autorität strahlte er aus. Kalaišum verneigte sich leicht, bevor er sich auf seinen angestammten Stuhl setzte. Zu seinem und Niukras' Unmut saß auch Sirun nicht mehr auf seinem ehemaligen Platz, sondern neben seinem Adoptivbruder. Es glich also eher einer Anhörung als einer Ratsversammlung.

„Nun?" Imalkušs Stimme drang schneidend an seine Ohren. Er hatte wohl gerade eine Frage gestellt und wartete auf eine Antwort. „Mein König, Pahtun und ich hatten gerade unsere Pferde satteln lassen. Wir wollten auf die Jagd gehen und einen Hirsch erlegen. Unsere Hunde haben bereits vor dem Stall gewartet. Auf einmal fingen sie an zu kläffen und waren dann plötzlich ganz still. Wir zogen unsere Schwerter und es stand ein Schatten in der Tür ... doch dann ..." Verzweifelt schüttelte Dakuun den Kopf.

„Es tut mir Leid, mein König, ich erinnere mich nur noch daran, dass ich bei den Kentauren aufgewacht bin!"

Pahtun nickte. „Wir müssen das Bewusstsein verloren haben ..."

„Aus Angst vor einem Schatten in der Tür!?", fuhr Imalkuš sie an und schüttelte verärgert den Kopf. „Ich dachte, die königlichen Berater hätten etwas mehr Mumm in den Knochen!"

„König Imalkuš?" Kalaišum stand auf.

„Ja?"

„Wenn Ihr gestattet ..." Er schob seinen Stuhl nach hinten und ging erst ein paar Schritte auf den König und seinen ungeliebten Vertreter zu, ehe er weitersprach. „Die Gefangennahme der beiden hat Euch doch in keine schlechte Situation gebracht."

Imalkušs Aufmerksamkeit lag nun ganz auf ihm.

„Es kann Euch nur recht sein, wenn Ihr nicht als erster Blut vergießt. Der Austausch war eine hervorragende Möglichkeit, die Hinrichtung zu verhindern, ohne den Rückhalt des Volkes zu verlieren."

„Was wollt Ihr mir damit sagen, Kalaišum? Dass ich sie habe entführen lassen?" Imalkuš klang nicht wütend, sondern eher amüsiert. Vielleicht, weil der Ratsherr ihn durchschaut und gemerkt hatte, dass seine Wut nicht ganz echt war.

Kalaišum lachte auf. „Nein, mein König." Er betrachtete Dakuun und Pahtun, die aufatmeten, weil der König nicht länger vor Zorn raste.

„Aber Ihr habt Vorteile dadurch. Und vielleicht sollte man das ,Warum' unbehandelt lassen, da die beiden uns ohnehin nichts sagen können."

Imalkuš legte den Kopf schräg und dachte einen Moment nach. Kalaišum, sein väterlicher Freund, hatte recht – auch wenn er wissen wollte, was geschehen war. „Doch habe ich bereits Blut vergossen."

„Das, mein König, waren unglückliche Umstände. Wenn Ihr Boten zu Fürst Aireion schickt, oder Euch – wie Prinz

Xanthyos zu uns – selbst zur Stadt der Kentauren begebt, werdet Ihr vielleicht doch noch eine diplomatische Lösung finden."

„Ihr wollt wohl den Tod Eures Königs, Kalaišum!", schnarrte plötzlich Sirun dazwischen. „Wenn ihn diese Tiere nicht umbringen, dann wird das Volk sich gegen ihn erheben. Verrat oder Feigheit haben die Bürger von Šadurru noch nie geduldet!"

Kalaišum kniff die Augen zusammen. Hatte Sirun gerade Imalkuš Verrat unterstellt?! Er spürte Wut in sich hochkochen. Wer war hier der Verräter?!

„Wenn Ihr unterdessen weiter gegen eine friedliche Lösung hetzt, dann wird sich das Volk sicher gegen Imalkuš wenden. Doch vielleicht ist es das ja, was Ihr und Eure Anhängsel wollt!" Er deutete mit dem Kopf nach hinten über seine Schulter auf Dakuun und Pahtun.

„Sagt schon, Prinz Sirun, wen habt Ihr geschickt, um König Rhubeš zu ermorden? Dakuun oder Pahtun?"

Imalkuš sprang so plötzlich auf, dass Kalaišum zusammenfuhr. „Kalaišum! Passt au..." – der Schrei blieb ihm im Halse stecken und er zog stattdessen sein Schwert. Der General hatte einen Moment geglaubt, Imalkuš wolle ihn wegen dieser Verdächtigungen zur Rechenschaft ziehen. Doch nun fuhr er alarmiert herum. Es wäre zu spät gewesen.

Niukras stand direkt vor ihm, mit dem Rücken zu ihm. Er krümmte sich merkwürdig nach vorne. Ihm gegenüber stand Pahtun. Zuerst begriff Kalaišum nicht. Unheimliche Stille lag im Raum. Selbst Imalkuš war in der Bewegung erstarrt.

Man konnte seinen eigenen Atem laut und deutlich hören – und den hastigen, verkrampften Atem Niukras'. Und Kalaišum fiel es wie Schuppen von den Augen. Er zog sein Schwert und sprang um Niukras herum auf Pahtun zu. Dieser hatte noch immer den Speer in seinen Händen, den er soeben Niukras in den Bauch gerammt hatte! Doch eigentlich hatte er Kalaišum gegolten. Der General spürte unbändigen Zorn in sich. Mit einem wütenden Schrei stieß er Pahtun, der selbst wie gelähmt dastand, sein Schwert in den Brustkorb. Röchelnd ließ dieser den Speer los, sodass Niukras zusammensackte.

Imalkuš war hinzugesprungen und fing den jungen Mann auf.

Der Speer hatte Niukras' Bauch durchbohrt, die blutige Spitze ragte hinten aus seinem Rücken heraus. Auf dem marmornen Boden vermischte sich sein Blut mit dem seines Mörders, der starb, ohne dass ihm jemand Beistand leistete. Die übrigen Ratsherren waren aufgesprungen, doch dann wie zu Stein erstarrt, schockiert darüber, was sich gerade zugetragen hatte – oder zumindest fast alle. Kalaišum sah Sirun an, dessen Gesicht völlig teilnahmslos war, und dann zu Dakuun. Dieser starrte Sirun hilfesuchend an.

„Wachen!", schrie Kalaišum und die Tür öffnete sich sofort. Die Krieger, die hereinkamen, blieben einen Augenblick wie angewurzelt stehen, dann stürzten sie in den Thronsaal, allen voran die schwarzhäutigen Leibwächter des Königs. Sie scharten sich um Imalkuš, um ihn zu beschützen.

„Nehmt Dakuun fest und bringt ihn in den Kerker!", befahl Kalaišum nach einem raschen Blick zu Imalkuš. Der König nickte.

Dakuun wollte etwas zu seiner Verteidigung sagen. Doch ausgerechnet Sirun schnitt ihm das Wort ab. „Und stopft ihm das Maul!"

„Nein!", fuhr Kalaišum auf. „Lasst ihn sprechen. Wenn Dakuun etwas gegen Sirun sagen wollte, sollte er das tun!"

„Ihr widersprecht mir? Habt Ihr vergessen, wer ich bin?",
fragte Sirun drohend. Unschlüssig sahen die Krieger, die
Dakuun ergriffen hatten, von einem zum anderen.

Kalaišum zögerte und sah zu Imalkuš. Der König hatte die
Augen zusammengekniffen und sah seinen Adoptivbruder
scharf an. Hatte sich Sirun etwa gerade selbst verraten?

„Lasst den Knebel weg. Er soll sagen, was er sagen will!
Bringt ihn weg! Und bewacht ihn! Ihm soll kein Haar
gekrümmt werden. Noch nicht!", befahl Imalkuš nun, ohne
sich umzudrehen. Über des Königs Kopf hinweg sah
Kalaišum, wie Sirun die Zähne aufeinander presste. Er hatte
seinen Fehler bemerkt.

Kalaišum kniete neben Niukras nieder. Der junge Mann lag
still auf dem Boden. Er hatte die Augen geschlossen, sein
ganzes Gesicht war schmerzverzerrt. Seine Hände hatte er um
den Speer herum auf die Wunde gepresst. Blut sickerte aus
seinem Mundwinkel. Er hustete winzige Blutströpfchen. „Seid
tapfer, Niukras!", flüsterte Imalkuš. „Wir ziehen den Speer
jetzt aus Eurem Körper."

„Nein", keuchte Niukras entkräftet. „Nein ... is ... zu spät
..."

Keethun, der älteste Ratsherr des Reiches, kniete neben
dem sterbenden jungen Mann nieder. „Wackerer Niukras! Du
gabst dein Leben, um Kalaišum zu retten."

„Es soll nicht vergeblich gewesen sein. Du weißt, dass
große Krieger wiedergeboren werden. Du hast deiner Familie
und deinem König die allergrößte Ehre gemacht."

Ein gequältes Lächeln huschte über Niukras' Gesicht.
„Mein ... mein Schwert ..." röchelte er. Langsam hob er seine
zitternde Hand. Kalaišum reagierte am schnellsten. Er zog das
Schwert aus der Scheide und reichte es dem sterbenden

Krieger. Seine Hand zitterte. Sein eigenes Leben hatte einen bestimmten Zweck, davon war Kalaišum fest überzeugt. Er hatte es nicht umsonst dem Kriegsgott geweiht. Aber in diesem Moment fragte er sich, warum er weiterlebte, und nicht der jüngere Mann. Er reichte Niukras seine Rhomphaia, das lange Krummschwert, das schon sein Vater und sein Großvater geführt hatten, damit er das Schwert mit beiden Händen vor seinem Oberkörper festhalten konnte, während er auf der Seite lag. Noch während der junge Mann die Finger um den Schwertgriff schloss, merkte er, dass ihn seine Kräfte noch schneller verließen als sein Blut. Die Waffe entglitt ihm. Klirrend schlug sie auf dem Boden auf, als Niukras die Augen schloss und das letzte Mal atmete.

Fünf Tage Trauer

Temi fragte sich, ob die Kentauren tatsächlich wieder nach Thaelessa reiten wollten. Immerhin dauerte die Reise drei Tage. In Thaelessa musste sich der Großteil ihrer Armee befinden, dort würden sie sich sammeln. Wer würde mit der Offensive beginnen? Die Stadt der Menschen lag strategisch günstig am Berg, die Stadt der Kentauren auf einer Ebene und war von allen Seiten aus angreifbar. Allerdings mussten auch Ausfälle nach allen Seiten besser gelingen. Wenn die Kentauren jedoch Šadurru einmal unbemerkt umrundeten und von der Spitze des Berges aus angriffen, hatten sie einen großen Vorteil. Aber vielleicht würde es überhaupt keinen Krieg geben, wenn Aireion auf Rache für den Mord an Xanthyos' Kriegern verzichtete?

Sie *musste* es wissen!

Wieder ritt sie näher an Aireion heran, der weiter an der Spitze seiner Soldaten lief. „Fürst Aireion?", sprach sie an. Er wandte den Kopf in ihre Richtung, während er mit unverminderter Geschwindigkeit weiterrannte. „Wird es Krieg geben?"

Seine linke Augenbraue hob sich, der Blick seiner goldenen Augen durchbohrte sie. Auch wenn es nur Sekunden waren, schienen ganze Minuten zu vergehen, ehe er den Mund öffnete.

„Ja. Ich habe Imalkuš von Šadurru den Krieg erklärt. Den Mord an den Bewohnern Echainars leugnete er, aber nicht die Verfolgung und die Ermordung der Begleiter meines Bruders. Ich habe ihm fünf Tage gegeben, um seinen Vater angemessen zu bestatten, wie es die Traditionen der Menschen genau wie die unseren verlangen. Danach werden wir uns auf dem Schlachtfeld gegenüberstehen." Sein Gesicht verdüsterte sich.

Temi begriff: Hätte Xanthyos nicht auf eigene Faust Imalkuš der Morde bezichtigt, hätten dieser die Kentauren niemals verfolgen lassen und es hätte auch keinen Krieg gegeben, zumindest nicht jetzt. Deshalb war Aireion so zornig auf seinen Bruder. Er hatte ihn davor gewarnt, einen Krieg zu provozieren. Xanthyos hatte sich nicht abhalten lassen. Nun würde er dafür büßen, egal wie der Krieg ausging.

Die morgendliche Wärme war einer schwülen Mittagshitze gewichen. Die Kentauren galoppierten schweigend durch die Wälder. Selten durchquerten sie größere Felder und Wiesen. Unter anderen Umständen wäre es für Temi ein erhebendes Gefühl gewesen, mit diesem kraftvollen Heer im Rücken durch eine traumhaft schöne Landschaft zu reiten. Ihre kurzen Haare zerzausten im Wind und sie hatte das Gefühl, dass im Moment nichts sie aufhalten konnte. Aber jetzt war jedes Hochgefühl fehl am Platz. Sie presste die Lippen zusammen und ritt stumm weiter.

Sie hatten gerade einen flachen Fluss passiert – war es der Grenzbach der beiden Reiche? –, als Aireion unerwartet die Hand hob. Temi, die knapp hinter ihm ritt und ihren Gedanken nachhing, schreckte auf. Die Kentauren wurden langsamer und kamen schließlich ganz zum Stillstand. Ephlaši bremste ab, trabte aber schnaubend noch ein paar Schritte. Ob aus Anstrengung, oder um ihren Unwillen über den Halt auszudrücken, weil sie den fast ungestörten langen Lauf genossen hatte, konnte Temi nicht erkennen.

„Wir machen eine kurze Rast, trinken und füllen unsere Wasservorräte auf", wies Aireion die Krieger an, die still den Worten ihres Anführers lauschten.

Es war später Nachmittag und Temi merkte, wie müde sie war. Verschwitzt rutschte sie von Ephlašis Rücken und legte die Zügel einfach über deren Rücken. Sie war umgeben von Kentauren; die Stute würde nicht weglaufen. Ephlaši kehrte zum Bach zurück und scharrte mit den Hufen darin. So etwas Ähnliches hatte Temi jetzt auch vor. Sie hockte sich ans Ufer, tauchte ihre Hände ins Wasser und ließ es über ihre Arme und ihren Kopf schwappen. Dann schöpfte sie durstig mit beiden Händen das kühle Nass. Die Kentauren hatten mehr Probleme, sich abzukühlen. Sie mussten sich tief hinunterbeugen, um ans Wasser zu kommen. Eine blonde Kentaurin ging gerade am Ufer auf die Knie. „Wartet!", rief Temi und eilte zu ihr. Die Kentaurin hielt inne, sah sie aufmerksam und offen an.

Temi griff nach dem ledernen Wasserbeutel und schüttete den lauwarmen Rest in den Fluss, wo die Strömung ihn sogleich wegschwemmte. Dann füllte sie den Schlauch neu und reichte der Kriegerin das frische Wasser. Sofort kam Ardesh angetrabt und hielt ihr seinen Wasserschlauch hin. „Kannst du meinen auch auffüllen?"

Die Kentaurin lachte auf und boxte ihn in die Seite. „Sei nicht so dreist, Ardesh!" Die beiden kannten sich offenbar gut.

„Natürlich, zu Diensten!", antwortete Temi und tauchte auch seinen Beutel in die Flussströmung.

„Siehst du, Phailin?!" Triumphierend grinste Ardesh, trank dann allerdings nicht aus dem Wasserschlauch, sondern drehte ihn nur einmal um und schüttete das Wasser über seinen Kopf. Ein heftiger Windstoß ließ das kalte Nass allerdings zum Großteil gegen die Kentaurin und Temi klatschen. Beide sprangen mit einem Schreckenslaut auseinander. Phailin schimpfte sofort laut, während Temi nur prustete und dann loslachte. Ihre Haare tropften und es kühlte ihre warme Haut, als der eine oder andere Tropfen ihren Rücken herunterperlte.

Ardesh zog seinen Kopf ein und reichte ihr etwas kleinlaut den Beutel, den sie grinsend ein zweites Mal füllte. Nun trank Ardesh manierlich und die Kentaurin nahm dankbar einen weiteren Wasserbeutel von Temi an.

Nach einer Weile schaute sich Temi nach Ephlaši um. Die Stute genoss das Wasser offensichtlich; sie watete mitten im Fluss im Kreis herum und stampfte immer wieder mit den Hufen auf, bis sie am ganzen Körper nass war. Temi pfiff. Ephlaši hob den Kopf und blinzelte aufmerksam in ihre Richtung, ehe sie durch das Wasser auf ihre Reiterin zuwatete. Temi strich ihr mit der Hand das Wasser aus dem kurzen stoppeligen Fell und schwang sich dann wieder auf ihren Rücken. Vergnügt machte die Stute zwei, drei Sätze, bis auch ihre Reiterin tropfnass war und schritt dann erhobenen Hauptes ans Ufer. „Du stolzierst und ich seh aus wie ein begossener Pudel", murmelte Temi vorwurfsvoll. Ardesh und seine Freundin grinsten sich an. Temi ließ sich davon anstecken. Die Kentaurin gefiel ihr. Doch bevor sie sich einander vernünftig vorstellen oder gar näher kennenlernen konnten, gab Aireion den Befehl, aufzubrechen.

Langsam ging die Sonne unter und tauchte die Wälder in rötliches Licht. Doch warm war es und würde es auch über Nacht bleiben. Als sich die Kentauren wieder in Bewegung setzen, ahnte Temi noch nicht, wie lange sie noch reiten würden.

Sie wendete Ephlaši und wollte sie gerade antreiben, um zu Aireion aufzuschließen, als die Stute plötzlich auf die Hinterbeine stieg und laut wieherte. Temi erschrak. Sie brauchte alle Kraft und kämpfte um ihr Gleichgewicht, um nicht nach hinten vom Pferderücken zu stürzen. Zu allem Überfluss tänzelte Ephlaši nun auch noch auf den Hinterbeinen rückwärts.

Temi klammerte sich an den Hals der Stute und biss die Zähne zusammen. *Das* waren die Nachteile beim Reiten ohne Steigbügel und Sattel.

Einer der Kentauren in ihrer Nähe zückte Pfeil und Bogen und schoss blitzschnell unmittelbar vor Ephlaši auf den Boden.

Erst jetzt beruhigte die Stute sich und setzte auch wieder ihre Vorderhufen auf den Boden. Temis Herz schlug bis zum Hals. Was zum Teufel war das gewesen?! Sie brauchte ein paar Sekunden, bis sie sich wieder aufrichten konnte. Aireion stand plötzlich neben ihr. Er hatte sein Schwert gezogen und sah sie warnend an. Überhaupt hatten alle Krieger nach ihren Waffen gegriffen, alle waren angespannt.

„Was ...?", setzte sie zu einer Frage an, aber Phailin, die neben sie getrabt war, schüttelte besorgt den Kopf. „Wir hatten sie ausgerottet. Es ist nicht gut, wenn sie wieder da sind. Ausgerechnet in dieser Situation."

Temi verstand immer noch nichts. Der Schütze, ein Kentaur mit dunklerer Haut und dunklen Haaren, aber helle Augen, kam näher, bückte sich und hob dann seinen Pfeil hoch. An der Spitze zappelte etwas: Eine Schlange! Ein kalter Schauer lief Temi über den Rücken. Deshalb also war Ephlaši so überraschend gestiegen.

„Ihr Gift ist tödlich für uns", erklärte der Kentaur knapp und der stechende Blick seiner eisblauen Augen war auf das tote Tier gerichtet. Er verzog sein Gesicht, während er den Pfeil aus dem Schlangenleib zog und ihn wieder in seinen Köcher steckte. Dann warf er das Reptil mit einem verächtlichen Blick ins Gebüsch.

„Sie scheint allein zu sein. Aber seid auf der Hut. Wir brechen auf!", befahl Aireion und lief als Erster los.

„Du hast dich gut gehalten, Menschenmädchen!", lobte Phailin sie, ehe auch sie antrabte. Temis Blick blieb an dem Strauch hängen, in dessen Richtung der Südländer die Schlange geworfen hatte. Ihr war, als hörte sie drohendes Zischeln aus diesem Busch, und fühlte sich unangenehm an den Schlangenmenschen erinnert, den sie in Trier gesehen hatte – oder doch nur gesehen zu haben meinte? Sie schüttelte den Kopf. „Du siehst Gespenster, Temi", sagte sie zu sich selbst. „Oder hörst sie." Es war alles Einbildung! Da war kein Zischen. Nur der Wind pfiff leise durch das Geäst und ließ es knistern.

Sie atmete tief durch. Dann drückte sie Ephlaši die Hacken in die Seite und die Stute trabte los.

Sie ritten durch den Abend, in die Nacht hinein und machten auch dann keine Pause. Ephlaši, die in Šadurru meist nur im Stall gestanden hatte, war genauso müde wie ihre Reiterin, als in der Ferne die ersten Sterne am helleren Morgenhimmel im Osten verschwanden. Temi hatte sich weiter nach hinten fallen lassen. Plötzlich aber wurden die Kentauren langsamer und hielten schließlich ganz an. Temi ließ Ephlaši nach vorne traben, bis sie es sah: Die verkohlten Gerippe einer ausgebrannten Siedlung im Wald. Hier also hatten die Menschen gewütet.

Ein blonder Kentaur kam ihnen entgegen. Er war bewaffnet, aber ohne Helm, deshalb erkannte Temi ihn sofort: Kehvu! Ihr Herz schlug schneller, am liebsten hätte sie ihn umarmt. Doch sein ernster Blick streifte sie nur kurz, ehe er vor Aireion den Kopf neigte. „Mein Fürst. Es ist gut, Euch wohlbehalten wiederzusehen. Konntet Ihr Euren Bruder befreien?" Aireion nickte nur und spähte dann zur Siedlung.

Sie wirkte ausgestorben – nein, sie *war* es. Hatte Kehvu hier alleine gewartet?

„Habt Ihr meinen Befehl ausgeführt, Kehvu?", fragte Aierion den Blonden.

„Ja, mein Fürst. Wir haben die Toten nach Thaelessa gebracht und eine Nachricht vorausgeschickt. Das Heer ist unterwegs."

Also würden sie nicht zurück nach Thaelessa reiten, sondern sich mit der Hauptstreitmacht hier, auf etwa halbem Weg zwischen den Hauptstädten, treffen. Das war sicherlich klug, wenn man einen Angriffskrieg führen wollte. Was aber, wenn Imalkuš in der Zwischenzeit gegen Thaelessa vorrückte? Würden dann die Kinder und Älteren in der Stadt genauso sterben wie die Bewohner dieses Dorfes? Temi konnte sich kaum vorstellen, dass Aireion das zulassen würde. Sicher hatte er ausreichend Wachen in der Stadt zurückgelassen – oder? Vielleicht hatten auch diejenigen, die nicht kämpfen konnten, die Stadt verlassen und sich in die Wälder zurückgezogen. Wie damals, als die Menschen Thaelessa erobert hatten.

Aireion hatte etwas von einer Trauerzeit gesagt. So wie beim Trojanischen Krieg der Sage nach Achilleus dem gegnerischen König Priamos eine Zeit zugestanden hatte, um seinen Sohn zu bestatten. Der König und der Krieger hatten freundlich in Achilleus' Zelt miteinander gesprochen – und waren nach zwölf Tagen wieder zu erbitterten Feinden geworden. Beide waren später getötet worden. Temi schluckte.

In Gedanken versunken hörte sie nicht, was Aireion sagte. Erst als er würdevoll auf seinen Bruder zuschritt, schreckte sie auf. Xanthyos war bis jetzt schweigend mitgekommen.

„Xanthyos, ruf deinen Beobachter her."

„Was meinst du, Bruderherz?", fragte Xanthyos und warf verächtlich seinen Kopf zurück, sodass seine schwarzen Haare flogen.

„Halte mich nicht für naiv! Du lässt uns von deinen Leuten beobachten. Ruf sie her."

„Gesetzlose und Exilanten? Ihnen droht der Tod, weil sie den Frieden gebrochen haben. Oder hast du deine eigenen Anordnungen vergessen?"

Aireion sah seinen Bruder traurig an. „Ihr habt meine Befehle missachtet, als ihr das Land der Menschen betreten habt, und dafür haben deine Gefährten bitter bezahlt. Aber ihr habt sicher nicht den Fluss vergiftet, der Šadurru mit Trinkwasser versorgt. Du bist ein Hitzkopf, aber du bist nicht ehrlos, Bruder, Gift ist nicht deine Art. Stell deine Krieger unter meinen Befehl und sie werden für dein und ihr Vergehen nicht bestraft. Sie werden ihren Krieg bekommen."

Überraschung zeichnete sich in Xanthyos hartem Gesicht ab. Er runzelte seine Stirn und starrte Aireion verblüfft an. Damit hatte er nicht gerechnet.

„Du hast mein Wort!", fügte Aireion noch hinzu und blickte seinem Bruder dabei offen in die Augen.

„Dein Wort ..." Temi hörte, wie es in Xanthyos tobte. Einerseits verachtete er seinen Bruder und wollte ihn für dieses Versprechen verhöhnen. Auf der anderen Seite war der Kampf gegen die verhassten Heqassa das, worauf seine Krieger drängten. Und Aireion brach sein Wort nicht leichtfertig, das wusste Xanthyos.

„Nur unter meinem Befehl!", antwortete er mit fester Stimme. Temi sah zwischen den beiden hin und her.

Jetzt wurde verhandelt. Wer bot mehr bzw. wer verlangte mehr? Xanthyos befehligte sicherlich nicht wenige Soldaten. Doch würden diese sich den Krieg, die langersehnte Rache entgehen lassen, nur weil Xanthyos sie nicht befehligen durfte? Aireion sah das offenbar genauso.

„Wie, Bruder? Du versagst deinen Kriegern eine Schlacht nur um deines persönlichen Vorteils willen?", fragte er so laut, dass alle in der Nähe es hören konnten. Auch heimliche Beobachter in den umliegenden Büschen. Xanthyos' Augen verdüsterten sich. Er wusste, dass er verloren hatte.

Fast tat er Temi leid. Ausgerechnet Xanthyos würde den Tod seines Bruders nicht rächen können, sondern musste vermutlich als Gefangener das Ende des Krieges abwarten.

Seine Schultern sackten nach unten, dann hob er seine gewölbte Hand an den Mund und blies hinein. Es klang wie der Ruf eines großen Vogels. Kurze Zeit später raschelte es im Gebüsch. Die Kentauren, die dort standen, traten zur Seite, als ein Pferdemensch durch das Unterholz kam, den Temi nur allzu leicht wiedererkannte: Es war der Wortführer der Kentaurengruppe, die sie gefangen genommen hatte. Tharlon. Mit erhobenem Schwert näherte er sich langsam seinem Anführer und dem Fürsten, sich misstrauisch nach allen Seiten umschauend.

„Steck das Schwert weg", wies Xanthyos ihn mit rauer Stimme an. Tharlon gehorchte sofort.

„Versammle unsere Krieger. Morgen um diese Zeit schließt euch meinem Bruder an. Er wird euch in den Krieg gegen die Menschen führen."

Xanthyos wandte sich ab. Deutlich erkannte Temi die Verbitterung in seinem Gesicht. Es musste hart für ihn sein. Aber es ging nicht um ihn. Er tat das Beste für sein Volk. Seine Krieger waren kampferprobt, sie würden Aireions Heer sicher verstärken. Temi war gespannt; sie hatte keine Ahnung, wie groß das Heer der Kentauren war. Sicherlich nicht so groß wie das von Šadurru, doch die enorme Energie, die in den

Pferdeleibern und denn muskulösen Armen steckte, würde einiges wettmachen. Es würde eine lange und blutige Auseinandersetzung werden und es konnte nur Verlierer geben, keine Sieger.

Xanthyos' Stellvertreter schüttelte heftig den Kopf. Er hatte die Stirn gerunzelt und öffnete kurz den Mund, als wollte er protestieren, doch Xanthyos sah ihn nicht an, sondern blickte finster zu Boden. Tharlons Blick wurde grimmiger, doch er widersprach seinem Anführer nicht. Stattdessen verbeugte er sich – demonstrativ nur vor Xanthyos – und machte dann kehrt. Mit langen Sätzen verschwand er im Wald und schon nach wenigen Augenblicken verschluckte der weiche Waldboden das Getrappel seiner Hufe.

Aireion schien zufrieden. Er hatte nun alles Nötige getan. Sein Bruder würde nicht noch mehr Unheil anrichten.

„Bringt ihn weg!", befahl er mit unbarmherziger Stimme, die Temi zusammenzucken ließ. Die Soldaten, die Xanthyos festhielten, gehorchten, ohne zu zögern. Unschlüssig blieb Temi stehen. Was nun? Würde irgendeiner der Kentauren mit ihr reden? Kehvu vielleicht. Aber wo war der blonde Künstler überhaupt? Eben noch hatte er hinter dem Fürsten gestanden, jetzt war er verschwunden. Sie entdeckte ihn nirgends.

„Ruh dich aus", sagte Aireion zu ihr. „Danach lasse ich dich nach Thaelessa zurückbringen – dies wird vorerst der sicherste Ort sein, an dem du dich aufhalten kannst."

Er zögerte einen Moment, bevor er weitersprach. Sein Gesicht hatte sich verdüstert. „Du hast getan, was du konntest. Doch du sollst nicht miterleben, wie sich unsere Krieger und die Angehörigen deines Volkes gegenseitig töten."

Sicherlich hatte er Recht. Sie hatte schon ansehen müssen, wie die kleine Kundschaftergruppe um Xanthyos vor ihren Augen abgeschlachtet worden war und war darüber untröstlich gewesen – obwohl sie keinen von ihnen gekannt hatte. Doch das war nichts gemessen an dem, was in den folgenden Tagen geschehen würde. War sie bereit, die Soldaten – auf beiden Seiten – sterben zu sehen? Oder sollte sie in die Stadt zurückkehren, wo sie Tod und Verderben nicht sehen, hören und riechen musste?

Temi war hin und hergerissen: Sie mochte Kehvu und Aireion und Phailin und Ardesh. Sie wollte sie nicht im Stich lassen. Aber sie verabscheute Krieg und hatte Angst vor dem Leid, das er verursachte. Würde sie es ertragen? Und nicht zuletzt, das musste sie zugeben, hatte sie auch Angst um ihr eigenes Leben. Schließlich konnte sie sich nicht darauf verlassen, dass sie in ihrer Welt weiterlebte, vielleicht wie aus einem Traum aufwachen würde, wenn sie hier starb.

Sie musste etwas sagen. Verzweifelt inspizierte sie den Boden vor Aireions Hufen, als stünde dort die Antwort. Was sollte sie tun?

„Das ist kein Vorschlag, Temi, das ist ein Befehl. Wir werden dich nicht mitnehmen!" Sein Ton duldete keinerlei Widerspruch. „Du *wirst* nach Thaelessa zurückkehren", wiederholte er, um seiner Anweisung Nachdruck zu verleihen.

Für ihn war die Sache erledigt. Und insgeheim war Temi froh darüber, denn mit keiner ihrer Entscheidungen wäre sie wirklich glücklich gewesen. So war sie zwar auch nicht zufrieden, aber sie hatte gar keine Wahl.

Erleichtert nickte sie, auch wenn sich ein Kloß in ihrem Hals festsetzte. Das bedeutete, dass sie die Kentauren, dass sie Kehvu und Aireion jetzt vermutlich zum letzten Mal sah. Bevor sie ein Wort sagen konnte, wandte sich der Fürst bereits ab und trabte zu Kehvu, der wie aus dem Nichts wieder aufgetaucht war. Er sprach leise mit ihm und Kehvu nickte. Worum es ging, konnte Temi nicht verstehen.

Gerne hätte Temi mit dem blonden Kentauren gesprochen, aber sein Gespräch mit Aireion zog sich in die Länge. Irgendwann trabte auch der feurige Ardesh zum Fürsten und Temi rückte ein wenig näher an die kleine Gruppe heran, um zu hören, worüber sie sich unterhielten.

Er nickte ihm zu und der Fürst erwiderte die stille respektvolle Geste.

„Ich sende Späher aus, um die Gegend zu sichern. Meint Ihr, sie haben uns bis hier in unser Land verfolgt?"

Aireion schüttelte leicht den Kopf. „Imalkuš wird uns Späher hinterhergeschickt haben, nicht aber seine ganze Reiterei. Er ist zornig, aber nicht dumm, und er ist zu ehrenvoll, um uns in den fünf Tagen der Trauer anzugreifen, die ich ihm gegeben habe. Außerdem sind wir mittlerweile zu weit von ihrer Stadt weg, als dass sie uns schnell mit ihrer Reiterei *und* den Speerträgern bedrängen könnten. Mit weniger als seiner ganzen Streitmacht wird Imalkuš uns nicht herausfordern. Nein, nicht heute, sondern in wenigen Tagen wird es soweit sein. Dann", sagte er bitter, „werden wir uns gegenseitig umbringen."

Ruhe vor dem Sturm

Temi band Ephlaši so an einem Baum, dass die Stute bequem grasen konnte. Bei Aireions letzten Worten schüttelte sie traurig den Kopf. Sie wusste, dass sie den Krieg nicht mehr verhindern konnte, aber das hieß nicht, dass sie diese Ruhe nachvollziehen konnte, mit der der Kentaurenfürst davon sprach. Als hätten sich Kentauren und Menschen zu einem sportlichen Wettbewerb verabredet – und nicht zum Blutvergießen.

Ardesh verneigte sich leicht. Er vertraute seinem Fürsten völlig. Temi beobachtete den rothaarigen Krieger nachdenklich; der rief einigen Kentauren etwas zu und sie trabten auseinander. Auch Ardesh selbst verschwand im Dickicht. Temis Herz machte vor Aufregung einen Satz, als sie zwischen den Bäumen sah, dass er seinen Bogen von seinen Schultern zog. Würde er auf Jagd gehen? Wache halten? Oder für den Kampf morgen üben?

Neugierig blickte sie ihm nach. Doch es gab nur eine Möglichkeit, das herauszufinden. Schnell lief sie zu der Stelle, wo Ardesh verschwunden war und hielt vorsichtig Ausschau. Der Kentaur war durch das Gestrüpp gegangen und hatte einige Zweige dabei umgeknickt. Sollte sie ihm folgen? Oder riskierte sie, erschossen zu werden?

Während sie noch überlegte, legte ihr jemand eine Hand auf die Schulter.

„Na, kleines Menschenmädchen?", sprach eine melodische und helle Stimme sie an. Sie drehte sich um. Vor ihr stand Phailin. Die Kentaurin hatte ihre blonden Haare mit einem Kranz aus geflochtenem Wein- oder Efeulaub zurückgesteckt. Ihren Helm hielt sie in der Hand.

„Hallo", antwortete Temi, und ärgerte sich, weil ihr spontan nichts Besseres einfiel.

„Deine Augen leuchteten, als du Ardeshs Bogen gesehen hast. Kannst du schießen?"

„Nein, ich habe es noch nie ausprobiert", gab Temi zu. Phailin schlug sich mit der Hand leicht gegen die Stirn. „Ach, Entschuldige! Ich vergesse immer, dass bei euch Menschen die Frauen so etwas nicht dürfen."

„Nein, nein", korrigierte Temi schnell. „Ich komme ja nicht aus Šadurru. In dem Land, in dem ich lebe, dürfte ich schon."

„Und wieso tust du es nicht?", fragte die Kentaurin neugierig, und ihre hübschen weißen Pferdeohren zuckten. „Gute Bögen sind teuer. Und Unterricht sowieso."

„Teuer? Macht ihr eure Bögen nicht selber? Und wieso ist der Unterricht teuer? Bogenschießen lernt man doch schon als Kind. Genau wie Laufen."

„Schön wär's!", dachte Temi. Laut sagte sie: „Bei uns, in meiner Welt, leider nicht." Wie sollte sie das der Kentaurin denn erklären, dass diese Waffen im 21. Jahrhundert nicht mehr verwendet wurden? Dass Pfeil und Bogen nur noch Sportgeräte waren.

„Gibt es bei euch gar keine Kriege? Und esst ihr kein Fleisch? Oder wie erlegt ihr Wild?"

„Doch, Kriege gibt es in unserer Welt leider auch, nur mit viel schlimmeren Waffen. Und was das Fleisch betrifft: Wir essen das Fleisch von Tieren, die wir extra dafür züchten."

Der Kentaurin stand ein Fragezeichen geradezu ins Gesicht geschrieben. Also versuchte Temi zu erklären. Sie erzählte Phailin, wie sich das Leben der Menschen und ihrer Waffen entwickelt hatte. Die Kentaurin hörte gespannt zu, doch sie konnte kaum glauben, was sie hörte, und nach einer Weile war sie verwirrter als zuvor, auch wenn sie tapfer versuchte, alles nachzuvollziehen. Noch bevor sie zu Panzern, Flugzeugen und Raketen kam, gab Temi auf. Jemandem, der mit Schwertern kämpfte, Bomben zu erklären, war vermutlich ebenso zwecklos, wie ihr selbst Physik nahebringen zu wollen: Sie war in diesem Fach eine totale Niete und froh gewesen, es nach der zehnten Klasse abwählen zu können.

Es war schwierig genug, Phailin Pistolen und Gewehre begreiflich zu machen. Den Schrecken der heutigen Kriege zu erklären war kaum möglich.

„Genug davon", unterbrach Temi sich. Phailin war längst nicht mehr die einzige, die zuhörte. Mehrere Kentauren, die sich in der Nähe niedergelassen hatten, hatten ihr ihre Köpfe zugewandt und lauschten gespannt.

„Wieso haben Menschen Waffen erfunden, mit denen sie viele Wesen gleichzeitig umbringen können?", fragte ein braunhaariger Kentaur mit dunklen Pferdeohren und ebenso dunklen Augen verständnislos. Ein anderer Pferdemensch fügte fast vorwurfsvoll hinzu: „Was ist daran ehrenvoll?"

„Ehrenvoll?" Temi lachte bitter auf. „Es geht nicht um Ehre, nur um Macht. Schon lange. Immer."

Der Pferdemensch kniff die Augen zusammen und schüttelte den Kopf. „Ihr seid ein merkwürdiges Volk!"

„Da habt Ihr vermutlich Recht", erwiderte Temi. Phailin, die stumm nachgedacht und zugehört hatte, schüttelte sich nun; das Kettenhemd, das ihren Pferdeleib und auch ihren Oberkörper schützte, klirrte leise. „Genug davon", wiederholte sie Temis Worte leise. „Du möchtest Bogenschießen? Komm mit! Ich zeige dir, wie es geht. Es ist ganz leicht. Kinderleicht."

Ohne ein weiteres Wort griff sie nach einem Bogen, der unbeachtet an einem Ast hing, und sie drang an der gleichen Stelle wie zuvor Ardesh in das Unterholz ein. Temis Herz schlug schneller, als sie Phailins Worte begriff. Wollte die Kentaurin ihr wirklich das Schießen beibringen? Sie strahlte übers ganze Gesicht und warf einen schnellen Blick in die Runde, ob die anderen Pferdemenschen einverstanden waren. Immerhin war sie ein Mensch. Doch die Kentauren sahen sie nur neugierig an. Überhaupt schienen die Kentauren viel neugieriger als die Menschen hier, fast mit einer kindlichen Neugier. Sie stellten Fragen, wollten mehr wissen. Die meisten Heqassa, die ihr begegnet waren, ließen sich dagegen nur zögernd auf Unbekanntes ein. Temi nickte, immer noch lächelnd. Es war gut, dass sie hier war.

Mit klopfendem Herzen folgte sie Phailin, die sich einen Weg durch das Gestrüpp bahnte. Sie fragte sich, wie sie den Bogen bloß spannen sollte. Die Pferdemenschen trainierten von klein auf und hatten damit bestimmt keine Mühe, während sie selbst vermutlich die Sehne nicht einmal bewegen konnte.

Die Kriegerin blieb so plötzlich stehen, dass Temi fast in sie hineingerannt wäre. Sie hatten eine riesige Lichtung erreicht und waren nicht alleine. Ardesh stand mit gespanntem Bogen ein paar Meter von ihnen entfernt. Er wirkte ganz locker, gar nicht angestrengt. Einen Augenblick später zischte der Pfeil, den er aufgelegt hatte, gute hundert Meter in die andere Richtung. Temi sah nicht einmal, ob Ardesh getroffen hatte, und wenn was. Sie folgte den beiden Kentauren über die Lichtung – Ardesh tänzelte selbstbewusst vor ihnen her, Phailin beobachtete mit sichtbarem Interesse die mühelosen Bewegungen seines muskulösen Körpers, während sie hinter ihm herging. Temi musste sich ein Lachen verkneifen.

Dann sah sie es: Eine alte, knorrige Birke, und ein halbes Weinblatt an ihrem Stamm. Ardeshs Pfeil hatte das Blatt durchbohrt und zerrissen; eine Hälfte lag zwischen den trockenen Grasbüscheln auf dem Boden. Temis klappte die

Kinnlade nach unten. Das war ein Schuss gewesen! Dabei hatte sich Ardesh nicht lange konzentriert, ehe er den Pfeil abgefeuert hatte. Und ein Geschoss, das mit einer solchen Geschwindigkeit auf eine metallene Fläche traf, würde diese ohne Probleme durchbohren. Selbst die schwer gerüsteten Lanzenträger der Heqassa würden keine Chance haben. Und wie sah es in schnellem Lauf aus? „Trefft ihr auch beim Galoppieren so genau?", fragte sie ehrfürchtig.

Phailin lachte leise auf. „Was denkst du denn, kleines Menschenmädchen. Natürlich tun wir das. Hier, nimm den!" Sie drückte Temi den Bogen in die Hand und zog dann ihren eigenen von der Schulter. Sie trabte los und wechselte rasch in den Galopp. Ardesh folgte ihr und überholte sie auf der Hälfte der Lichtung. Temi wurde es etwas mulmig zumute: Sie hoffte, dass die Kentauren nicht in ihre Richtung schießen würden, auch wenn sie so treffsicher waren! Doch die beiden Krieger lieferten sich offenbar nur ein Wettrennen, denn am Ende der Lichtung machten sie kehrt; dann, kurz bevor sie sie wieder erreichten, drehte Ardesh sich um und schoss in vollem Galopp einen Pfeil schräg nach hinten. Phailin, die aufgeschlossen hatte, spannte zwei Sekunden später blitzschnell ihren Bogen und ließ die Sehne zurückschnellen. Erst dann bremste sie abrupt ab und kam einen Meter vor Temi zum Stehen. Temi trocknete ihre schweißnassen Hände ab und stieß den Atem aus, den sie unwillkürlich angehalten hatte. „Ich gebe mich geschlagen!", konstatierte Ardesh. Temi wünschte, sie hätte einen genauso scharfen Blick wie die Pferdemenschen. Aber Phailin schien zu ahnen, dass sie das Ergebnis von hier aus nicht sah und bedeutete ihr mit einer Kopfbewegung, mitzukommen.

Als sie sich dem Ziel der beiden Krieger näherten, riss Temi die Augen auf. Ardeshs Pfeil hatte einen Zapfen getroffen, der in 5 Metern Höhe an einem Zweig gehangen hatte. Der Aufprall hatte den Zapfen abgerissen und an den dahinterstehenden Baumstamm geheftet – und Phailins Pfeil hatte Ardeshs Pfeil gespalten!

Temi blinzelte. Sie konnte nicht glauben, dass irgendjemand dazu in der Lage war. Aber ihre Augen täuschten sie nicht. Phailin sah zufrieden drein und Ardesh hatte ihr ja den Sieg bereits zugestanden.

Phailin blickte auf sie hinab. „Und?"

Temi öffnete den Mund, schloss ihn wieder und atmete tief durch. „Wahnsinn!", murmelte sie dann. Ihr Blick war noch immer ungläubig auf die beiden Pfeile gerichtet.

„Willst du jetzt auch mal?", fragte die Kentaurin grinsend.

„G...gerne", stotterte Temi. „Aber ich fürchte, ich kann nicht einmal den Bogen spannen. Ich habe doch gar keine Übung."

Ardesh nahm ihr den Bogen aus der Hand und betrachtete ihn kurz. „Dieser Bogen hier ist der eines Kindes. Er wird dir keine Probleme bereiten", sagte er.

„Wieso nehmt ihr denn einen Kinderbogen mit?", fragte Temi, ohne nachzudenken.

„Wir haben ihn nicht aus Thaelessa mitgenommen", erwiderte Phailin. Ein Schatten huschte über ihr Gesicht. „Er gehört einem Kind aus Echainar. Oder gehörte."

Temi schluckte. Verdammt! Sie hatte es vergessen. Sie waren in der Siedlung, in der die Menschen gewütet hatten. Dann gehörte dieser Bogen einem kleinen Kentauren, der ermordet worden war! Übelkeit stieg in ihr auf. Und ausgerechnet sie, ein Mensch, sollte mit ihm schießen lernen?

Ardesh streckte seine Hände aus und hielt ihr den Bogen hin. „Du kannst ihn haben." Normalerweise hätte sie wohl sofort danach gegriffen, aber jetzt zögerte sie. Wollte sie das?

Es kam ihr schäbig vor. Sollte der Bogen nicht besser zusammen mit dem Kentaurenkind begraben oder verbrannt werden, wie auch immer die Kentauren ihre Toten bestatteten?

Temi starrte die Waffe an. Sie bemerkte nicht den Blick, den die beiden Kentauren sich zuwarfen. „Dein Zögern ehrt dich, aber du kannst den Bogen benutzen. Andere Kinder würden das auch tun. Wir bestatten nur Mitglieder der königlichen Familie mit ihren Waffen – und auch nur, wenn sie die Waffe nicht als Erbstück weiterreichen wollten", erklärte Phailin.

Andere Kinder würden den Bogen auch benutzen? Das war kein Trost. Hier gab es keine Kinder mehr. Temi schüttelte den Kopf, aber Ardesh hielt ihr den Bogen entgegen und berührte fast ihre Hand damit.

Langsam griff Temi nach der Waffe. Das Holz war mit weichem Leder umwickelt und lag leicht in ihrer Hand. Die Sehne ließ sich anfangs fast problemlos spannen, dann aber doch nur mit Anstrengung. „Wie weit darf ich ziehen?", fragte Temi.

Phailin machte es ihr vor und Temi bemühte sich, es ihr nachzutun. Vor Anstrengung und Konzentration hielt sie die Luft an, während sie zielte – die ganze Zeit. Und so zitterten ihre Hände beim Schuss. Der Pfeil bohrte sich zwei gute Meter vor dem Ziel, einem breiten Kastanienbaumstamm, in den Boden.

„Das war wohl nix!", stellte sie verlegen fest. Aber Phailin und Ardesh trösteten sie sofort. „Das war gar nicht so schlecht, für den ersten Versuch." Phailin war sicher nur höflich.

„Ja, auch ich habe schon schlechtere erste Schüsse gesehen", pflichtete Ardesh ihr bei, wenn es auch Temi nicht überzeugte.

„Du musst atmen. Du darfst nicht so lange die Luft anhalten, um ruhig zu bleiben. Der Luftmangel zwingt dich dann, zu schießen. Lass dir Zeit, deine Nervosität zu bezwingen, bevor du spannst. Atme tief durch. Du musst dein Ziel vor Augen haben. Erst dann zielst du und denk dabei nicht zu viel nach. Lass einfach los", riet Ardesh ihr und stellte sich hinter Temi. Phailin reichte ihr den nächsten Pfeil. Der rothaarige Kentaur nickte ihr zu. „Fang an. Wenn du bereit bist."

Temi fixierte das Ziel mit ihren Blicken. Sie wollte schon spannen, als ihr Ardeshs Worte wieder einfielen. Ruhig atmen. Das war das A und Ω. Diesmal wartete sie, bis ihr Herz aufhörte, vor Aufregung zu rasen, und wieder halbwegs normal schlug. Bewusst atmete sie tief ein und aus, ein und aus. Ihre Hände zitterten diesmal kaum, als sie die Bogensehne mit dem Pfeil zurückzog. Sie dachte gar nicht viel nach und konzentrierte sich nicht lange, sondern schätzte nur in etwa die Flugrichtung ab. Erst einen Moment, bevor sie losließ, hielt sie den Atem an. Der Pfeil schnellte von der Sehne – und verschwand dicht neben der Zielkastanie im Dickicht. Yeah! Sie grinste.

„Nicht schlecht, Menschenmädchen, nicht schlecht", lobte Phailin und reichte ihr den dritten Pfeil. Diesmal traf sie.

Ardesh klopfte ihr anerkennend auf die Schulter. „Weiter so. Atme ruhig und hab dein Ziel vor Augen. Daran musst du immer denken!"

Nach einer Weile war Temi ganz verschwitzt und ihre Arme taten von der ungewohnten Bewegung weh. Aber sie war glücklich. Immerhin hatte sie den Baumstumpf schließlich mehrmals getroffen. Wenn auch kein Pfeil in die Nähe eines anderen geraten waren. Ardesh und Phailin waren mit ihrer

Schülerin zufrieden. Sie schien doch kein hoffnungsloser Fall zu sein.

„Es ist genug, kleines Menschenmädchen", sagte Phailin nun. „Du kannst noch oft genug üben. Aber es bringt nichts, wenn du dich direkt überanstrengst."

Temi nickte; die letzten Schüsse waren ihr schwerer gefallen, ihre Arme waren müde. Sie lief zum Ziel und zog die Pfeile aus der harten Borke des Baumes. Die Kastanienrinde sah an dieser Seite doch ziemlich durchlöchert und mitgenommen aus. Bei einigen Pfeilen hatte sie Mühe, sie wieder herauszuziehen. Manche waren im Dickicht verschwunden, ein paar auf Nimmerwiedersehen, andere steckten in weiteren Bäumen oder Büschen. Und einige wenige steckten schlicht zu hoch im Stamm, als dass sie herangekommen wäre, wenige sogar zu hoch für Ardesh, obwohl er auf seine Hinterläufe stieg und sich reckte. Alles in allem hatte sie etwa zehn Pfeile verschossen, aber Phailin beruhigte sie – Pfeile waren wohl keine Mangelware bei den Pferdemenschen.

Gemeinsam kehrten die drei zu der zerstörten Siedlung zurück. Etwa die Hälfte der Kentauren schlief oder ruhte zumindest mit geschlossenen Augen, darunter auch Aireion und Xanthyos. Wachen patrouillierten durch den Wald, um ihre Gefährten bei Gefahr zu warnen. Sicherlich waren im Notfall alle innerhalb weniger Sekunden kampfbereit. Dennoch musste der Fürst gute Nerven haben und seinen Kriegern vertrauen, wenn er in so gefährlicher Zeit so nah an der Grenze ein Mittagsschläfchen hielt. Temi jedenfalls würde bestimmt nicht einschlafen. Leise bedankte sie sich bei Ardesh und Phailin und gab der Kentaurin den Bogen wieder. Dann schlich sie zu dem Baum, an dem sie Ephlaši festgebunden hatte. Die hübsche Stute mit dem weißen Stern auf der Stirn hatte aufgehört zu grasen und lag faul und zufrieden auf der Seite. Vorsichtig löste Temi die langen Zügel vom Baum, sodass das Pferd einen weiteren Bewegungsumkreis hatte, die ledernen Bänder behielt sie aber in der Hand. Die Stute hob müde den Kopf und schnaubte nur kurz.

Temi setzte sich neben sie, um die Kletten aus ihrer Mähne zu zupfen. Eine langwierige Aufgabe, denn die Mähne des Tieres war voll davon. Sie war so damit beschäftigt, dass sie nicht bemerkte, dass Phailin sich näherte. Erst als die Kentaurin mit ihren weißen Vorderläufen unmittelbar neben ihr aufstampfte, fuhr sie herum. Ephlaši dagegen drehte nur gelangweilt ihre Ohren. Sie hatte die Kriegerin natürlich längst gehört oder gewittert.

„Entschuldige. Ich wollte dich nicht erschrecken." Phailin beugte sich zu Temi herunter, indem sie vorne auf die Knie ging. In ihren Händen hielt sie den Bogen.

„Ardesh und ich sind der Meinung, du solltest ihn behalten. Nimm."

Sie reichte ihr die Waffe. Sprachlos starrte Temi von ihr zum Bogen und zurück. War das ihr Ernst?

„Nimm schon", forderte Phailin sie auf. „Es würde zu lange dauern, dir einen eigenen Bogen zu bauen. Man muss sich an einen Bogen gewöhnen. Mit diesem konntest du erstaunlich gut umgehen, wenn man bedenkt, dass du zum ersten Mal geschossen hast. Also nimm schon", wiederholte sie und hielt ihr den Bogen gewissermaßen direkt vor die Nase. Temi strahlte vor Freude. „Danke!!", flüsterte sie, als sie ihn ergriff. Phailin lächelte zurück. „Nichts zu danken. Fürst Aireion wird dir sicherlich gerne einen Köcher und Pfeile überlassen."

Temi wurde rot. Die Großzügigkeit der Kentauren überraschte sie immer wieder. Sie hatten sie freundlich aufgenommen, obwohl sie es nicht geschafft hatte, den Krieg zu verhindern und nun schenkten sie in Kriegszeiten ihr eine Waffe – einem potenziellen Feind?"

Phailin erriet ihre Gedanken: „Mach dir keine Sorgen. Wir wissen, dass du nichts Böses im Sinn hast!", beruhigte Phailin sie. Temi lächelte verlegen. Die Kentaurin trabte zu Ardesh zurück. Als Temi bemerkte, wie schmachtend Ardesh die blonde Kriegerin ansah, musste sie schmunzeln. Vielleicht waren die beiden doch etwas mehr als nur gute Freunde. Ein eingespieltes Team waren sie allemal.

Temi widmete ihre Aufmerksamkeit bald wieder der Stute, die leise vor sich hinschnaubte. Sie genoss offenbar die Streicheleinheiten beim Entfernen der Kletten. In Šadurru erhielt Ephlaši sicher nicht so viel Aufmerksamkeit. In der Menschenstadt waren im Grunde nur die männlichen Pferde – und generell nur männliche Wesen – wichtig. Kein Wunder, dass Temi die Stute und die Stute das Menschenmädchen schnell liebgewonnen hatte. Temi bevorzugte zwar eigentlich dunkle Pferde. Doch sie fand Ephlaši bildhübsch und wollte sie bestimmt nicht mehr hergeben.

Der Schlangenmensch

Als Temi mit dem Streicheln und Entkletten von Ephlašis Fell fertig war, stand sie auf und ging langsam zu einem verkohlten Pfosten, der aus der Erde ragte. Hier hatte wohl noch vor kurzer Zeit die Tür des Häuschens gestanden. Ihre Haare und ihr Rücken wurden schwarz vom Ruß, als sie sich hinsetzte und anlehnte, aber sie nahm es nicht einmal wahr. Ihre Gedanken sprangen zwischen den Kentauren und den Menschen in Šadurru hin und her. Aber so sehr sie auch nachdachte: Es gab keine Lösung.

Irgendwann fiel Temi in einen unruhigen, quälenden Schlaf. Sie träumte schlecht. Normalerweise wachte sie dann bald auf, doch diesmal hielt der Alptraum sie gefangen.

Sie bewegte sich langsam über ein Feld; Nebelschwaden, Dunst- oder Rauchwolken, aufgewirbelter Staub hingen in der Luft und trübten die Sicht. Schützend hielt sie eine Hand vors Gesicht. Mit zusammengekniffenen Augen versuchte sie, irgendetwas zu erkennen, doch sie sah zunächst nichts. Der beißende Rauch trieb ihr Tränen in die Augen und brannte in der Lunge; sie musste husten. Was war hier los? Wo war sie??

„Du hassst wieder versagt ... du wirssst wieder versagen"

Eine Stimme hinter ihr ließ sie herumwirbeln. Sie hatte nicht gehört, dass sich jemand genähert hatte und erschrak heftig. Noch mehr allerdings ängstigte sie, was sie sah. Nicht schon wieder!

Vor ihr stand, zu voller Größe aufgerichtet und damit ein paar Köpfe größer als sie, der Schlangenmensch, der sie bereits in ihrer Wohnung in Trier bedroht hatte.

„Du kannssst nicht verhindern, wasss du hier ssiehssst!"

Seine gespaltene Zunge zischte bei jedem Wort; verwirrt durch ihre Angst begriff sie seine Worte erst viele Augenblicke später. Ihr Instinkt zwang sie, sich umzudrehen, auch wenn sich die Gefahr nun in ihrem Rücken befand. Noch immer vernebelte der Rauch ihren Blick.

„Ich sehe nichts." Fast tonlos kamen die Worte über ihre Lippen. Hinter sich hörte sie ein verächtliches Zischeln. „Mensssschen!" Sie wandte sich wieder dem Schlangenmenschen zu. Langsam streckte er seine Arme zu beiden Seiten aus und hob sie – eine bedrohliche Geste. Seine Schlangenaugen hatten sich zu Schlitzen verengt und wurden ganz schwarz.

Temi war wie gelähmt, schaffte es nicht, zurückzuweichen.

Der Schlangenmensch atmete tief ein, während sie kaum noch wagte zu atmen.

Dann stieß er übertrieben heftig die Luft aus. Eigentlich hätte sie davon in dieser Entfernung nichts spüren dürfen, aber der Hauch kam als leichte Brise bei ihr an. Erneut drehte sie sich um. Der Nebel wich langsam, der Wind verstärkte sich; ihre Haare zerzausten. Ein schneller Blick über ihre Schulter sagte ihr, dass er es war, der den Wind beherrschte oder zumindest lenkte.

Nun gab der Rauch den Blick über die Ebene frei: eine Wiese mit dunkelgrauen Steinformationen, mit verdorrendem Gras. Es war wie ein Stich ins Herz. Die Wiese war übersät von Leichen, Menschen wie Kentauren.

„Nein ...", wisperte sie schwach. Der Anblick traf sie wie ein Faustschlag. Es war das, was sie befürchtete hatte. Sie merkte, wie ihre Knie weich wurden und versuchte krampfhaft, sich auf den Beinen zu halten. Wie in Zeitlupe drehte sie sich um die eigene Achse. Dort, ein paar Schritte vor ihr, lag Imalkuš mit blutüberströmten Gesicht, um ihn herum

Kalaišum und Emeeš und einige Leibwächter, gefallen beim Versuch, ihren König zu verteidigen. Vergeblich. Aus Imalkušs Brust ragte ein Schwert. Ein Kentaur näherte sich. Aireion. Temi wollte etwas sagen, doch kein Wort kam über ihre Lippen und der Fürst sah sie nicht. Er hinkte zu Imalkuš und ohne auch nur eine Sekunde innezuhalten, um seinen Jugendfreund zu betrauern, zog er das Schwert aus dessen Brust. Er wischte es an seinem Umhang ab und steckte es zurück an seinen Gürtel. Es war seins. Er hatte Imalkuš getötet.

Temi erschauderte – und noch mehr, als sie seinen Blick sah: Sein Blick war so hasserfüllt wie der der Menschen in Šadurru.

Wie von Zauberhand verschwand die Ebene mit den Felsen vor ihrem Blick und sie fand sich an einem Hang wieder. Sie sah hinab auf den Waldrand vor Šadurru. Zwischen ihr und dem Wald lagen Kentauren, offenbar gefallen unter einem Pfeilhagel. Dann spürte sie Hitze in ihrem Rücken, roch Rauch, hörte Rumpeln und Krachen von Stein auf Stein. Sie drehte sich um. Die letzten Mauern der brennenden Stadt fielen in sich zusammen. Wie in Trance, nicht Herr über ihre eigenen Füße, ging sie näher, bis das Feuer ihr die Haare und die Haut versengte. Einzig der Torbogen stand noch, die Torflügel waren aus den Angeln gerissen. Dort, nur wenige Schritte hinter dem Tor, mitten im Flammenmeer, lag der Kentaurenfürst. Sie erkannte ihn an seiner Haarfabe – auch wenn das Silber unter dem dunkelroten Blut kaum noch hindurchblitzte. Ein Speerschaft ragte aus seiner Pferdebrust heraus. Die Klinge war fast ganz in seinen Körper eingedrungen. Hatte der Pferdekörper ein eigenes Herz? Wenn ja, dann musste der Speer es durchbohrt haben.

Tränen rannen über Temis Wangen und sie schluchzte laut auf. In diesem Moment wurde sie an den Schultern gepackt und herumgerissen. Der Schlangenmensch hielt sie fest, ein triumphierendes Lächeln in seinem Gesicht. Seine gespaltene Zunge züngelte erregte zwischen seinen Lippen hervor. „Sssie haben ess mir leicht gemacht, mit ihrem unverssssönlichen Hasss. Jetzzt wird niemand mehr Ašykropsss aufhalten!"

Er griff nach ihrem Hals. Obgleich sie um sich schlug und trat, gelang es ihm, sie an der Kehle zu packen. Er hob sie in die Luft.

„Nein!"

Temi riss ihre Hand nach oben und krallte ihre Fingernägel in die Hand, die sie im Würgegriff hielt. Dann zog sie ihre Hand mit einem Ruck nach unten. Blut quoll dem Schlangenmenschen aus vier tiefen Kratzern vom Handrücken bis zum Ellbogen. Mehr überrascht als vor Schmerz ließ er sie fallen.

„Temi! Temi wach auf!", hörte sie plötzlich aus der Ferne. Erbost zischte der Schlangenmensch auf: Auch er hörte es. Plötzlich hatte er einen Dolch in der Hand.

Watsch. Jemand hatte Temi einen Schlag versetzt. Als sie die Augen aufriss, sah sie sich nicht dem Schlangenmenschen gegenüber, sondern Kehvu und einem anderen Kentauren.

„Was zum ...", begann sie, doch der unbekannte braunhaarige Kentaur schnitt ihr das Wort ab: „Du hast schlecht geträumt. Hast dich von einer Seite zur anderen gewälzt. Ich wollte dich wecken und hab dich an der Schulter geschüttelt. Das schien dir nicht zu passen." Er hielt ihr seinen Arm hin und Temi biss sich vor Schreck auf die Lippen. Der Unterarm des fremden Kentauren war blutverschmiert, vier lange Kratzer zierten seinen Arm.

Kehvu räusperte sich und sah sie schuldbewusst an. „Ich musste dich etwas gewaltsam aus dem Traum zurückzuholen. Du warst sehr weit weg. Wolltest nicht aufwachen."

Temi fuhr hoch. „Wo ist Aireion?!"

Sie musste ihn warnen vor dem, was sie gesehen hatte. Auch wenn es nur ein Traum gewesen war: Sie hatte keine Zweifel, dass er bald Realität würde.

„Es ist Abend. Fürst Aireion ist mit den Kriegern früher als geplant aufgebrochen. Sie laufen gen Westen und werden dort auf das Hauptheer warten", erklärte Kehvu; Temi erschrak. Aireion, Phailin und Ardesh waren aufgebrochen, ohne dass sie sich von ihnen verabschieden konnte? „Nein! Können wir ihnen folgen?"

Kehvu schüttelte den Kopf. „Fürst Aireion hat vorausgesagt, dass du das verlangen würdest. Er gab uns den ausdrücklichen Befehl, dich nach Thaelessa zurückzubringen."

„Du verstehst nicht ... es ist wegen des Traums!", erwiderte Temi verzweifelt. „Ich habe sie alle tot gesehen!" Selbst Kehvu schluckte, aber er schüttelte nochmals den Kopf. „Es sind deine Ängste, dass die sterben, die du magst."

„Wo ist Xanthyos?"

„Er wird hier in der Nähe gefangengehalten. Wieso?"

„Ich möchte mich wenigstens von *ihm* verabschieden!", fuhr Temi ihn an, schärfer als beabsichtigt. Kehvu zögerte, gab dann aber nach: „Ich bringe dich zu ihm."

Temi stand auf, um ihm zu folgen. Ihr Blick fiel auf den Kentauren, den sie gekratzt hatte. „Es tut mir leid!"

Er winkte ab, mit einem sonderbaren Blick. „Halb so wild."

„Nimm dein Pferd sofort mit", befahl Kehvu. Den anderen Kentauren wies er an, an der nächsten Weggabelung zu warten. Jetzt erst wurde Temi klar, dass Kehvu nicht mit in den Krieg ziehen würde, wenn er sie zur Stadt zurückbringen sollte. Ein kleiner Stein fiel ihr vom Herzen. Dann überlebte wenigstens er ... aber wofür? Der Traum ließ sie nicht los. Der Schlangenmensch – Ašykrops – hatte sich über dieses Gemetzel gefreut. Würde es ihm reichen, das Heer zu besiegen? Oder würde er danach nicht auch die Kentaurenstadt angreifen, um die verbliebenen Pferdemenschen zu vernichten?

Ein alarmierender Gedanke schoss Temi durch den Kopf: Was, wenn weder Menschen noch Kentauren hinter den Anschlägen steckten?

Der Fluss war vergiftet worden – wer kannte sich besser mit Gift aus als eine Schlange?

Die Kentauren in der Siedlung waren mit Schwertern getötet worden – aber der Schlangenmensch konnte ein Schwert halten. Und wenn er nicht alleine gewesen war? Wer wusste schon, ob es mehr von dieser Brut gab? Sollte sie das Kehvu sagen? Oder Xanthyos?

Kehvu sah sie auffordernd an. „Komm, wenn du Xanthyos noch mal sehen willst."

Dann trabte er los. Temi rannte zu ihrer Stute. Aireion hatte einen Köcher mit Pfeilen für sie zurückgelassen. Mit zitternden Fingern schnürte Temi den Köcher um, zog den Bogen über ihre Schultern und schwang sich auf Ephlašis Rücken. Die Stute schnaubte und tänzelte aufgeregt. Sie war wirklich ein Energiebündel, wollte nun scheinbar alle Stunden, die sie nur im Stall gestanden hatte, nachholen. Kaum saß Temi, trabte sie auch schon ohne Aufforderung los, Kehvu hinterher.

Schweigend ritten sie nebeneinander; Temi hing ihren Gedanken nach; sie konnte den Schlangenmenschen und seine

Drohung einfach nicht aus ihrem Kopf kriegen. Sie musste einen Weg finden, wie sie Xanthyos befreien konnte, wenn er ihre Befürchtung bestätigen sollte. Ob sein Gefängnis bewacht wurde?

Natürlich – nicht weit vor ihnen standen zwei Wachen vor einer felsigen Höhle mit einem sehr schmalen Eingang. Sie war nicht durch Eisenstäbe oder ähnliches verschlossen, aber Xanthyos war vermutlich gefesselt; auch ließen die Wächter ihn nicht aus den Augen. Was nun? Die beiden würden ihn sicherlich nicht einfach aus dem Gefängnis spazieren lassen, wenn sie sie darum bat. Ja vielleicht waren sie extra aufmerksam, weil sie gewarnt waren, dass das Menschenmädchen Xanthyos mochte.

„Ich warte hier." Kehvus Stimme riss sie aus ihren Grübeleien. Er blieb stehen und Temi ritt alleine zu der Höhle, in der Xanthyos gefangengehalten wurde. Die beiden Wächter ließen sie hinein. Xanthyos lag mit geschlossenen Augen auf der Seite. Er blinzelte leicht, als Temi zu ihm trat. Vermutlich hatte er sie längst gehört und spielte nun den Überraschten. Aber sie hatte keine Zeit für das Spielchen. Ohne zu zögern erzählte sie ihm leise von ihrem Traum und von ihrem Verdacht, dass Ašykrops hinter all dem steckte.

Xanthyos' Miene wurde schlagartig ernst, als Ašykrops Name fiel. Dass sie einen Schlangenmenschen gesehen hatte, bezweifelte er keine Sekunde. Das machte Temi noch mehr Angst. Insgeheim hatte sie gehofft, dass es soetwas wie Schlangenmenschen nicht gab und dass dieses Wesen ein Gespinst ihrer überspannten Nerven war. „*Das* hat er also gemeint", sagte Xanthyos mit abwesendem Blick, mehr zu sich selbst, als zu ihr. „Euer Feind ist zwiegespalten wie ihr. Er meinte es wörtlich. Wie immer." Temi warf die Hände in die Luft. Was meinte er damit? Doch jetzt sah Xanthyos sie an und nickte besorgt. „Ich fürchte, du hast recht!", antwortete er.

„Was soll ich tun? Ich kann Aireion nicht einfach ins Verderben laufen lassen", sagte sie verzweifelt. „Meinst du, Kehvu kann mir helfen?" Xanthyos aber hatte andere Pläne. Er rief laut nach den Wachen; einer der beiden Männer kam mit gezogenem Schwert herein, der andere bewachte weiter den Ausgang.

„Lasst mich raus!", befahl Xanthyos ihnen leise. Temi drehte sich um und spähte nach draußen. Kehvu stand immer noch ein Stück weit entfernt und blickte in die andere Richtung, merkte also noch nicht, was hinter seinem Rücken vorging.

Einer der Wächter schüttelte bedauernd den Kopf. „Befehl ist Befehl, Prinz Xanthyos!"

Temi schüttelte aufgebracht den Kopf. Das war doch zu erwarten gewesen! Jetzt war jede Chance, ihn heimlich zu befreien – wenn es denn eine gegeben hätte – dahin.

„Befehl war Befehl, solange wir dachten, die Menschen hätten unser Dorf zerstört! Aber jetzt ist alles anders. Wir sind getäuscht worden, und die Menschen auch. Wir müssen den Krieg verhindern", sagte Xanthyos mit fester Stimme.

Diese Worte ausgerechnet von Xanthyos? Damit hatten weder Temi noch die Wächter gerechnet. Die Wachen schauten ihn ebenso neugierig wie misstrauisch an.

„Was meint Ihr damit?", fragten sie ihn.

„Botschafterin Temi hat Recht. Nicht die Menschen haben Echainar angegriffen und deren Bewohner ermordet, sondern Ašykrops!"

Den Wachen schien bei diesem Namen das Blut in den Adern zu gefrieren. Sie starrten Xanthyos ungläubig an. Doch

343

der Ältere fing sich schnell wieder und schüttelte heftig den Kopf. „Ašykrops ist vernichtet, unsere Vorfahren töteten ihn vor vielen Generationen! Es braucht mehr, uns zu überzeugen, Euch freizulassen, Prinz Xanthyos!", sagte er streng.

„Ihr glaubt mir nicht? Dann fragt das Menschenmädchen, immerhin ist sie ihm begegnet. Ihr wisst, sie steht unter dem besonderen Schutz des Fürsten. Sie ist es, die den Tod gezähmt hat, wie die Prophezeiung es fordert."

Die beiden Wächter sahen sich verunsichert an. Wie alle Kentauren kannten sie die Prophezeiung. Ein Kentaurenfreund und Bezwinger des Todes sollte den Krieg verhindern.

Der Ältere forderte Temi mit einer Kopfbewegung wortlos zum Sprechen auf.

„Ich habe das ganze Heer tot gesehen. Auch Fürst Aireion!", bekräftigte sie mit leiser, aber fester Stimme.

„Sie kann ihn retten. Aber alleine kann sie die Prophezeiung nicht erfüllen", sagte Xanthyos. „Ich werde sie begleiten!"

Temi nickte erleichtert. Was sie tun musste – und ob sie es alleine tun musste – wusste sie nicht.

Kehvu war inzwischen auf sie aufmerksam geworden und sah, dass Xanthyos nah am Ausgang der Höhle stand, dass die Wächter abgelenkt waren. Sofort galoppierte er näher. „Bleibt zurück, Xanthyos. Zwingt mich nicht, zu schießen!", rief er warnend.

„Kehvu, nicht!", schrie Temi. „Wir brauchen deine Hilfe."

Der Kentaur war jetzt herangekommen. Er beobachtete jede Muskelbewegung des Prinzen. „Bleibt, wo Ihr seid, Xanthyos", wiederholte er. Aireions Bruder hob die Hände. „Das ist nicht die Zeit, uns untereinander zu misstrauen."

„Daran hättet Ihr denken sollen, bevor Ihr unser Volk gespalten habt", gab Kehvu grimmig zurück. Temi trat zwischen die beiden Kentauren und zwang Kehvu dadurch, seinen Bogen zu senken. „Kehvu, bitte hör uns an. Du hast mir selbst gesagt, dass Xanthyos nicht ganz unrecht hat."

Xanthyos sah sie verblüfft an – und Kehvu auch. Er hatte nicht damit gerechnet, dass sie ihm in den Rücken fallen würde. „Es ist anders als es scheint, Kehvu. Xanthyos hat seine Meinung geändert; er will den Krieg verhindern."

Kehvu schüttelte ungehalten den Kopf. „Und das glaubst du ihm? Ausgerechnet *ihm*?!"

„So schwer es mir fällt, zuzugeben, aber es gibt Wichtigeres als einen Krieg mit den Menschen."

„Es gab jahrelang nichts Wichtigeres für Euch, was könnte jetzt-", warf Kehvu Xanthyos mit beißender Stimme vor.

„Ašykrops", schnitt Temi ihm das Wort ab.

Kehvu ließ den Pfeil fallen und den Bogen sinken. „Ašykrops!?"

Der Name schien alle Kentauren zu schockieren.

„Ašykrops versucht, euch und die Menschen gegeneinander aufzuhetzen. Ich muss Aireion sprechen!", sagte sie ernst. „Ašykrops ist mir im Traum begegnet. Er sagte, ich könne das Morden nicht mehr aufhalten. Aber ich muss es versuchen." Temi schloss die Augen. Wieso war sie nur so blind gewesen? „Er ist mir schon einmal begegnet. Bevor ich hier hergekommen bin. In meiner Welt. In meinem Zimmer. Er wollte das Buch."

Kehvu und Xanthyos sahen sie schockiert an.

„Ich habe mir nichts weiter dabei gedacht, als ich herausgefunden habe, dass es euch, also Kentauren wirklich gibt. Es erschien mir nicht weiter verwunderlich, dass es auch Schlangenmenschen gibt."

„Nur einen", korrigierte Kehvu mit heiserer Stimme. „Und auch der sollte eigentlich tot sein. Wir haben ihn und seine Brut vor langer Zeit vernichtet."

„Er wirkte sehr lebendig, als er bei mir war."

„Die Schlange auf dem Weg war das erste Zeichen, wir haben es einfach übersehen", sagte Xanthyos.

„Eine Schlange?" Alarmiert sah Kehvu den Bruder des Fürsten an.

„Ja, Gradhlor hat sie erschossen – auf dem Weg nach Echainar."

„Und mir ist direkt nach meiner Ankunft in eurer Welt eine Schlange begegnet", erinnerte sich Temi. „In unserer Welt gibt es fast überall Schlangen, deshalb habe ich es wieder vergessen, als ich euch kennengelernt habe. Die Schlange wollte mich angreifen, aber Thanatos hat sie verjagt, also der kleine Kater", fügte sie hinzu. Unruhig sah sie zwischen Kehvu und Xanthyos hin und her. „Sollten wir nicht los? Wir müssen Aireion warnen!"

„Dazu bleibt keine Zeit, Temi. Wir müssen Ašykrops finden. Selbst wenn Fürst Aireion uns glaubt: Die Menschen werden es sicher nicht tun. Sie haben mit Ašykrops selbst nie zu tun gehabt; sie waren noch nicht in diesen Landen, als wir ihm und seiner Brut das Land genommen haben. Sie kennen nur das Volk, das ihm diente, bevor unsere Vorfahren ihn vernichteten."

„Die Paršava?", fragte Temi. Sie erinnerte sich an das Schlangenbanner auf dem Wandteppich in Tisanthos' Zimmer in Šadurru.

Kehvu nickte, doch Xanthyos war es, der fortfuhr: „Wenn Aireion dem Heer der Menschen ausweicht, wird Ašykrops, der Feigling, sich verstecken. Selbst wenn es jetzt keinen Kampf gibt, wird Ašykrops einfach so lange weitere Untaten begehen, bis der Hass wieder hervorbricht. Es ist besser, wenn sich die beiden Heere gegenüberstehen." Temi riss die Augen auf. „Du willst sie in ihr Verderben rennen lassen?"

Xanthyos lächelte, aber sein Gesicht war finster. „Ašykrops wird dort sein."

Temi starrte ihn an. Xanthyos hatte recht. Ašykrops *war* dort gewesen, in ihrem Traum. Dort, wo die Schlacht stattgefunden hatte.

„Natürlich ...", flüsterte sie. „Er wird sehen wollen, ob sein Plan aufgeht." Sie schüttelte den Kopf. „Aber woher wissen wir, wo die Schlacht stattfinden wird? Aireion und Imalkuš werden doch nicht einen Ort verabredet haben ... oder?" fragte sie erschrocken nach. Der bevorstehende Krieg an sich war schlimm genug, aber hatten die beiden Herrscher den Ort des Tötens im Vorfeld vereinbart?

„Unser Heer zieht nach Caenyx, um Thanatos zu opfern. Wir werden den Sieg davontragen, wenn Thanatos unser Opfer annimmt", erklärte Kehvu. Xanthyos' drehte sich ruckartig zu ihm um, doch er sagte nichts. „Dann", fuhr Kehvu fort, „wird Aireion unser Heer nach Norden und durch die Khelas-Berge zurück nach Osten führen, um Šadurru von oben anzugreifen."

Temi schüttelte den Kopf. „Im Traum habe ich Aireion bei Šadurru gesehen", sagte sie und erschauderte ob der furchtbaren Erinnerung, „aber das war nicht die erste Schlacht. Sie haben zuerst auf einer Ebene gekämpft. Aireion hat das Heer der Menschen geschlagen, aber mit furchtbaren Verlusten. Ich habe das Schlachtfeld gesehen ... aber das könnte überall sein!"

Kehvu sah Xanthyos an und Temi fragte sich, was dieser Blick zu bedeuten hatte. Verschwiegen die beiden ihr etwas?

„Kannst du dich an irgendetwas Auffälliges erinnern?", fragte Xanthyos.

Temi runzelte die Stirn. „Auf der Wiese waren Steine", murmelte sie. „Große Felsen. Manche bestimmt drei Meter hoch." Sie kniff die Augen zusammen. „Und manche ziemlich breit. Es sah aus, als hätte da ein Riese Boccia gespielt. Sie sah mit einem Ruck auf. „Riesen gibt es hier aber nicht, oder?!"

Die beiden Kentauren ignorierten die Frage. Sie sahen einander an. Erst als Temi verwirrt zwischen ihnen hin und herblickte, beendeten sie ihr stummes Zwiegespräch. „Wir wissen, wo das Schlachtfeld ist", sagte da Xanthyos. Temi starrte ihn an. „Du hast gerade Caenyx beschrieben."

„Caenyx?", wiederholte Temi. Die Schlacht fand dort statt, wo Aireion Thanatos opfern wollte? Dann mussten die Menschen bereits unterwegs sein; und dann mussten sie sich umso mehr beeilen. Aber warum wirkten Xanthyos und Kehvu nicht überrascht? Aireion hatte den Heqassa fünf Tage Trauerzeit zugestanden. Sicher würde Imalkuš nicht gegen ungeschriebene Regeln verstoßen und die Kentauren überraschen, anstatt seinen Vater angemessen zu bestatten?!

Kehvu riss sie aus ihren Gedanken, als er sich an die beiden Wachen wandte: „Methu, Skadios, nehmt Xanthyos die Fesseln ab."

Einer der beiden schnitt das Seil durch und Xanthyos trat aus der Höhle heraus. Temi zog sich auf Ephlašis Rücken und Kehvu wollte schon loslaufen, als Xanthyos seine Hand hob. „Wartet!", sagte er und pfiff wie ein Vogel. Wenig später kamen drei Pferdemenschen aus dem Wald heraus, voll gerüstet und kampfbereit, mit gezogenen Schwertern. Einen Moment später brach der braunhaarige Kentaur, den Temi im Traum gekratzt hatte, aus dem Gebüsch. Kampfbereit standen sie sich gegenüber und Temi hielt erschrocken den Atem an.

„Senkt eure Waffen. Heute sind wir auf derselben Seite!", befahl Xanthyos seinen Leuten. „Du auch, Saphairu", ergänzte Kehvu, „Xanthyos hat recht."

Überrascht starrten die Kentauren einander an, doch dann senkten Xanthyos' Männer langsam ihre Waffen; danach gehorchte auch der Braunhaarige. Temi begriff: Xanthyos Leute waren zurückgeblieben, um ihren Anführer zu befreien. Deshalb hatte Xanthyos seine Gefangenschaft so ruhig akzeptiert; er wäre nicht lange Gefangener geblieben.

Doch das spielte jetzt keine Rolle mehr. Acht Kentauren waren besser als vier. Aber die Zeit drängte, jetzt mehr als je zuvor. Temi trieb Ephlaši an und die Kentauren folgten.

Opfer der Traditionen

Bald rannten Kehvu und einer der Wachen vorweg und Ephlaši ließ sich von ihnen ziehen wie ein Radfahrer im Windschatten eines anderen. Sie kamen wesentlich schneller voran; außerdem, merkte Temi, ritt sie so in der Mitte. Sicher war es kein Zufall, dass sie von vorne und von hinten geschützt wurde.

„Kehvu?", rief sie den blonden Kentauren nach einer Weile. Sie hatte zu viele Fragen, um den ganzen Ritt schweigend zu verbringen. Kehvu ließ sich zu ihr zurückfallen. „Was hat es mit Ašykrops auf sich?", fragte sie. Warum versetzte sein Name diese mächtigen Krieger in Angst und Schrecken, obwohl sie den Schlangenmenschen bestimmt um einen Kopf oder mehr überragten?

Ašykrops' Vorfahren, erzählte Kehvu, hatten vor langer Zeit in dieser Region gelebt, noch vor der Besiedelung durch Kentauren und Menschen. Der Schlangenmensch, der Temi verfolgt hatte, stammte von den Enkeln und Urenkeln des Typhon ab, einem Ungeheuer mit Hunderten von schlangenartigen Köpfen, mit schwarzen gespaltenen Zungen und flammenden Augen. Es war der Herrscher des Windes gewesen und nach den Erzählungen der Kentauren von einem Krieger besiegt worden: von Thanatos, dem Herrn des Todes. Doch Ašykrops' Geschlecht hatte nach der Niederlage des Ahnen weitergelebt; immer wieder hatte es Kämpfe zwischen Thanatos und den Nachfahren Typhons, Erichthonios und Kekrops, gegeben. Auch sie beherrschten durch Magie den Wind, auch ihr Körper war halb Mensch, halb Schlange. Anders als ihr Vorfahr hatten sie den Unterleib einer Schlange.

Schließlich hatte Thanatos Kekrops besiegt und ihn getötet. Dessen Sohn Ašykrops blieb im Land zurück, versteckt und unbemerkt. Als die ersten Kentauren in diese Lande gekommen waren, hatte er versucht, sie für sich zu gewinnen, und als das nicht gelungen war, sie zu vertreiben. Doch stattdessen hatten sie ihn getötet – oder so hatten die Kentauren zumindest geglaubt.

„Aber wenn die Menschen ihn gar nicht kennen, warum schadet er dann auch ihnen? Läuft er so nicht Gefahr, dass auch sie ihn als Feind erkennen und sich dann mit euch gegen ihn verbünden? Gerade nach ihrer Erfahrung mit den Paršava?", fragte Temi.

„Das Reich seiner Vorfahren erstreckte sich nicht nur über Caenyx und Thalas. Er betrachtet das ganze Gebiet, das wir, die Heqassa und auch die Paršava bewohnen, als sein Eigentum, als sein Reich, geerbt von seinen Vorfahren. Die Paršava dienten ihm, sie tolerierte er. Die Heqassa haben ihm nichts getan, aber sie wohnen in seinem Land. In den Khelas-Bergen, so heißt es, ist Typhon entstanden, der Herrscher der Winde. Dieser Ort muss für Ašykrops heilig sein. Und ausgerechnet an einem Ausläufer dieser Berge haben die Menschen ihre Stadt gebaut."

Temi atmete tief durch. Das klang alles so fantastisch. Es existierten doch keine Monster und die Existenz der altgriechischen Götter wurde in ihrer Welt auch bestritten. Nichts als Mythologie, Sagen, Märchen, hieß es. Andererseits: Kentauren gab es ja eigentlich auch nicht – und doch ritt sie gerade mit ihnen.

„Puh!", stöhnte sie, nur um irgendetwas zu sagen.

„Puh?", hakte Kehvu nach.

„Ja. Ich weiß nicht, was ich davon halten soll. Was habe ich eigentlich mit der ganzen Sache zu tun? Und was ist mit dem Buch, das Ašykrops wollte und durch das ich überhaupt erst hierhergekommen bin? Und wieso hilft uns Thanatos nicht einfach, wenn ihm so viel an diesem Land liegt. Er hat doch Typhon besiegt, er hat Ašykrops' Vater und dessen Vater besiegt. Er könnte sicherlich auch mit Ašykrops fertig werden. Er ist doch ein Gott!"

„Nein, Thanatos ist kein Gott. Er ist ein Magier. Ein großer Krieger. Aber leider nicht göttlich. Und er kommt nur, wenn er gerufen wird."

„Dann ruf ihn! Ich glaube, wir haben Hilfe dringend nötig!"

Kehvu senkte betrübt den Kopf. „So einfach ist das nicht, kleines Menschenmädchen. Er hat uns vor langer Zeit verlassen." Er warf Xanthyos einen Blick zu, der Temi entging, doch nicht dem dunkelhaarigen Krieger. „Du wirst es beizeiten verstehen."

„Wenn es dann nicht zu spät ist?!", seufzte sie, völlig durcheinander. Aber offenbar wussten die Kentauren auch nicht, welche Rolle sie genau spielte. Alle suchten verzweifelt nach einer Lösung und stocherten wie nach einer Nadel im Heuhaufen.

Sie ritten weiter durch den Wald; Temi hatte längst die Orientierung verloren. Die Sonne war durch die dichten Baumkronen nicht zu sehen.

„Warum Caenyx?", fragte Temi nach einer Weile nachdenklich. „Hat Ašykrops die Menschen aufgestachelt, dorthin zu ziehen? Warum sonst sollten sie ihre Stadt verlassen und einem Heer, das ihnen auf freiem Feld überlegen ist, auf freiem Feld entgegenziehen? Sie hätten doch viel größere Chancen auf einen Sieg, wenn sie hinter ihren Mauern auf Aireion warten. Wenn Ašykrops der Geburtsort von Typhon heilig ist, und der nahe Šadurru liegt, warum hat er dann nicht einfach gewartet? Ich verstehe das alles nicht."

Kehvu zögerte, bevor er antwortete. „Caenyx ist Ašykrops'
Geburtsort", sagte er dann, „und ihm daher sicher nicht
weniger wichtig. Er kann von dort ungesehen beobachten, die
Gegend bietet sich regelrecht an, um eine Falle zu stellen. Du
hast nur die vielen Felsen gesehen, aber unter der Erde gibt es
hunderte von Höhlen und unterirdischen Gängen und Grotten,
die aus dem Gebirge kommen. Du hast eine Ebene gesehen,
dann standest du in deinem Traum am westlichen Ende. In
deinem Rücken lag der Enessu – es ist das Gebirge am linken
Rand der Karte, nach dem du mich gefragt hattest. Caenyx ist
von drei Seiten eingeschlossen von Bergen, zugänglich nur
durch wenige Pässe, die keiner von uns je gegangen ist. Denn
für uns ist es eine geweihte Stätte, die wir nicht betreten, außer
zum Opfer. In Caenyx wurde auch Thanatos geboren. Auch
darum wird Ašykrops diesen Ort für die Schlacht gewählt
haben. Es würde Thanatos' Geburtsstätte entweihen, wenn
dort Blut flösse – und dort, wo er einst geboren wurde, würde
Ašykrops mit neuer Macht hervorgehen."

„Und es dürfte nicht der einzige Grund sein", ergänzte
Xanthyos, der bisher still zugehört hatte. Caenyx ist niemands
Land außer Thanatos', doch es hat Grenzen zu drei Reichen.
Zu unserem, dem der Heqassa – und dem der Paršava."

„Der Paršava?!", stieß Temi hervor. „Die Menschen mit
den Schlangen auf den Bannern?" Plötzlich fiel es ihr wie
Schuppen von den Augen. „Kann es sein, dass die Paršava
Ašykrops helfen? Dass sie es waren, die Echainar überfallen
haben, und sie es waren, die das Wasser in Šadurru vergiftet
haben?" Ihre Augen wurden groß, als sie sich erinnerte: „Du
hast es selbst zu Imalkuš gesagt, Xanthyos, vor dem Tor. ‚Die
Paršava kämpften gegen Euch – sie haben sicher mehr als
einen Grund, Euch zu schaden.' Was ist, wenn sie es wirklich
waren – auf Ašykrops' Befehl hin? Wenn sie ihm damals

dienten, bevor eure Vorfahren ihn besiegten, vielleicht tun sie es noch immer." Xanthyos drehte sich ruckartig zur Seite. In seinem Gesicht ließ sich nicht ablesen, was er dachte, aber er runzelte die Stirn.

Kehvu starrte sie verblüfft an. „In Echainar haben wir menschliche Fußspuren entdeckt. Wir waren deshalb sicher, dass es die Heqassa waren", murmelte der blonde Kentaur, mehr zu sich selbst als zu den anderen.

„Das Menschenmädchen hat recht", sagte Xanthyos mit grimmigem Gesicht. „Wenn mein Bruder und die Menschen sich im Geweihten Tal gegenüberstehen, könnten die Paršava unbemerkt aus den Tunneln heraus schießen und die Schlacht provozieren. Und sie können die Überlebenden einkesseln und vernichten."

Das bedeutete, dass ihnen keine Zeit blieb, wenn die Heere einander erst einmal gegenüberstanden: Ašykrops würde nicht zulassen, dass sie sich lange gegenseitig belauerten. Es mussten nur ein paar Pfeile fliegen, nur die ersten Krieger fallen, und dann würde niemand fragen, ob wirklich die Kentauren oder wirklich die Heqassa zuerst geschossen hatten. Dann war es zu spät. Temi drückte Ephlaši die Hacken in die Seite. Sie mussten sich beeilen.

Temi und die Kentauren folgten einem schmalen Bachlauf. Sie bewegten sich nicht mehr auf Waldwegen, sondern quer durch den Wald und querfeldein, auf direktem Weg nach Caenyx.

Aireion hatte, so erzählte Kehvu, den Teil des Heeres, mit dem er vor Šadurru aufgetaucht war, erst nach Süden geführt, um dort auf das Hauptheer zu stoßen. Gemeinsam würden sie nach Caenyx ziehen und opfern.

Temi schüttelte den Kopf. „Ich habe noch nicht begriffen, warum die Menschen überhaupt nach Caenyx ziehen sollten?", fragte sie nachdenklich. „Warum nicht nach Thaelessa? Warum bleiben sie nicht in Šadurru? Kennen sie etwa auch diesen Schicksalsspruch, dass gewinnt, wer Thanatos in Caenyx opfert?!"

„Die Heqassa und wir", antwortete Xanthyos langsam, „teilen einige Traditionen und auch Schicksalssprüche. Aber nicht diesen."

~~

„Verstärkt die Wachen an den Grenzen. Ich möchte nicht noch einmal von den Kentauren überrascht werden", befahl Imalkuš. Kalaišum nickte. Der junge König hatte sich lange in den Raum zurückgezogen, in dem sein Vater aufgebahrt war. „Ich muss nachdenken", hatte er gesagt. Er wollte alleine zu einer Entscheidung kommen. Jetzt war es fast Nachmittag, in Kürze würde er dem Volk diese Entscheidung verkünden. Doch erst hatte er den Hohen Rat zusammengerufen, um die Mitglieder im Vorfeld zu informieren. Nicht in dem Saal, in dem sie normalerweise tagten; dort waren Diener noch damit beschäftigt, das Blut aus den Ritzen am Boden zu wischen. Niukras' Blut.

Kalaišums Gesicht verfinsterte sich. Sie standen jetzt im marmornen Flur, der zum Tor des Palastes führte. Alle waren nervös, zum ersten Mal sogar Sirun, der nicht wusste, ob er seinen Adoptivbruder noch unter Kontrolle hatte oder nicht. Ob das Drohen eines Bürgerkriegs noch wirkte oder nicht.

„Die Wachen sollen sich regelmäßig mit Signalfeuern melden. Sollten die Kentauren sie überwältigen, haben wir zumindest ein wenig Zeit, um uns vorzubereiten."

„Es sei denn, die Späher der Kentauren beobachten diese Taktik, und senden selbst das Signal", dachte Kalaišum. Trotzdem war es sinnvoll. Solange sie sich nicht völlig darauf verließen.

„Ja, mein König", sagte er laut. Er war derjenige, der die Wachen losschicken würde. Er würde dafür sorgen, dass es die wachsamsten Leute waren. „Das heißt, Ihr rechnet mit einem Angriff", fügte er hinzu.

Imalkuš nickte. „Fürst Aireion hat uns den Krieg erklärt für den Mord an der Gesandtengruppe seines Bruders und an den Bewohnern des Dorfes Echainar. Doch er hat uns die fünf Tage Trauerzeit nach dem Tod des Königs zugestanden."

„Dann sollten wir sofort losziehen nach Thaelessa!", forderte Sirun laut. „Die Kentauren werden einen so schnellen Schlag kaum erwarten. Sie werden davon ausgehen, dass wir die fünf Tage einhalten."

Einige der Ratsherren nickten zustimmend, andere schüttelten entrüstet den Kopf, oder stießen gar empört hervor: „Das würde gegen unsere Traditionen verstoßen und entehrt den König!" – „Und König Rhubeš ohne unsere Opfer und unsere Gebete ins Jenseits reisen lassen?!" – „Den Sieg stehlen wie Diebe?! Das können wir nicht machen!" – „Schämt Euch, Sirun", murmelte einer. Vielleicht Keethun, Kalaišum war sich nicht sicher. Wäre Niukras noch hier, wäre er es gewesen.

„Wir müssen den Vorteil nutzen!", begann Sirun erneut, doch Imalkuš hob gebieterisch die Hand; Kalaišum bemerkte mit Genugtuung, dass Sirun verstummte und unter Imalkušs strengem Blick den Kopf senkte – obwohl Sirun aus militärischer Sicht in diesem Fall durchaus recht hatte. Sich an die Tradition zu halten, würde einen militärischen Albtraum bedeuten: Fünf Tage oder gar nur noch viereinhalb würden gerade einmal ausreichen, um den König zu bestatten. Seit der Gründung dieser Stadt waren die Könige stets am fünften Tag nach ihrem Ableben im Land des Todes, nahe bei der Geburtstätte des Todesgottes in Caenyx, bestattet worden. Die Kinder und die Alten und die Frauen verabschiedeten sich zuvor in der Stadt von ihm, die meisten wehrfähigen Männer erwiesen ihrem toten König in Caenyx die letzte Ehre, in ihrer Paraderüstung, glänzend poliert. Nicht nur die Reiter, die den Weg schneller hätten zurücklegen können. Auch die Speerträger und Bogenschützen und Schwertkämpfer. Sie würden vier Tage brauchen, um mit dem aufgebahrten König Caenyx überhaupt zu erreichen. Wenn der Kentaurenkönig ihnen fünf Tage gegeben hatte, konnte er in der Zwischenzeit sein Heer vor den Mauern von Šadurru aufstellen. Mindestens zwei Tage hätte er Zeit, die ungeschützte Stadt zu erobern – selbst wenn die Reiterei nach der Bestattung auf schnellstem Wege und im Galopp zurückkehrte. Das wiederum würde bedeuten, die Infanterie alleine in Caenyx zurückzulassen. Zahlenmäßig mochte sie dem Heer der Kentauren überlegen sein. Doch sie würden immer im Nachteil gegenüber den Pferdemenschen sein.

„Wir werden nicht mit der Tradition brechen", verkündete Imalkuš, „zumindest nicht ganz." Überrascht sahen die Mitglieder des Hohen Rates ihren König an. „Wir werden König Rhubeš am fünften Tag in Caenyx bestatten. Aireion wird nicht Šadurru einnehmen und die Frauen und Kinder töten oder als Geiseln gegen uns einsetzen."

Er sah Kalaišum an. „Ich weiß, was Ihr sagen werdet, General, aber ich kenne Aireion. Er ist zu ehrenvoll für eine so feige Tat. Dennoch: Ginge es allein um mein Leben, würde ich darauf vertrauen, doch es hängen zu viele Leben davon ab. Zwei von drei Bogenschützen werden hierbleiben. Sollten die

Kentauren angreifen, werden die Schützen die Hoheit über die Mauern teuer verkaufen. Sie werden die Stadt bis zum letzten Atemzug verteidigen."

Kalaišum nickte; es war eine kluge Entscheidung. Doch der junge Herrscher war noch nicht fertig. „Wir werden die Paraderüstungen hierlassen und König Rhubeš voll gerüstet die letzte Ehre erweisen." Er ballte entschlossen die Faust. „Sollte Aireion uns auf dem Weg oder doch die Stadt angreifen, werden wir uns wehren oder ihnen in den Rücken fallen."

Kalaišum neigte den Kopf. Eine bessere Entscheidung hätte er auch nicht treffen können, wenn sie König Rhubeš gemäß der Traditionen bestatten wollten. Er selbst war zu sehr Krieger, als dass die Riten für ihn wichtig gewesen wären; doch für den größten Teil des Volkes und für das Königshaus selbst waren sie essenziell. Es ärgerte ihn, dass er ausgerechnet mit Sirun, dieser Schlange, eine Meinung teilte. Allein schon, um dem König nicht in den Rücken zu fallen, schwieg er.

„Kalaišum, seht zu, dass die Bogenschützen bis heute Abend unterwiesen und das Heer bereit ist." Imalkuš ließ seinen Blick über alle Ratsmitglieder schweifen. „Wir ziehen los, sobald die Pfeilspitze des Schützen am Himmel zu sehen ist." Das gab ihnen ein paar Stunden; es war der hellste Stern dieses Sternbildes und der erste Stern, der am Himmel auftauchte – wenn die Sonne untergegangen, aber der Himmel noch hell war.

„Verehrter Keethun", wandte sich Imalkuš jetzt an den ältesten Ratsherren; seine Stimme wurde weich. „Nehmt Ihr es mir übel, wenn ich die Stadt unter Eurem Schutz zurücklasse?"

„Ihr meint, wenn Ihr mich in der Stadt zurücklasst, mein König?", fragte Keethun; seine Augen funkelten schalkhaft. „Ihr wollt Euch auf diesem Zug wohl nicht mit einem so alten Mann belasten."

Bevor Imalkuš antworten konnte, wurde er ernst. „Seid unbesorgt, mein König. Wenn Ihr mir die Gelegenheit gebt, mich hier von Eurem Vater zu verabschieden, dann seid Euch sicher, dass ich Šadurru hüte wie meinen Augapfel, während Ihr Eurem Vater die letzte Ehre erweist."

„In besseren Händen können wir die Stadt nicht zurücklassen", lobte Kalaišum in Gedanken. Er kannte niemanden, der den alten Mann nicht respektierte – außer vielleicht Sirun, der die Nase rümpfte, den Mund aufmachte, um etwas zu sagen – wohl gar sich selbst als Regent vorschlagen wollte –, aber dann doch schwieg. Keethun würde das Volk eher beruhigen können als jeder andere.

Imalkuš wandte sich zur Tür, um zu seinem Volk zu sprechen, als mit schnellen Schritten Emeeš herbeieilte, der Anführer seiner Leibwache. „Warrtet, mein König", sagte er. Er wirkte ungewöhnlich gehetzt; normalerweise ließ er sich von nichts aus der Ruhe bringen. Doch er war außer Atem, als wäre er gerade zehnmal den Berg hoch und runter gelaufen. Kalaišum hielt gespannt inne, wie auch die übrigen Mitglieder des Hohen Rates.

„Sprich, Emeeš", forderte Imalkuš den treuen Krieger auf.

„Ich habe Neuigkeiten von äußerrsterr Drringlichkeit fürr Euch, mein König. Wirr haben Dakuun verrhörrt, wie Ihrr es gewünscht habt. Err wollte nicht rreden, aberr hat sich verrraten, als wirr nach dem verrgifteten Wasser frragten."

Kalaišum horchte auf. Imalkuš vermutete also, dass nicht die Kentauren, sondern diese beiden verräterischen Ratsherren dahintersteckten – und vielleicht auch Sirun?! Er sah zu dem

Vizekönig, doch wenn Sirun ins Schwitzen geriet, ließ er sich nichts anmerken.

„Nicht das Wasserr wurrde vergiftet. Sonderrn das Getrreide."

„Was?!", stieß Imalkuš hervor und die Ratsmitglieder sahen einander schockiert an. Selbst Sirun schien verblüfft. Kalaišum schüttelte den Kopf, aber der alte Keethun war schneller als er: „Dann können es unmöglich die Kentauren gewesen sein. Das Getreide lagert hier in der Stadt, in verschiedenen Silos. Die Krankheit hat in verschiedenen Vierteln gewütet, es muss also Getreide aus mindestens vier oder fünf Silos gewesen sein. Die Pferdemenschen können nicht alle diese Silos unbemerkt erreicht haben."

Imalkuš war blass geworden. Er sah seinen Leibwächter an. „Fahr fort, Emeeš. Das war noch nicht alles, was ihr herausgefunden habt, oder?"

„Nein, mein König. Dakuun hat einen Namen genannt, um sein arrmseliges Leben zu rretten. Wirr haben diesen Mann gefunden. Err hat berreitwilligerr gerredet."

Emeeš zögerte kaum merklich. „Err sagt, die Kentaurren haben ihn dafurr bezahlt, das Getrreide zu verrgiften."

„Also doch!", „Diese verdammten Tiere!", stießen einige der Anwesenden hervor. Kalaišum presste die Lippen zusammen. Er hatte damit gerechnet, Siruns Namen zu hören – oder er hatte es gehofft. Dass die Kentauren Schuld waren, überraschte ihn an sich nicht. Er teilte nicht Imalkušs Einschätzung, ihn verband keine alte Freundschaft mit den Pferdemenschen. Doch für den jungen König hätte er sich einen anderen Schuldigen gewünscht.

„Ob Wasser oder Getreide", sagte Imalkuš nun; nur am Anfang zitterte seine Stimme leicht, „das ändert nichts an meiner Entscheidung. Ich werde sie dem Volk mitteilen – und auch, dass niemand mehr Getreide verwenden soll, bis wir neues geerntet haben." Er winkte einen grauhaarigen Ratsherrn mit grauem Mantel herbei. „Tušas, werden die anderen Nahrungsmittel bis dahin ausreichen?"

„Das Essen wird knapp werden, mein König."

„Dann werden wir Jäger in alle Richtungen ausschicken, sobald der Krieg vorbei ist. Wenn es dann noch nötig ist." Feuer loderte in seinem Blick. „Das Getreide der Kentauren wird unsere geschätzteste Kriegsbeute sein!"

~~

„Wir haben damals oft über unsere Traditionen gesprochen, mein Bruder, Imalkuš und ich." Temi sah Xanthyos überrascht an; doch nicht nur sie war verblüfft, dass der dunkelhaarige Kentaur über seine Jugend mit Imalkuš sprach. Auch Kehvu, ja selbst die drei Pferdemenschen aus seiner Truppe, die wohl am meisten Zeit mit ihm verbracht hatten, schienen erstaunt über seine offenen Worte.

„Das Opfer an Thanatos garantiert uns den Sieg, doch das wissen die Menschen nicht. Es war eines der wenigen Geheimnisse, von denen unser Vater uns verbot, sie Imalkuš zu erzählen. Damals habe ich es nicht verstanden. Ich konnte mir etwas anderes als Freundschaft zwischen uns nicht vorstellen. Erst als Tisanthos starb ..."

Er verstummte und schüttelte den Kopf. Erst nach einer Weile fuhr er fort: „Eine Tradition, die wir mit den Menschen teilen ist die Bestattung der Könige im Reich Thanatos'."

„Die Heqassa werden König Rhubeš dort bestatten? Obwohl ein Krieg bevorsteht und sie sowohl sich selbst auf dem Weg als auch ihre Stadt angreifbar machen?", fragte Temi verblüfft.

„Es ist Tradition, Temi", erwiderte Xanthyos. Das schien als Erklärung zu genügen. Vielleicht reichte es tatsächlich. Gerade in der Antike waren Begräbnisrituale unantastbar. Im Alten Ägypten hätte man alles getan, um einem Pharao die Bestattung zukommen zu lassen, die ihm gebührte. Nicht auszudenken, dass man ihm die Einbalsamierung, eine Pilgerreise nach Abydos oder zu entsprechenden Kultstätten, die Fahrt auf der Barke oder das Mundöffnungsritual vorenthalten hätte!

Temi kniff die Augen zusammen. „Aber bis die Menschen in Caenyx angekommen sind, müsste Aireion doch längst wieder weg sein? Du hast selbst gesagt, Kehvu, dass Aireion das Heer nach Norden und durch die Berge zurück nach Šadurru führen wird. Ich nehme an, um die Stadt anzugreifen, während das Heer der Heqassa in Caenyx ist. Warum sollte Aireion stattdessen in Caenyx warten?"

Wieder tauschten Xanthyos und Kehvu diesen Blick aus. „Sie wird es früher oder später ohnehin erfahren, Kehvu", sagte Xanthyos. „Es ist besser, wenn sie weiß, was sie erwartet."

Temi sah zwischen den beiden hin und her. Was wollte Kehvu ihr verheimlichen – aus Rücksicht auf sie?

Der blonde Kentaur seufzte und nickte, doch brachte es nicht über sich, es ihr zu verraten. „Aireion wird warten", sagte stattdessen Xanthyos, „weil Imalkuš für das Opfer dort sein muss."

„Wieso muss Imalkuš für euer Opfer ..." Temi verstummte entsetzt. Imalkuš *war* das Opfer.

„Es ist das Opfer des feindlichen Heerführers, das uns den Sieg garantiert", sagte irgendjemand, Xanthyos oder Kehvu, aber das Blut rauschte in Temis Ohren und sie glaubte, an dieser Erkenntnis zu ersticken, so groß war der Klumpen, der sich plötzlich in ihrem Hals festgesetzt hatte. Sie wollte fragen, wie Aireion das tun konnte, seinen Freund aus Jugendzeiten in die Falle zu locken und hinzurichten, aber sie brachte kein Wort heraus. Was hatte sie gedacht? Dass die beiden Anführer, die Schwerter wegstecken würden, wenn sie einander auf dem Schlachtfeld begegneten? Wie sie sie einschätzte, würden sie beide in erster Reihe stehen. Wahrscheinlich würden beide nicht überleben – so oder so nicht. Es mochte Aireion schmerzen, aber als Fürst trug er die Verantwortung für sein Volk. Und wenn er durch Imalkuš Opfertod seinen Kriegern den Sieg garantieren konnte, musste er es tun.

Die Nacht brach herein, aber von Temi war jede Müdigkeit abgefallen. Die Aufregung setzte Adrenalin in ihrem Blut und ungeahnte Kräfte in ihrem Körper frei. Am dunkelblauen Himmel befand sich keine einzige Wolke, die Sterne und der Mond wiesen ihnen den Weg, als sie nun immer öfter über Wiesen statt durch Wälder ritten, immer gen Westen. Am Horizont ging gerade das Sternbild Centaurus auf und Temi erkannte dessen hellsten Stern, den Alpha Centauri. Es war, entschied sie, ein gutes Zeichen.

Bald machten die Wiesen einer trockenen Steppe mit braunen Grasbüscheln Platz. Gehörte diese unwirtliche Gegend wirklich noch zum Land der Kentauren?

Kehvu schien ihre Gedanken zu lesen. „Die Menschen haben hier ihrem Drang nach natürlichen Reichtümern freien Lauf gelassen. Sie haben die feinen Zedern abgeholzt, die einst hier standen", erklärte er. „Sie haben den Boden zerstört auf der Suche nach Gold." Und wie fast überall, wo Menschen die Natur maßlos ausbeuteten, blieb nichts Fruchtbares zurück.

Temi seufzte. Das kannte sie auch aus ihrer Welt, wo sich die Wüsten und Dürregebiete durch Menschenhand immer schneller ausbreiteten.

Temi sah sich um. Noch gab es hier ein wenig Gras und im Mondlicht sah sie hin und wieder etwa rehgroße Tiere weghüpfen. Temi hielt sie für Antilopen oder kleine Hirsche, in ihrer Zeit typische Steppenbewohner. Ob es hier auch Raubkatzen gab? Oder war hier die Antilope der Jäger und das Gras das Opfer, nach dessen Bestand sich auch die Anzahl der Grasfresser regulierte?

Großkatzen entdeckte sie zumindest keine und die Kentauren liefen recht unbesorgt durch die Nacht. Aber das bedeutete nicht, dass es keine Löwen oder Leoparden gab. Nur, dass das Getrappel der Pferdehufe für die empfindlichen Ohren von Katzen sicher einen Heidenkrach bedeutete und ihnen genügend Respekt einflößte, um sich fernzuhalten.

Temi gab die nächtliche Stille Zeit und Gelegenheit, alles zu überdenken, was sie bisher erlebt hatte. Vieles war mittlerweile für sie selbstverständlich. Sie war erst ein paar Tage in der fremden Welt, aber sie hatte in einigen Menschen und Kentauren Freunde gefunden. Eigentlich erstaunlich, denn sonst tat sie sich immer sehr schwer, Kontakte zu knüpfen. Vielleicht konnte sie, zurück in Trier, davon lernen – auch wenn sie hier eine Ausnahmesituation erlebte. Eines aber war sicher: Sie würde alle sehr vermissen.

Der Mond tauchte vom wolkenlosen Himmel aus alles in ein kaltes Licht. In der Ferne sah Temi erste Hügel. Sie waren fast kahl, nur spärlich bewaldet. Konnte dort schon Caenyx liegen, waren dies Ausläufer der Berge, die das Heilige Tal im Westen begrenzten?

Sie schaute Kehvu, der neben ihr lief, fragend an. Xanthyos hatte sich zurückfallen lassen, die beiden Wächter von vorhin hatten die Führung übernommen. Der blonde Kentaur fing Temis Blick auf; wieder schien er zu wissen, was sie dachte. „Es liegt noch ein Tagesritt bis zur Grenze vor uns, und dann ist es noch ein halber Tag bis zu den Heiligen Feldern. Wir können die Steppe heute Nacht hinter uns lassen, wenn wir weiter gut vorankommen. Danach kommt eine Wüste. Aus dieser Gegend kommen die Wüstenkrieger, die meines Wissens nach auch in Šadurru leben. Ihre Kultur ist uns fremd, sie sind ganz anders als die der anderen Menschenstämme, die ich kenne oder die in unseren Aufzeichnungen benannt und beschrieben sind. Sie trachten nicht nach großen Reichtümern. Sie sammeln und jagen nur Nahrung, die sie gerade benötigen. Wir haben uns oft gefragt, wie sie in der Wüste überleben können. Aber es gibt ihr Volk schon lange und immer noch; ihre Enthaltsamkeit macht sie offenbar stark", erklärte er mit seiner weichen Stimme. Als er wieder schwieg, waren nur noch das sanfte Säuseln des Windes und gelegentliche Schreie eines Tieres zu hören. Es klang wie ein junger Wolf, aber Temi war sich nicht sicher. Die Geräusche harmonierten miteinander. Überhaupt schien die Region, so unwirtlich sie war, viel friedlicher als die Wälder, durch die sie geritten waren. Diese waren zwar schöner und boten mehr Nahrung. Doch in ihnen hatte Temi das Gefühl gehabt, es lauerte jemand im nächsten Dickicht. Die Schlange und Erzählungen von Ašykrops hatten sie nervös gemacht. Hier, in der offenen Ebene, sah sie alles genau und fühlte sich sicher.

Irgendwann in der Nacht rief Xanthyos von hinten leise Kehvus Namen. „Wir machen eine kleine Pause." Er wies auf eine kleine Gruppe von Bäumen. „Dort haben wir die

Möglichkeit, Feuer zu machen. Wir können unser Essen braten und es hält Raubtiere und Schlangen fern."

Die beiden Wächter gingen sogleich auf die Jagd, zwei von Xanthyos' Männern schlossen sich ihnen an. Fast lautlos verschwanden die vier in der Dunkelheit. Trotz des Mondlichts sah Temi sie bald nicht mehr. Die Nacht schien sie einfach verschluckt zu haben. Sie versuchte, sich an die Namen zu erinnern. Die beiden Wachen, Methu, mit dem rabenschwarzen Fell, und Skadios, sein Waffenbruder mit hellbraunem Fell, beide mit spitzen Pferdeohren. Xanthyos' Leute, Pyrak, Astayr und Kalanis. Pyrak mit rotem Fell, ähnlich wie Ardeshs. Astayr und Kalanis mit braunem. Kalanis hatte sich schweigend an den Rand einer Mulde gelegt, in der Xanthyos das Feuer entzünden wollte. Er zog mehrere dünne gerade Äste aus einem Köcher an seiner Rüstung. Es waren noch keine Pfeile, aber es würden welche werden. Mit einem Messer spitzte er einen Ast vorne, überprüfte ihn immer wieder, und als er zufrieden war, steckte er den Pfeil in den Köcher zurück und widmete sich dem nächsten.

Obgleich die Sonne schon lange hinter dem Horizont verschwunden war, war der Boden noch warm. Der Sand speicherte die Wärme der Strahlen, doch die Luft war empfindlich kühl. Temi half, ein paar trockene Zweige zu suchen, und Xanthyos entzündete mit wenigen geübten Handgriffen ein Feuer. Kehvu zog ein wollenes Tuch aus seiner Satteltasche und reichte es ihr. Der Kentaur schien an alles zu denken. Dankend wickelte sich Temi in das flauschige Tuch ein und rückte so nah wie möglich ans lodernde Feuer.

Bald kamen die Krieger wieder. Sie hatten eine große Antilope mit zur Seite gebogenen Hörnern erlegt, die so lang und breit waren wie Temis Unterarm.

Temi knurrte der Magen, aber sie wollte beim Häuten und Zerlegen der Antilope nicht zusehen. Hungrig starrte sie auf die dunklen Beeren, die die Jäger mitgebracht hatte. Sie sahen Heidelbeeren sehr ähnlich.

„Sie schmecken lecker. Probier mal!", forderte Saphairu Temi auf, Methu hielt sie Temi hin. Nein, es waren keine Heidelbeeren, aber sie schmeckten fast ebenso gut. Gierig schöpfte sie mit der hohlen Hand die Früchte vom Tuch. Schuldbewusst sah sie die Kentauren an; sie aß ihnen fast alle süßen Früchte weg. Doch die Pferdemenschen warteten eher darauf, dass die Fleischstücke über dem Feuer gar wurden. Keiner von ihnen probierte auch nur eine Beere. Der Duft von gegrilltem Fleisch kitzelte bald Temis Nase und das Wasser lief ihr im Mund zusammen.

Nach der Mahlzeit war Temi unendlich müde, aber sie mussten gleich weiterreiten. Sie durften keine Zeit verlieren, wenn sie das Blutbad verhindern wollten! Temi atmete tief durch und trank dann ein paar Schlucke des frischen Wassers, das die Jäger ebenfalls mitgebracht hatten – wo auch immer sie es gefunden haben mochten. Als die Sonne rasch am kahlen Horizont aufstieg, fielen ihr immer wieder die Augen zu.

Beim Ritt durch die Wüste war die Landschaft trostlos und einsam, nur einmal trafen sie auf berittene Krieger des schwarzhäutigen Wüstenvolkes. Diese waren den Kentauren tatsächlich nicht feindlich gesinnt und hießen sie willkommen. So aßen sie gegen Abend gemeinsam in der Oase, in der die

Wüstenkrieger lebten. Sie berichteten den Kentauren von einer Schlangenplage, die vor kurzem viele Opfer unter ihnen gefordert hatte, und Xanthyos' Kiefer mahlten aufeinander. „Wie konnten uns all diese Zeichen entgehen?", murmelte er leise, mehr zu sich selbst. Temi schwieg. Die Kentauren hatten normalerweise keinen Kontakt zu den Wüstenkriegern – woher hätten sie also von der Plage erfahren sollen?

Sie verbrachten einen großen Teil der Nacht in der kleinen Zeltsiedlung, denn die Kentauren merkten, dass Temi vom Pferd fallen würde, wenn sie ohne Schlaf weiterritten. Auch sie selbst schlossen die Augen. Nur einer von ihnen hielt Wache, jede Stunde wechselten sie sich dabei ab.

Am nächsten Morgen schreckte Temi hoch. Sie hatte nicht geträumt, aber ihr Magen schmerzte vor Angst. Sie ritten auf der Stelle weiter.

Temis Nervosität wuchs ins Unermessliche, als sie sich dem Heiligen Tal näherten, und sie ballte die Hände um die Zügel so fest zu Fäusten, dass sich ihre Fingernägel in ihre Haut bohrten. Würden sie verhindern können, dass Ašykrops die beiden Völker, Kentauren und Heqassa, ins Unglück stürzte? Oder war alles umsonst? Temi sehnte die Entscheidung herbei – und fürchtete sich davor.

Das Land des Todes

Die Landschaft änderte sich erneut. Immer mehr Steinformationen wuchsen aus dem Boden und nur beim genaueren Hinsehen erkannte man darunter mal schmale Spalte, mal so breit, dass ein Mensch hindurch passte. Temi lief ein kalter Schauer über den Rücken. Es waren Eingänge zur Unterwelt. Jetzt fehlten nur noch Nebel, Schattengestalten, die nach ihr griffen, giftige Dämpfe. Und Charon, der Fährmann, der sie in die Welt der Toten brachte.

„Temi!" Xanthyos' Stimme ließ sie aufschrecken. „Hier können Ašykrops und seine Anhänger noch nicht lauern", sagte er. „Hier gibt es zwar Eingänge, doch die unterirdischen Grotten stehen unter Wasser. Wenn du genau hinschaust, siehst du, wie das Wasser Licht reflektiert. Das begehbare Tunnelsystem beginnt erst viel weiter im Norden. Wir passen auf, sei unbesorgt." Das Herz schlug ihr bis zum Hals, aber für den Moment war sie erleichtert. Die Kentauren wussten, was sie taten. Hoffte sie.

Bald jedoch wurden die Kentauren merklich langsamer. Temi packte Ephlašis Zügel fester und kürzer, sodass sie sie besser unter Kontrolle hatte. Ihre Angst wuchs, aber sie versuchte, sie nicht zu zeigen. Ihre Begleiter hatten ihre Schwerter bzw. Bögen griffbereit, spähten aufmerksam in alle Richtungen. Waren sie bereits entdeckt worden? Oder rechneten der Schlangenmensch und die Paršava nicht damit, dass die Kentauren Ašykrops' Plan durchschaut hatten?

Jeden Augenblick rechnete Temi damit, dass Ašykrops angriff, oder das Menschenvolk vorschickte. Es würde ihnen kaum gelingen, zu fliehen, wenn sie noch tiefer ins

Feindesland ritten. Ins Feindesland? Caenyx war Thanatos'
Land.

Xanthyos hob die Hand und alle stoppten. Da hörte auch
Temi, was die Kentauren mit ihren feinen Ohren längst gehört
haben mussten. Schmerzensschreie von Männern ... nein – sie
hörte keine klirrenden, krachenden Geräusche von Schwert auf
Schild oder Klinge an Klinge. Keine Kampfgeräusche. Es
waren Klagerufe. Von Männern, die ihren König verloren
hatten.

„Die Menschen sind hier", sagte Kehvu unnötigerweise.
Die Kentauren packten ihre Waffen fester.

„Dann wird Aireion auch hier sein."

„Wird er sie angreifen, obwohl er ihnen fünf Tage Frist
gewährt hat?", fragte Temi und ihre Stimme zitterte vor Angst.
Angst, weil sich diese Heere bald gegenüberstehen würden.
Sie hatte sich gewünscht, Alexanders Kampf am Granikos, bei
Issos oder Gaugamela zu beobachten? Doch jetzt war alles
anders. Sie wollte diese Schlacht nicht sehen! Sie wollte nicht,
dass das Unausweichliche geschah!

„Er hat ihnen fünf Tage gemäß ihren Traditionen gegeben.
Heute ist der fünfte Tag nach König Rhubešs Tod."

Temi versuchte vergeblich, den Kloß in ihrem Hals
herunterzuschlucken. „Wie können die Menschen überhaupt
schon hier sein? Sie können nicht schneller gewesen sein als
wir."

„Wir sind erst nach Süden gelaufen, Menschenmädchen.
Echainar lag weit im Süden von Šadurru. Und wir mussten
einen Sturzbach umgehen. Du hast es nicht bemerkt, weil wir
nachts daran vorbeigelaufen sind. Die Menschen konnten auf
direktem Wege hierherziehen", erklärte Kehvu geduldig.

„Kommt, weiter. Aber vorsichtig!", forderte Xanthyos sie auf. Der Prinz schritt vorweg, gefolgt von zweien seiner Leute. Danach kamen Kehvu und Temi und hinter ihnen die beiden Wächter, Methu und Skadios, sowie der schweigsame Kalanis, mit zwei Köchern voller Pfeile, die er in der Nacht fertiggeschnitzt hatte. Ganz am Ende ging Saphairu und sicherte die Gruppe nach hinten ab.

Vor ihnen lag ein Berg, ein Ausläufer des Enessu-Gebirges. Die Rufe kamen von der anderen Seite. Temi wagte kaum zu atmen, als sie den Hang hinaufschlichen, langsam und lautlos, den Blick mal nach vorne, mal auf die Höhleneingänge gerichtet, die unter den Steinformationen gähnten. Temis Nackenhaare stellten sich auf und ihre Hände zitterten. Angst schnürte ihr die Kehle zu. Was, wenn sie es nicht schafften, den Schlangenmenschen zu besiegen. Was, wenn er sie tötete? Oder war ihr Tod überhaupt der einzige Weg zurück in ihre Welt? Sie hoffte, dass sie lang genug lebte, um es herauszufinden.

Sie hatten den Gipfel des Hangs fast erreicht, als ihnen ein heiseres Lachen durch Mark und Bein fuhr. Es schnitt durch die Stille und wurde dann von einem Windstoß weggeweht. Ein eiskalter Schauer jagte Temi über den Rücken. Sie kannte den Ton nur zu gut, auch wenn sie ihn erst zweimal gehört hatte. Sie hatten sich nicht geirrt. Ašykrops!

Die Blicke, die sich die Kentauren zuwarfen, sagten mehr als tausend Worte. Er war keine Traumgestalt mehr, er war real.

„Ihr Narren!", hörte sie jetzt. Es kam aus einem Erdloch neben ihr, einem Spalt hinter ihnen, einer Steinformation neben Kehvu. Die Kentauren drehten sich um die eigenen Achsen, die Schwerter fest in der Hand. Sie horchten und spähten in alle Richtungen. Wo war er? Wo war Ašykrops?!

„Glaubt ihr wirklich, ihr könnt *mich* aufhalten?" Das Lachen war das eines Wahnsinnigen. Wie um seinen Worten Nachdruck zu verleihen, zischten plötzlich aus den Löchern und Erdspalten Schlangen hervor. Die Kentauren und Ephlaši stiegen auf ihre Hinterbeine, wichen und stolperten zurück, um den giftigen Tieren zu entgehen. Temi klammerte sich an Ephlašis Mähne fest. Skadios und der rotfellige Pyrak entkamen dem Angriff nicht. Sie stöhnten leise auf vor Schmerz und brachen dann lautlos zusammen. Bleich vor Angst und Entsetzen riss Temi Ephlaši an den Zügeln. So schnell wirkte das Gift?! Sie waren verloren!

Die Schlangen schlugen jedoch nicht noch einmal zu, sondern zogen sich zurück, so schnell wie sie gekommen waren. Ihr Gebieter Ašykrops schien mit den Kentauren und ihr zu spielen. Jetzt sammelten sich die Schlangen vor ihnen, auf der Kuppe dieses Berges. Zwischen ihnen und dem Tal. Zwischen ihnen und den Menschen.

Kehvu spannte seinen Bogen, richtete aber nur einen Moment den Pfeil auf die Tiere, dann ließ er den Bogen sinken. Es waren zu viele. Selbst wenn sie alle Pfeile verschossen und jeder Schuss traf, hatten sie keine Chance, die Kuppe des Hügels zu erreichen.

„Kommt!", befahl Xanthyos knapp. Seine dunklen Augen brannten vor Hass. Er nahm den gefallenen Kentauren die Waffen ab. Er selbst hängte sich Skadios' Bogen um die Schultern, gab Kalanis Pyraks Zweihänder als zweites Schwert und wies mit dem Kopf auf dessen Kurzschwert. Wortlos tauschte Kalanis die Waffe. Das Kurzschwert reichte Xanthyos Temi. „Du wirst es brauchen." Benommen packte Temi das Schwert. Ihr Blick lag auf Methu, der mit weit aufgerissenen Augen seinen toten Waffenbruder anstarrte. Er schüttelte wieder und wieder den Kopf, Tränen standen ihm in den Augen. „Komm!", wiederholte Kehvu. „Für Skadios!" Da hob Methu den Kopf und sein Blick verriet Wut statt Schmerz, unbändigen Hass wie Xanthyos'. Sie hasteten den Hang hinunter, den sie gerade erklommen hatten.

„Ihr könnt nichtsss gegen mich aussrichten!" Die zischelnde Stimme kam nicht mehr von überall, sondern aus einem größeren Riss in der Erde, an dem sie gerade vorbeiliefen. Aus dem Trab heraus fuhren die Pferdemenschen herum und Temi riss an Ephlašis Zügeln. Die Kentauren richteten ihre Waffen auf den Eingang. „Ihr könnt nichtsss gegen mich ausssrichten!", zischte es wieder. Diesmal leiser. Weiter weg. Tiefer in dem Gang, der hinter dem Spalt gähnte. Der Eingang war breit – breit und hoch genug für einen Kentauren.

Es schrie nach einer Falle. Xanthyos' Kiefermuskeln mahlten. Doch welche Wahl hatten sie? Sie mussten Ašykrops finden. Bevor Aireion Hand an Imalkuš legen konnte.

„Saphairu!", sagte der Prinz leise. „Mach einen großen Bogen um die Menschen, aber finde meinen Bruder. Erzähl ihm alles, was wir wissen." Er sah zu Temi, runzelte seine Stirn und seine Nasenflügel zitterten. Er rang mit sich. Temi ahnte, was er dachte. Sie schüttelte so heftig den Kopf, dass ihre kurzen Haare flogen. „Nimm Temi mit", entschied Xanthyos dennoch.

„Xanthyos, nein!", stieß sie hervor. „Ihr braucht mich."

„Xanthyos", mischte sich auch Kehvu ein, zögernder als sie.

„Du sollst den Krieg verhindern", entgegnete der Schwarzhaarige darauf. „Die Prophezeiung sagt nicht, dass du gegen Ašykrops kämpfen sollst. Geh, Temi! Dein Blut soll hier nicht fließen."

Temi biss die Zähne zusammen, aber Kehvu fiel ihr nun in den Rücken. „Er hat Recht, Menschenmädchen. Verhindere, dass Aireion den Krieg beginnt, indem er den Menschenkönig opfert. Danach wird es kein Zurück mehr geben, ob wir Ašykrops finden oder nicht."

Temi nickte. Sie lenkte die Krieger von dem dunklen Gang ab, in dem irgendwo der Schlangenmensch lauern mochte. Sie hatten keine Zeit, zu diskutieren. Und es stimmte, was die beiden sagten. Sie war im Kampf gegen Ašykrops keine Hilfe.

Saphairu drehte sich um und sie drängte Ephlaši, ihm zu folgen – als zwei Pfeile heranschossen und Saphairus Brustpanzer durchbohrten. Voller Schmerz riss er Mund und Augen auf, den Blick ungläubig auf die Pfeile in seiner Brust gerichtet. Er hob den Kopf, hob sein Schwert. Bevor Temi begreifen konnte, was geschah, schleuderte er sein Schwert den Hang hinab.

Entsetzt blickte sie dem Schwert nach. Es traf einen Menschen. Keinen Heqassa. Einen Paršava! Eine Gruppe schwer bewaffneter Krieger rannte auf sie zu. Silberne Schlangen prangten auf ihren schwarzen Schilden. Ihre Helme schmiegten sich um ihre Köpfe und ihren Hals wie diese Reptilien, die Speerköpfe waren gebändert wie die Schwanzrassel einer Klapperschlange.

Temi schrie auf, als Saphairu neben ihr zusammenbrach. Jemand, der schwarzfellige Methu, packte sie so fest am Arm, dass seine Finger Druckspuren hinterlassen würden, und er zog sie hinter sich, hinter den anderen Kentauren her zu diesem Eingang zur Unterwelt. Dann ließ er sie los und trieb Ephlaši vor sich hinein. Aber er folgte ihr nicht mehr. Mit einem dumpfen Schlag fiel er, einen Schritt vor dem rettenden oder todbringenden Erdspalt.

Kalanis kam ihr entgegen, drängte sich an ihr vorbei und schoss, noch bevor er am Eingang der Höhle zum Stillstand kam, drei Pfeile so schnell nacheinander ab, dass sie fast gleichzeitig ihre Ziele trafen. Draußen schlugen Menschenkörper auf dem Boden auf.

Temi fuhr herum zu den anderen. Kalanis würde den Eingang verteidigen und hier waren nur noch Xanthyos, Kehvu und Astayr übrig. Die drei Pferdemenschen richteten in der Dunkelheit drohend Schwert und Bogen nach allen Seiten, während sie tiefer in den Gang vorstießen, der sich verbreiterte und höher wurde und bald wie eine unterirdische Halle wirkte. Doch die Kentauren sahen genauso wenig wie sie. Das Tageslicht drang immer schwächer zu ihnen. Nur an den Schwertern, die im schwachen Licht glänzten, konnte sie erahnen, wo die Kentauren waren. Ašykrops konnte überall sein, überall auch seine Schlangen. Temis Bauch schmerzte. Sie wollte raus aus der Grotte, nur weg von hier! Aber sie waren gefangen. Sollten sie wirklich tiefer in den schwarzen Gang vordringen? Wäre es nicht besser, sich doch den Weg nach draußen freizukämpfen?

Temis Augen gewöhnten sich langsam an die Dunkelheit – ihre Ohren nahmen nun auch mehr wahr. Draußen, auf der anderen Seite des Hanges, hatte sich etwas zusammengebraut wie ein Gewitter. Die Erde begann zu dröhnen vor Tausenden von Pferdehufen. Es war soweit. Aireion griff an. Er würde seinen Hauptangriff auf Imalkuš konzentrieren. Sich dann vielleicht zurückziehen, wenn er ihn in seine Gewalt gebracht hatte, und ihn rasch opfern.

Ein Grund mehr, sich den Weg nach draußen freizukämpfen! Sie wollte es gerade Xanthyos vorschlagen, als sie direkt hinter sich ein Maunzen hörte. Unwillkürlich fuhr sie herum. Sie brauchte nichts zu sehen, um zu wissen, wer das war: Der schwarze Kater saß hinter ihr auf Ephlašis Rücken. „Thanatos!", stieß sie hervor. Dann ging alles schnell – viel zu schnell, um zu reagieren. Temi drehte sich wieder nach vorn. Sie hatte einen Angriff des Schlangenmenschen erwartet, doch nichts war geschehen. Ihr Herz hämmerte so laut gegen ihren Brustkorb, dass die anderen es hören mussten. Sie zwang sich, ruhig zu atmen. In der Dunkelheit der Höhle erkannte sie nun die unverwechselbare Silhouette des Schlangenmenschen. Ihr lief ein eiskalter Schauer über den Rücken. Doch Ašykrops lachte nicht mehr. Er hatte ein Schwert gezogen und hielt es, finstere Flüche zischend, in ihre Richtung.

In ihre? Temi fuhr mit einem lauten Aufschrei herum. Jemand war unmittelbar hinter ihr, sie konnte seine Körperwärme in ihrem Rücken spüren. Es war nicht die kleine Katze, sondern eine Gestalt, noch dunkler und erschreckender als der Schlangenmensch vor ihr. Er hatte sehr breite Schultern – nein, es waren keine Schultern: Es waren Flügel. Das Blut gefror in Temis Adern. Sie wollte schreien, aber aus ihrem Rachen kam kein einziger Laut. Sie sah, dass Kehvu, Xanthyos und Astayr sich umwandten, als hätten sie den Schlangenmenschen und sie vergessen, und wie auf einen Befehl hin zum Eingang der Grotte stürmten. Kalanis hatte seine Pfeile verschossen und war zurückgedrängt worden und hielt die Paršava mit dem Schwert auf Abstand.

„Nimm die Zügel!", hörte Temi eine Stimme – in ihrem Kopf. Keine Stimme, die sie kannte. Wie hypnotisiert ergriff sie die Zügel. Sie hielt sich mehr daran fest, als sie zu halten. Nicht sie, sondern die Gestalt hinter ihr gab Ephlaši die Sporen. Die Stute hatte ihre Angst vor den Schlangen und ihrem Herrn offenbar verloren. Unnatürlich ruhig machte sie einen riesigen Satz nach vorne – auf den Schlangenmenschen zu. Der wich zurück. Fünf Meter, vier ... zwei trennten den dunklen geflügelten Krieger und Temi noch von Ašykrops, der mit einer Handbewegung einen heftigen Windstoß in ihre Richtung sandte. Dann drehte er sich um, um zu fliehen. Wind, das war in den Flügeln des finsteren Engels genau das Richtige. Von Ephlašis Rücken aus sprang – nein! – flog er mit ein, zwei wuchtigen Flügelschlägen über Temis Kopf.

Temi duckte sich tief auf Ephlašis Hals. Die Stute schien durch den Krieger ermutigter als ihre Reiterin. Statt vor den Schlangen zu scheuen, die auf sie zuschlängelten, trat sie mit ihren Hufen nach den Reptilien.

„Temi!" Sie sah sich um. Am Eingang der Grotte rief Kehvu nach ihr. Vor den vier Kentauren lagen leblose Körper von Paršava, doch die Menschen drängten nach.

Temi riss Ephlaši herum und galoppierte durch die Höhle zu Kehvu. Sein Gesicht, seine Haare und Hände waren blutverschmiert; er war verletzt, aber er schwang noch immer sein Schwert. Hinter ihm blieb Temi stehen, um ihn nicht in seinem Schlag zu behindern. „Du musst uns helfen, Temi! Nimm deinen Bogen!" schrie er und keuchte bei jedem Hieb seines Schwertes. Seine Kräfte schwanden.

„Aber ich ... ich kann nicht ... ich könnte euch treffen!", rief sie zurück und ihre Stimme überschlug sich. Ihre Nerven lagen blank. „Wirst du nicht!", unterbrach er sie ruppig. „Mach!"

Xanthyos hingegen schüttelte den Kopf. „Das ist ein Kinderbogen, Kehvu, wie soll sie damit –" Er erstach einen Paršava, der sich ihm auf Schwertlänge genähert hatte. „– Menschen erschießen?", fuhr er fort. Er hieb mit seiner Rhomphaia, dem gebogenen Langschwert, nach zwei Menschen, die mit vorgereckten Lanzen näher kamen. Er stieg auf die Hinterbeine, trat mit den Vorderhufen nach den Waffen und zerschmetterte eine von ihnen, bevor er wieder auf dem Boden aufsetzte. Der Paršava, der seine Waffe verloren hatte, wich ein paar Schritte zurück und zog Pfeil und Bogen von seinem Rücken. Da zögerte Temi nicht länger. Wortlos griff sie hinter sich in den Köcher legte einen Pfeil auf. Ephlaši stand still wie eine Statue, als Temi den Bogen spannte und ohne zu zögern den Pfeil losließ. Der zischte zwischen Kehvu und Xanthyos zum Höhleneingang und traf den Bogenschützen in den Bauch. Temi schickte ein Stoßgebet zum Himmel, weil der feindliche Krieger nach vorne wegkippte, bevor sie sein Blut fließen sah. Xanthyos zerteilte die Lanze des anderen mit seinem Schwert und erstach ihn, ehe er ihr einen anerkennenden Blick zuwarf.

Temi schoss, traf und legte den nächsten Pfeil auf. Auch der dritte Schuss ging ins Schwarze. Es war kein Wunder. Im Höhleneingang standen Schulter an Schulter Paršava und fiel einer, rückte der nächste nach. Ihre Angst, einen der Kentauren zu treffen, schwand mit jedem Schuss – bis die Pferdemenschen plötzlich nach vorne drängten.

Jetzt waren sie so dicht am schmalen Eingang der Höhle, dass Temi nicht zu schießen wagte. Wie viele Paršava warteten draußen noch auf sie? Und warum hatten die Heqassa und Aireions Kentauren noch nichts von dem mitbekommen, was in der Grotte vor sich ging?

Temi drehte sich um. Auch hinter ihnen tobte ein heftiger Kampf. Die Höhle war nicht länger dunkel. Feuer leckte an den steinernen Wänden. Wie, wusste Temi nicht, aber wenn es Schlangenmenschen gab, die den Wind beherrschten, wieso nicht auch brennende Steine.

Ašykrops wehrte sich mit all seiner stürmischen Kraft gegen den geflügelten Krieger. Der durchsäbelte mit einem schwarz brennenden Schwert die Windstöße, die Ašykrops ihm entgegenwarf, und machte sie unschädlich, als wäre es

Papier, das sich durchschneiden ließ. Das Brausen des Sturms wurde zum sanften Säuseln eines Windchens, als der schwarze Engel mit zwei mächtigen Flügelschlägen hinabstieß.

Ephlaši stampfte plötzlich mit den Hufen auf und Temi erschrak. Die Erde bewegte sich unter den Pferdehufen. Nein, nicht die Erde selbst: Es wimmelte vor Schlangen! Die Stute kämpfte tapfer und stampfte mit den Hufen eine nach dem anderen in den Staub. Wenn sie doch bloß einen Ausgang finden würden!

„Temi!" Sie fuhr zu Kehvu herum, der verbissen mit einem Krieger rang. Er hatte sein Schwert verloren und umklammerte mit beiden Händen die Lanze, die der Paršava nach ihm gestoßen hatte. „Ruf Thanatos!!", keuchte er.

Sie? *Sie* sollte den Krieger rufen? Plötzlich stolperte Kehvu nach hinten und sackte zu Boden. Erst jetzt sah sie, dass zwei Pfeile in seiner Pferdebrust steckten. Nein! Das durfte nicht sein! „Thanatos!!", schrie sie voller Angst. Ihre Stimme überschlug sich. Kehvu durfte nicht sterben!

Die Paršava witterten ihre Chance und drängten, schubsten und sprangen in die Lücke, wo Kehvus Rhompaia eben noch die Feinde niedergemäht hatte. Automatisch, ohne nachzudenken, trieb Temi Ephlaši nach vorne. Die Stute versperrte mit ihrem wuchtigen Pferdeleib den Weg, doch mit ihrem kurzen Schwert konnte Temi die Angriffe vom Pferderücken aus nicht abwehren. Kehvus Schwert jedoch steckte senkrecht im Körper eines der Gefallenen, direkt neben ihr. Sie hielt sich nur noch mit einer Hand an der Mähe der Stute fest, während sie mit der anderen Hand nach der Rhomphaia angelte. Sie musste drankommen! Es ging um töten oder getötet werden.

Die Klinge steckte fest. Temi riss am Griff, so fest sie nur konnte, und das Schwert peitschte, als der Widerstand nachgab, nach oben. Der Paršava, der ihr ganz nahe gekommen war, stürzte getroffen zu Boden.

„Thanatos!", schie sie nochmals, voller Verzweiflung. Plötzlich rauschte die Luft unter seinen Flügelschlägen. Er kam! Die Menschen wichen zurück, mit weit aufgerissenen Augen und panisch schreiend. Doch nicht schnell genug. Der Todesengel landete vor ihr und breitete seine schwarzen Flügel schützend vor den Kentauren aus. Kein Pfeil schoss mehr heran, niemand wagte es, näherzukommen oder seinen Speer zu schleudern. Dann griff Thanatos mit den Händen nach den Paršava. Einer nach dem anderen fiel tonlos um, ohne, dass er sie berührte.

Temi war entsetzt und erleichtert zugleich. Die Paršava hatten keine Chance. Thanatos rettete sie. Und Xanthyos', dessen Gesicht blutig war, der jetzt das Schwert sinken ließ und sich die Schulter hielt. Und Kalanis, den Bogenschützen, dessen Bogen zerbrochen unter Astayrs Körper lag, und der jetzt mit Pyraks Zweihänder kämpfte. Astayr war tot. Eine Lanze hatte sich durch den menschlichen Oberkörper des Kentauren gebohrt. Seine silberne Rüstung war vorne und hinten geborsten und dunkelrot vor Blut.

Aus ihrer Starre gerissen fuhr Temi mit einem Aufschrei zu Kehvu herum. Sie sprang von Ephlašis Rücken und kniete neben dem blonden Kentauren nieder. Er atmete schwer und keuchend und bebte vor Schmerz. Dunkelrotes Blut sickerte aus den Wunden in seiner Pferdebrust.

Temi zog ihren Umhang aus und presste ihn um die beiden Pfeilschäfte herum auf seine Wunden. Sie wollte ihm nicht noch zusätzliche Schmerzen bereiten, aber sie musste die Blutung stoppen! Kehvu sog scharf Luft ein. Temi konnte nicht erkennen, wie tief die Pfeile in Kehvus Körper gedrungen waren. Xanthyos kam zu ihr und ging neben ihnen in die Knie.

„Die Pfeile stecken sehr tief", sagte er leise. Temi sah ihn verzweifelt an. *„Zu tief, um sie herauszuziehen?"*, fragte sie mit den Augen.

„Weine nicht, kleines Menschenmädchen!" Kehvus Stimme klang gepresst. Sie bemerkte erst jetzt, dass ihr Tränen die Wangen hinunterliefen. „Manchmal geschehen einfach Dinge, mit denen man nicht rechnet." Er wurde schwächer. Er durfte nicht sterben!

„Than–!" Ihre Stimme war erstickt, aber Xanthyos erschrak heftig und hielt ihr den Mund zu. Sie konnte nicht einmal fragen, warum. Der dunkle Engel sah sich nur einmal kurz um, dann wischte er mit einer beinah beiläufigen Handbewegung alle Krieger weg, die es noch wagten, in Richtung Grotte zu stürmen. Die Soldaten, die nicht starben, warfen voller Furcht die Waffen weg und flohen.

Xanthyos nahm nun langsam seine Hand von Temis Mund. „Wenn du ihn nochmals gerufen hättest, wäre er gekommen. Aber er musste erst die Feinde in die Flucht schlagen", flüsterte der Kentaur. Sie verstand es nicht, wollte es momentan auch gar nicht begreifen. Wieso folgte er ausgerechnet ihrem Ruf?

Der Todesengel drehte sich zu ihnen um und Temi lief ein eiskalter Schauer über den Rücken. Er stand auf ihrer Seite, aber jedes Mal, wenn er sie ansah, schien ihr Herz einen Schlag auszusetzen. Wortlos schritt er an ihnen vorbei. Hinten in der Grotte richtete sich Ašykrops auf. Seine matt glänzende Schuppenrüstung war zerborsten, sein Schlangenleib aufgescheuert und sein Oberkörper versengt von den Flammen, die rings um ihn herum brannten. Er brüllte vor Schmerz und Wut, seine Augen glühten wie Feuer, sein

Gesicht war zu einer zornigen, geifernden Fratze verzerrt. Er hatte zwei Schwerter in der Hand, von deren Klingen eine Flüssigkeit troff. Temi war sicher, dass es Gift war, das auf dem blanken Eisen glänzte. Temi blickte Thanatos verzweifelt hinterher. Zuerst musste er Ašykrops endgültig besiegen. Aber Kehvu ...?

Der blonde Kentaur strich mit seiner blutigen Hand kraftlos über ihr Haar. „Bleib so tapfer, wie du eben gekämpft hast, kleines Menschenmädchen!", wisperte er. Seine Stimme war kaum noch zu hören.

„Komm Temi!", forderte Xanthyos sie leise auf, doch sie weigerte sich, schüttelte heftig den Kopf. Kehvu dagegen nickte schwach, während er sich gegen die steinerne Wand lehnte. Der Blutverlust raubte ihm die Kraft; seine Arme, vielmehr sein ganzer Körper zitterte vor Anstrengung. „Geh, Kleine!" Temi dachte nicht daran. „Ich bleibe bei dir!", sagte sie entschlossen. Plötzlich wurde sie von hinten gepackt und hochgehoben, bis ihre Füße in der Luft zappelten: Xanthyos nutzte es jetzt aus, dass er größer und stärker war und trug sie von seinem sterbenden Artgenossen weg. Sie versuchte, sich loszureißen, krallte ihre Hände in Xanthyos' starke Oberarme, um sich aus seinem Griff zu befreien, aber er ließ sie nicht los. Das Letzte, was Temi in der Dunkelheit der Höhle sah, war Kehvu, dessen Kopf heruntersank, bis das Kinn auf seiner Brust zu ruhen kam.

Kalanis begleitete Xanthyos und Temi nach draußen, sammelte eilig einen Bogen und dutzende Pfeile ein. Kampflärm drang an ihre Ohren. Erst jetzt wurde ihr bewusst, dass es noch nicht vorbei war! Auf der anderen Seite des Hügels tobte eine Schlacht. Wie sollten sie zwei Heere stoppen, die sich mit hasserfüllter Kraft ineinander verkeilt hatten? Temi wischte sich die Tränen aus dem Gesicht und sah hilflos zu Xanthyos. Er wies mit dem Kopf auf seinen Rücken und hielt einen Arm nach hinten, um ihr hochzuhelfen. Kaum saß sie, galoppierten er und Kalanis den Hang hinauf. Es waren keine Schlangen mehr zu sehen.

Als sie die Spitze des Hügels erreichten, wurde der Schlachtenlärm unerträglich laut. Eisen klirrte auf Eisen, Menschen und Kentauren schrien vor Wut oder vor Schmerz. Ihre Befehlshaber kommandierten mit heftigen Gesten, brüllten Befehle, wo es nötig war, und kämpften verbittert um jeden Zentimeter. Die Kentauren hatten den ersten tödlichen Angriff geführt, das war an den unzähligen Menschen zu sehen, die tot zwischen den Reihen der Kentauren lagen. Dann hatten die Speerkämpfer zurückgeschlagen. Nun drückten, stießen und töteten alle, ohne wirklich voranzukommen. Von hier oben konnten sie das gigantische Schlachtfeld gut überblicken. Anders als in ihrem Traum war es nicht in undurchdringbaren Nebel verborgen. Die Luft war trüb von Staub und Sand, aber keine Staubwolke verhüllte das Elend. Nein, die Sonne strahlte mit den glänzenden Rüstungen um die Wette.

Panisch suchte Temi nach Aireion und Imalkuš, dort unten, wo mit jeder Sekunde mehr Menschen und Kentauren ihre letzten Atemzüge taten. Dann fand sie sie. Der König der Heqassa war von den Pferdemenschen eingeschlossen worden, nur zwanzig, dreißig Menschen waren noch bei ihm. Zwischen ihm und seinem Heer, das – Kalaišum voran – versuchte, ihn freizukämpfen, standen Aireion, seine Leibwache und weitere Kentauren. Für den Kentaurenfürsten war die Lage genauso gefährlich.

Temi weinte um Kehvu ebenso wie um die beiden Herrscher, die jeden Augenblick sterben würden. Xanthyos hatte seine Fäuste geballt. Kalanis neben ihm scharrte mit den

Hufen, bereit, in die Schlacht zu galoppieren – doch sie standen näher an den Menschen als an den Kentauren. Xanthyos griff hinter sich und packte Temis Hand, halb aus Verzweiflung, halb um ihr Mut zu machen. „Ruf ihn!", befahl er. „Wir können ohne ihn nichts ausrichten. Ruf ihn, und bete, dass er Ašykrops besiegt hat!"

Sie starrte ihn an. Was, wenn er den Schlangenmenschen nicht getötet hatte? Was, wenn Ašykrops' giftige Klingen ihn verwundet hatten?!

Auf dem Schlachtfeld unter ihnen stolperte Imalkuš, verteidigt nur noch von ein paar Heqassa, die ihn umringten – entschlossen, aber geschlagen. Selbst die verbliebenen Wüstenkrieger würden den König nicht mehr schützen können.

„Thanatos!", schrie sie zum dritten Mal. Ihre Stimme überschlug sich, und sie schluchzte. „Thanatos!", flüsterte sie erneut, leise und kraftlos. Doch der dunkle Krieger war schon am Eingang der Höhle erschienen. Er hielt Ašykrops mit ausgestrecktem Arm in der Luft, als hätte er ihn dort verhungern lassen. Thanatos kam näher. Es schien eine Ewigkeit zu dauern, dabei war er mit zwei, drei Flügelschlägen bei ihnen. Seine Haare wirkten noch schwärzer als Xanthyos'. Seine Augen waren finsterer als Schatten. Sein Umhang war so dunkel, dass Temi sich fragte, ob seine Kleidung wirklich aus Stoff bestand oder aus purer Dunkelheit. Doch was spielte das für eine Rolle?

Im nächsten Moment zuckte sie zusammen. Kalanis stieß auf Xanthyos' Befehl mit ganzer Kraft in sein Kriegshorn und der gellende Ton drang Temi durch Mark und Bein. Thanatos landete neben ihnen auf der Kuppe des Hügels und breitete mit einem Ruck seine Flügel aus.

Tod und Leben

Nun erst sah Temi, wie riesig ihre Spannweite war. Zwei Kentauren hätten hintereinander neben einem seiner Flügel stehen können.

Der Anblick des Totengottes verfehlte seine Wirkung nicht. Der Klang des Horns selbst erreichte zwar nur die Krieger, die am nächsten kämpften, doch der schwarze Engel zog alle Blicke auf sich. Wer in ihre Richtung blickte, der erstarrte noch im selben Augenblick in der Bewegung. Wie sich eine Welle fortbewegte, so hörten die Heere auf, zu kämpfen. Wenn der Soldat neben ihnen aufhörte, zu kämpfen, riskierten die Feinde einen Blick – und sahen Thanatos und ließen ihre Waffen sinken. Zu langsam. Aireion hatte sich zu Imalkuš vorgekämpft. Emeeš fiel mit einer Lanze in der Brust. Temis Finger bohrten sich in Xanythos' Arm. „Nein! Nein!", schrie sie und rutschte von seinem Rücken; sie wollte zu Aireion zu laufen, ihn irgendwie aufhalten, obwohl er viel zu weit weg war. Da riss Xanthyos Kalanis das Horn aus der Hand und blies hinein.

Der Ton hallte über die Ebene, wo schon so viele Kentauren und Menschen nicht mehr kämpften. Wo nicht mehr so viele Krieger brüllten und Waffen aufeinanderprallten. Der Ton erreichte den König, als er sein Schwert hob, um Imalkuš zu durchbohren.

Er drehte sich um, langsam, wie aus einer Trance erwachend. Suchte den, der gegen seinen Befehl ins Horn gestoßen hatte. Und fand seinen Bruder. Temi. Thanatos. Ašykrops.

Ein paar Sekunden starrte er zu ihnen hinauf, wie gelähmt, und Temi wagte es nicht, zu atmen. Es schien eine Ewigkeit zu vergehen, ehe er den Kopf schüttelte – ob ungläubig oder wütend, konnte sie nicht erkennen. Dann handelte er und gab zwei, drei Kentauren seiner Leibwache einen Befehl, untermauerte ihn mit einer heftigen Armbewegung. Sie ließen ihre Waffen sinken und hoben Hörner an ihre Lippen. Der Klang der drei Hörner schallte in alle Richtungen über das Schlachtfeld. Einer nach dem anderen senkte sein Schwert, seinen Speer, seinen Schild, bis sich keine Klingen mehr kreuzten.

Imalkuš rappelte sich auf. Niemand griff ihn an. Er ging zwischen den Kentauren hindurch, an Aireion vorbei. Niemand hielt ihn auf. Temi fiel ein Stein vom Herzen. Der König der Heqassa hatte seine Leute fast erreicht, als er sich zu Aireion umdrehte. Was er sagte, konnte Temi nur erahnen – denn der Kentaurenfürst nickte. Imalkuš forderte mit einer Handbewegung ein Pferd. Es war nicht Šakar, der ihm gebracht wurde, sondern ein braunes Pferd.

Dann wichen die Heere wie auf Befehl auseinander, als die beiden Herrscher in Richtung des Todesgottes und seiner Begleiter ritten. Nebeneinander.

Temi konnte sich nicht wirklich darüber freuen. Kehvus Tod schmerzte schlimmer als eine Wunde und auf jedem Meter, den Aireion und Imalkuš auf sie zukamen, lagen tote Menschen, tote Kentauren. „Es sind zu viele gefallen", dachte Temi bitter. Ihre Augen brannten und ihr Blick verschwamm. Wie sollte zwischen den Kentauren und Menschen jemals wieder Frieden herrschen? Sie sank auf die Knie und presste sich eine Hand vorn Gesicht, um nicht sehen zu müssen und nicht gesehen zu werden. Und sie weinte.

Erst, als sie eine Hand auf ihrer Schulter spürte, sah sie wieder auf. Xanthyos strich ihr sanft über die Schulter und den Nacken. Doch sein Blick war grimmig auf seinen Bruder gerichtet und auf den Menschenkönig, die immer zögerlicher näherkamen. Beide starrten den Schlangenmenschen an, der leblos in Thanatos' kräftige Hand hing. Aireion schüttelte ungläubig, nein, bestürzt den Kopf. „Wie ist das möglich?", fragte er, mehr sich selbst als jemand anders, und Imalkuš sagte leise: „Ich habe Legenden gehört, und Eure Erzählungen", – er sah Aireion und Xanthyos an; seine Stimme zitterte – „dass es Wesen gibt, die halb Mensch, halb Schlange sind. Doch ich dachte immer, sie wären nur das. Der Stoff von Sagen, nicht wahr. Was ... wer ist das?"

„Es muss ein Spross von Ašykrops sein", sagte Aireion mit gesenktem Blick. Jetzt, da er vor ihm stand, wagte er es nicht mehr, Thanatos anzusehen. Auch Imalkuš hob nur kurz den Blick und neigte schnell den Kopf.

„Kein Spross von Ašykrops, er selbst. Es ist der Zwiegespaltene. Der Pestbringer. Die Brut des Kekrops, des Verfluchten."

Temi fuhr zusammen. Thanatos' Stimme donnerte über das Schlachtfeld. „Den ihr genährt habt durch Euren Streit." Selbst der stets selbstbewusste Xanthyos senkte seinen Kopf.

„Verzeiht, Herr des Todes!", sagte Aireion demütig und ging mit den Vorderläufen auf die Knie. Auch Imalkuš sank auf die Knie.

„Wie ist das möglich?", fragte der Kentaurenfürst erneut, diesmal lauter, an Thanatos selbst gerichtet. „Unsere Väter haben ihn und seine Brut vernichtet!"

„Sie durchbohrten ihn mit dem Schwert, dann trug ein Wirbelsturm ihn weg.", korrigierte Thanatos und fügte fast spöttisch hinzu. „Ihn, einen Magier, der den Wind kontrolliert. Er hat seine Wunden gepflegt und euch umworben. Er konnte im Verborgenen seine Untaten begehen und den Hass zwischen euren Völkern schüren. Das Gift seiner Worte hat auch eure Herzen erreicht. Ihr habt den Menschen misstraut, sobald sie aus dem Norden heranzogen."

Aireion presste die Lippen zusammen. „Dann steckt er hinter dem Morden?"

„Hinter diesem hier?", fragte Thanatos streng. „Nein. Das ist Folge eures blinden Hasses." Seine Stimme fuhr ihnen durch Mark und Bein. Es fühlte sich an, wie wenn ihr Blut zu Eis gefröre.

Imalkuš schüttelte langsam den Kopf. „Aber wir hatten nie mit ihm zu tun. Kein König von Heqassa hat jemals einem Schlangenmenschen gegenübergestanden – das wäre in unseren Archiven verzeichnet", sagte er zu seiner Verteidigung, oder der seiner Vorfahren. „Wir hatten nie Steit mit ihm, oder waren mit ihm verbündet."

„Wessen Banner, meint Ihr, tragen die Paršava in die Schlacht?", fragte Temi wütend, bevor sie sich auf die Zunge beißen konnte. Plötzlich lag wieder alle Aufmerksamkeit auf ihr und ihr Gesicht brannte.

„In der Tat", sagte Thanatos ruhig und wandte sich dann an Imalkuš. „Auch *eure* Taten sprechen eine andere Sprache", erwiderte er in belehrendem Ton, als spräche er mit einem Kind – doch kühl und tadelnd, wie gegenüber einem uneinsichtigen. „Und du nennst eine Schlange deinen Bruder."

Vier, fünf Sekunden musste Imalkuš diese Worte sacken lassen, bevor er sie begriff. Seine Miene wurde starr, seine Augen größer, er ballte seine Hände zu Fäusten. Er vergaß, dass der Kentaurenfürst neben ihm stand, der ihn vor wenigen Minuten noch erschlagen hätte, und den schwarzen Engel mit seinem tödlichen Griff. Seine Augen suchten jemanden auf dem Schlachtfeld. Temi hielt den Atem an. Sie hatte Sirun völlig vergessen, hatte nicht einen Gedanken daran verschwendet, dass er hier sein könnte, ja musste. Die Menschen waren hier, um den alten König zu bestatten. Dessen Adoptivsohn durfte nicht fehlen.

„Sirun!" Imalkušs Schrei hallte über das Schlachtfeld.

Und dort kroch er, geduckt, fast am westlichen Rand des Schlachtfeldes. Als hätte er geahnt, dass dieses Gespräch für ihn nichts Gutes bringen würde. Aber eine Handvoll Kentauren standen zwischen ihm und einem rettenden Spalt in der Erde. Diesmal kamen keine Schlangen, um einer Schlange zu helfen. Kein Heqassa griff zu seinem Schwert, als die Kentauren ihre Bögen spannten. Sie schossen nicht, doch wagte Sirun nicht, noch einen weiteren Schritt zu machen. Reiter setzten sich in Bewegung, einer auf einem grauen Pferd, dessen Fell rot war vom Blut seiner Feinde – die jetzt keine Feinde mehr waren. Kalaišum. Temi schloss erleichtert die Augen. Er würde Sirun nicht entkommen lassen.

Sie drehte sich zu Thanatos zurück. Dabei entging ihr der Blick nicht, den Aireion Xanthyos zuwarf: Er hatte die Augen zusammengekniffen und starrte ihn misstrauisch an. „Was? Du kränkst mich, Bruder. *Ich* bin keine Schlange", knurrte der Schwarzhaarige. „Niemals würde ich diesem Wurm dienen!"

„Und doch hat deine Kriegstreiberei die Schlange gestärkt, *Bruder*", gab Aireion zurück. Xanthyos zog finster die Augenbrauen und öffnete den Mund, doch eine Bewegung von Thanatos ließ ihn innehalten. „Xanthyos war der erste, den ich zu strafen gedachte", sagte der Todesengel. Temis Herz setzte einen Schlag aus. Unwillkürlich machte sie einen Schritt in Xanthyos' Richtung.

„Bis er meinen Menschen rettete und sein Herz in ihren Händen ließ."

Xanthyos hatte sie mehr als einmal gerettet. Wann hatte er *sein Herz in ihren Händen* gelassen? Temis Wangen glühten.

Dann fiel es ihr wie Schuppen von den Augen: „Ihr habt Xanthyos in die Menschenstadt gebracht, Thanatos? Ich habe den Schatten eines geflügelten Kentauren gesehen, aber Kentauren haben keine Flügel." Thanatos ... lächelte! Der Blick seiner schwarzen Augen ließ sie noch immer erschaudern, aber er sah sie eher freundlich an. „Deine Nähe, Mensch, nährte meine Kräfte. Zum ersten Mal seit Langem konnte ich wieder meine wahre Gestalt annehmen."

„Warum ... warum habt Ihr Euch mir nicht direkt gezeigt? Wenn Ihr mir erklärt hättet ...", fragte sie zaghaft, bis sie sah, dass er lachte.

„Kekrops, der Listenreiche, hat mich bei seinem Tod verflucht. Ich büßte meine Kräfte ein. Nur die Erfüllung der Prophezeiung konnte sie mir wiederbringen. Ein Mensch, der den Tod zähmt, *ohne ihn zu sehen*."

„Aber ... aber ich habe Euch doch dann gesehen – nur nicht in Eurer wahren Gestalt?", sagte Temi.

„Du, Mensch, hast eine Katze gesehen, so wie fast alle anderen auch. Selbst nachdem du den Zusammenhang erkannt hast zwischen meinem Namen und dem Tier, hast du nie den *Tod* gesehen, wenn du das Tier angeblickt hast. Nur ein Tier, dem du meinen Namen gegeben hast, nicht mich."

Temi schmunzelte. Thanatos hatte den Schlangenmenschen überlistet: Niemals konnte ein Mensch den Tod überwinden. Doch er hatte sich als kleine schwarze Katze „zähmen" lassen. Vielleicht hatte er sie gar auf die Idee gebracht, den Kater Thanatos zu nennen – wer wusste, welche Kräfte er besaß. Ein genialer Schachzug des verfluchten Engels!

„Bruder!", hallte Siruns Stimme über den Hang. Aller Blicke richteten sich auf ihn. Der Adoptivsohn König Rhubeß näherte sich, strahlte regelrecht in seiner silbernen Rüstung;

seinen hohen Helm mit blau gefärbtem Pferdeschweif hatte er sich unter den Arm geklemmt. Mit dem dunkelblauen, wehenden Umhang über den Schultern sah er königlich aus. Nicht mehr kleinlaut, wie eben noch. „Glaub den Lügen nicht, die die Kentauren über mich erzählen!"

„Und welche Lügen mögen das sein?", fragte Imalkuš kühl zurück.

„Ich habe diesen Schlangenmenschen noch nie gesehen und bin nicht seinen Befehlen gefolgt, Bruder. Das schwöre ich bei den Gebeinen meines Vaters und unseres gemeinsamen Vaters."

Imalkuš ballte die Fäuste und wartete darauf, dass Thanatos dieser Aussage widersprach – doch das geschah nicht.

Die Menschen sahen einander unruhig an. Warfen furchtsame Blicke hinauf zu Thanatos, der nicht reagierte. Temis Herz schlug schneller. Die Gefahr war noch nicht vorbei! Die Soldaten der Heqassa tuschelten miteinander. Siruns Worte stießen auf offene Ohren. Der Hass war nicht aus der Welt, nur für den Moment vergessen, der Furcht vor Thanatos gewichen. Doch bei Siruns Worten keimte er wieder auf. Temi warf dem Todesgott flehende Blicke zu. Warum half er nicht?

Weil es nicht Thanatos' Sache war, ein Volk zu beherrschen. Und weil Sirun vielleicht in einer Hinsicht die Wahrheit sagte: Er mochte nicht mit Ašykrops zusammengearbeitet haben. Das hatte Thanatos auch nicht behauptet. Sirun selbst *war* eine Schlange.

„Wie könnt Ihr es wagen", rief sie, „auf den Gebeinen eines Mannes zu schwören, den Ihr umgebracht habt?"

Im nächsten Moment war es so still, dass man eine Stecknadel hätte fallen hören können. Sirun starrte sie hasserfüllt an, er biss seine Zähne zusammen und rümpfte seine Nase. „Hör nicht auf dieses Weib, Bruder! Sie ist eine Zauberin, die dich mit Lügen umgarnt", sagte er dann.

Imalkuš stand still wie eine Statue. Nur seine Augen bewegten sich, von Temi zu seinem Bruder; er war in Gedanken verstrickt – man konnte es ihm regelrecht ansehen; die Adern an seinen Schläfen traten hervor. Er wollte Temis anklagende Worte gegen Sirun abstreiten. Doch Thanatos selbst hatte seinen Adoptivbruder der Falschheit bezichtigt. Und dann waren da noch seine eigenen Zweifel, die ihn immer vor Sirun gewarnt hatten.

Nach einer gefühlten Ewigkeit wandte er sich an Sirun. „*Hast* du meinen Vater ermordet?!"

Sirun hatte durch das Schweigen des Königs seine Selbstsicherheit zurückgewonnen. „Lass dir nichts einreden, Bruder!", rief er. „Und lasst ihr euch nicht täuschen, Bewohner von Šadurru! Der Feind ist nicht der Schlangenleibige, aber zweileibig wie er! Wenn Imalkuš so leicht auf die leeren Worte dieser Tiere und dieser Zauberin hereinfällt, wenn er vergisst, wer hier euer Blut vergossen hat, dann verrät er euch!"

„Er hat Recht!", schrie ein Krieger aus der Menge heraus.

„Der Schlangenmensch hat uns nie was getan!"

„Schweigt, ihr Narren!", fuhr Kalaišum die Soldaten an. Er wandte sich von Sirun ab. „Ihr nehmt vor den Augen und Ohren des Herrn des Todes seinen Feind in Schutz?! Denkt nach! Wer wüsste besser als eine Schlange das Getreide in Šadurru zu vergiften?"

Die Rufer verstummten.

Temi starrte Kalaišum an. Nicht das Wasser war vergiftet gewesen, sondern Getreide? Imalkuš schien von dieser Nachricht nicht überrascht.

„Möge der Zorn des Thanatos diejenigen treffen, die der Schlange zum Sieg verhelfen wollen und ihren König verraten!", stieß Kalaišum hervor und hielt sein Schwert in die Höhe. Jeder verstand die Drohung: Er würde jeden niederstrecken, der die Waffe gegen Imalkuš erhob – und Thanatos verlieh der Drohung unerwartet Nachdruck, indem er seine mächtigen Flügel ausbreitete. Jetzt senkten die, die hin- und hergerissen waren, den Kopf, machten sich klein, um den zornigen Blicken des Generals und des Todesengels nicht aufzufallen.

Sirun sah sich hektisch um: Er musste seine Felle davonschwimmen sehen. „Wollt Ihr etwa abstreiten, General", rief er, „dass Kentauren in den Thronsaal eindrangen und unseren König töteten?"

Temi kniff die Augen zusammen. Sie erinnerte sich an das Gespräch, das Xanthyos im Kerker mit dem schwarzen Kater geführt hatte – und die Worte, die nicht Xanthyos, sondern Thanatos gesprochen hatte. „Ihr habt es beobachtet, oder nicht?", fragte sie den schwarzen Engel vorsichtig. „Ihr habt Xanthyos berichtet, was passiert ist. Ihr habt Echainar erwähnt und eine Entführung. Stammten die drei Kentauren, die man im Thronsaal gefunden hat, aus Echainar?" Xanthyos nickte an Thanatos' Stelle.

Temi richtete ihre Worte an Imalkuš. „Wie hätten die Kentauren nicht nur in die Stadt, sondern auch in die Festung und den Thronsaal eindringen sollen? Es ist sicher kein Zufall, dass Siruns Leute in der Nähe-"

Ein stechender Schmerz schoss durch ihre Stirn und sie stieß einen Schrei aus und kniff die Augen zusammen. Etwas hatte sie an der Schläfe getroffen. Temi sog zischend Luft ein und griff sich an den Kopf. Es brannte höllisch. Ihre Stirn schien zu explodieren, aber sie unterdrückte den

Schmerzenslaut; ihre Handfläche wurde feucht, als sie sie auf die Stelle presste. Ihre Augen tränten und es dauerte einige Sekunden, bis der Schreck nachließ; vorsichtig öffnete sie die Augen. Imalkuš und Xanthyos standen nicht mehr bei ihr. Wütende Stimmen hallten den Hang hinauf.

Xanthyos hatte sein Schwert gezogen, war ein paar Schritte den Hang hinuntergestürmt, doch Imalkuš hatte ihn am Arm gepackt und klammerte sich regelrecht daran, um den zornigen Kentauren aufzuhalten.

„Du Narr!", fuhr Sirun einen der Soldaten an, die hinter ihm standen. „Ich werde nicht für Euch –" Der Soldat röchelte. Sirun hatte ihm sein Schwert in den Hals gestoßen. Ein dunkler Bogen entglitt der Hand des Kriegers, aus seinem Hüftköcher rutschten Pfeile, als er fiel.

Temi stöhnte auf. Sie versuchte, klar zu denken, trotz des stechenden Schmerzes hinter ihrer Stirn, aber es ging ihr alles viel zu schnell. Benommen ließ sie ihre zitternde Hand sinken. Der Krieger hatte auf sie geschossen. Und getroffen. Ihre Finger waren blutverschmiert. Sie zitterte, als ihr bewusst wurde, wie knapp sie dem Tod entronnen war.

„Lasst eure Waffen fallen! Sofort!", befahl Imalkuš. Die Krieger, die bei Sirun standen, sahen sich unschlüssig an, doch dann legte einer sein Schwert auf den Boden, und noch einer, andere steckten ihr Schwert in die Scheide oder den Pfeil zurück in den Köcher.

Imalkuš hatte Xanythos losgelassen. Der Kentaur hielt noch immer sein Schwert drohend nach vorne, aber der Angreifer war tot. Ausgerechnet Sirun war Xanthyos zuvorgekommen.

Temi blinzelte. Mit dem anderen Handrücken wischte sie sich über das Auge, als Bluttropfen ihren Blick verschleierten.

Imalkuš sah zu ihr, nachdenklich, als würde ihm jetzt etwas bewusst werden. Dann wandte er sich an Sirun und seine

Stimme war eisig. „Was, Cousin, wollte Mejaš damit sagen? ‚Ich werde nicht für Euch'... sterben? Lügen?"

Sirun schüttelte heftig den Kopf. „Woher soll ich das wissen, Bruder? Er war offenbar nicht bei Sinnen ... auf dich zu schießen!"

Auf Imalkuš? Temi runzelte die Stirn. Dann hätte der Schütze sein Ziel aber deutlicher verfehlt. Imalkuš hatte zwar hinter ihr gestanden, aber auf ihrer rechten Seite, während der Pfeil an ihrer linken vorbeigegangen war. Vorbeigeschrammt. Und es wäre ein kurioses Timing. *Sie* hatte gerade gesprochen und nicht Imalkuš.

Imalkuš schien das ähnlich zu sehen. Er überging Sirun und wandte sich an dessen Soldaten: „Ihr seid nicht länger Sirun untergeben. Die Verschwörung endet hier und heute. Demjenigen, der als erster die Wahrheit über meines Vaters Tod berichtet, wird eine mildere Strafe zuteil."

Sirun griff nach seinem Schwert. „Wag es nicht!", warnte Imalkuš ihn mit drohend leiser Stimme.

Kalaišum befahl mit einer Handbewegung einige seiner Reiter zu sich. „Fesselt sie. Sorgt dafür, dass sie nicht entkommen oder miteinander sprechen können. Wenn einer von ihnen König Imalkuš die Wahrheit berichten will, informiert uns umgehend!"

Die Reiter folgten umgehend seinem Befehl. Es setzte ein Zeichen für die Fußsoldaten. „Schleuderer!", bellte Kalaišum über das Schlachtfeld. Einige Leichtbewaffnete mit ihren einfachen aber so wirkungsvollen Waffen schoben sich zwischen den schwer bewaffneten Kriegern und Kentauren hindurch. Sie gehörten zu der Kavallerie, waren sie doch für die Pferde zuständig, und waren Kalaišum und Imalkuš treu ergeben. „Errichtet einen Scheiterhaufen. Die Verräter sollen nicht den Weg ins Jenseits finden."

Erschrockenes Gemurmel war aus der Menge zu hören. Hier und da sahen sich Soldaten beklommen an – doch viele von ihnen nickten zustimmend. Temi schluckte. Sie wusste, dass in den antiken Gesellschaften Verrat mit dem Tod bestraft wurde. Aber die Erinnerung an Xanthyos' drohende Hinrichtung stand ihr noch frisch vor Augen, und diese Menschen durch Feuer sterben zu sehen – das wollte sie nicht.

„Nicht hier!", fügte Imalkuš hinzu. Die Schleuderer, die sich bereits in alle Richtungen aufmachen wollten, vielleicht um die dürren Sträucher abzuhacken, die sie auf dem Weg gesehen hatten, und um zerbrochene Pfeile, Lanzen und Schilde einzusammeln, hielten inne. „Ich werde Thanatos' geweihte Heimat nicht mit noch mehr Blut besudeln und entweihen. Errichtet den Scheiterhaufen außerhalb von Caenyx."

Die Schleuderer gehorchten, ohne zu zögern. Etwa zwanzig von ihnen machten sich auf den Weg nach Osten. Heqassa und Kentauren ließen sie ungestört passieren.

„Heqassa!", rief Imalkuš jetzt laut, und seine Stimme hallte über das Schlachtfeld. „Genug Blut ist heute geflossen, in einem Kampf gegen ein Volk, das nicht unser Feind ist!" Er sah hinauf zu Aireion, um sich zu vergewissern. Sie hatten sich nicht abgesprochen, er konnte sich nicht darauf verlassen, dass der Kentaurenfürst es genauso sah. Aber vielleicht konnte er es doch.

„Kentauren!" Aireions Stimme klang ebenso entschlossen. „Dies ist der Feind", rief er, und wies auf den Schlangenmenschen, den Thanatos noch immer mit ausgestrecktem Arm am Hals hochhielt, als wöge er nicht mehr als eine Feder. „Nicht die Heqassa."

Temi entgingen nicht die bitteren Blicke, die einige Pferdemenschen sich zuwarfen und das flaue Gefühl kehrte in ihren Magen zurück. Vielleicht war zu viel passiert? Zu viele Kentauren und Heqassa gestorben, im Vorfeld und vor allem jetzt in der Schlacht?

„Niemand wird vergessen, was heute und in den letzten Tagen geschehen ist", mahnte Aireion. Auch er spürte die Unruhe, den Unwillen seiner Leute und den vieler Heqassa. „Niemand soll es vergessen. Niemand *darf* es vergessen. Doch ohne den Schlangenmenschen wäre vieles nicht geschehen, vielleicht nichts davon. Die Schlange ist tot. Wir haben eine neue Chance bekommen. Und ich schwöre euch, Bewohner von Thalas, und Euch, Thanatos, dass ich diese Chance nutzen will." Temis lief ein Schauer über den Rücken, aber diesmal vor Erleichterung: Aireion beendete diesen Krieg.

Er schritt einige Meter auf die Soldaten zu und befahl dann mit lauter, klarer Stimme: „Zieht euch zurück!" Die Pferdemenschen, die ihre Waffen noch nicht weggesteckt hatten, ließen nun ihre Schwerter in die Scheiden gleiten und steckten die Pfeile in die Köcher zurück, wenn auch manche mit nervösen Blicken zu den Menschen. Wenn Imalkuš jetzt befahl, anzugreifen, würde es dutzende Opfer unter den Kentauren geben. Doch Imalkuš ging zu Aireion und streckte seine Hand aus. „Wir werden herausfinden, wer für den Angriff auf Echainar verantwortlich ist", versprach er Aireion, „und wer eure Leute entführt hat."

Airion nickte ernst. Er ergriff Imalkušs Unterarm. Ein tonnenschweres Gewicht schien von seinen Schultern zu fallen und er atmete tief durch. Dabei schweifte sein Blick über die Soldaten und er kniff die Augen zusammen. „Es scheint, als müssten wir nicht lange warten". Mit dem Kopf wies er auf zwei der Reiter, die Siruns Männer weggeführt hatten. Sie kamen wieder – mit einem der Gefangenen in ihrer Mitte.

Temi beobachtete Sirun, der die kleine Gruppe ebenfalls bemerkte. Alle Farbe wich aus seinem Gesicht.

„Bringt ihn zu mir!", befahl Imalkuš laut. Temi hielt den Atem an. Sie erwartete fast, dass einer von Siruns Anhängern, die er sicher im Verborgenen noch hatte, den Mann töten würde. Die Reiter führten den Gefangenen jedoch nicht an den Reihen der Soldaten vorbei, sondern direkt den Hang hinauf. Temis Blick schweifte über die Krieger der beiden Heere. Würde irgendjemand sich durch einen Griff nach dem Bogen verraten?

„Kalea", sprach Imalkuš den Mann an. „Was hast du zu sagen?"

Der König stand mit dem Rücken zum Heer. Er sprach leise – aber laut genug, dass Sirun es hörte. Vielleicht absichtlich, vielleicht rechnete er nicht damit, dass der Wind seine Worte den Hang hinuntertrug.

Der Gefangene sank auf die Knie. Er hatte Tränen in den Augen. „Mein Herr!", schluchzte er. „Mein Herr, habt Erbarmen! Meine Frau ... sie bekommt bald ein Kind. Ich sage Euch alles, was Ihr wissen wollt, König Imalkuš, aber bitte, bitte verschont mein Leben!"

„Du weißt, was ich wissen will, Kalea. Die Wahrheit. Über das vergiftete Getreide. Über den Angriff auf die Kentaurensiedlung Echainar. Über den Tod meines Vaters. Alles!", erwiderte Imalkuš scharf.

„Jetzt!" Siruns Schrei ließ alle herumfahren. Temis Herz raste. Sirun hatte sein Schwert gezogen und zwei Dutzend Soldaten taten es ihm gleich. Er hatte mit mehr Anhängern gerechnet. Panik stand in seinen Augen, als er das erkannte. Aber es war zu spät, um einen Rückzieher zu machen. Drei Soldaten stürzten sich auf Kalaišum, der sich in Siruns Weg stellen wollte, und Sirun stürmte den Hang hinauf. Die anderen Verschwörer scharten sich um ihn, auf dem Weg zu Imalkuš, entschlossen, den König zu töten. Doch die Kentauren reagierten schneller als die Menschen. Drei von ihnen galoppierten hinter Sirun und seinen Männern her – und überrannten sie einfach. Fünf der Verräter fielen, bevor sie die Hälfte des Hanges hinter sich gebracht hatten. Die beiden Reiter, die den Gefangenen bewachten, stießen ihn zu Boden und der dachte nicht dran, Probleme zu machen, sondern blieb regungslos liegen. Die Reiter senkten ihre Lanzen. Aireion zog sein Schwert und Temi legte einen der beiden verbliebenen Pfeile auf ihren Bogen. Auch Imalkuš griff nach seiner Waffe, aber er tat es in solch einer Seelenruhe, dass Temi vor Verblüffung beinah Siruns Angriff vergaß. Kaltblütig wartete Imalkuš – doch Sirun kam nie an: Xanthyos galoppierte so plötzlich los, dass er Sirun erreichte, bevor der auch nur sein Schwert zur Verteidigung heben konnte. Sirun ging zu Boden und verschwand unter Xanthyos' Hufen, drei seiner Leute wurden zur Seite weggeschleudert und die anderen erstarrten in der Bewegung. Xanthyos drehte sich um, schnaubend, wie ein wütender Stier, bereit einen weiteren Angriff abzuwehren. Doch die Menschen warfen ihre Waffen weg und fielen auf die Knie. Es war vorbei. Das zertrampelte Gras um Sirun herum färbte sich rot von Blut. Aus seiner Brust ragte Xanthyos' Schwert. Temi lief es kalt den Rücken herunter. In ihrem Traum war *Imalkuš* auf genau diese Art und Weise durch *Aireions* Schwert gestorben.

Es herrschte Stille. Die Verräter flehten nicht, sie knieten nur auf dem Boden, ihre Arme nach vorne ausgestreckt, und berührten demütig mit der Stirn die Erde. Angespannt warteten sie auf das Urteil des Königs – oder den Tod. Imalkuš sah finster auf sie hinab und dann auf Sirun, der ihn und König Rhubeš so hintergangen hatte. Er musste Kalea, den Mann aus Siruns Leibwache, der hatte gestehen wollen, nicht hier und jetzt weiter ausfragen. Sein Adoptivbruder hatte seinen Vater getötet, das wusste er nun, und er kämpfte mit diesem Wissen. Er schluckte zwei, dreimal, um den Kloß in seinem Hals herunterzuwürgen.

Die Kentauren schwiegen. Sie mussten Imalkuš nachdenken lassen, warteten ab, bis er sich wieder fasste. Temi fuhr sich mit der Hand über die Wange und die Stirn, wo mittlerweile das Blut getrocknet war. Sie beobachtete erst Imalkuš, doch dann auch Aireion und Xanthyos. Die Wut war aus dem Gesicht des Schwarzhaarigen verschwunden. Er sah seinen Bruder an, Aireion erwiderte den Blick. Temi hätte schwören können, dass sich die beiden Brüder stumm unterhielten. Nach einer Weile, es mochten ein paar Sekunden vergangen sein oder ein paar Minuten, nickte Aireion. Er lächelte – und Xanthyos lächelte zurück. Es herrschte ein stilles Einvernehmen zwischen den Brüdern, zum ersten Mal, seit sie ihnen begegnet war – vielleicht zum ersten Mal seit langer Zeit.

Temi wollte ihnen um den Hals fallen, allen beiden, und gleichzeitig in die Luft springen, doch sie beherrschte sich: Es war weder die richtige Zeit noch der richtige Ort, um den Fürsten und den Prinzen mit einer Umarmung zu überrumpeln. Ein breites, sehr zufriedenes Grinsen konnte sie aber nicht unterdrücken.

„Erlaube mir", wandte sich Aireion schließlich an Imalkuš, „deinem Vater die Ehre zu erweisen, die er verdient." Er wies mit dem Kopf in die Richtung des neu aufgeschütteten Grabhügels. Temi folgte der Geste und senkte sofort wieder den Blick. Der Hügel war blutgetränkt. An seinem Hang lagen zwei erschlagene Heqassa und ein gefallener Kentaur, und so viele mehr auf der Ebene. Das Ausmaß dessen, was in den letzten Tagen passiert war, konnte niemand innerhalb weniger Minuten erfassen. Temi merkte erst, dass sie zitterte, als Xanthyos seine Arme um sie legte und ihr damit Halt gab. Sie lehnte sich gegen seine Brust. Sie konnte es kaum ertragen, dass Menschen und Kentauren dort lagen, wo sie gefallen waren, verrenkt, übereinander, die Gesichter in Schmerz verzerrt.

„Was ist mit den Gefallenen?", fragte sie mit belegter Stimme. „Sollten sie nicht ... angemessener aufgebahrt werden?", fügte sie stotternd hinzu, als die beiden Herrscher sie ansahen. Natürlich würde es die Sache nicht besser oder gar ihren Tod ungeschehen machen: Sie waren unnötig gestorben, daran gab es nichts schönzureden. Aber so, wie sie lagen, erschien es Temi einfach unerträglich.

„Bald", sagte Aireion. Sein Blick flog über das Schlachtfeld. „Doch muss unsere Aufmerksamkeit zuerst auf den Lebenden liegen."

Temi wurde blass. Natürlich, es musste viele Verletzte geben, deren Leben vielleicht noch gerettet werden konnten – wie das von Kehvu. Jetzt schossen ihr die Tränen in die Augen. Sie drehte sich um und lief auf der anderen Seite den Hang hinab. Sie fürchtete sich vor dem Anblick, den sie vorfinden musste – aber wenn es nur eine winzige Chance gab, dass Kehvu noch lebte ...

Temi war auf halben Weg zum Eingang der Grotte, als ihr Thanatos' Stimme hinterherhallte und sie erstarren ließ. Er rief ihren Namen. Sie zitterte. „Bitte lasst mich nach ihm sehen!", flehte sie.

„Temi", sagte Xanthyos, der ihr gefolgt war, sanft, „du kannst ihm nicht mehr helfen."

Temi schüttelte heftig den Kopf – doch sie wusste, dass er Recht hatte. Kehvu war dem Tod schon zu nahe gewesen, als sie ihn zurückgelassen hatten. Sie schloss die Augen und Tränen perlten ihr die Wangen hinunter.

„Temi, du hast mutig gehandelt, als du den Kentauren deine Hilfe anbotest", hörte sie Thanatos' Stimme. Sie sah nicht auf, sondern schluchzte nur leise. „Ašykrops hat sein eigenes Schicksal besiegelt, als er versuchte, dich zu töten, bevor du von unserer Welt überhaupt wusstest. Hätte er dich in Ruhe gelassen, hättest du nichts von ihm erfahren und seine Pläne nicht durchschauen können. Dir im Traum erneut zu erscheinen, um dich einzuschüchtern, war sein Fehler – und dich zu unterschätzen, sein größter. Die Prophezeiung ist erfüllt und der Frieden ..." Thanatos fixierte mit seinem Blick kurz Aireion und Imalkuš und danach auch Xanthyos. „... wird neu entstehen."

Imalkuš und Aireion nickten sich zu.

„Das Schicksal führte dich hierher", fuhr der schwarze Engel fort. „Du gabst mir meine Macht wieder, ohne es zu wissen."

„Aber nicht ohne Hilfe", erwiderte Temi zaghaft.

„Nirgends steht geschrieben, dass du Ašykrops ohne Hilfe besiegen musst", gab Thanatos lächelnd zurück und wiederholte damit fast Xanthyos' Worte, als er sie aus der Grotte wegschicken wollte.

„Je länger du in der Nähe warst und je mehr Gutes du getan hast, desto mehr Kraft konnte ich sammeln. Die Prophezeiung verbot mir nicht, zu helfen. Doch mich der Welt offenbaren konnte ich erst, nachdem du mich zurückgerufen hattest."

„Aber ...", murmelte sie verwirrt und senkte den Kopf, um ihn nicht herauszufordern, „habt Ihr Euch nicht schon Xanthyos' gezeigt?"

Thanatos lachte; seine Stimme dröhnte über den Hang und fuhr allen durch Mark und Bein. „In der Tat. Das Schicksal scheint Vergnügen zu haben an solcherlei Spielen. Der Pferdemensch, den ich als Ersten strafend gerichtet hätte, war der Erste – und Einzige –, der mich als den erkannte, der ich bin. Als Einziger sah er mich, wenn er den Kater ansah. Ganz im Gegensatz zu den beiden Ratsherren von Šadurru, die in Ohnmacht fielen, statt mich als geflügelten Schatten zu erkennen."

„*Ihr* habt die beiden Ratsherren entführt?", fragten Temi und Imalkuš gleichzeitig. „Es erschien uns wie ein Geschenk unserer Götter, als wir sie schlafend auf unserem Weg fanden", erinnerte sich Aireion. „Ich fürchte, wir haben der falschen Macht dafür gedankt", fügte er hinzu. Er hob seinen Handrücken an die Stirn und senkte den Kopf.

Ein Hauch von Belustigung lag in Thanatos' Gesicht, als er mit einem Nicken diese Dankesgeste akzeptierte. Seine Augen waren schelmisch zusammengekniffen – ein Zug, der Temi schmerzlich an Kehvu erinnerte.

Prompt kehrte Thanatos' Aufmerksamkeit zu ihr zurück. „Ich spüre dein Flehen, Menschenmädchen. Zweimal schon habe ich deine Herzensbitten erhört. Als du in der Stadt der Menschen bedroht wurdest, hofftest du auf ein Wunder – und ich trug Xanthyos für dich in die Stadt. Vor Xanthyos' Hinrichtung hofftest du auf ein Wunder, das ich dir erfüllt habe. Deinem Herzen verdanke ich meine Macht, daher lasse ich auch jetzt nicht zu, dass es in dieser Welt durch Schmerzen zerbricht oder geschwächt wird."

Langsam ließ Thanatos seine noch immer ausgebreiteten Flügel sinken und Ašykrops gleichzeitig fallen. Schwer schlug der Schlangenmensch auf dem Boden auf. Temi löste den

Blick von Ašykrops und was sie sah, ließ sie Thanatos' Worte begreifen. Ihr Herz setzte einen Schlag aus: Kehvu stand im Eingang der Grotte.

Sein Fell war rot vor Blut. Seine Beine zitterten und er musste sich an einem Felsen abstützen. Aber die Pfeile steckten nicht mehr in seiner Brust, die Wunden schienen geschlossen: Er war sehr schwach – aber er lebte!!

Mit einem Aufschrei stürzte Temi auf den blonden Kentauren zu. Vorsichtig umarmte sie ihn, auch wenn sie ihn am liebsten fest gedrückt hätte: Er hatte sicher Schmerzen und sie wollte ihm nicht wehtun. Tränen tropften auf sein Fell. Als Kehvu sie in die Arme schloss, fiel die Anspannung von ihr ab. Unendlich viele Steine polterten von ihrem Herzen. Sie hatte es geschafft. Sie konnte es noch nicht ganz begreifen – aber es war vorbei.

Vorbei! Sie fuhr zusammen. Wenn die Prophezeiung erfüllt war und damit der Zweck ihrer Reise erfüllt war, würde sie jetzt nach Hause zurückkehren? Natürlich freute sie sich auf Trier, auf ihre Wohnung und erst recht auf ihre kleine Katze. Doch sie würde Kehvu, Imalkuš, Xanthyos und die anderen verlassen müssen und nie wiedersehen! Tieftraurig schloss sie die Augen und verbarg ihr Gesicht in ihren Händen, allerdings nur für einen Moment. Sie hatte etwas erlebt, was sonst niemand erleben würde. Es würde ihr niemand glauben, dessen war sie sich sicher. Aber wollte sie diese Erinnerung wirklich teilen? Blieb es nicht besser ihr Geheimnis? Sie drehte sich zu Xanthyos um, und zu Aireion und Imalkuš, die immer noch oben auf dem Hügel zusammenstanden. Doch die beiden Herrscher waren nicht mehr alleine. Neben ihnen standen Kalaišum und Ardesh, und ein paar Schritte entfernt erkannte sie Phailin. Sie sahen zu ihr hinunter – sie ahnten es auch.

„Du solltest dich verabschieden", riet der geflügelte Krieger ihr leise. Nein, er hatte die Worte nicht ausgesprochen. Sie hörte seine Stimme in ihrem Kopf. Dann drehte er sich zu Aireion und Imalkuš um. „Der Schuldige ist nicht mehr. Seine Verbündeten, die Paršava, fliehen in Angst. Es sind eure gemeinsamen Feinde. Beobachtet sie in Zukunft gemeinsam! Zwischen euch jedoch muss Frieden herrschen."

War es eine Feststellung oder ein Befehl? Wenn es bloß so einfach wäre. Was, wenn sie es nicht schafften? Der Hass zwischen den beiden Völkern löste sich sicher nicht einfach so in Luft auf. Hass ließ sich nicht verbieten.

Kehvu drückte ihre Schulter. Ihre Zeit in dieser Welt war vorbei. Sie musste sich verabschieden. Bedrückt ließ sie Kehvu los und er lächelte ihr zu. „Beeil dich", flüsterte er.

Temi ging um ihn herum und spähte mit klopfendem Herzen in die Grotte – und fand dort vor, was sie gehofft hatte: Ephlaši hatte alle Schlangen, die ihr zu nah gekommen waren, zertrampelt. Jetzt knabberte sie zufrieden Moos vom feuchten Boden der Höhle. Als die Stute Temi witterte, trabte sie auf die junge Frau zu und stupste sie fröhlich mit dem Maul an. Temi lachte auf und schlang ihre Arme um Ephlašis kräftigen Hals. „Ich werde dich auch vermissen", flüsterte sie ihr in die Mähne. Ephlaši an den Zügeln führend ging sie zu den beiden Herrschern, die flankiert von Ardesh und Kalaišum, über die Zukunft verhandelten. Sie verstummten, als Temi sie erreichte. Zögernd legte sie die Zügel in Imalkušs Hand. „Gebt ihr genügend Auslauf. Sie läuft gern und viel." Ihre Stimme war belegt und zitterte und sie räusperte sich, um den dicken Kloß in ihrem Hals herunterzuschlucken.

„Natürlich!", versprach Imalkuš heiser. Er ahnte, was in ihrem Kopf vorging. Er lächelte und dennoch meinte Temi

Traurigkeit in seinem Blick zu erkennen. „Es freut mich, dass ich dich kennengelernt habe, Temi von Thaelessa."

„Du bist eine tapfere junge Frau, Temi", unterbrach Kalaišum und schmunzelte. „Das gebe ich nur ungern zu, aber Niukras hätte darauf bestanden." Temi horchte auf und sah von Kalaišum zu Imalkuš und zurück. Sie hatte das junge Ratsmitglied nicht auf dem Schlachtfeld gesehen, aber hatte sich nichts dabei gedacht, schließlich war es riesig und hunderte von Menschen hatten dort gestanden. „Er hat sein Leben geopfert, um meines zu retten, als Pahtun mich erschlagen wollte", sagte Kalaišum mit leiser Stimme. Temi blickte bedrückt zu Boden. „Ich denke", fuhr Kalaišum fort, „wir wissen jetzt, wer Pahtun und Dakuuns Hand lenkte. Niukras ist jetzt bei den Göttern – und er wird sich freuen, dass Sirun seine gerechte Strafe erhalten hat."

Temi nickte, doch diese Hoffnung änderte nichts an dem dumpfen Schmerz in ihrem Magen. Sie hatte nicht viel mit Niukras zu tun gehabt und ihn nicht wirklich gekannt, aber seine Abneigung gegenüber Sirun hatte ihn ihr sympathisch gemacht. Und Peiresu, die ihm versprochen war, hatte schwärmend von ihm gesprochen. Er schien ein guter Mensch gewesen zu sein. Ein Toter mehr, um den sie trauern musste.

Aireion legte eine Hand auf ihre Schulter und riss sie aus den Gedanken. „Dir bleibt nicht mehr viel Zeit in unserer Welt", sagte er sanft. „Ich schulde dir Dank! Wir alle schulden dir Dank. Ohne dich wäre es uns nicht gelungen, Frieden zu schließen. Es wären noch mehr gestorben." Er schloss seine Augen und senkte den Kopf vor ihr. Die Geste rührte Temi und machte sie gleichzeitig stolz und verlegen. Es war nicht ihr Verdienst, sie war ohne ihr Zutun in diese Welt gelangt – und ohne Xanthyos und Thanatos wäre sie auch nicht weit gekommen. Aber vielleicht hatte es wirklich sie gebraucht, um den Stein ins Rollen zu bringen. Sie wurde rot und lächelte Aireion an.

Plötzlich standen Xanthyos und Kehvu neben ihr. Der Blonde streckte ihr seine Rhomphaia entgegen, die sie bei seinem Anblick fallengelassen hatte. Das Blut war von der Klinge verschwunden und sie blitzte im Sonnenlicht auf. „Hier", sagte Kehvu lächelnd. „Du hast mir damit das Leben gerettet. Sie gehört dir."

Er zog sie kurz in seine Arme. Dann trat er zur Seite. Xanthyos scharrte mit den Hufen, doch er kam nicht näher. In seinen Händen hielt er Temis Bogen und zwei Dolche in schwarzen Scheiden, die er zuvor an seiner Rüstung getragen hatte. Für ihn waren es Dolche, für Temi eher kurze Schwerter.

„Du sollst uns immer in Erinnerung behalten, Temi, auch wenn wir uns nie wiedersehen", erklärte er mit kühler Stimme und reichte ihr die Waffen, aber seine Hände zitterten dabei wie Espenlaub.

Dann stampfte er mit einem Huf auf – nicht wütend, sondern um sich einen Ruck zu geben – und ging in die Knie, sodass sie sich etwa mit ihm auf Augenhöhe befand. Er schwieg. Temi hielt den Atem an. Sanft zog er sie in seine Arme. Erleichtert schloss sie die Augen und erwiderte stumm die Umarmung. Sie spürte seinen warmen Atem an ihrem Ohr.

„Ich werde dich nicht vergessen", flüsterte er. „Niemals." Unwillkürlich musste sie lächeln. Sein Atem kitzelte an ihrer Wange und ihr Herz setzte einen Schlag aus. Sollte sie es tun?

Ihre Hände fingen plötzlich an zu brennen. Schwarze Flammen loderten über ihren Handrücken, aber sie spürte keinen Schmerz. Es waren dieselben schwarzen Flammen, die an Thanatos' Schwert gebrannt hatten. Dieselben Flammen, die sie erfasst hatten, als sie das Buch mit dem Relief berührt hatte. Es schien Jahre her zu sein. Sie warf einen Blick zu dem Todesengel. Thanatos nickte. Es war so weit.

Sie zögerte nicht länger, sondern drehte ihren Kopf schnell zur Seite. Und sah Xanthyos direkt in die dunklen Augen. Überrascht blinzelte er, als sie ihn küsste. Nur einen Herzschlag lang konnte sie noch seinen Blick sehen. Dann war alles Licht um sie verschwunden und sie tauchte in tiefe Schwärze. Temi schloss die Augen. Wie sie anfangs gefallen war, so wurde sie nun hochgerissen. Aber diesmal hatte sie keine Angst. Nein, sie konnte einfach nicht aufhören, zu lächeln.

Als das Schwindelgefühl nachließ, blinzelte sie und sah sich um. Sie saß auf ihrem Schreibtischstuhl. In ihrer Wohnung. In Trier. Das Mythologiebuch lag aufgeschlagen auf dem Tisch vor ihr und ihr Blick blieb an der Federzeichnung hängen, die die obere Hälfte der Seite zierte. Sie zeigte einen dunklen Engel mit einem Schwert in den Händen, und seinen Widersacher. Die Härchen in Temis Nacken stellten sich auf. Es war ein Schlangenmensch, dessen krallenhafte Händen einen Sturm entfachten, schwarze Flecken unter ihm, schwarze Flecken auch unter der Klinge des Engels. Blut. Der Schlangenmensch war tödlich verwundet. Mit klopfendem Herzen las sie die ersten Zeilen unter dem Bild, die in dunkelroter Handschrift hervorstachen. *Und ich verfluche dich, geflügelter Schatten, bis ein Mensch dich zähmt und die Vergeltung nährt ...*

Nemesis sprang auf das Buch und maunzte. Sie setzte die Pfoten auf Temis Brust, und rieb ihr Köpfchen an Temis Stirn. Temi ergriff das Kätzchen mit beiden Händen und gab ihr einen Kuss auf den Kopf. Dabei polterte zu Boden, was auf ihren Knien gelegen hatte. Das Schwert. Der Bogen. Die beiden Dolche, die nun auf dem Teppich lagen.

Vor ihrem inneren Auge sah sie Xanthyos' überraschten Blick, Kehvus Lächeln, den wohlwollenden Blick der beiden Herrscher, des silberhaarigen Aireion und Imalkušs.

Ihr Herz schlug wie nach einem langen Lauf. Es war alles wahr gewesen? Ihr lief es kalt den Rücken runter. Es war alles wahr!

Anhang: Personenverzeichnis

Die wichtigsten Charaktere der Geschichte:

Hauptcharaktere

- **Temi Rothe:** studiert Klassische Archäologie in Trier. Hat ein Faible für griechische Mythologie und besonders für Mischwesen.
- **Xanthyos:** Anführer der Kentauren, die den Krieg gegen die Menschen wollen
- **Kehvu:** Wachsoldat in Thaelessa, begabter Künstler
- **Aireion:** Fürst der Kentauren von Thaelessa
- **Imalkuš:** Prinz von Šadurru
- **Sidon:** Cousin von Imalkuš
- **Kalaišum:** Mitglied des Hohen Rates von Šadurru und Befehlshaber der Kavallerie

Nebencharaktere

- **Ardesh:** hitzköpfiger Vertrauter von Aireion
- **Keethun:** ältestes Mitglied des Hohen Rates von Šadurru
- **Niukras:** Mitglied des Hohen Rates von Šadurru
- **Phailin:** Kriegerin in Aireions Heer
- **Peiresu:** Dienerin am Hof von Šadurru
- **Rhubeš:** König von Šadurru
- **Emeeš:** Anführer der königlichen Leibgarde

Anhang: Orte

Die wichtigsten Orte der Geschichte:

- **Thalas:** das Land der Kentauren
- **Thaelassa:** die Hauptstadt der Kentauren
- **Hešara:** das Land der Heqassa (eines Volkes der Menschen)
- **Šadurru:** die Hauptstadt der Heqassa
- **Echainar:** eine kleine Siedlung der Kentauren nahe der Grenze zu den Heqassa
- **Caenyx:** Geburtsort von Thanatos

Anhang: Karte – Die Welt der Kentauren und Heqassa

Druck:
Canon Deutschland Business Services GmbH
im Auftrag der KNV-Gruppe
Ferdinand-Jühlke-Str. 7
99095 Erfurt